Depois daquele inverno

Obras da autora publicadas pela Editora Record

ABC do amor
Um amor desastroso
Arte & alma
As cartas que escrevemos
Um encontro com Holly
Depois daquele inverno
Eleanor & Grey
Landon & Shay (vol. 1)
Landon & Shay (vol. 2)
No ritmo do amor
A playlist
Sr. Daniels
Vergonha

Série Elementos
O ar que ele respira
A chama dentro de nós
O silêncio das águas
A força que nos atrai

Série Bússola
Tempestades do Sul
Luzes do Leste
Ondas do Oeste
Estrelas do Norte

Com Kandi Steiner
Uma carta de amor escrita por mulheres sensíveis

BRITTAINY
CHERRY

Depois daquele inverno

Tradução de
Carolina Simmer

1ª edição

EDITORA RECORD
RIO DE JANEIRO • SÃO PAULO
2025

CIP-BRASIL. CATALOGAÇÃO NA PUBLICAÇÃO
SINDICATO NACIONAL DOS EDITORES DE LIVROS, RJ

C449p Cherry, Brittainy
Depois daquele inverno / Brittainy Cherry ; tradução Carolina Simmer. - 1. ed. - Rio de Janeiro : Record, 2025..

Tradução de: The coldest winter
ISBN 978-85-01-92250-2

1. Romance americano. I. Simmer, Carolina. II. Título.

24-94850 CDD: 813
CDU: 82-31(73)

Gabriela Faray Ferreira Lopes - Bibliotecária - CRB-7/6643

Título original:
The Coldest Winter

Publicado mediante acordo com Bookcase Literary Agency.

Texto revisado segundo o Acordo Ortográfico da Língua Portuguesa de 1990.

Impresso no Brasil

ISBN 978-85-01-92250-2

Seja um leitor preferencial Record.
Cadastre-se no site www.record.com.br e receba informações sobre nossos lançamentos e nossas promoções.

Atendimento e venda direta ao leitor:
sac@record.com.br

A qualquer um que já tenha se perdido e lutado com todas as forças
para encontrar o caminho de volta para casa.
Este livro é para você.

Nota da autora

Este livro foi escrito com muito amor e cuidado. É uma história sobre honrar os diversos estágios pelos quais uma pessoa pode passar durante o luto pela perda de entes queridos. Eu queria criar uma narrativa emocionante e sincera para mostrar que a jornada até a recuperação é diferente para cada um.

Por isso, gostaria de informar que algumas partes deste livro podem ser delicadas para alguns leitores devido aos temas abordados, que incluem abuso de substâncias, depressão e morte.

Prólogo

Onze meses antes

Meu mundo,

O primeiro ano é o mais difícil.

Essa é a lembrança que eu tenho de quando perdi minha mãe, o mundo parecia se mover em câmera lenta, ao mesmo tempo em que girava loucamente, em uma velocidade descontrolada.

Era como se cada coisinha me afetasse de alguma forma. Até ocasiões felizes pareciam deprimentes, porque eu me dava conta de que ela não estava mais ali para comemorar os grandes momentos comigo. Mas o pior era ela não estar presente nos pequenos momentos. Às vezes, eles pareciam mais importantes do que os grandes.

Sinto muito por perder os momentos. Os grandes. Os pequenos. Tudo o que acontece entre eles. Sinto muito por não estar ao seu lado para te dar as partes de mim de que você vai precisar quando o mundo se tornar difícil.

Lamento o fato de nossa despedida ter vindo mais cedo do que esperávamos.

Mas quero te deixar algo. Um presente, por assim dizer. É minha caixa de receitas. Você sabe o quanto ela é importante para mim, e quero que seja sua. Lá dentro estão centenas dos meus pratos favoritos que preparei para você durante sua vida. Se algum dia você sentir inspiração para cozinhar, quero que a use. Espero que isso ajude você a sentir minha presença quando perder o rumo. Espero que você sinta meu amor a cada garfada.

Eu te amo para sempre. E um pouquinho mais.

Me encontre nos nasceres do sol. Sempre estarei lá, esperando para brilhar em você.

Con amore,
Mama

1

Starlet

Janeiro

Presente

No dia em que completei catorze anos, bolei um plano para minha vida. Eu sabia exatamente o que queria e visualizei um plano de ação para conquistar tudo o que desejava. O primeiro passo era me formar na faculdade de pedagogia, como minha mãe fez. O segundo era ficar noiva do meu namorado, John, antes de me formar. O terceiro era começar minha carreira como professora e arrumar um emprego incrível. E ter filhos aos vinte e três sempre me pareceu o ideal.

Eu sabia como minha vida deveria ser, e, quando comecei o segundo semestre do terceiro ano na faculdade, tinha certeza de estar trilhando o caminho perfeito para realizar meus sonhos.

Eu me orgulhava do meu bom senso. Se tivesse de escolher uma palavra para me descrever, seria perfeccionista. Eu sempre fazia a coisa certa, porque tinha um medo irracional de fracassar. Eu não era de sair da minha zona de conforto, porque conhecia cada milímetro dela. Sabia todos os detalhes das minhas muralhas protetoras de estabilidade. Não tinha dificuldade nenhuma em seguir no caminho certo — eu gostava da minha rede de proteção.

Naquela tarde, parada na frente do espelho de corpo inteiro do meu quarto compartilhado no dormitório, alisei meu vestido branco com saia godê. Ao lado do espelho estava o quadro dos sonhos que eu tinha montado, com tudo o que pretendia conquistar. Muita gente atualizava seu quadro dos sonhos a cada ano, mas eu tinha a sorte de manter a mesma visão desde a adolescência. Eu me conhecia. Portanto, sabia quem era a pessoa que eu estava me tornando, e aquela tarde me deixaria um pouco mais perto do meu final feliz.

Era meu aniversário de vinte e um anos, e meu namorado, John, me pediria em casamento.

John não era muito original quando se tratava de surpresas. Depois que ele sugeriu que eu fizesse as unhas para o meu aniversário e que usasse um vestido branco, ficou bem claro para mim o que iria acontecer. Além disso, algumas noites antes, quando eu estava no quarto dele estudando para nossa prova de física, acabei encontrando a caixinha da aliança ao abrir a primeira gaveta da escrivaninha em busca de uma caneta.

O timing não poderia ser melhor, levando em consideração que eu queria ficar noiva pelo menos um ano antes do casamento. Se meu plano seguisse conforme o esperado, teríamos nosso primeiro filho aos vinte e três — seríamos apenas um ano mais velhos que meus pais na época em que nasci.

Dizer que o romance dos meus pais era minha inspiração seria pouco. Apesar de minha mãe ter falecido há alguns anos, meu pai ainda falava dela como se ela fosse a melhor pessoa do mundo. E ele não estava exagerando. Minha mãe era uma santa.

Eu era bem filha da minha mãe em quase todos os sentidos possíveis. Todas as decisões que eu havia tomado desde que ela se fora tinham sido baseadas no que ela pensaria de mim se soubesse das minhas escolhas. Eu tirava as melhores notas porque sabia que isso a deixaria orgulhosa. Não falava palavrão porque ela nunca fazia isso. Eu havia decidido estudar pedagogia porque ela era uma das melhores educadoras que eu já conhecera. Eu usava batom vermelho e salto alto porque eram suas duas marcas registradas. Eu também usava as joias dela. Todo santo dia, um pedacinho dela tocava meu corpo.

Minha mãe era uma italiana linda, com a pele de tom mediterrâneo e cabelo louro-escuro, o oposto do meu. Meu pai era um homem preto bonito, com a pele marrom-escura e os olhos mais bondosos do mundo. Meu cabelo era preto como o do meu pai quando ele ainda o tinha, e meus olhos castanho-escuros lembravam os da minha mãe. Meu pai sempre dizia que minha pele era dourada, como se tivesse sido beijada pelo sol, a mistura perfeita do DNA dos dois. Por outro lado, meu cabelo era todo bagunçado em seu estado natural. Meus cachos eram uma tarefa diária com a qual meus pais não tinham tido experiência. Mas mamãe havia aprendido a cuidar deles com maestria, e, antes de partir, me ensinara todos os seus truques.

Quando eu sentia saudade dela, alisava o cabelo para vê-la em meu reflexo no espelho. Eu alisava muito o cabelo. Ela teria me dado uma bronca, porque adorava meus cachos naturais, mas tudo o que eu queria na vida era ser igual a ela.

Eu a vi nos meus olhos enquanto terminava de me arrumar para encontrar John. Só de pensar no que ia acontecer naquela noite, senti um frio na barriga. *Eu queria que você estivesse aqui, mãe.*

Queria poder ligar para ela depois de ficar noiva, para que nós duas começássemos a planejar o casamento. Não ter sua presença nos grandes momentos era bem injusto.

Ela teria gostado de John. Ele parecia comigo em muitos sentidos — era organizado, estável e seguro. Ele sabia o que queria da vida e aonde iria chegar.

O combinado era que eu o encontraria em seu dormitório dali a cerca de uma hora para irmos jantar, porém o frio na barriga que me dominava fez com que eu saísse uma hora antes do planejado. Minha cabeça girava tentando imaginar o momento em que ele faria o pedido. Seria antes ou depois do jantar? Seria depois de eu tomar meu primeiríssimo gole de bebida alcoólica na vida — uma taça de *prosecco*, o favorito da minha mãe? Ou ele esperaria até o fim da noite, quando estivéssemos voltando a pé para nossos quartos, e faria o pedido nos degraus do Rander Hall, onde tínhamos nos conhecido, no primeiro ano de faculdade, em uma aula de história?

A empolgação com as possibilidades me deixava ainda mais animada com meu futuro noivado. Eu sabia que isso ia acontecer, só não tinha ideia de como.

Quando cheguei ao quarto de John, ouvi música alta tocando lá dentro. Devia ser o colega de quarto dele, Kevin, escutando no talo. John não era de ouvir rap, apesar de eu sempre falar que algumas das composições musicais mais geniais vinham do rap — isso eu aprendi com meu pai.

Como sempre fazia, girei a maçaneta para entrar, já que os meninos nunca trancavam a porta, e fiquei paralisada ao me deparar com John completamente pelado na cama, com uma garota entre suas pernas fazendo um boquete.

Os olhos azuis dele se arregalaram ao me ver, e meu peito se apertou com a falta de ar. O pânico foi aumentando a cada segundo que eu observava meu namorado e a garota ajoelhada à sua frente.

— Ai, merda! — berrou John, empurrando a garota para longe de suas partes íntimas.

— Desculpa — falei sem pensar, desorientada e confusa, então fechei a porta e saí correndo.

Eu tinha pedido desculpas por pegar meu namorado me traindo? Meus olhos ardiam de emoção, e balancei a cabeça, completamente atordoada com o que tinha visto. Comecei a descer o corredor depressa, prestes a ter um colapso nervoso.

— Starlet! Starlet, espera! — gritou uma voz atrás de mim.

Olhei para trás e vi John, ainda sem camisa, enfiando, todo afobado, a perna esquerda na calça de moletom, correndo na minha direção.

Meus olhos se arregalaram ao vê-lo. Havia alguns caras no corredor, e minha situação com John se tornou o foco das atenções.

— Não era o que parecia! — disse John, fazendo uma onda de raiva tomar conta de mim.

Mas não deixei transparecer. A última coisa que eu queria era que aqueles desconhecidos no corredor soubessem que eu tinha flagrado meu namorado recebendo um boquete de outra garota. Na vida, todo mundo tem os próprios medos, e, se eu listasse os meus, humilhação pública estaria entre os maiores. Eu me recusava a cair em prantos na frente dos estranhos depois de descobrir que John estava me chifrando.

Acelerei o passo, correndo até o elevador. Fiquei apertando o botão sem parar, como se isso pudesse fazê-lo chegar em um passe de mágica. Infelizmente, não chegou, e John me alcançou. Ele estava ofegante, mas, para ser justa, ele já estava ofegante na cama com ela. Ela. Quem era ela? Isso fazia diferença?

Não.

Não fazia.

Não importava com quem aquele traidor estava me chifrando — só importava que ele estava me traindo.

As portas do elevador abriram, e eu entrei nele, com John atrás de mim.

— Me deixa em paz — falei para ele, ríspida, apertando o botão do térreo repetidas vezes.

— Starlet, não era o que parecia — insistiu ele. Meus olhos se arregalaram em choque com sua escolha de palavras. Ele apertou a ponte do nariz e suspirou. — Tá, era exatamente o que parecia. Mas você não entende. Nós estávamos estudando para uma prova de matemática...

— Ah, já sei, um mais um é igual ao seu pênis na boca daquela garota? — eu o interrompi. — Aposto que você adora essas equações.

As lágrimas no fundo dos meus olhos começaram a escorrer enquanto ele me fitava, cheio de remorso. Será que ele se sentia mal pelo que tinha feito ou por ter sido pego no flagra?

— Desculpa, Star — sussurrou ele, com os olhos ficando marejados de lágrimas.

Que babaca! Que tipo de cara começava a chorar quando era ele quem tinha sido pego no ato de uma traição? Ainda por cima no dia do meu aniversário! Eu teria feito a mesma coisa que ela mais tarde e provavelmente faria melhor! Como já disse, sou perfeccionista.

— Como você teve coragem? — choraminguei, me sentindo ridícula por ele estar testemunhando meu choro. — Hoje é meu aniversário, e você ia me pedir em casamento!

Os olhos dele se estreitaram.

— Você sabia que eu ia te pedir em casamento hoje?

— Lógico. — Abanei minhas unhas recém-pintadas de vermelho no ar. — Eu fiz as unhas!

Ele coçou a nuca.

— Eu pretendia mesmo te pedir em casamento hoje. Na teoria, nós dois somos um casal incrível, Starlet. Meus pais gostam de você. Eles acham que você faz bem para mim, ao contrário da Meredith. Ela é doida e divertida, enquanto você é... você.

— Como assim? — perguntei, ofendida com seu tom.

Ele parecia estar zombando de mim.

— Você sabe. Meio chata e previsível. De um jeito bom, claro! — garantiu ele. — Eu gosto de sempre saber o que você vai fazer. Você nunca sai da sua zona de conforto. Isso é ótimo. Você é tipo um cereal saudável, meio sem graça, mas que faz bem para o coração. A Meredith é tipo um cereal repleto de açúcar que causa diabetes e outros problemas. Quer dizer, é gostoso, *é bem gostoso*, mas, tipo... faz mal. Mas você é um cereal saudável. Eu gosto de cereal saudável. Meus pais gostam mais do que eu, na verdade, mas acho que vou passar a curtir mais com a idade. Quando a gente tiver uns trinta e poucos anos, provavelmente vou adorar você.

Ele estava mesmo comparando mulheres com cereais? Minha melhor amiga Whitney ia adorar ouvir essa.

As lágrimas continuaram escorrendo, e meu coração se partia em mais pedaços a cada minuto. Eu queria poder desligar minhas emoções. John não as merecia, e, ainda assim, elas estavam expostas para que ele as testemunhasse. Seu ego arrogante devia estar adorando ver como ele me afetava. Uma vez, Whitney comentou comigo que homens de baixo calibre adoravam ver que tinham magoado uma mulher. Nunca achei que John seria assim, mas, no fim das contas, eu não tinha a menor ideia de quem ele era.

— Quem é Meredith? — perguntei.

— Ah, é a garota que estava pagando o... — Suas palavras foram sumindo. Ele deu de ombros. — Se serve de consolo, eu jamais namoraria a Meredith. Ela é meio piranha, dá para todo mundo.

Fiquei boquiaberta e comecei a bater nele com a minha bolsa. Eu não sabia se estava fazendo isso por mim ou por Meredith. De qualquer forma, eu estava surrando o braço dele.

— Você é um lixo! — berrei, enojada com as palavras dele. As portas do elevador abriram naquele instante. — Você é um lixo, John, um lixo! Nunca mais quero ver você! — gritei.

Quando me virei para o outro lado, havia um grupo de pessoas na entrada do prédio assistindo ao meu surto.

Humilhação pública.

Ótimo.

Mas que maravilha.

Feliz aniversário para mim.

Eu pretendia mesmo te pedir em casamento hoje.

John falou isso como se fosse um elogio, como se eu devesse ficar empolgadíssima com a ideia.

Se eu tivesse uma máquina do tempo, alertaria a Starlet do passado sobre os riscos de entrar no quarto do próprio namorado quando ele não estava esperando por ela.

Pegar John me chifrando no dia do meu aniversário não estava nas minhas resoluções de ano novo. Eu sabia que ele era péssimo em escolher presentes, mas seria impossível me dar algo pior do que aquilo.

Dá para perceber que alguém está destroçado quando "Angel", de Sarah McLachlan, fica tocando no volume máximo várias e várias vezes e *O diário de Bridget Jones* já está no esquema para começar, seguido de *Ele não está tão a fim de você.*

Ele não está tão a fim de mim!

Lá estava eu no meu quarto, emocionalmente arrasada e sem um anel de noivado. Eu estava tão solteira quanto a velha maluca dos gatos.

Sozinha.

Solitária.

Patética.

Feliz aniversário, Starlet Evans.

Se nadar na poça das próprias lágrimas fosse um esporte olímpico, eu seria o Michael Phelps.

— Ai, nossa. Tem algum cachorrinho triste com fome pedindo esmola aqui dentro? — perguntou Whitney, entrando em nosso quarto.

Lá estava eu, no auge da minha tristeza, sentada na cama, com o rímel escorrendo pelas bochechas, destruída. Como fazia as vezes de lenço, meu vestido branco estava todo sujo de maquiagem.

— Sou eu — respondi, chorando. — Eu sou o cachorrinho triste com fome que precisa de esmola.

No mesmo instante, ela veio até mim e me envolveu em um abraço, desempenhando seu papel de melhor amiga.

— Não, não, não. Eu me recuso a permitir uma coisa dessas. Você não pode ficar triste no dia do seu aniversário. Isso vai contra todas as regras da vida. O que aconteceu?

— Peguei uma garota fazendo boquete no John quando entrei no quarto dele!

Whitney estreitou os olhos.

— Você está falando sério?

— Estou. Por que eu mentiria sobre uma coisa dessas?

— Não, é claro que você não mentiria. Só estou meio chocada, porque é o John.

— Pois é. — Concordei com a cabeça. — Porque ele costuma ser leal.

— Não, porque ele é feio mesmo. Como ele convenceu uma garota a pagar um boquete para ele?

— O quê? — arfei. — Ele não é feio.

— Ah, fala sério, Starlet. Ele é meio feio, sim. Não tem como negar. E não dá para você ficar defendendo esse cara depois do que ele fez. E no seu aniversário!

— No meu aniversário! — choraminguei, jogando as mãos para o alto. — Ele é meio feio mesmo!

— Meio feio total.

— Mas o que você quer dizer com meio feio? — perguntei, chorando dramaticamente.

Ela riu do meu exagero. Já morávamos juntas havia quase dois anos, então Whitney não ficava mais tão comovida com meus dramas.

— É um cara que não é totalmente feio, mas é feioso. Um meio feio.

Bufei.

— É, o John é meio feio mesmo.

— E você é uma gostosa. Tipo, uma gostosona. Talvez não nesse exato minuto, com essa maquiagem de exorcista, mas, meu amor, você é maravilhosa. Você estava fazendo caridade, querida. Só que o problema de uma gostosona namorar um meio feio é que o meio feio acaba se achando gostoso porque conseguiu uma gostosona, entende?

— Você devia dar um curso sobre isso.

— Eu salvaria tantas mulheres de decepções amorosas... A pior coisa do mundo é ficar na fossa por causa de um meio feio. Você provavelmente teve que se convencer a sair com ele no começo. Na real, você deve estar com vergonha por ter sido magoada por um pênis *daquele*, sendo que existem tantos melhores por aí. Uma pessoa com aquela cara não tinha o direito de partir o seu coração.

— Porque eu sou uma gostosona?

— É. Todas as mulheres são gostosonas. A maioria dos homens é meio feio. Na verdade, eles não passam de babacas arrogantes que um dia saíram com gostosonas e ficaram com o ego nas alturas por causa disso! Essa situação é muito preocupante, e acho que a culpa é do patriarcado. É assim desde sempre. Sabe por que Napoleão era um escroto? Porque provavelmente uma gostosona falou que ele não era tão baixinho assim, e... BUM! Olha no que deu!

Dei uma risadinha, e os olhos de Whitney se iluminaram.

— Era isso que eu queria ouvir, risada — cantarolou ela.

Whitney veio em minha direção, pulou na minha cama, pegou meu celular e desligou a música.

— Ei! Essa música é incrível — reclamei.

— Não. Sabe que música é incrível? Qualquer uma da Lizzo agora. Ou "Flowers", da Miley Cyrus.

— Que tal Sza?

— Não! Nada de Sza por enquanto. Existe uma hora e um lugar certo para Sza, e não é logo depois de um término.

Justo.

Ela pegou um elástico na minha mesa de cabeceira, juntou meu cabelo e o prendeu em um coque, depois secou minhas lágrimas com os polegares. Então segurou meu rosto e fixou os olhos verdes nos meus castanhos.

— Sabe o que nós vamos fazer hoje? — perguntou ela.

— Tomar um pote de Ben & Jerry's e ficar vendo fotos antigas minhas com o John?

Ela me lançou um olhar que dizia: "Não me faça te dar um tabefe."

Suspirei.

— O que nós vamos fazer?

— Vamos numa festa de fraternidade. — Ela deu uma reboladinha sentada na minha cama e bateu palmas, empolgada. — Vamos numa festa de uma fraternidade para comemorar o seu aniversário!

— Eu não vou a festas.

Eu era o oposto da garota festeira. Minha vida universitária se resumia a aulas, aulas e mais aulas. Então eu ia para o meu quarto e passava horas estudando. Não permitia que nada me desviasse dos meus objetivos, muito menos festas. Quem tinha tempo para ficar de ressaca, fazer dramas e passar horas se arrumando quando o foco era conquistar seus sonhos?

Ai, nossa. John tinha razão. Eu era um cereal saudável!

Whitney segurou meus ombros e me sacudiu.

— Starlet.

— O quê?

— Nós vamos a essa festa. Você vai beber álcool de procedência duvidosa e vai dar mole para caras que não sejam meio feios. E eu juro que, se te vir com um meio feio, vou gritar MF na sua cara.

— E se o cara for gostoso?

— Aí vou inclinar meu chapéu imaginário, e você vai poder seguir em frente, mas com cuidado. Caras gostosos também são babacas.

— Por que a gente gosta de homens mesmo?

— Somos programadas desde pequenas para achar o sexo oposto interessante, o que nos leva a passar anos praticando *gaslighting* contra nós mesmas porque a sociedade nos diz que precisamos nos adequar a padrões sociais para que nossos pais e avós não sintam que desperdiçaram décadas sem viver a própria verdade, o que, por sua vez, faz com que eles permaneçam agarrados às próprias mentiras.

Whitney sempre dava as respostas mais elaboradas para as perguntas mais simples.

Dei de ombros.

— E eu achando que era só porque gostamos de pênis.

— Ah, sim. — Ela assentiu. — Tem isso também. Agora, vai tomar banho e se arrumar. Vamos sair daqui a pouco.

Eu estava parada na cozinha de uma casa de fraternidade mal iluminada, me sentindo totalmente deslocada. Meu cabelo ainda estava meio úmido do banho, e eu usava uma regata preta e calça jeans também preta apertada. A calça era da Whitney, e ela jurava que deixava minha bunda maravilhosa. Eu nunca tinha usado nada tão justo, mas minha bunda parecia mesmo bem redondinha quando eu olhei no espelho antes de sair.

Infelizmente, Whitney havia me proibido de trazer um livro para a festa, porque eu precisava socializar. Ela até dera um sumiço nos meus fones de ouvido, para eu não escutar audiolivros escondida. Queria que eu conversasse com as pessoas em vez de me isolar, como sempre fazia. Ainda assim, eu não sabia puxar papo com ninguém ali. Eu ficava esfregando os braços para cima e para baixo enquanto observava ao redor.

Fiquei impressionada com a quantidade de garrafas de bebida alcoólica sobre as mesas e bancadas da cozinha. Além disso, havia alguns barris de cerveja e dois coolers imensos com algo que as pessoas chamavam de "suco mágico". Eu nunca tinha visto tanta bebida na vida. A música retumbava pelo espaço, gerando um leve zumbido em meus ouvidos. As pessoas riam e conversavam em grupinhos. E também rolava muita azaração.

Whitney voltou e me entregou um copo de plástico vermelho.

— Prontinho, toma isso aí — falou ela. — É suco mágico.

Cheirei a bebida e franzi o nariz.

— O que exatamente é suco mágico?

Ela deu de ombros, tomando uma golada do dela.

— Essa é a parte mágica, ninguém sabe. Mas dizem que, no final do segundo copo, você já está a meio caminho de Hogwarts.

— Maravilha.

Soltei uma quase risada.

Ela ergueu o copo dela no ar.

— Um brinde. À aniversariante. Que hoje seja uma noite de novas experiências, cheia de diversão, risadas e homens gostosões!

— Saúde! — Brindei, batendo meu copo no dela e depois tomando um gole. Assim que fiz isso, cuspi. — Ai, nossa, o que que é isto? Álcool puro?

— Que lindo. Foi seu primeiro gole de álcool. — Whitney abriu um largo sorriso e levou a mão ao peito, na altura do coração. — Minha menina está virando uma mocinha.

— Pois é, quem diria. Estou vivendo como se não houvesse amanhã. Estou no grau — falei, tentando parecer descolada. — O John estava errado quando disse que eu era um cereal saudável.

Ela arqueou uma sobrancelha.

— Ele te chamou de cereal saudável?

— Aham. — Quando pensei nas palavras que ele usou, meus olhos se encheram de lágrimas. — Porque sou chata e previsível!

— Ai, nossa, que babaca. Foda-se esse cara. Ele é um escroto mentiroso que não te merecia.

— Você tem razão — falei, me apoiando na bancada grudenta da cozinha. Logo que senti o grude, me inclinei para a frente. Eu já estava sonhando com meu banho quente quando voltasse para casa. — Este é o momento perfeito para provar que o John está errado. Eu não sou chata. Eu sou divertida! Eu sou rebelde! Eu posso ser igualzinha à Meredith.

— Quem é Meredith?

— A garota do boquete.

— Ah. Foda-se ela também! — falou Whitney. — Outra babaca.

Franzi a testa.

— Não sei se ela é babaca. Não sei se ela sabia que ele tinha namorada, porque os homens às vezes mentem, e talvez ela nem soubesse que estava destruindo uma relação. Pensando bem, será que outra mulher pode mesmo destruir uma relação, ou o relacionamento já estava arruinado antes dela aparecer? Sigmund Freud já dizia que...

Whitney fez uma careta e me segurou pelos ombros.

— Meu amor, não começa a citar filósofos, por favor, porque isso corta o barato. Você não pode ser esse tipo de bêbada hoje, tá?

— Que tipo de bêbada eu deveria ser?

— Ah, sei lá. O tipo que dança em cima da mesa, que fica louca de um jeito legal e pega um desconhecido. Tudo menos a que cita Freud.

— Tá. Para sua informação, eu nem ia citar Freud. Só estava falando umas bobagens engraçadinhas.

— Star.

— O quê?

— Você é minha melhor amiga, minha colega de quarto, a pessoa com quem eu conto para tudo, então pode acreditar quando eu digo que sei que você estava prestes a citar Freud.

Justo.

Mas ele era um homem fascinante, tinha pensamentos incríveis.

— E acho legal você não estar xingando a garota. É muito gentil da sua parte — comentou Whitney. — Eu odiaria os dois.

— Fazer o quê? Sempre fico do lado das mulheres. — Suspirei, pensando no que havia acontecido poucas horas antes.

Eu não conseguia tirar da cabeça a cena que tinha visto ao entrar no quarto de John. Meu pai dizia que John não era o homem certo para mim. Seu argumento? Ele tinha tatuagens horríveis. Meu pai era um dos tatuadores mais famosos de Chicago e julgava as pessoas com base em suas tatuagens — bom, talvez nem todas as pessoas, mas John, sim.

— Vou dançar em cima de uma mesa e pegar um cara aleatório — anunciei para Whitney, estufando o peito.

Eu não deixaria aquele garoto estragar meu aniversário. Eu tinha acabado de completar vinte e um anos, e a última coisa que queria era que John acabasse com uma noite que era para ser muito divertida.

— Ótimo! É isso que eu quero ouvir, porque é seu aniversário e nós não vamos deixar o pintinho do John estragar tudo!

— Não tem nada de "inho" no pinto do John — suspirei.

— Quantos pintinhos você já viu na vida, ao vivo e em ação?

— Só o dele.

Ela balançou a cabeça.

— Então pode confiar em mim, o John tem um pintinho.

— Como você sabe?

— Ele tem cara de quem tem pau pequeno. Lembra quando ele pegou uma rosa para você, te chamou de rosinha fazendo voz de bebê e prendeu a flor no seu cabelo? — Ela fingiu que ia vomitar. — Fiquei com nojo dele depois daquilo. Passei anos sendo legal com o John porque eu te amo, mas ele é um escroto de pau pequeno. Você merece coisa melhor.

— Eu sei.

Quem dera meu coração também acreditasse nisso.

— Enfim, a mim! — brindei.

— A você! — comemorou ela. Whitney virou o copo de uma vez só e então me deu um tapa na bunda. — Essa é a minha garota.

— Vou pegar um garoto aleatório hoje — falei, mas sem levar muita fé naquilo.

Whitney balançou a cabeça, seus olhos verdes encontrando os meus.

— Não, amiga. Você vai pegar um homem aleatório hoje. Não um garoto, e sim um homem.

— Isso — eu disse, pulando de um lado para outro como um boxeador prestes a entrar no ringue para sua primeira briga. — Mas, antes de eu ir, posso citar Freud?

Ela sorriu.

— Claro.

— *Das suas vulnerabilidades virão as suas forças.* — Sorri. — Freud era o cara, né?

— O homem, o mito, a lenda — concordou ela, rindo ao balançar a cabeça. — Nunca mude, minha amiga esquisita.

Talvez eu não conseguisse mudar nem se quisesse.

Whitney se afastou, provavelmente para dançar em cima de uma mesa, então fiquei sozinha e pude jogar fora minha bebida. Logo depois, enchi meu copo de plástico com o refresco que estava em cima da bancada. Eu podia até não estar bebendo naquela noite, mas tinha ido à festa. Já era alguma coisa. Quando me virei, perdi o equilíbrio e cambaleei para o lado, pois tinha pisado em algo grudento. Na mesma hora, senti mãos grandes, calejadas e firmes ao redor dos meus braços, me impedindo de cair no chão. O calor do toque da pessoa e a aspereza de suas mãos pareciam queimar minha pele macia. O contraste da temperatura e da rigidez de seu toque contra meu corpo delicado fizeram meu sangue esquentar. Meus olhos analisaram com curiosidade as mãos nos meus braços, então levantei a cabeça para ver o dono delas. Quando o fitei, absorvendo cada centímetro do seu ser, ele me soltou imediatamente, cruzando os braços.

Não desgrudei os olhos dele, porque isso era impossível. Meu coração disparou quando nosso olhar se encontrou de novo. Ele era a pessoa mais bonita que eu já tinha visto, com olhos cheios de tristeza. Fiquei me perguntando se ele sabia que tinha olhos assim — tão dolorosamente tristes. Apesar disso, ele era lindo — tinha o tipo de beleza que eu só via em revistas.

Aquele homem musculoso misterioso devia ser uma das pessoas mais deslumbrantes que eu já tinha visto em meus vinte e um anos de vida. Ele se vestia como meia-noite e se movia como pedra. Tudo nele parecia concentrado. Apesar do seu toque ser quente, sua alma parecia gélida. Levei alguns instantes para perceber que eu tinha derramado meu refresco na camiseta dele, mas, depois que notei, não conseguia mais parar de olhar. A blusa preta molhada grudava em seu peito, realçando seus braços fortes. Ele se agigantava na minha frente. Sem dúvida tinha mais de um metro e noventa, e o tipo de boca que parecia nunca sorrir, só se contorcer em carrancas. Sua barba também estava perfeitamente aparada, destacando ainda mais a carranca.

Mas seus lábios eram carnudos, e sua pele, perfeita. Ou ele seguia uma rotina de *skincare* fantástica ou era um desses idiotas sortudos que nunca teve acne.

E aqueles olhos...

Era a primeira vez que eu me deparava com um olhar que me hipnotizava. Naquele momento, eu me sentia imobilizada.

Aqueles olhos despertaram um redemoinho de emoções na minha barriga, me preenchendo de calor quando encontraram os meus. Órbitas verdes com castanho entremeado. Ou talvez eles fossem castanhos com toques de verde. Era difícil determinar com minha mente meio cansada e meu coração meio partido. Eu só sabia que gostava de olhar para eles, mesmo que parecessem frios.

Não, não frios.

Talvez melancólicos?

Olhos melancólicos às vezes podiam parecer um pouco frios.

Os dele pareciam sofrer tanto quanto meu coração.

Quando você também está mal, é fácil perceber esse tipo de coisa nas pessoas — a dor delas reflete a sua.

— Droga, desculpa — gaguejei.

Coloquei o copo de plástico na bancada e então, sem pensar, esfreguei as mãos para cima e para baixo no peito do homem desconhecido, tentando secar a bebida da roupa dele. Ele permaneceu imóvel, soturno e agourento, como uma gárgula sobre um parapeito, os olhos fixos em mim. Seu olhar era penetrante, ainda que estranhamente indiferente. Como se ele conseguisse enxergar todos os meus pensamentos, mas preferisse não fazer isso.

Senti seu abdome trincadíssimo conforme meus dedos iam acariciando seu peito. Aquilo não estava ajudando, mas, por algum motivo, eu não conseguia parar de esfregar o corpo dele. Minhas mãos não eram uma secadora, e ainda assim eu as movia por seu corpo como se a rapidez pudesse secar o tecido.

— Se você vai ficar me esfregando, pode descer um pouco a mão.

Ele disse isso com tanta naturalidade e convicção que quase não assimilei o comentário grosseiro.

Minhas mãos ficaram paralisadas sobre o peito dele enquanto eu inclinava a cabeça para encontrar seu olhar.

— Desculpa. O quê?

— Se você vai esfregar o meu peito, pode esfregar meu pau também.

Puxei as mãos depressa, completamente abismada.

— Hein?!

— Você não me entendeu?

Sua voz era suave como uísque, causando a mesma sensação de formigamento quando o som chegava aos meus ouvidos. Era baixa, grave e estável, sem nem um pingo de hesitação. Eu não sabia que vozes podiam ser tão fortes, tão seguras ao falar. Não era como se ele exigisse poder. Ele era poderoso sem precisar se esforçar para isso.

Com certeza não era um garoto.

Era, sem dúvida, um homem.

E um bem gostosão.

— Hum, não. Eu entendi.

— E aí?

Levantei uma sobrancelha.

— E aí o quê?

— Você vai pegar no meu pau ou vai sair da frente para eu poder pegar uma cerveja?

— Você é sempre grosseiro assim?

— Não sou grosseiro — disse ele. — Só vou direto ao ponto.

— E que ponto seria esse, exatamente?

— Você pegando no meu pau.

— Para de falar pau — eu disse, fazendo uma careta.

— Então para de perguntar em que ponto eu queria chegar — rebateu ele.

Levei as mãos à cintura e balancei a cabeça, sem acreditar.

— É essa a estratégia dos homens? Dá certo simplesmente pedir para uma mulher tocar seu pênis?

— Meu pênis? — Ele bufou, a boca se curvando em um leve sorriso maldoso. — Tão formal, tão educadinha — zombou ele.

— Eu podia ter dito falo.

Ele se inclinou um pouco para a frente, sua respiração quente derretendo contra o meu rosto.

— Você pode mamar meu falo se quiser. Junto com meus testículos, se estiver à toa.

— Por que homens são obcecados por boquetes? Até parece que vocês fazem qualquer coisa por uma chupada.

Ele deu de ombros.

— Eu também sou generoso.

— Como assim?

— Bom, você pode sentar na minha cara.

Fiquei boquiaberta, arregalando os olhos.

— Ai, meu Deus!

Ele arqueou uma sobrancelha.

— Você fica com vergonha de sentar na cara dos outros, é?

— O quê? Não. Pff, fala sério. Não tenho vergonha nenhuma. — Alternei o peso entre os pés. — Sou tranquilaça com isso. Sou ótima. Sou descolada.

Caramba, muito cereal saudável, Star.

— Descolada? — Ele meio que riu, mas eu tinha minhas dúvidas se sua voz seria capaz de emitir esse som. — Quantos anos você tem mesmo?

— Ah, cala a boca. Não sou eu que estou me oferecendo para sentar na cara dos outros.

— Que pena. Espero que você sente em mais caras neste ano. Esses são meus votos de ano novo para você. E eu posso ser a sua primeira cadeira, sem problema nenhum.

Minhas bochechas estavam pegando fogo.

— Para com isso.

— Por quê? Só estou oferecendo um lugar para você sentar. Do que mais você precisa? De um pedido de casamento? — brincou ele.

Até que eu gostaria, pensei.

— Sem ofensas… — comecei.

— Mas já ofendendo…

— Eu disse que não queria ofender.

— É isso que as pessoas falam quando estão prestes a ofender alguém. Mas pode falar.

Dei de ombros.

— Você é meio babaca.

— Não sou, não. Sou tão legal que meus amigos me deram o apelido de Pica.

— E qual é o seu nome?

— Não importa — respondeu ele, esfregando o nariz com o dedão. — Porque, até o fim da noite, você também vai estar me chamando de Pica ou rebolando na minha pica. De qualquer forma, é Pica para você.

— Ai, nossa, você é sempre tão explícito assim?

— Depende. Você é sempre tão pudica?

— Eu pareço pudica?

Seus olhos percorreram meu corpo de cima a baixo algumas vezes antes de voltarem a encontrar meu olhar. A curva que seus lábios formaram quase me fez corar. Ele não estava detestando o que via. Mesmo com meu quadril.

— Você parece uma mulher que deveria sentar na minha cara.

Eu ri e balancei a cabeça.

— Para mim já chega dessa conversa.

Ele cruzou os braços em frente ao peito largo e se inclinou para a frente.

— Beleza, mas só estou tentando ajudar com os votos de ano novo para você sentar em mais caras.

— Isso não é o que eu quero de ano novo. É o que você quer para mim.

— Fazer o quê? Quero o melhor para você.

Eu detestava admitir, mas estava me divertindo com aquelas provocações. John nunca me provocava. Aff! John. *Dane-se o John — garoto idiota.*

Eu me virei de volta para o homem.

— Acho que já chega de falar.

— Isso. Hora de falar menos e sentar mais.

Abri a boca para responder, mas minha mente pareceu desligar enquanto eu o fitava.

Ele inclinou a cabeça e estreitou os olhos como se parecesse estar mais cativado por mim. Ele me analisava como se eu fosse a Mona Lisa — especial, mas fora da sua realidade. E me encarava como se tentasse encontrar pistas para um mistério do qual eu não sabia que fazia parte.

Por que ele estava me olhando daquele jeito? E por que seus olhos faziam com que eu me sentisse em pânico e protegida ao mesmo tempo?

Vá embora, Star.

Mas eu não fui. Não conseguia.

Ficamos parados ali, os dois em silêncio enquanto a batida da música pulsava ao nosso redor e a conversa das pessoas vibrava em meus ouvidos.

Por que ele não tirava os olhos de mim?

E por que eu não conseguia afastar meu olhar?

Abri um sorriso sem graça.

— Bom, beleza, isso foi… esquisito. Beleza. É. Tchau.

Tentei passar por ele. Meu braço roçou contra o seu, e, mais uma vez, senti o calor de seu toque quando ele pousou a mão em meu antebraço.

Ele inclinou a cabeça e estreitou os olhos.

— Você quer esquecer?

Senti um frio na barriga.

— Esquecer o quê?

Ele chegou mais perto, a boca parando quase no lóbulo da minha orelha. Sua respiração quente derreteu contra minha pele fria quando ele sussurrou:

— Tudo.

Meu estômago revirou de nervosismo quando encontrei novamente aqueles olhos verdes com traços castanhos. Então mais uma vez eu vi — aquele lampejo de sofrimento em seu olhar. Foi rápido, mas estava lá. Escondido entre segredos e histórias que ele jamais compartilharia com ninguém. Uma parte de mim quase acreditou que era coisa da minha cabeça, mas não. Estava lá. Eu podia jurar que estava. Sentia sua tristeza atravessando meu corpo enquanto ele me segurava. Era como se sua intensidade estivesse explodindo através da minha alma. Eu não só testemunhava sua escuridão, mas a sentia em seu toque.

— Quem machucou você? — perguntei como resposta.

Seus olhos brilharam mais uma vez. E lá estava a tristeza. Era impossível que eu tivesse me enganado.

O olhar dele se tornou mais duro quando ele respondeu:

— Ninguém.

— Mentira.

— Mentira — concordou ele. — Que tal nós mentirmos juntos enquanto... ficamos juntos? — propôs.

Sua mão ainda estava no meu antebraço, e o calor que ela enviava pelo meu corpo deixava minha mente atordoada. Eu gostava do seu toque quente. Gostava de seus lampejos de tristeza. Gostava do fato de que ele lembrava uma montanha-russa — apavorante, mas emocionante. E valia cada centavo do preço do ingresso.

Eu também gostava do fato de que ele cheirava a carvalho e limonada.

Meu olhar se encontrou com o de Whitney, atrás dele. Ela ergueu as sobrancelhas e assentiu com a cabeça enquanto articulava "Gostoso" para mim.

Aham. Um homem gostosão.

Naquele momento, eu sabia que tinha duas opções. Podia ser a Starlet previsível e chata, que sempre fazia a coisa certa. A que tomava decisões com o cérebro. A que sempre pensava no futuro e nas consequências. Ou eu podia ser a Starlet louca. A garota que ignorava a lógica e fazia o que lhe dava na telha. A que se soltava e se libertava de tudo — a que queria se atracar com aquele homem e sentar gostoso na cara dele. Eu não queria mais ser um cereal saudável. Eu queria ser o fundo da caixa de um cereal doce, onde ficava a melhor parte. Açucarada, divertida e deliciosa.

Meu olhar foi até a mão dele, então subiu para encontrar seus olhos de novo.

— Então tá — arfei.

Ele arqueou uma sobrancelha.

— Então tá o quê?

— Estou precisando de uma cadeira.

Ele abriu um sorriso travesso.

Também gostei disso.

Virei a mão, de modo que passei a segurá-lo pelo pulso, e o conduzi, em busca de um quarto.

2

Starlet

Quando encontramos um quarto, nós dois entramos e eu me virei de costas para o Pica para trancar a porta, nos prendendo em nossa fantasia. O clima pareceu esquentar quando o trinco se encaixou no lugar, tornando aquilo mais real. Girei na ponta dos pés para encará-lo e o peguei me observando por inteiro conforme sua respiração se tornava mais ofegante. Ele fechou as mãos ao lado do corpo. Ficou ali parado, imóvel, como se esperasse permissão para me tocar.

Abri um sorriso tímido, mordendo o lábio inferior. Eu estava um pouco nervosa sabendo que era o centro das atenções dele. Nenhum homem havia me olhado assim antes… como se fosse uma fera faminta, pronta para o maior banquete da vida. Ele veio se aproximando devagar, me pressionando contra a madeira fria da porta. Apoiei minhas costas suavemente contra ela, e as mãos grandes dele protegeram minha cabeça para impedi-la de bater na porta.

Seus lábios pairaram sobre os meus por um breve momento, seu nariz roçando no meu. Abri minha boca e pude sentir a respiração dele. O ar que ele expirava se tornou o que eu inspirava nos segundos antes de sua boca tomar a minha. Sua língua invadiu a minha boca, descobrindo meu gosto.

A mão dele subiu pela parte de trás da minha blusa, acariciando minha pele conforme o beijo ficava mais intenso. Minha cabeça girava, e a sensação do gosto dele foi ficando cada vez mais viciante. Minhas mãos envolveram seu pescoço enquanto o corpo dele pressionava o meu. Comecei a sentir um tremor entre as minhas coxas quando ele segurou minha nuca. Meu corpo se arqueava na direção do dele, incapaz de se lembrar de como era a vida antes de nos emaranharmos. Eu me sentia indecente, mas queria que ele me tornasse ainda mais obscena. Queria que ele me destruísse das melhores formas possíveis. Contra a parede. Em cima da cômoda. Na cama. Nunca tinha me sentido assim — intoxicada por beijos.

Era essa a sensação que beijos deveriam despertar?

Poder? Avidez? Euforia?

Era essa a sensação de ser safada?

Era por isso que as pessoas perdiam a razão?

Meu corpo começou a pulsar, sentindo as mãos dele me explorando. Meu quadril, minhas coxas, minhas curvas... Sua boca desceu para meu pescoço enquanto ele abria meu cinto com a mão esquerda.

Ele gemeu contra minha pele ao sentir meu gosto, inclinando meu pescoço para o lado a fim de lamber minha clavícula, provando cada centímetro meu.

Depois que tirou meu cinto, ele abriu minha calça jeans e a empurrou para baixo. Saí rápido de dentro dela, chutando meus sapatos para o canto do quarto.

Ele fez uma pausa, colocou um dedo sob meu queixo e inclinou minha cabeça para que eu encontrasse seu olhar. Lá estava ele de novo, penetrando minha alma e lendo as novas páginas escritas na tinta de problemas e na caligrafia do pecado.

Tudo ficou em câmera lenta.

Minha respiração parou enquanto ele me analisava.

Ele era muito intenso, mesmo sem fazer nenhum esforço.

Seus olhos investigavam os meus com determinação, como se ele procurasse por algo, como se buscasse uma resposta dentro das minhas íris castanhas.

— Tudo bem? — sussurrou ele, roçando a boca contra a minha.

Meu coração batia ainda mais rápido conforme eu ia assimilando aquilo tudo.

Ele não estava me possuindo; ele estava me honrando. Não queria apenas sentir prazer, mas me pedia permissão. Por algum motivo, isso me deu ainda mais tesão.

— Tudo bem — arfei.

Com isso, seus lábios voltaram a encontrar os meus. Os beijos dele me deixavam atordoada. Meu cérebro estava enevoado; meu coração, empolgado. Eu gostava da sensação do corpo dele contra o meu. Adorava, na verdade. Era como se ele fosse o paraíso misturado com o inferno, como um anjo caído que ainda era capaz de voar.

Quando seus lábios pararam de se mover contra os meus, ele puxou a bainha da minha blusa para cima e a arremessou do outro lado do quarto. Suas mãos cobriram meus seios envoltos pelo sutiã, e sua boca desceu para traçar um rastro de beijos nas curvas que eles formavam. Então ele foi descendo mais e mais, provando cada pedaço de mim conforme se aproximava da minha calcinha.

— Hoje é meu aniversário — soltei.

Eu não sabia como aquelas palavras tinham me escapado. Nem por que minha cabeça estava tentando assumir o controle da situação, colocando meus desejos de lado.

Aqueles olhos verde-acastanhados encontraram os meus de novo. Ele inclinou a cabeça, parecendo confuso, esperando que eu desse mais detalhes.

Pigarreei.

— Meu namorado me traiu hoje. No meu aniversário.

— Que babaca — rosnou ele de um jeito quase protetor.

Eu ri.

— Achei que o babaca fosse você.

— Pode acreditar, eu também sou babaca.

Ele passou o polegar sobre o tecido fino da calcinha sem tirar os olhos dos meus. Desceu pelas minhas coxas e deixou que eu a removesse. Então, suas mãos foram para o meu quadril, e ele me levantou.

— Espere! — Balancei a cabeça. Por um milésimo de segundo, fiquei tímida. Eu não tinha vergonha das minhas curvas, nem um pouco. Mas fiquei preocupada por não ser tão leve quanto algumas das outras mulheres com quem ele devia estar acostumado a transar.

— Você vai machucar suas costas. Sou um pouco maior do que as meninas daqui. Você não pode me levantar desse...

— Estou vendo você — disse ele, suas mãos percorrendo minhas curvas, minha pele, minha barriga. — Eu quero você — sussurrou, sua boca beijando as partes de mim que John evitava.

Ele massageou minha pele, então firmou as mãos embaixo da minha bunda, me levantando sem nenhum esforço e me carregando para a cama. Eu tinha quase certeza de que foi nesse momento que o primeiro orgasmo da noite veio.

— Você é minha hoje — jurou ele, sua voz era baixa e carregada de desejo. — Agora, segura a cabeceira — orientou ele, me posicionando por cima — que eu vou fazer a festa.

A parte do meu cérebro acostumada a pensar demais foi desligada quando ele ergueu meu corpo de mais de noventa quilos no ar e me pôs sentada sobre seu peito. Ele agarrou minha cintura e me levou até seu rosto, fazendo com que eu perdesse o contato com a realidade. Sua língua entrava e saía de mim, me fazendo gritar de prazer. Eu estava rebolando, me esfregando em sua boca, em sua barba, que agora pingava com minha essência.

Minhas mãos seguravam a cabeceira com firmeza, e ele me devorava como se eu fosse sua última refeição, sua língua em meu clitóris, chupando, engolindo cada gota de mim. Ele me sorvia como se estivesse perdido no deserto e eu fosse a primeira a saciar sua sede. Eu sentia que ele me queria tanto quanto eu o queria.

— Eu vou... vou...

Gemi, ofegante, conforme a sensação que levava ao orgasmo ia ficando cada vez mais intensa. Minhas unhas se fincaram na cabeceira conforme ele se enterrava dentro de mim.

Isso, isso, isso, por favor...

Sua língua se movimentava cada vez mais rápido, como se ele fosse capaz de ouvir meus pensamentos implorando. Arqueei para trás, segurando as pernas dele, me movendo como se sua língua fosse o ritmo, e meu centro, sua melodia favorita.

Desmoronei contra seu corpo, o orgasmo trêmulo me fazendo gritar alto. O momento pareceu exagerado demais, poderoso demais. Comecei a me afastar, mas ele segurou minhas coxas e disse:

— Ainda não.

Então me puxou para mais. Foi aí que ficou bom. Foi aí que realmente cheguei ao ponto ideal. Eu teria implorado por mais, só que ele me dava tudo por vontade própria, era generoso, seguia instruções. Ele fez com que eu me sentisse uma rainha, se comportando como um plebeu que tentava conquistar minha benevolência. E eu cavalgava em sua cara como se ele fosse um rei e eu quisesse ser sua humilde serva.

Eu me joguei para trás, me deitando sobre ele, e senti sua rigidez em minhas costas. Ele estava completamente alerta e pronto para brincar. Sentir o pau dele latejando contra minha coluna só fez com que eu o desejasse ainda mais.

Assim que cheguei ao clímax, ele me levantou e me acomodou sobre sua barriga. O olhar de prazer em seus olhos fez minhas bochechas esquentarem, e fiquei tímida. Sua barba brilhava com a minha essência. Ele a limpou com a mão, e um olhar travesso se formou em seus lábios. Seu sorriso era como o de Hades, e eu ansiava por ser sua Perséfone.

— Feliz aniversário — sussurrou ele, me puxando para seu rosto e me dando um beijo com o meu gosto. — Você é incrível. Cada pedacinho seu.

O elogio me pegou de jeito. Eu nunca havia estado com um homem que me elogiava na cama. Isso só aumentou minha confiança.

Com ele, meu corpo fazia coisas de que eu nem imaginava ser capaz. Eu não sabia que reagiria tanto às palavras, aos elogios e aos toques certos. Ele estava me transformando não apenas no sentido físico, mas no psicológico também. Fazia com que eu me orgulhasse das minhas curvas, explorando meu corpo de um jeito novo.

Sem esforço, suas mãos me viraram na cama, então fiquei de barriga para cima, enquanto ele pairava sobre mim. Gostei da maneira como ele fez isso — ele me jogava de um lado para o outro como se eu fosse uma boneca de pano, como se meu peso fosse um conceito imaginário que existia apenas nas minhas inseguranças bobas.

Eu não sabia que seria capaz de me sentir tão confiante estando nua diante de um desconhecido, quando meu parceiro anterior mal me olhava nos momentos íntimos. Com John, sexo parecia uma tarefa árdua, algo que precisávamos resolver antes de voltar para nossas outras pendências. Mas, naquela noite, o sexo foi como uma aventura — uma jornada de descobertas.

Ele pairava sobre mim, e eu não conseguia parar de encará-lo. Aquele homem parecia tão familiar, apesar de nunca termos nos visto antes. Era como se ele fosse uma memória que minha mente havia esquecido ao longo do tempo. Um sonho perdido que finalmente era reimaginado.

Puxei sua camisa enquanto ele abria a calça jeans. Um som de surpresa escapuliu dos meus lábios quando ele baixou a calça e a samba-canção.

O tamanho e a grossura de seu pênis deveriam vir acompanhados de um aviso de alerta e cuidado.

Atenção, consumidores. Risco de asfixia. Engolir esse item pode resultar em mandíbulas doloridas e lábios inchados. Pode levar à morte se não houver intervalos para respirar. Não recomendado para espectadores sensíveis. Utilize sob sua própria conta e risco.

Minha mandíbula doía só de eu olhar para ele, mas seria uma troca justa.

Comecei a descer, e ele soltou uma risadinha, balançando a cabeça.

— O aniversário é seu — disse, me deitando de novo e beijando meu pescoço. — Sou eu quem vai dar os presentes hoje, não você — sussurrou ele contra minha orelha enquanto abria minhas pernas e se pressionava contra mim.

Rapidamente, ele pegou uma camisinha no bolso da calça e a colocou antes de voltar para mim. Sua rigidez roçou em meu centro ao mesmo tempo em que suas mãos desciam pelas minhas costas. Ele abriu meu sutiã com o que pareceu ser um estalar de dedos.

Meu cérebro parou de funcionar quando sua boca tocou meu seio esquerdo e ele começou a lamber meu mamilo de um lado para o outro, seguindo um ritmo próprio. Ele pegou seu membro enorme e esfregou a cabeça em meu clitóris várias vezes. Senti a antecipação se acumulando enquanto ele me provocava com seu comprimento deslizando por meus lábios encharcados. O desejo e a necessidade de tê-lo dentro de mim estavam me deixando louca, e implorei para que ele me tomasse por inteiro.

— Por favor — murmurei, ofegante. — Eu quero você todo...

Seus lábios dançaram sobre os meus como se aquele sempre tivesse sido seu lugar. Sua língua entrou em minha boca enquanto ele deslizava para dentro de mim com uma estocada forte e maravilhosa.

— Isso, isso, isso — gemi quando ele me penetrou.

Minhas costas se arquearam enquanto ele ia cada vez mais fundo. No começo, foi devagar, cada centímetro parecendo um quilômetro. Minhas mãos aterrissaram em seu peito musculoso, e ele levantou minhas pernas até seus ombros. Ele me dobrou feito uma panqueca e acelerou o ritmo. Minhas pernas tremiam contra seu corpo, e levantei as mãos, firmando as palmas contra a cabeceira, adorando seu ritmo, sua grossura, tudo nele.

Isso, isso, isso...

Ele segurou meu pescoço, sem apertar com força, mas pressionando o suficiente para me dar mais prazer do que eu imaginava ser possível. Aquilo era novo para mim, e eu gostei... gostei de ser enforcada por ele.

Ele abaixou a boca até a minha e lambeu meus lábios de baixo para cima, então sussurrou:

— Quem é a aniversariante boazinha?

Suas pupilas se dilataram, e meu coração pareceu dar um pulo quando sussurrei para ele:

— Eu.

Eu só queria me perder nele por mais um tempo. Ele também me apertou em seus braços, como se gostasse de mim. Acariciou cada centímetro do meu corpo, tanto no sentido físico como no mental. Acalmou as partes mais gritantes das minhas inseguranças ao pressionar a boca na minha.

— Isso mesmo — falou ele baixinho. — Você é minha aniversariante boazinha.

Foi aí que me perdi.

Foi aí que ele me descobriu.

Minhas pernas tremiam contra seu corpo, e ele grunhiu de prazer quando gozei mais uma vez. E ele sentiu — tudo. Eu estremecia, e ele gemia de prazer. Dava para perceber que ele estava lutando com todas as forças para não se juntar a mim naquele jorro de prazer. Para ele, ainda não era hora de terminar a comemoração.

Ele me virou de lado, enroscou as pernas ao redor do meu corpo e deslizou para dentro de mim por trás.

— Ai, nossa — arfei, descobrindo que posições diferentes levavam a pontos diferentes do meu corpo e adorando cada segundo.

O rosto dele estava pressionado contra a lateral do meu corpo, e escutei as palavras saindo de sua boca:

— Gostei. Gostei de ver você todinha. — Suas mãos foram para meus seios, massageando-os enquanto ele mordiscava o lóbulo da minha orelha. — Gostei de sentir você todinha.

Ficamos assim juntinhos, deixando o tempo e todas as inibições de lado. Eu não sabia quais eram suas mágoas, e ele mal sabia das minhas, porém, durante aqueles instantes sagrados, era como se tivéssemos nos tornado um. Uma bagunça incrivelmente linda.

Ele me virou de frente e seus olhos encontraram os meus. Aqueles seus olhos verde-acastanhados eram viciantes. Eu teria feito qualquer coisa que ele me pedisse naquele momento. Se ele quisesse uma estrela, eu arrumaria uma escada alta o suficiente para alcançar o céu, tamanha a ânsia que eu tinha pelo prazer dele. Eu o queria tanto quanto ele parecia me querer.

— Goza comigo — ordenou ele enquanto esfregava a cabeça do pau no meu clitóris.

Ele meteu com vontade, mantendo o contato visual, como se eu fosse a única pessoa que ele quisesse fitar para sempre. Obedeci.

Ele gozou dentro de mim, e meu orgasmo veio rápido e foi intenso, demorado e livre.

Isso, isso, isso...

Quando terminamos, ele desabou sobre mim.

— Porra — murmurou ele, satisfeito, enchendo meu pescoço de beijos e girando para o meu lado, completamente encharcado da montanha-russa de sensações que tínhamos experimentado juntos.
— Isso foi... — arfou ele.

— Aham... — concordei.

Ele inclinou a cabeça na minha direção, abrindo um sorriso malicioso.

— Eu disse que você ia sentar na minha cara.

Revirei os olhos, me sentindo um pouco acanhada.

— Que seja.

Uma expressão estranha surgiu em seu rosto quando ele olhou para mim. Ele estreitou os olhos, inclinando a cabeça de leve enquanto me observava. O sorriso malicioso que pouco antes estava em seus lábios desapareceu quando ele encontrou meu olhar. Então ele se levantou depressa da cama e pegou suas roupas, agindo como se tivesse acabado de ver um fantasma.

Aquela pressa toda fez um calafrio percorrer minha espinha. Fiquei confusa. Como ele podia olhar para mim como se eu fosse tudo em um segundo e de repente fazer com que me sentisse um nada em um piscar de olhos?

Puxei o lençol sobre meu corpo, torcendo para que ele funcionasse como um escudo e protegesse meu coração tímido. Uma onda de nervosismo me atingiu à medida que minha mente voltava para a realidade. Uma sensação estranha de rejeição tomou conta de mim quando o calor dele evaporou da minha pele. A impressão de estar nas nuvens agora batia de frente com a triste solidão que surgia. Ele ainda estava ali no quarto, mas parecia muito distante. Talvez não no sentido físico, mas parecia que a cabeça dele tinha ido para outro lugar assim que seus pés deixaram a cama e tocaram o chão.

Aquela situação toda estava me deixando desconfortável, mas tentei lidar com tudo da melhor maneira possível. O que eu estava esperando, de qualquer forma? Eu nem sabia o nome dele. Ele não me devia nada, nem uma despedida. A parte lógica do meu cérebro entendia isso, mas meu coração? Ele tinha se partido um pouquinho.

Mordi o lábio inferior.

— Você já vai?

Seus olhos encontraram os meus, e vi de novo — vi que ele se sentia exposto, confuso. Algo tomava conta de sua mente e bagunçava seus pensamentos. Talvez ele estivesse se sentindo tão confuso quanto eu. Ele não tinha sentido o mesmo que eu? Aquilo não tinha sido só sexo. Não podia ter sido. Eu nunca havia tido uma conexão tão forte com ninguém que conhecia, que dirá com um desconhecido. Mas, talvez, transas sem compromissos fossem assim mesmo — situações falsas que pareciam reais.

Ele parou por um milésimo de segundo. Seus lábios se abriram ligeiramente, como se ele fosse dizer alguma coisa, mas, em vez disso, os fechou com firmeza e voltou a se vestir. Ele colocava as roupas como se fosse um paramédico que precisava ir correndo para o local de um acidente. Eu nunca tinha visto ninguém com tanta pressa para sair de perto de mim. Eu teria perguntado o que tinha feito para ofendê-lo, mas duvidava que ele fosse me dar uma resposta sincera. Nós não nos conhecíamos, porém os olhos dele me contavam mais verdades do que seus lábios seriam capazes de revelar.

A culpa me inundou quando pensei no que poderia ter motivado aquela mudança brusca de humor.

— Você tem namorada? — perguntei.

Era por isso que ele estava com tanta pressa para sair dali? Eu era a Meredith naquela situação ali com ele? Será que ele tinha o próprio cereal saudável o esperando em casa?

— O quê? Não.

— Então por que você está com tanta pressa para ir embora?

— O que você estava esperando? — questionou ele, fechando a cara e evitando qualquer contato visual. — Que a gente fosse ficar de conchinha?

Eu não esperava que a gente fosse ficar de conchinha, mas teria sido gostoso.

O jeito como ele agora evitava meu olhar era muito estranho. Não era como se ele achasse que eu fosse um tipo de praga, parecia que eu era sua droga favorita e ele estava tentando desesperadamente permanecer sóbrio.

— Ei — chamei, fazendo com que ele olhasse na minha direção de novo. — Está tudo bem com você?

Eu queria entender aquela expressão em seu rosto. Queria que aquele nosso momento fora da realidade, seja lá o que tivesse sido, durasse mais um pouco. Só que, desta vez, quando se virou para mim, ele estava diferente.

Seus olhos não exibiam o mesmo carinho de antes. A frieza e a indiferença estavam de volta, mas eu não conseguia distinguir quem ele de fato era. Seria o cavalheiro que pedia permissão? Que às vezes parecia a pessoa mais triste do mundo? Ou era só um homem que comia geral e não sentia nada por ninguém?

— Eu estou bem. Isso não é um conto de fadas. A gente trepou. Agora vamos embora — disse ele enquanto subia a calça jeans. — Bem-vinda ao mundo real.

— Você é um babaca.

— Eu avisei desde o início. Feliz aniversário — disse ele. — Valeu pelas memórias.

Depois que ele saiu, permaneci na cama por mais alguns segundos. As emoções começaram a dominar meu corpo, e não consegui contê-las. As lágrimas inundaram meus olhos, e comecei a soluçar, cobrindo a boca com as palmas das mãos, me dando conta do que eu tinha acabado de fazer. Eu não sabia quem eu tinha sido naquela noite e sempre tive muita certeza de quem eu era. Eu era confiável.

Responsável. Estável. Uma menina boa que nunca fazia nada errado. Tudo que havia acontecido naquele quarto era errado. Nada daquilo era para ter acontecido. Eu jamais deveria ter me metido naquela situação. E, ainda assim, queria relembrar cada segundo em câmera lenta. As mãos dele agarrando minha cintura... sua língua lambendo meu pescoço... seus lábios contra os meus...

Não, Starlet. Foi errado.

Minha mente e meu coração entraram em guerra enquanto as lágrimas escorriam dos meus olhos, porque eu não conseguia entender.

Como algo tão ruim podia ter sido tão bom?

3

Starlet

Acordei sem nenhum sinal de dor de cabeça.

É um milagre de aniversário de vinte e um anos!

Pelo visto, um gole de suco mágico não era suficiente para causar ressaca.

A primeira coisa que surgiu em minha mente quando me espreguicei foi que John tinha me traído. Por sorte, a segunda, que veio com tudo, foi o Pica — a pessoa e o falo.

Meu corpo ainda estava dolorido. Afinal, ele tinha me virado como se eu fosse uma panqueca.

Eu tinha dito mesmo para ele que eu era uma aniversariante boazinha?

Ai, nossa, Starlet. Que noite, que noite.

Depois que me levantei da cama, fui tomar banho. Era uma das vantagens de não ser mais aluna do primeiro ou do segundo ano da faculdade — havia boas chances de seu quarto ser uma suíte e você não precisar mais dividir o banheiro com as outras vinte garotas do seu andar. Avançar nos estudos só trazia vitórias.

Eu estava secando o cabelo depois de sair do banho quando Whitney se espreguiçou em sua cama. Ela bocejou alto, então deu uns cinco tapinhas na barriga, como fazia todas as manhãs.

— Bom dia, colega de quarto — disse ela.

— Bom dia, colega de quarto — respondi.

Ela sentou-se e esticou os braços.

— Está de ressaca?

— Nem um pouco.

As sobrancelhas dela se levantaram.

— Sério?

— Talvez eu seja imune a ressacas.

Ou isso ou talvez eu não tenha bebido nada ontem à noite.

— Cara, falar assim dá azar. Lembra aquela vez que eu tomei vinte e uma doses de gelatina com vodca?

Estremeci só de pensar.

— Lembro.

Whitney havia voltado cambaleando para o quarto como se também fosse feita de gelatina.

Ela sorriu.

— Acabei na enfermaria da faculdade ouvindo que minha ressaca tinha finalmente chegado dois dias depois. Nunca tomei tanto Gatorade na vida.

— Vamos torcer para não ser esse o meu caso. — Eu ri. — Estou me sentindo ótima.

— Que bom. Isso é bom, levando em consideração que o John foi um grande babaca. Mas, por outro lado, parando para pensar na sua noite… — Ela abriu um sorrisinho malicioso e arqueou as sobrancelhas. — A gente nem conseguiu falar da sua noite depois que você sumiu com o gostosão.

Pois é. Eu e Whitney tínhamos voltado cambaleando para casa, rindo feito garotinhas de tudo e todos. Eu estava assim por conta de toda aquela movimentação no quarto, enquanto ela não conseguia andar reto por causa do suco mágico. Nós não tínhamos nem tocado no assunto das minhas aventuras com o Pica.

Senti minhas bochechas esquentando só de me lembrar de ontem à noite. Eu não me sentia muito confortável em falar da minha vida sexual, ainda mais porque o sexo com John era bem básico e chato. Mas ontem à noite?

Sobre ontem à noite…

Eu me sentei à escrivaninha e peguei uma escova de cabelo.

— Ontem à noite foi… diferente.

— Ele tinha um pintão? Ele pintou o sete com o pinto?

Eu ri, balançando a cabeça.

— Por que você é assim?

— Sei lá. Meus pais são esquisitos. Acho que herdei esses genes. Mas, sério, como foi?

— Foi…

Fechei os olhos por um instante e meio que desfaleci.

— Ai, nossa. — Whitney pareceu surpresa, o que me fez abrir os olhos. Ela apontou um dedo acusador na minha direção. — Ele virou sua vagina de cabeça para baixo!

— Ele virou minha vagina de cabeça para baixo — repeti, balançando a cabeça sem acreditar no que tinha acontecido na noite anterior.

— Isso aí! Estou orgulhosa de você, colega de quarto. Minha teoria foi comprovada então? O John tem pau pequeno?

— Acho que eu nem classificaria mais aquilo como pau. Está mais para um gravetinho.

— E o senhor gostosão tinha…

— Uma tromba de elefante.

Whitney jogou os braços para cima, vitoriosa.

— Isso que é aniversário animado, Starlet Evans!

Tinha sido um aniversário animado mesmo.

— Espero que você passe o fim de semana todo sem conseguir andar direito — disse ela. — Falando nisso… Em uma escala de zero a dez, com quanta vontade você está de se aventurar? Nível torrada com abacate? — perguntou minha amiga enquanto eu tentava desembaraçar meu cabelo molhado.

A cada manhã, meu cabelo castanho cacheado se mostrava uma comédia de erros. Eu cogitava raspar a cabeça pelo menos umas cinquenta vezes por dia.

Para Whitney, sábados significavam apenas uma coisa — brunch. Essa era a forma preferida dela de curar as ressacas de suas noites loucas de sexta. Na maioria do tempo, minha colega de quarto era uma nerd que levava os estudos muito a sério, mas quando chegava sexta-feira? Ela tirava folga do mundo dos estudos e fazia jus à sua carteirinha de festeira, pois só queria se divertir.

Ela dizia que tudo na vida era uma questão de equilíbrio. Depois de ontem à noite, eu entendia por quê. Agora só me sentia um pouco decepcionada por ter perdido dois anos de festas na faculdade por me concentrar demais na vida acadêmica.

— Ótima ideia. Com ovos mexidos — sugeri.

— Cozidinho e ralado — corrigiu ela. — E queijo de cabra com mel apimentado para acompanhar. — Ela gemeu só de pensar naquela gulodice. — Podemos ir no Eve's Place? Vai ser meu presente de aniversário para você.

O Eve's Place era nosso lugar favorito para brunch por dois motivos: dava para ir andando do campus até lá e o cardápio era da grossura do meu antebraço. Tinha opções tanto para quem queria comer só coisas saudáveis como também para aqueles que preferiam se entupir de xarope de bordo e chantili.

Depois de desistir de pentear o cabelo, eu o prendi em um coque bagunçado que tombou em minha cabeça.

— Não posso ir para o brunch, lembra? Eu prometi para o meu pai que ia passar o fim de semana do meu aniversário todo com ele.

Ela gemeu, meio desesperada, como se eu tivesse falado que havíamos perdido uma guerra.

— Mas e o nosso tradicional brunch no fim de semana?

— Vamos ter que dar uma pausa na tradição por um fim de semana. A menos que você queira vir com a gente.

Ela estreitou os olhos, considerando o convite.

— O Eric é bem bonito.

Estremeci.

— Deixa pra lá, você está desconvidada.

— Você não quer que eu seja sua nova madrasta?

— Não tem um dia que eu não fique horrorizada com você.

Eu ri, pegando meus tênis e os calçando. Depois peguei meu casaco de inverno fofo cor-de-rosa, um cachecol e luvas.

Assim que me senti quentinha, arrumei minha mochila, fui até Whitney e dei um beijo em sua testa.

— Coma uma torrada com abacate por mim.

Ela resmungou e acenou para mim.

— Mande um beijo para o meu futuro marido.

Ri do comentário da minha amiga e peguei a cesta de roupas sujas que ia lavar na casa do meu pai. Entrei no meu carro a caminho de Chicago, onde fiquei de passar o fim de semana. Estudar na Universidade de Wisconsin-Milwaukee era ótimo para mim, já que a faculdade ficava a duas horas de carro da casa do meu pai. Nós passávamos todos os domingos juntos. Era o único dia que ele não trabalhava no estúdio de tatuagem e o dia que eu lavava as minhas roupas. Passar aquele fim de semana todo com ele seria legal. Eu era a filhinha do papai em todos os sentidos.

Fui direto para o Inked sabendo que, como era sábado de manhã, meu pai estaria lá. Ele dava o sangue pelo estúdio, e eu tinha praticamente certeza de que ele e seus funcionários estariam fazendo tatuagens incríveis. Quando eu era pequena, passava um tempão sentada lá, observando meu pai e o pessoal da loja tatuando clientes. Era incrível presenciar tantas pessoas chorando de alegria ao ver as obras-primas deles ganharem vida.

Se eu já não estivesse decidida em relação à minha carreira e tivesse mão firme e o mínimo de talento para arte, iria adorar trabalhar no estúdio do meu pai.

Estacionei o carro na esquina do estúdio e saí para o frio congelante. Corri para a entrada, minhas bochechas já sendo castigadas pelo vento frio.

— Surpresa! — gritou o pessoal, me deixando em estado de choque. O estúdio havia sido decorado para uma festa. — Feliz aniversário, Starlet! — cantarolaram todos.

Ver um monte de motoqueiros grandalhões tatuados segurando balões roxos e cor-de-rosa para me dar parabéns foi uma das coisas mais legais do mundo. A equipe inteira era formada pelos melhores amigos do meu pai, e eu tinha crescido cercada por eles. Nelson foi o primeiro a vir correndo e me envolver em um abraço apertado.

— Feliz aniversário, tesourinho — disse ele, bagunçando meu cabelo encaracolado.

Nelson era a personificação de um astro do rock. Ele também parecia um jogador de futebol americano — naturalmente maneiro e gigante. Ele tinha um metro e noventa e cinco e pelo menos cento e trinta quilos. Mas não era gordo. Era puro músculo. Ele me levantou do chão como se fosse a coisa mais fácil do mundo. Sua esposa, Joy, veio logo depois. Joy era uma mulher negra linda, tatuada da cabeça aos pés. Seu cabelo grisalho era vibrante, com as laterais raspadas. Ela sempre usava saltos de pelo menos doze centímetros e mesmo assim ainda ficava mais baixa que o marido.

Eu considerava os dois como tios. Eles estavam com o meu pai para o que desse e viesse. Eles nos encheram de amor em alguns dos piores dias da nossa vida. Sinceramente, acho que não teríamos sobrevivido aos momentos mais difíceis sem a luz que nos ofereciam.

Harper foi o próximo a me abraçar. Ele era mais velho, tinha sessenta e poucos anos, e era um dos melhores tatuadores do mundo. Vinha gente do mundo todo para se tatuar com ele. Harper era um cara legal, calmo, conectado com a energia do universo. Às vezes, quando percebia que uma pessoa estava nervosa antes da sessão, pegava seu tarô e tirava as cartas, depois fazia uma sessão rápida de reiki. Nós dizíamos que ele era nosso guru hippie.

— Saudações iluminadas, amada.

Harper sorriu, me puxando para um abraço. O abraço dele era o melhor. Ele abraçava todo mundo como se tivesse esperado a vida toda para fazer isso. Era impossível não derreter no abraço dele.

E, então, Cole — o festeiro. Ele tinha trinta e muitos anos, mas ainda caía na farra como se tivesse acabado de completar vinte e um. Cole era coberto de piercings, o mais novo era o *dolphin bites* no lábio inferior. Ele era um homem magro de cabelo louro bagunçado e olhos verdes que brilhavam de alegria. Eu nunca o vira ter um dia ruim. Cole era um cara que vivia para se divertir. Nem sei por que me surpreendi quando ele surgiu com uma bandeja com shots para todo mundo.

— Vinte e um anos, porra! — gritou Cole com uma língua de sogra na boca. — Feliz aniversário, garota — disse ele, baixando a bandeja e me dando um beijo na testa.

Finalmente, lá estava meu pai — o melhor pai deste mundo todinho.

— Feliz aniversário, princesa — desejou ele ao me abraçar. — Nem acredito que você já está tão grande.

Ele me deu vários beijos na testa.

Eu e meu pai éramos muito parecidos, apesar de ele ter algumas tatuagens a mais que eu — bom, na verdade, eu não tinha nenhuma. Fazia anos que ele tentava me convencer a fazer uma, mas eu ainda não estava pronta para o que de fato queria que ele criasse em minha pele. Mas um dia eu estaria. Um dia.

Meu pai era um homem bonito, com covinhas fundas que ficavam sempre marcadas quando ele ria — o que acontecia com frequência. Eu tinha as mesmas covinhas. Assim como seus olhos castanhos e seu sorriso largo. Ele tinha um metro e oitenta e sete, e uma careca brilhante que todo mundo gostava de esfregar para dar boa sorte.

— Seu namorado não vinha? — perguntou meu pai.

Franzi o nariz.

— Como eu posso dizer isso? Bom, resumindo, não deu certo e eu nunca mais quero olhar para a cara dele.

Meu pai estreitou os olhos, pensando se deveria pedir mais detalhes, mas então deu de ombros.

— Que ótimo. As tatuagens dele eram uma merda.

Sorri.

— Horrorosas.

— Hora de beber! — gritou Cole, me entregando um copinho.

Dei uma risada.

— Tá, mas só um pouquinho. Tenho um dia cheio na segunda e não posso perder a linha — avisei.

— Ahhh, é seu aniversário de vinte e um anos. Você devia aproveitar.

Se ele soubesse o quanto eu tinha aproveitado ontem à noite. Só de pensar, minhas bochechas ficaram quentes.

— Não se preocupe, meu doce — disse meu pai. — Eu cuido de você.

Todo mundo parecia tão empolgado que eu não tive coragem de recusar nada.

Além do mais, um shot com certeza não era pior do que o suco mágico, né?

Levantei o copo que Cole me deu, então todos brindamos e viramos a bebida.

— Ai, nossa! — exclamei.

Pior. Podia ser muito, muito pior do que o suco mágico.

Harper deu uma risada e bateu nas minhas costas.

— Vou preparar um drinque de verdade para você. Algo que não te faça querer vomitar. Confie em mim. Eu detesto gosto de álcool.

Harper, o salvador da pátria.

Ele me preparou um drinque que era um suco mágico de verdade, porque eu não conseguia sentir nem o cheiro de álcool no copo.

Bebi os drinques como um marinheiro. Nós passamos o dia inteiro ouvindo música e dançando pelo estúdio, completamente livres. Eu não sabia que era capaz de beber tanto até que já tinha bebido *demais* e, quando dei por mim, já era noite. Eu estava abraçada ao vaso sanitário do meu pai enquanto ele segurava meu cabelo.

— Eu quero morrer — falei, depois de vomitar pela terceira vez.

Sabe aquela ressaca da qual achei que tivesse conseguido me livrar na manhã de sábado? Pois é, ela teve a bondade de aparecer pela noite.

Meu pai riu.

— Eu me lembro da minha primeira ressaca. Eu tinha catorze anos e vomitei no sapato favorito do meu pai.

— Catorze?! — arfei.

— Nem todo mundo é comportado como você, princesa. Alguns de nós fazem besteira todo santo dia.

— Nunca mais vou beber — gemi, me inclinando para trás e apoiando as costas na banheira.

Meu pai sentou-se ao meu lado, e apoiei minha cabeça em seu ombro.

— Isso é o que todo mundo fala depois de passar mal de tanto beber. E depois, o que acontece? Você vai lá e faz outra noite de farra, e o ciclo se repete.

— Comigo, não — jurei. — Para mim, já chega.

Ele me deu um beijo na testa.

— Tome um banho e coloque seu pijama. Você está com cheiro de bunda. Vou fazer uma pipoca para forrar o seu estômago. Você não comeu quase nada hoje. — Ele se levantou. — Que tal Taco Bell? Sempre melhora um pouquinho a ressaca.

4

Milo

Havia muita risada e luz na minha casa quando minha mãe estava aqui. Toda manhã, eu dava de cara com ela dançando na cozinha, com a música no volume máximo, enquanto preparava meu café antes da escola. Ela sempre se superava, assava muffins todos os dias ou preparava um omelete ou coisa assim.

Ela fazia um bule imenso de café — e bebia quase tudo sozinha — e sempre tentava me convencer a dançar também. Eu nunca dançava, porque era o oposto de uma pessoa matinal. Tinha puxado isso do meu pai.

Eu não dava nenhuma importância a esses dias, até que eles acabaram. E eu odiava o fato de não ter sido abruptamente. Depois do diagnóstico dela, a música nunca mais tocou tão alto quanto antes. Então as dancinhas foram diminuindo. Ela também não conseguia mais preparar cafés da manhã elaborados. Como sabia que era difícil para ela, às vezes eu mesmo preparava alguma coisa. Eu colocava música para tocar quando ela esquecia e dançava de vez em quando, para fazê-la rir.

Sua risada…

Sua risada era a coisa da qual eu mais sentia falta.

Ela costumava preparar uma panela imensa de molho para o jantar de domingo. Era um molho de macarrão que demorava para ficar pronto e tinha um sabor divino. Os jantares de domingo eram um acontecimento na nossa casa. Nós costumávamos convidar dezenas e dezenas de pessoas, incluindo alguns dos meus amigos, e passávamos a noite toda rindo e nos deliciando com as comidas da minha mãe.

Eu sentia falta do gosto do amor dela. Sabia que parecia loucura, mas não eram os ingredientes que ela usava, e sim a forma como fazia uso deles. Meu pai sempre brincava que a mágica estava na colher de pau favorita dela, que era usada para misturar o molho. Agora, a colher estava na despensa, com o restante dos apetrechos de cozinha dela, abandonados.

Era estranho pensar em como nossa casa era animada. Agora, todas as manhãs eram silenciosas, em especial nos fins de semana. Na maior parte dos dias eu acordava bem cedo e nem via sinal do meu pai. Apesar de não ser uma pessoa matinal, eu me levantava quando ainda estava escuro para ver o amanhecer — algo que havia começado a fazer após a morte da minha mãe. Eu nem imaginava onde aquele homem poderia estar. Só sabia que não era em casa.

Nos fins de semana, eu preparava meu café da manhã e voltava para o quarto, e lá ficava enfurnado na escuridão de uma casa que já havia sido um lar. Aquele era um lugar cheio de memórias inquietantes de uma vida que já tinha sido boa. Nos dias em que o silêncio pesava demais, eu tinha duas opções: me distrair com sexo ou passar um tempo com meus amigos.

Sexo era minha opção favorita desde que eu havia perdido a virgindade, alguns anos antes. Eu tinha uma reputação e tanto nos cantos da cidade onde era conhecido. Não era como se aquilo fosse um segredo. Muita gente me chamava de muita coisa. Algumas garotas me chamavam de galinha, outras, de safado, porém a maioria das mulheres dizia que eu era um babaca.

Como a aniversariante.

Porra, a aniversariante.

O que foi aquilo?

Ontem à noite não foi nada como o planejado. Bom, foi, sim, até que, de repente, passou a não ser mais.

Minha mente ficava vagando para a noite na fraternidade e para aquela mulher peculiar e estranha. Algo nela mexia comigo. Ela olhava para mim como se me enxergasse de verdade. Como se visse uma versão minha que era ignorada pela maioria das pessoas fora do meu grupo mais próximo de amigos. Isso me incomodava bastante. Ou me deixava intrigado — não sabia ao certo qual das duas opções.

Além do mais, o sexo...

Aquela tinha sido uma das noites mais divertidas da minha vida, e eu nem sabia o nome dela. Eu já havia transado com bastante gente, mas ninguém nunca despertara em mim as mesmas sensações que aquela mulher, e ela nem tinha me chupado.

Ela também era caótica, o que era estranhamente divertido. E eu não me sentia assim — entretido — com frequência. Desde ontem, quando ficamos, ela começou a invadir meus pensamentos mais do que eu gostaria. O normal era eu ficar com uma mulher e depois nem pensar mais nela. Nunca ficava mais de uma vez com a mesma garota. Assim, evitava criar sentimentos entre nós. Só que, por algum motivo, eu sentia falta do gosto dela na minha boca. A noite que passamos juntos havia sido quase demais para mim.

Eu disparei para fora daquele quarto. Era difícil explicar a sensação que, do nada, havia me dominado. Era como se o mundo tivesse saído do prumo. Fiquei me sentindo um idiota enquanto me vestia e ia correndo até a porta. Mas eu sabia que não podia continuar ali com ela. Algo em seus olhos fazia com que eu desejasse que aquilo fosse real, e eu não queria isso. O desconforto no olhar dela havia começado a gerar um pânico em meu peito, porque ela parecia bem diferente de todas as mulheres que vieram antes. A maioria delas me fazia esquecer da vida. Ela, porém, me fez pensar sobre a vida.

Pela minha reação, ela deve ter me achado um escroto, pois não tinha ideia de que meu corpo estava em panc. Minhas mãos estavam suadas, e ela lá, sentada na cama me observando. Meus olhos se tornaram vítreos conforme a sensação de pânico foi me dominando. Eu havia enfrentado muitos ataques de pânico nos últimos três anos, mas nunca depois de transar. Sexo era a única coisa que acalmava minha ansiedade, e não a intensificava.

Os ataques de pânico, em geral, só aconteciam quando eu pensava muito na minha mãe. E uma coisa era certa: enquanto eu estava naquele quarto, a última coisa que passou pela minha cabeça foi minha mãe. Eu não tinha a menor ideia de por que aquela mulher havia me causado tanto desconforto. Pelo meu bem-estar, torcia para nunca mais encontrá-la. Só que, mesmo assim, eu não conseguia parar de pensar na noite que passamos juntos. Tinha sido tão bom que eu nem estava com vontade de pegar outra garota naquele dia.

Portanto, eu precisava recorrer à segunda opção de ajuda quando minha mente estava muito barulhenta e o silêncio se tornava insuportável — meus amigos.

Não era segredo que eu tinha sido um amigo de merda nos últimos anos, mas eles ainda passavam tempo comigo. Provavelmente eram as pessoas mais importantes — aquelas que viam você nos seus piores momentos e não lhe viravam as costas.

Nos fins de semana, nosso grupo se reunia na casa de Savannah, que era minha amiga mais antiga. A gente se conhecia desde antes de aprender a falar. Nossas mães eram grandes amigas. Savannah sempre agia como minha irmã mais velha, apesar de ter nascido apenas alguns meses antes de mim. Tinha um instinto maternal comigo e com todo o nosso grupo.

Os pais dela tinham grana e moravam em um bairro muito caro. Todas as casas da região tinham um carro de luxo estacionado na frente da garagem. Naquele fim de semana, eles estavam fora, então ela havia convidado todo mundo para beber e fumar, e parecia ser disso que eu estava precisando.

Meu grupo de amigos era bem pequeno, mas formado por pessoas de personalidades bem fortes. Nós tínhamos nos conhecido no ensino fundamental, com exceção do cara novo, Tom.

No total, éramos seis. Primeiro, havia Brian — o viciado em video game. Ele vivia falando dos últimos jogos lançados. Eu não duvido que, um dia, ele se torne dono multimilionário de uma empresa de video game. Seus conhecimentos eram impressionantes. Ele também era um ano mais velho que eu e estudava na Universidade de Wisconsin-Milwaukee. Tinha sido por causa dele que eu havia ido àquela porcaria de festa na fraternidade na noite anterior.

Depois, havia Chris. Ele era muito tímido. Eu e Savannah o conhecemos no terceiro ano do ensino fundamental, quando dois garotos estavam implicando com ele no parquinho. Savannah deu um soco nos dois e falou para Chris ficar com a gente. Ele nunca mais foi embora.

Bonnie era a namorada de Savannah. Fazia dois anos que as duas estavam juntas, e eu nunca tinha visto duas pessoas que combinavam tanto. Tom fora o último a entrar no grupo — ele e Bonnie haviam se conhecido no trabalho, na Target. Eu não sabia muito sobre ele, porque tínhamos nos conhecido quando eu estava numa fase mais depressiva. Ele não havia convivido comigo antes de a minha mãe ficar doente, então só vira meu lado fechado.

A noite foi tranquila. Nós sempre acabávamos no porão da casa de Savannah, porque os pais dela diziam que, se era para fumarmos maconha e bebermos, seria melhor se fizéssemos isso em casa. Assim, eles saberiam que estávamos seguros, e não dirigindo bêbados por aí. Para mim, era estranho os pais dela não se incomodarem com isso. Gente rica vivia sob outras regras. Minha mãe nunca aceitaria algo assim.

Eu estava pensando na minha mãe de novo. Estava sóbrio demais.

Chris, Tom e Brian estavam sentados na frente da televisão, jogando algum jogo e debatendo alguma coisa. Eu não estava prestando atenção suficiente neles para entender a conversa. Nem conseguia me lembrar da última vez que tínhamos conversado. Na maior parte do tempo, eu só aparecia lá, fumava e bebia.

— Para de prender o baseado. Passa para cá — disse Savannah, cutucando minha perna quando nos sentamos no sofá com Bonnie. Dei mais uma tragada antes de passá-lo para Savannah. — Você está esquisito — comentou ela antes de passar o baseado para Bonnie. — Está tudo bem?

Que pergunta complicada.

Savannah sempre me perguntava se eu estava bem. Ela vivia preocupada comigo. Por um bom motivo, diga-se de passagem.

— Estou — respondi.

Era a mesma resposta de sempre.

— Falaram que você ficou com uma garota na festa ontem — comentou Bonnie.

— Falaram, é? — perguntei.

— Falaram — responderam as duas juntas.

— Então devem estar dizendo a verdade.

— Você devia tentar lidar com as coisas de outra forma, Milo — começou Savannah. — Infecções sexualmente transmissíveis são um problema sério. Falando nisso, espero que você continue encapando seu picles.

— Não chama o meu pau de picles, por favor — falei, inexpressivo.

— É, Savannah. Porque tenho certeza de que deve estar mais para uma salsicha — acrescentou Bonnie. — Se ele tiver um picles, isso significa que está verde, então deve ter mesmo uma IST.

Savannah se virou para mim.

— O seu picles está verde, Milo? Se estiver, é só pedir ajuda. Não precisa ficar com vergonha.

Ela falou em um tom tão maternal que senti saudade da minha mãe.

Fiquei quieto de novo, porque falar sobre um pau-picles com IST não estava nas minhas prioridades naquela noite. Meu único objetivo era me sentir anestesiado.

Savannah me cutucou de novo.

— O que foi?

— Nada — respondi.

Ela franziu a testa, porque se importava. Eu odiava que ela se importasse tanto. Todos os meus amigos se importavam. Eles me viram passar pelos piores anos da minha vida e continuaram do meu lado, mesmo quando tentei afastá-los de mim. Eu não os merecia. Não merecia nada de ninguém.

— Você está muito esquisito hoje. Tem certeza de que está tudo bem?

Não. Não está tudo bem, Savannah.

Ela estava certa.

Eu estava estranho naquela noite. Porque, apesar de estar ali, eu não estava *ali*. Minha mente vagava para outro lugar.

Faz quase um ano, mãe.

Um ano sem você.

Merda.

Eu ainda estava sóbrio demais, porque meu coração continuava batendo, e meus pensamentos continuavam acelerados. Eu sabia que meus amigos queriam que eu me abrisse, mas eu não sabia como fazer isso. Além do mais, não precisava falar sobre a minha tristeza. Eu convivia com ela todo santo dia. Isso já parecia tormento suficiente — colocá-la em palavras era desnecessário.

Ignorei meus amigos, me levantei do sofá e fui até o bar. Peguei um copo no armário e o enchi até a metade de Hennessy. Eu estava quase no ponto em que não conseguia pensar na minha mãe, o que significava que estava prestes a apagar.

Tomei tudo em uma golada. A bebida ardeu ao descer, mas eu nem estremeci.

Enchi o copo de novo. Bebi tudo mais uma vez. Fiz isso mais algumas vezes sem ninguém ver, e, depois de um tempo, o barulho na minha cabeça começou a diminuir.

— Ei, Milo. Deixa eu te perguntar uma coisa. Fiquei sabendo que você já ficou com a Erica Court. É verdade? — perguntou Tom ao se aproximar e me dar um tapinha nas costas.

Eu tinha de reconhecer o esforço dele. O cara não se abalava com meu comportamento fechado. Ele era sempre legal comigo, porque era legal com todo mundo. Ele falava demais para o meu gosto, mas eu achava que todo mundo falava demais. Na maior parte do tempo, eu queria que as pessoas só calassem a porcaria da boca.

Ele vivia ganhando pontos comigo porque sempre carregava uma lata de pastilhas de menta cheia de comprimidos que davam barato. E gomas de fruta. Ele era obcecado por balas, tanto as legais como as ilegais.

— Não sei quem é essa — respondi.

— Erica Court. Bonita, usa marias-chiquinhas. Gosta de anime, às vezes usa orelhinhas de gato.

Ah, a garota das orelhas de gato. Aham. Eu tinha comido essa. Ela havia passado o tempo todo miando.

— O que tem ela?

— Você está a fim dela?

Arqueei uma sobrancelha.

— A fim dela?

— É. Já que vocês dois ficaram, eu queria ter certeza de que não estaria no meio de nada, porque ela me chamou para sair. Não quero desrespeitar a nossa amizade. Achei melhor perguntar primeiro.

Ah, Tom. Ali estava o gentil e cuidadoso Tom.

— Não tem problema, fique à vontade — murmurei, me servindo outro copo e bebendo tudo. Eu provavelmente nem precisava desse. Dei um tapinha nas costas de Tom. — Já vou.

— Como assim? Ainda está cedo! — argumentou ele.

— São duas da manhã, e tenho um compromisso amanhã — murmurei, pegando minhas chaves e minha jaqueta em uma das poltronas. — Já vou.

Fui cambaleando para a escada e acertei uma mesinha que não vi.

— Merda — xinguei baixinho, sacudindo a perna para dispersar a dor que subia pelo meu dedão. — Puta que pariu — falei, apertando o pé.

Savannah deu um pulo do sofá e veio correndo até mim.

— Você está bem?

— Estou — resmunguei, subindo a escada.

— Você vive esbarrando nas coisas. Talvez precise abrir mais os olhos. Meu cachorro cego enxerga melhor do que você.

— Não vi a porcaria da mesa — comentei enquanto seguia até a porta.

— Aonde você vai? — perguntou ela.

— Para casa.

— Você está bêbado e chapado.

— Se você não falasse, não ia nem perceber — rebati em um tom sarcástico. Eu ficava maldoso quando bebia. Como já mencionei, eu era um amigo de merda. Quando cheguei à porta, minha amiga bloqueou o caminho. — Sai da frente, Savannah.

— Isso é perigoso, Milo.

— Eu sou perigoso — falei.

Ela segurou meu braço, olhou ao redor e chegou mais perto para sussurrar:

— Milo, eu sei que as coisas têm sido difíceis para você desde que a sua mãe morreu e sei que o primeiro aniversário está...

— Para — alertei. — Para de falar.

Os olhos azuis dela ficaram sérios, mas eu não estava nem aí. Como ela ousava ficar triste quando não tinha motivo nenhum para isso? Os pais dela continuavam vivos. Eles comemoravam aniversários com ela. Ainda podiam ficar irritados com as besteiras que ela fazia. Ainda lhe diziam "eu te amo". Ela não sabia nada sobre a tristeza capaz de dominar cada centímetro da alma de uma pessoa. Ela não fazia ideia do que era viver um pesadelo dia e noite. Nem do que era sofrer de verdade. Porra, ela ainda tinha os quatro avós. O mais perto que Savannah tinha chegado da morte era o que via nos filmes. Eu tinha visto a morte de perto com a única pessoa que importava pra caralho para mim. Não era justo. Por outro lado, quem tinha dito que a vida era justa?

— Milo...

— Sai da frente, Savannah — gritei, bêbado, grosseiro e desalmado.

Os olhos dela brilharam com mais emoções.

Ela permaneceu imóvel, então, fiz o que precisava ser feito. Segurei seus braços, levantei seu corpo e a afastei da frente da porta.

Fui cambaleando até o carro e me sentei no banco do motorista. Minha visão oscilava. Eu não conseguia pensar nem enxergar direito, então não podia dirigir. Eu queria poder dirigir. Tudo o que eu queria era ir para casa.

Saí do carro e olhei para o céu. Estava escuro e nevando. Eu não conseguia ver as estrelas, mas sentia a neve. Minha mãe adorava neve.

O inverno era a estação favorita dela. Tudo no inverno me lembrava a minha mãe.

Fui até o quintal de Savannah e me joguei em um montinho de neve que havia caído nos últimos dias. Abri os braços e comecei a fazer um anjo. Minha mãe fazia anjos de neve comigo quando eu era pequeno. Depois preparava chocolate quente para a gente. Ela sempre colocava mais marshmallows no meu.

Eu adorava marshmallows.

Eu devia estar sentindo frio ali. Devia estar tremendo ou coisa parecida.

Era para eu estar sentindo frio ali, tipo tremendo ou coisa assim.

Talvez eu estivesse tremendo, ou até mesmo congelando. Ou, quem sabe, morrendo.

Seria uma reviravolta e tanto.

Meus braços e minhas pernas deslizaram para cima e para baixo, fazendo anjos na neve até eu desmaiar.

Acordei na manhã seguinte em uma cama desconhecida. O quarto estava um breu, e demorou um segundo para que meus olhos recuperassem um pouco do foco. Ainda estava escuro lá fora. Olhei para minhas roupas, só que não eram minhas.

— Mas que porra é essa? — murmurei, olhando ao redor.

— Bom dia, flor do dia — cumprimentou uma voz. Levantei o olhar e encontrei Tom sentado à escrivaninha à minha frente. — Você dormiu bastante.

— Onde eu estou?

— No meu humilde lar. Eu te encontrei desmaiado na neve ontem. Joguei você no meu carro e te trouxe para cá. Não me pergunte como troquei suas roupas. — Ele estremeceu como se sentisse um calafrio. — Estou traumatizado pelo resto da vida com o que vi — brincou ele.

Eu estava na casa do Tom, com a cabeça explodindo de dor, usando as roupas dele.

Pelo jeito, eu não tinha morrido.

Droga.

— Quer café? — ofereceu ele.

Arqueei a sobrancelha, tentando entender quantas burradas eu tinha feito na noite anterior.

— Não. Vou para casa.

Eu me levantei da cama, me sentindo enjoado demais, mas não queria passar muito tempo ali.

Olhei para o lado de fora e vi o sol.

Droga.

Eu tinha perdido o nascer do sol.

Desculpa, mãe.

Este era o problema de estar fodido da cabeça — você acaba perdendo as coisas importantes.

Tom me levou até a casa de Savannah para que eu buscasse meu carro. Eu agradeci pela ajuda, e ele disse que me ajudaria sempre que eu precisasse. E parecia estar falando sério, o que era esquisito. O cara mal me conhecia, mas me tratava como se fôssemos melhores amigos.

Quando cheguei à minha casa, suspirei ao ver o carro do meu pai na garagem. Ele o deixara todo aberto e estacionado torto. Na noite anterior, ele não desmaiou bêbado na neve. Devia ter achado que pegar o carro era uma ótima ideia.

Pelo menos eu não dirigi bêbado, pensei enquanto tentava argumentar que eu era diferente do meu pai. Mas, se eu pudesse, teria feito a mesma coisa que aquele idiota. Eu não era melhor do que ele; eu era ele de tantas formas que me sentia até desconfortável. Minha mãe sempre dizia que eu era a cópia do meu pai. Sempre achei que isso fosse meio que uma ofensa, apesar de ela falar como se fosse um elogio.

Eu odiava que partes minhas fossem iguais às dele, e essas partes pareciam se mover em uma harmonia ritmada ultimamente. Bêbadas, chapadas e desconectadas do mundo.

Tal pai, tal filho.

Entrei em casa, e o cheiro de algo queimando acertou meu nariz no mesmo instante. Fui até a cozinha e gemi.

— Porra, pai — bradei, correndo até o forno e tirando uma pizza completamente preta de lá de dentro.

Bem torrada. Que delícia.

Saía muita fumaça do forno, então fui correndo abrir as janelas para arejar a casa. Mas não fui rápido o suficiente, porque o detector de fumaça acionou, o som ecoando pelo espaço.

Peguei um jornal e comecei a abanar o detector para desligá-lo enquanto a fumaça se dissipava.

— Que diabos você está fazendo? — resmungou meu pai ao entrar na cozinha, ainda bêbado, esfregando os olhos sonolentos.

Ele usava um terno, que devia ser o mesmo com que tinha ido trabalhar dois dias antes. O fato de ainda não ter sido demitido me deixava surpreso, mas, a julgar pela sua aparência, provavelmente não demoraria muito para que isso acontecesse.

— A sua pizza está pronta — murmurei, irritado, furioso e triste.

— Merda. Eu me esqueci dela. Fechei os olhos só por um instantinho.

— A casa podia ter pegado fogo. Você precisa ter mais cuidado.

— Com quem você acha que está falando? — bradou ele, coçando o cabelo desgrenhado. — Não esqueça que sou eu quem paga as contas aqui. Presta atenção nessa língua. Está me entendendo?

Não respondi, porque eu não me importava.

— Falando nisso, seu tio me ligou. Ele disse que você vai repetir algumas matérias. Que história é essa?

— Não é nada de mais.

— É, sim. Se a sua mãe... — Ele parou de falar, como se tivesse congelado no tempo. As palavras que saíam de sua boca pareciam ser um lembrete de que sua esposa, que costumava ser sua melhor amiga, tinha partido. Ele balançou a cabeça para afastar o luto que às vezes o fazia engasgar no meio das frases. — Você precisa de disciplina. Seria melhor se você se alistasse depois de se formar. Sem dúvida.

Lá vamos nós de novo.

O conceito do meu pai de cuidar de mim era mandar que eu me tornasse quem ele tinha sido, começando pelo alistamento no Exército — o oposto do que eu queria fazer. Eu tentava me afastar o máximo de quem meu pai tinha sido, e não me aproximar disso.

— Eu não vou me alistar — falei, passando direto por ele.

Esbarrei em seu ombro, e ele me virou para encará-lo.

— Não faz isso. Não me ignora. Você precisa se alistar.

— Eu não vou me alistar — repeti. — Você está bêbado.

— Não fala comigo desse jeito — ordenou ele.

— Não fala você comigo — respondi, seco.

— Escuta aqui — bradou ele, apertando meu braço.

Nossos olhares se encontraram, e aconteceu de novo — o sufocamento do luto. Eu sabia por que isso acontecia com ele. Eu tinha os olhos dela. Provavelmente era por isso que ele mal tinha olhado para mim no último ano. Eu podia ter herdado as tendências babacas do meu pai, mas meus olhos eram idênticos aos da minha mãe.

Ele soltou meu braço e desviou o olhar. Foi até a geladeira, abriu a porta e pegou um engradado de cerveja.

— Faça a porcaria dos seus deveres de casa e coloque sua vida de volta nos trilhos — ordenou ele.

Você primeiro, papai querido. Você primeiro.

Eu sabia que a tensão em nossa casa só pioraria nos próximos dias. Nós irritaríamos um ao outro, tentando fugir do fato de que estávamos nos aproximando do aniversário de um ano da perda da minha mãe. Ele beberia mais, eu fumaria mais, e nós fingiríamos que não estávamos desmoronando até não sobrar mais nada.

Uma bomba-relógio prestes a explodir.

5

Milo

Segunda-feira era o dia da semana do qual eu menos gostava. Especialmente as segundas-feiras depois de uma briga com meu pai. Essas eram as piores.

Na noite passada, meu pai me chamou de adolescente depressivo. Eu revidei falando que ele era um babaca bêbado que tinha me abandonado. Nenhum de nós dois havia mentido, mas ele só conseguia ver os meus problemas, não os dele. Eu sabia que estava deprimido. Isso era fato. Fazia três anos que eu convivia com a depressão, desde o diagnóstico de câncer da minha mãe. Tudo começou há alguns anos, quando ficava chorando escondido no meu closet, porque não queria que ela ouvisse enquanto as lágrimas escorriam. Eu sabia que isso só faria minha mãe se sentir pior, então escondia minha tristeza o máximo que conseguia. Eu fingia bem quando estava perto dela e dos outros. Todo mundo acreditava em mim, menos minha mãe. Ela sempre notava as rachaduras que passavam despercebidas pelas outras pessoas. Olhava para mim do mesmo jeito que aquela aniversariante tinha feito — como se enxergasse as profundezas da minha alma.

A maioria das pessoas achava que depressão significava passar semanas deitado na cama, encarando o nada, mas, no meu caso, não era assim. No começo, eu ria para fugir da depressão. E, depois que me tornei sexualmente ativo, transava para fugir da depressão. Construí uma falsa sensação de confiança que me ajudava a encontrar mulheres que me faziam esquecer de tudo por um tempo. Eu seguia pela vida como se fosse uma pessoa sem problemas, só que era nas partes silenciosas do meu ser que a depressão desabrochava. Eu não sentia nada além de uma tristeza avassaladora ou de uma completa indiferença por tudo e todos ao meu redor.

Antes de partir, minha mãe havia providenciado que eu fizesse terapia e fosse medicado. Eu acabei parando com tudo depois que ela morreu. Os remédios me deixavam melhor mentalmente. O resultado era ótimo, e eu sabia que parecia esquisito, mas não achava que merecia me sentir melhor sem ela aqui. Eu não queria me sentir melhor. Não queria sentir nada. Na verdade, eu também queria estar morto e enterrado. Porque qual era o sentido da vida depois que você perde sua melhor amiga?

Meu pai e eu estávamos agindo da mesma forma. Não tocávamos no assunto, mas era algo que eu via em sua bebedeira. Ele também estava tentando afogar seus sentimentos em alguma coisa.

Meus pensamentos giravam mais em torno dos mortos do que dos vivos. Eu culpava minha mãe por isso. Minha mente era um lixão tóxico de negatividade, e minha alma nadava nesses pensamentos venenosos todos os dias.

Murchei na cadeira da sala do diretor Gallo, entediado com o sermão que ele sempre me passava.

A sala cheirava a asinha de frango e *whey protein*. Não era o aroma mais agradável do mundo, apesar de parecer o novo normal sempre que eu aparecia para nossa conversa semanal. Era quase certo que eu ia repetir o último ano do colégio por causa das minhas péssimas notas.

Fracassar parecia ser um dos meus inúmeros talentos. Bastava perguntar para o meu pai. Ele fazia questão de apontar meus defeitos sempre que tinha a oportunidade. Era a história que mais gostava de ler para mim antes de eu dormir. Ah, se ele soubesse que minha habilidade de me desconectar era muito bem aplicada quando ele começava com seus típicos métodos de educação. Além do mais, ultimamente, ele passava mais tempo com a garrafa de uísque do que comigo. Ele nunca me criou de verdade — minha mãe era quem cuidava disso. E, agora, sem ela...

— Milo. Você está ouvindo? — perguntou o diretor Gallo, estalando os dedos.

Ergui o olhar da mancha de café em seu carpete amarelo, na qual focava desde que entrei em sua sala. Não havia produto de limpeza no mundo capaz de limpar aquela merda.

— Aquilo devia ter ficado de molho — murmurei, sem me interessar por... nada.

Ele arqueou uma sobrancelha grossa.

— O quê?

Apontei para a mancha.

— Não vai sair nunca. Seu carpete está fodido.

O corpo dele ficou tenso com meu comentário. Eu era mestre na arte de estressar o diretor Gallo.

— Vamos trocar o carpete daqui a duas semanas. Milo, você está...

— Vai colocar piso de madeira?

— Milo...

— Umas tábuas corridas ficariam legais. Talvez com uma pintura nas paredes e...

— Milo! — gritou ele, batendo a mão na mesa. — Se concentre.

Por quê?

Eu era um caso perdido. Que diferença faria me concentrar ou não?

— Conseguimos uma monitora ótima para você. Você vai ter aulas com ela todo dia depois da escola, na biblioteca. Ela dá monitoria para os alunos desde a época em que estudava aqui, e todo mundo a quem ela ajuda passa de ano. Ela está ocupada com as aulas da faculdade, mas eu falei bem de você.

— Não — falei, já me levantando da cadeira. — Mas valeu.

— Milo — bradou ele. — Senta aí.

Por um momento, cogitei mandá-lo ir se danar, mas minha mãe provavelmente me daria uma bronca por ser desrespeitoso.

Por que eu ainda me importava com o que minha mãe pensava? Ela estava morta. A opinião dela não fazia mais diferença. Mesmo assim, eu a respeitava.

O diretor Gallo entrelaçou as mãos.

— Você vai fazer a monitoria.

— Ou?

— Ou vai repetir de ano.

— Acho que vou escolher repetir de ano — zombei, como se estivesse participando de um programa de perguntas e respostas.

Minha mãe adorava programas de perguntas e respostas.

Eu assistia a um programa desses com ela todos os dias depois da aula.

Lá estava eu de novo, pensando nos mortos.

O diretor Gallo suspirou e apertou a ponte do nariz.

— Milo, o que a sua mãe iria...

— Não — interrompi, balançando a cabeça de leve. — Não fala da minha mãe.

— Eu entendo que perder a Ana foi difícil para você. Pode acreditar, eu sei.

— Você não sabe de nada.

— Ela era minha irmã, Milo. Eu a perdi também.

Olhei para meu tio e senti um buraco no peito. Claro que eu sabia que ele também a perdera. Era por isso que eu ia à sala dele toda semana para conversarmos sobre o fato de eu estar destruindo a minha vida. Era por isso que eu me sentava ali, naquela cadeira desconfortável, e ficava encarando aquele carpete horroroso.

Porque ele tinha os olhos dela.

E o sorriso dela.

Ele tinha a preocupação dela também.

Eu o odiava e o amava por tudo isso.

Ele tirou os óculos e esfregou o nariz. E eu soube que havia chegado a hora de falar com meu tio, e não com o diretor da escola. Quando os óculos saíam, o diretor Gallo se tornava Weston.

— Estou preocupado com você, Milo — disse ele.

— Eu estou bem.

— Não está, não. As suas notas estão caindo, e você vai ser reprovado em três matérias, talvez quatro. A Ana não ia querer que isso acontecesse. Eu não quero que isso aconteça. Você precisa fazer a monitoria.

— E se eu repetisse de ano? Seria a pior coisa do mundo?

Eu estava cansado de me importar com as coisas. Não me restavam mais muitas forças para isso.

— Você não vai repetir de ano. Eu me recuso a deixar que isso aconteça.

— Mas, infelizmente — disse, colocando as mãos nos braços da cadeira e a empurrando para ficar de pé —, você não pode tomar essa decisão por mim.

Segui em direção à porta, e ele me chamou, mas o ignorei. Ele me chamou de novo. Continuei ignorando.

— Ela deixou uma carta para você — falou Weston.

Os pelos da minha nuca se arrepiaram.

— O quê?

— A sua mãe... ela deixou uma carta para você.

— Não deixou, não.

— Deixou, sim — insistiu ele. — Ela deixou. Era para eu te dar essa carta quando...

— Me dá agora — ordenei.

Meu coração frio, cansado, voltou a bater rápido.

Weston balançou a cabeça.

— Não posso. Ela pediu que eu te entregasse na sua formatura.

— E daí? Ela não está aqui para controlar a porcaria do momento. Me dá a carta.

— Não vou fazer isso.

— Weston...

— Essa foi a última coisa que ela me pediu antes de morrer, Milo. Não vou ignorar o pedido dela.

— Eu te odeio.

Weston assentiu.

— Eu sei. — Ele colocou os óculos de volta e se empertigou na cadeira. O diretor Gallo estava novamente em ação. Que ótimo. — Você vai ter que ir a todas as suas aulas para receber a carta.

— Essa era uma regra da minha mãe ou você só está sendo babaca?

Ele não me respondeu.

— A monitoria começa hoje, Milo. Às três da tarde, na biblioteca. Tente colaborar. Se você não fizer isso, a monitora vai me contar.

Uma dedo-duro. Por que eu tinha a impressão de que essa mulher seria uma pedra no meu sapato nas próximas semanas?

Bufei, então disse:

— Você sabe que daqui a duas semanas é...

— Sei... — Ele fez uma cara triste. — O primeiro aniversário de morte da Ana.

Aniversário.

Que palavra estranha para uma situação tão trágica.

Ele levantou os óculos e os apoiou na cabeça.

— Como você está lidando com isso?

Não respondi, porque eu não estava lidando com nada. Estava me desconectando mentalmente de cada segundo que passava por mim.

Saí para o corredor, para o furacão de alunos que cruzavam meu caminho, mas me sentia andando em câmera lenta, atravessando uma poça de areia movediça que às vezes eu cogitava deixar me engolir por inteiro. Eu me perguntava se mais alguém também se sentia assim — se acharia melhor afundar na terra, desaparecendo para sempre, em vez de continuar caminhando meio anestesiado pela névoa.

Minha mãe havia deixado uma carta para mim.

O que ela dizia?

Weston a levava com ele para todo canto?

Esse pensamento me fez querer invadir a casa do meu tio e revirar tudo em busca da carta. Mas, sabendo como ele era, provavelmente tinha trancafiado a carta em um cofre cuja senha ninguém mais sabia.

Eu não estava no clima para assistir a nenhuma aula naquele dia. Bom, a verdade era que eu nunca estava no clima para a escola. Mas queria receber a tal carta do meu tio no fim do semestre, então fui me arrastando para a aula de inglês.

— Que gentileza da sua parte aparecer hoje, Sr. Corti. Eu estava começando a achar que você tinha esquecido o caminho — comentou o Sr. Slade quando entrei na sala, quinze minutos depois do início da aula.

— O senhor me conhece. Minha memória não é das melhores — murmurei.

Joguei a mochila ao lado da carteira e me sentei, já desanimado por ter vindo. Meu tio alugou um triplex na minha cabeça com aquela porcaria de carta que minha mãe havia me deixado.

— Espero que os senhores estejam com suas leituras em dia, porque temos uma prova surpresa hoje — anunciou o Sr. Slade, pegando uma pilha de papéis.

A sala inteira gemeu de irritação. Eu podia jurar que professores sentiam tesão em estressar alunos com essas avaliações. Provavelmente era o auge da semana deles.

— Sabe pelo menos que livro estamos lendo, Sr. Corti? — perguntou ele, parando na frente da minha carteira.

— Vou tentar adivinhar... a cartilha *Caminho suave*?

Alguns alunos atrás de mim riram.

— Aposto que essas piadinhas serão ótimas para o seu futuro — disse o Sr. Slade. — Se houver futuro.

Quando o professor se virou de costas para mim, levantei o dedo do meio para ele.

O Sr. Slade era um babaca, mas eu tinha certeza de que ele achava a mesma coisa de mim. Eu não era o aluno mais fácil de se lidar e era quase certo que ia zerar a prova que ele havia acabado de deixar sobre a minha mesa. E ele sabia disso. Mas eu não estava nem aí. Nem eu mesma acreditava no meu potencial. Isso parecia ser um consenso universal.

Eu me debrucei, revirando a mochila em busca de uma caneta para escrever um monte de besteiras na prova quando alguém entrou correndo na sala.

— Mil desculpas. Acabei me perdendo, e o trânsito estava horrível, o que não é justificativa, porque eu devia ter saído mais cedo, então me desculpa mesmo, mas cheguei. Desculpa. Oi. — A voz era carregada de uma energia nervosa.

Eu não estava nem aí, então nem me interessei em ver quem tinha entrado. Estava mais interessado em achar a porcaria da caneta.

O Sr. Slade pigarreou.

— Não tem problema. Você chegou na hora certa.

Bufei, sem erguer o olhar. Ela podia se atrasar, claro, mas eu não. Hipócrita.

Continuei revirando a mochila, sem conseguir encontrar a porcaria da caneta. Foi aí que Savannah ofereceu uma que tinha sobrando. A irmã mais velha entrava em ação. Fiquei me perguntando se ela já estava cansada das palhaçadas que eu vinha fazendo nos últimos anos. Se sim, nunca mostrava sua irritação. Ela vivia checando se estava tudo bem comigo.

Assenti com a cabeça.

— Valeu.

— Tranquilo — respondeu ela.

O Sr. Slade bateu palmas como um bebê para chamar nossa atenção.

— Turma, quero apresentar a Srta. Evans. Nossa nova monitora neste semestre. Ela vai me acompanhar e dar algumas aulas para vocês de vez em quando — anunciou o Sr. Slade.

Quando levantei a cabeça, fui tomado pelo choque de ver a monitora parada ali. A tal aniversariante.

— Caralho — falei sem pensar.

Os músculos do meu pescoço e dos meus ombros se enrijeceram, e o olhar de todos que estavam na sala se voltaram na minha direção, inclusive o dela. Os olhos castanhos que poucos dias antes estavam fixos nos meus. Os lábios carnudos que alguns dias atrás gemiam por mim. Sua expressão chocada era idêntica à minha.

Meus dedos começaram a ficar inquietos, e uma agitação me dominou. Eu não gostava de ser o centro das atenções. Especialmente da atenção dela, porque seus olhos me fitavam de um jeito bem diferente.

Retorci as mãos várias vezes, depois comecei a esfregá-las na calça. Ela balançou a cabeça, desviando o olhar do meu imediatamente. Então ela se virou para o Sr. Slade e abriu um sorriso tenso. Não era seu sorriso de verdade. Eu já tinha visto seu sorriso de verdade. Era lindo. Inocente. Raro. Não era todo dia que você se deparava com o sorriso real de alguém. Mas, naquele momento, o sorriso no rosto dela transparecia ansiedade e nervosismo.

Ela estava morrendo de vergonha.

Eu, por outro lado?

Levemente incomodado, mas curioso.

Curioso pra cacete.

— Estou animada para trabalhar com vocês e construir uma ótima relação de trabalho com todos — disse ela, gesticulando para a sala em geral.

O Sr. Slade nos instruiu a começar a prova enquanto levava a Srta. Evans até a mesa dele, onde começou a explicar sobre o trabalho e outras merdas dessas. Eu não conseguia tirar os olhos dela e sabia que ela estava se esforçando muito para não olhar para mim. Seu nervosismo era meio fofo, e ela era linda. Não havia como negar isso. Eu percebi sua beleza no momento em que a vi pela primeira vez, com aquelas pernas compridas e aquelas curvas fenomenais. Naquela tarde, seu cabelo estava liso, ao contrário de três dias antes, quando meus dedos se embolaram em seus cachos. Ela ficava bem com o cabelo liso, apesar de eu ser um pouco mais favorável à rebeldia dos cachos. Usava uma blusa azul-marinho com uma saia lápis e sapatos de salto marrons. Seu corpo estava coberto da cabeça aos pés, mas eu só conseguia imaginar o que havia por baixo dos panos que escondiam sua pele.

Seus lábios estavam pintados de vermelho, e meus olhos não conseguiam parar de encará-los.

Eu sabia que aquela situação devia estar acabando com ela, mas que a necessidade de manter a linha profissional era maior que tudo. Aquilo era louvável. A maioria das pessoas teria saído correndo, em pânico.

Srta. Evans.

A ideia de chamá-la assim na cama passou pela minha cabeça. Apesar de eu ter tido um ataque de pânico ao fim da nossa noite juntos, os momentos que se passaram antes tinham sido uns dos mais incríveis da minha vida. O ataque de pânico provavelmente fora uma coincidência que não tinha nada a ver com ela. Pelo menos, era isso que eu dizia a mim mesmo enquanto sonhava acordado em ter outro gostinho dela.

Srta. Evans.

Puta merda, Srta. Evans.

Muitos pensamentos inapropriados passaram pela minha cabeça naquele momento, coisas que eu sabia que a deixariam ruborizada. Eu não entendia por quê, mas algumas dessas ideias me empolgavam. Vê-la arrumada para o trabalho naquela saia lápis justíssima me fazia querer arrancá-la do corpo dela. Eu queria enterrar meu rosto entre suas pernas, puxar sua calcinha com os dentes e descê-la por suas coxas grossas, deliciosas. Fiquei me perguntando como seria incliná-la sobre a mesa do professor, comigo às suas costas, apalpando sua bunda.

Talvez eu estivesse errado. Talvez vir à escola fosse legal. Com o incentivo certo, eu poderia ficar animado para aprender a matéria.

6

Starlet

— Mas o que é que você está fazendo aqui? — bradei para o homem misterioso depois de que a aula de inglês acabou.

Eu tinha dito ao Sr. Slade que precisava dar um pulinho no banheiro no intervalo entre as turmas, mas a verdade era que eu estava decidida a falar com Milo para tentar entender o que estava acontecendo.

Milo.

O nome dele era Milo Corti.

Eu tinha descoberto isso pela lista de chamada, o que foi muito útil, que o Sr. Slade havia me dado. Nossa, que nome o dele! Bem arrogante, como sua personalidade. Senti os olhares dele no instante em que ele entendeu o que estava acontecendo, como se estivesse até orgulhoso da história surpreendente que conectava minha vida e a dele.

Assim que bati os olhos nele, meu estômago se revirou. Eu precisava tomar o banho mais quente e demorado da minha vida para me limpar do que tínhamos feito juntos.

Ele era um estudante! Um estudante do ensino médio!

Ele estava parado na porta aberta do armário dele e baixou os olhos para me encarar. Eu odiava aquilo também — ele precisava olhar para baixo para falar comigo. Eu precisava me sentir mais alta do que ele, ou melhor, mais no controle da situação, e isso não era fácil quando ele me encarava lá de cima.

Chequei o corredor para garantir que ninguém estava escutando a nossa conversa.

— Escuta, estou tão chocado quanto você — disse ele, sua voz ainda tão forte e confiante quanto quando nos conhecemos.

— Quantos anos você tem?! — sussurrei em um tom exaltado.

— Dezenove — respondeu ele. — Tive uns problemas de saúde quando era pequeno. Comecei a escola um ano atrasado. Por que, Srta. Evans? Está preocupada com alguma coisa?

Minhas bochechas ficaram vermelhas quando o ouvi me chamando de Srta. Evans.

Ai, como eu odiei isso.

Odiei ouvir meu nome saindo daquele jeito de sua boca. Da mesma boca que estivera em mim. Em cada. Parte. De. Mim. Até nas que eu mal conseguia alcançar.

— Você está no ensino médio! Por que foi se meter numa festa de fraternidade?

— Na verdade, acho que eu me meti em você…

Dei um tapinha no braço dele.

— Não. Não. Não faz isso. Não brinca com essas coisas. Não tem graça.

— É meio engraçado, sim.

— Não. Não é. Como você ainda está no ensino médio?! Quando a gente fez aquele… aquele… *negócio*… você não se comportou como alguém da sua idade. Achei que fosse mais velho do que eu! Você foi muito… — Meu rosto foi ficando quente, e eu, mais nervosa. — Avançado.

Ele sorriu, todo convencido.

— Vou encarar isso como um elogio.

— Bom, não foi. Só estou dizendo que as coisas que você fez foram… seu comportamento foi muito *maduro*.

O sorriso maldoso aumentou.

— Obrigado, Srta. Evans. E quero que saiba que também aprendi coisas novas, tipo que você gosta de ser enforcada…

— Cala a boca! — sussurrei gritando. — *Cala a boca, cala a boca, cala a boca!*

Lágrimas inundaram meus olhos, mas me esforcei para não as deixar cair. Meu nariz ardia com as emoções avassaladoras causadas por aquela situação. Meu estômago doía de medo, pois me dei conta de que tudo que eu tinha passado anos me esforçando para conquistar agora estava em risco. Minhas mãos suavam, e minha mandíbula trincou quando olhei para ele. Eu estava prestes a desmoronar, e o martelo que poderia me destruir estava nas mãos de Milo.

Ele inclinou a cabeça como se fosse responder com algum comentário sarcástico, mas preferiu ficar quieto. Virou-se ligeiramente para o outro lado, depois voltou a me encarar.

— Não vou contar porra nenhuma para ninguém, tá? Não faz isso.

— Isso o quê?

— Não chora.

— Eu não vou chorar.

Ai, nossa, eu ia chorar com certeza.

— Não precisa se preocupar. Vou ficar quieto.

Meu peito ficou um pouco mais leve.

— Promete?

— Você quer fazer um pacto de sangue ou coisa parecida?

Bom, é, mais ou menos…

Balancei a cabeça.

— Não. Está tudo bem. E nada de contato físico de agora em diante, nunca mais. Vai dar tudo certo. Só precisamos ser profissionais e ficar longe do caminho um do outro.

— Aham. É só uma hora por dia.

— Só oitenta e seis horas juntos até você se formar no ensino médio.

— Você acabou de fazer essa conta ou oitenta e seis é só um chute?

— Fiz os cálculos enquanto você fazia sua prova. Eu precisava me acalmar.

Ele arqueou uma sobrancelha.

— Nerd.

— Não me chame de nerd — falei, cruzando os braços.

— Beleza, Srta. Evans.

— Também não me chame assim! — Eu estremeci. Queria que tivesse sido um calafrio de nojo, mas, para ser sincera, ouvi-lo me chamando assim fazia um calor subir pelo meu corpo. As palavras saíam de sua boca como se ele pronunciasse um pecado sórdido, e, por dentro, eu adorava a sensação delas em meus ouvidos. Sua voz grave, aveludada, carregava tanta confiança e aspereza que se tornava dolorosamente sedutora. Meu corpo estava quente, e parecia que meu organismo se autodestruiria a qualquer instante. Mas Milo não podia saber disso. Ele jamais saberia disso. — É sério, não faz isso. É esquisito.

— Então como devo te chamar?

Ótima pergunta.

— Sei lá. De nada. Não me chame de nada. Finja que sou igual ao restante dos seus professores. Finja que eu não existo.

— Moleza.

— Que bom.

— Ótimo.

— Incrível.

Ele fez uma cara feia e fechou o armário.

— Posso ir para a minha próxima aula? Ou você quer me acompanhar até lá? — perguntou ele, sarcástico.

Dei um passo para o lado.

Antes que ele fosse embora, o diretor Gallo chamou nossos nomes.

— Milo, Srta. Evans. Pelo visto vocês já se conhecem — comentou ele, vindo na nossa direção.

O pânico que havia diminuído em meu peito começou a voltar com tudo conforme o diretor da escola se aproximava. Ai, nossa, ele sabia? Milo tinha contado para outro aluno o que havia acontecido entre nós? Essa pessoa tinha me dedurado? Eu seria presa? Ai, nossa, eu fico péssima de laranja. É uma cor que não realçava meus olhos.

— Hum, oi, diretor Gallo — falei, sem saber mais o que dizer.

Milo ficou parado ali com uma alça da mochila pendurada no ombro, calmo, tranquilo e sereno. Eu não sabia se ele estava nervoso ou se simplesmente era indiferente a tudo na vida. Ele não parecia tão apavorado quanto eu.

O diretor Gallo sorriu, o que me deixou confusa. Se ele soubesse o que tinha acontecido, não haveria mais sorriso nenhum em seu rosto.

— Milo, lembra que falei que consegui uma monitora para você? É ela. Ela vai te ajudar depois das aulas todo dia. A monitoria de vocês vai ser na biblioteca. Obrigado de novo, Srta. Evans, por se oferecer para ajudar.

Ai.

Meu.

Deus.

Não!

Não, não, não, não!

Forcei um sorriso e assenti.

— Que isso, imagina. Não vai ser trabalho nenhum.

O diretor Gallo continuou falando, mas minha mente começou a derreter, conforme um sorrisinho se formava nos lábios de Milo. Quando o diretor Gallo foi embora, Milo voltou o olhar para mim. E peguei seus olhos percorrendo meu corpo de cima a baixo, o que me fez cruzar os braços.

— Acho que agora vão ser cento e setenta e duas horas juntos, hein, Srta. Evans? — disse ele, então saiu andando, me deixando desnorteada e confusa.

Pois é.

Pelo menos ele não precisaria muito da minha ajuda em matemática.

Nas últimas horas, eu só conseguia pensar no que minha mãe acharia de mim, das minhas escolhas. Eu me sentia enjoada só de imaginar o quanto ela estaria decepcionada comigo. Quando contei para Whitney o que tinha acontecido, a culpa que eu carregava só aumentou.

— *Você transou com o seu aluno?* — disparou minha amiga, seus olhos se arregalando de puro choque.

Gemi ao me jogar na cama.

— Não fala desse jeito. Assim parece horrível.

— Acho que é horrível de qualquer jeito.

— Eu sei, eu sei, pode acreditar. Meu dia foi bem difícil. Tenho que dar monitoria para ele todo dia depois da escola, durante uma ou duas horas.

Pela primeira vez, Whitney ficou tão chocada que não falou nada. Eu nem sabia que minha melhor amiga era capaz de ficar quieta.

— Será que isso é tão ruim assim? — perguntei entre os dentes.

— Tipo, não é bom.

— Era para você me ajudar a me sentir melhor com isso tudo, Whit.

— Desculpa, mas, hum... você transou com um aluno seu! Tenho certeza de que já li um romance com esse enredo. — Ela esfregou o queixo. — Mas não se preocupa, a história terminava com bebês e um final feliz.

— Isso não vai acabar com bebês e um final feliz.

Ela arqueou uma sobrancelha.

— Depende. Você ficou menstruada depois de dar umazinha com o seu aluno?

— Whitney! Nunca mais fale umazinha, por favor. E, sejamos justas, ele não era meu aluno quando aconteceu, ele tem mais de dezoito anos, e... ai, nossa, eu dei umazinha com o meu aluno. — Gemi, esfregando o rosto com as mãos.

Era isso que dava ter ouvido o diabinho no meu ombro naquela noite em vez do anjo que me dizia que era melhor ficar chorando e assistindo a *Ele não está tão a fim de você*.

A culpa era toda do John.

Eu jamais estaria naquela festa se não fosse por ele.

— O que alunos do ensino médio estavam fazendo numa festa de faculdade, de qualquer forma? — resmunguei. — Deviam pedir identidade na porta. Isso pode dar processo.

— Você é tão estraga-prazeres... Não é uma boate, Starlet. É uma festa louca e nojenta de fraternidade. A cama em que vocês transaram provavelmente tinha lençóis imundos que estavam ali há meses e onde outras pessoas transaram antes.

Estremeci só de pensar nisso.

— Tá, tá, vamos ver o lado positivo — continuou Whitney. Ela deve ter notado o pânico em meu olhar. — Você nunca mais vai transar com ele, e ninguém sabe o que aconteceu além de nós duas e ele, certo?

— Certo. E ele disse que não ia contar para ninguém.

— Perfeito. — Ela bateu palmas. — Viu, é como dizem, "tudo está bem quando acaba bem".

— Shakespeare sabia das coisas.

Ela ergueu uma sobrancelha.

— Isso é Shakespeare? Achei que fosse Harry Styles.

— Isso não tem nada a ver com Harry Styles.

— Acho que ele já falou alguma coisa parecida.

— Ele nunca falou nada parecido.

— Deixa pra lá, que seja. Você descobriu qual é o nome verdadeiro dele. Porque não é Pica?

— Milo Corti.

— Eita. — Ela suspirou. — Até nome de gostoso ele tem.

Pois é.

Dei de ombros.

— Bom, talvez fraternidades não deem muita importância para essa coisa de pedir identidade, mas eu vou fazer isso. De agora em diante, antes de ficar com alguém, vou pedir para ver um documento.

Whitney riu.

— *Oi, eu sou a Starlet e quero dar umazinha com você. Mas, primeiro, preciso da sua carteira de motorista.*

— Vai ser assim mesmo.

— Enquanto ouvia essa história horrível da sua vida, sabe no que fiquei pensando?

— No quê?

— Em tacos.

Sorri.

Ela sempre pensava em tacos.

Eu, por outro lado? Estava pensando em cada coisinha que poderia acabar com a minha vida para sempre se, por algum motivo, Milo se irritasse comigo um dia e resolvesse contar para todo mundo que eu tinha deixado que ele soprasse as velas do meu bolo de aniversário.

Mas tacos estavam em segundo lugar na minha lista de prioridades.

Suspirei e relaxei as mãos no colo.

— Vamos comer?

— Vamos comer! — comemorou ela, jogando as mãos para cima em vitória.

No dia seguinte, fui para a escola pronta para encarar meus medos. Cheguei quinze minutos mais cedo e fiquei sentada no carro, esperando para entrar. O frio que eu sentia na minha barriga quase me fez paralisar. Meu intestino parecia ter dado um nó. A ideia de ver Milo outra vez me deixava enjoada, e o fato de eu não poder simplesmente evitar olhar para ele, já que era sua monitora, estava me deixando louca.

Eu tinha cogitado pedir ao Sr. Slade que me deixasse ajudar alguma outra turma, para não precisar ver Milo duas vezes por dia, mas meus horários na faculdade não permitiam esse arranjo. Querendo ou não, eu teria que passar duas horas com Milo Corti todos os dias pelo restante do semestre.

Segui pelos corredores da escola Brooks com minha pasta pressionada ao corpo. No dia em que comprei a pasta, me senti empoderada e muito eficiente. Meu pai havia me levado para comprar roupas apropriadas a uma professora, e eu achava que estava arrasando. Eu chamava as peças de meus terninhos poderosos de Michelle Obama. Quando os vestia, tinha quase certeza de que poderia encarar qualquer sala na qual entrasse.

Os corredores da escola estavam repletos de alunos, todos com os olhos grudados nos celulares, tirando selfies ou assistindo a algum vídeo que tinha viralizado. Eles corriam pelo piso de cerâmica com as mochilas nos ombros e livros embaixo dos braços sem tirar os olhos dos telefones. As paredes estavam cheias de cartazes e balões festivos anunciando a próxima apresentação de *Hairspray* do clube de teatro e o baile de formatura do último ano. Os cheiros de uma escola de ensino médio eram muito marcantes. Uma mistura de perfumes fortes e desodorante Axe com toques de meias suadas.

Armários marrons ladeavam os corredores em fileiras de dez, separados pelas portas das salas de aula. Alguns eram decorados com adesivos e enfeites que refletiam a personalidade e os interesses dos alunos. Perdi a conta de quantas referências a Harry Styles, Taylor Swift e Beyoncé eu já tinha visto. Mas nada era mais gritante e vistoso que o amor pelo BTS. Eu entendia. Eu também tinha orgulho de ser ARMY.

Eu andava pela escola como um rato tentando fugir dos leões. O ensino médio era assustador quando se era aluno. Eu não era popular nessa época. Se muito, era a aluna desajeitada que gabaritava tudo, vivia com a cara enfiada nos livros e mal tinha vida social. Era esse o meu nível de nerdice. Mas, agora que eu era professora, o ensino médio havia se tornado cinquenta vezes mais assustador. Bom, eu era monitora, mas mesmo assim... Ainda mais quando, sem saber, você transa com um dos alunos.

— Oi, Srta. Evans — disse uma voz grave quando me aproximei da porta da sala de aula.

Os mesmos calafrios surgiram quando ouvi mais uma vez sua voz embriagante, atravessando meu corpo e descendo pelas minhas costas.

— Para de me chamar assim — sussurrei, erguendo o olhar para encontrar os olhos de Milo.

Eu odiava que ele ainda tivesse cheiro de carvalho e limonada.

Também odiava que ele estivesse mais bonito hoje do que ontem.

Fiquei me perguntando se ele fazia isso só para me irritar ou se simplesmente ficava mais gato a cada segundo. Com sessenta anos, ele seria um daqueles coroas lindos.

Quando segui para entrar na sala, Milo fez o mesmo.

Nossos ombros se esbarraram.

— Anda — ordenei.

Ele inclinou a cabeça para mim, parecendo achar graça da situação. Deu um passo para trás e gesticulou para a porta com uma leve mesura.

— Pode ir na frente, Srta. Evans.

Fiz cara feia ao entrar, sentindo a respiração quente dele próxima a mim. Milo me seguiu *muito* de perto, pressionando minhas costas com a frente de seu corpo. Seu calor esquentou meu terninho poderoso, me fazendo perder completamente a compostura. Acelerei o passo, indo depressa até minha mesa, tentando não pensar muito na intensidade dele. Como eu aguentaria ficar perto de Milo se meu corpo inteiro perdia o prumo sem que ele fizesse praticamente nenhum esforço?

Para minha sorte, a primeira semana da monitoria com o Sr. Slade consistia apenas em observar as aulas. Eu não precisava interagir com a turma, nem com Milo. Só teria que ficar sentada à mesa que o Sr. Slade havia colocado na sala para mim e assistir às suas instruções para a turma.

Mesmo assim, eu sentia — o olhar de Milo, grudado em mim.

7

Milo

— Dando o ar de sua graça por dois dias seguidos, Sr. Corti. Estou chocado — comentou o Sr. Slade quando entrei na sala.

— Eu também. Eu também — murmurei.

Ainda estava pensando na bunda da monitora que me guiara para dentro da sala. Ela era uma boa menina. Isso era fato, levando em consideração que quase havia aberto o berreiro no dia anterior. Mas o problema de ela ser uma boa menina era que eu era um menino mau que queria que ela fosse a minha boa menina. Eu ainda queria prová-la contra aquela mesa, sob as luzes fluorescentes, enquanto ela me dava uma bronca por não acompanhar a matéria.

Eu me sentei e olhei para ela, tentando ser discreto. Ela estava bonita naquela tarde. Ainda mais do que no dia anterior. Ela sustentava um ar de professora, com o cabelo alisado preso em um rabo de cavalo alto. Era impossível não imaginar como seria puxar aquele rabo de cavalo enquanto ela estivesse de quatro, com a bunda virada para mim.

Você não devia estar pensando essas coisas, Milo.

O nome dela era Starlet, não como a do filme, e sim como as constelações no céu.

Descobri isso com uma busca rápida na internet, porque eu precisava saber seu nome também, não só o sobrenome. Srta. Starlet Evans.

Ela não era muito de redes sociais, e suas contas eram todas privadas, uma pena. A única coisa que eu queria era entender quem era ela. Eu nem sabia por quê. No geral, eu odiava todo mundo. Não... odiar era uma palavra muito forte. Eu era indiferente a outros seres humanos. Não queria nem me dar ao trabalho de tentar me importar com as pessoas. Mas aquela reviravolta com Starlet me pegara desprevenido.

Foi difícil me concentrar no que o Sr. Slade dizia durante a aula, porque eu não conseguia tirar os olhos dela, sentada àquela mesa, se esforçando ao extremo para não olhar na minha direção. Estava bem claro que ela me evitava. E dava para entender por quê.

Levando em conta a forma como se comportava, ela devia estar se martirizando pelos acontecimentos infelizes que se sucederam entre nós. Mas, para falar a verdade, eu não via infelicidade nenhuma naquilo. Depois que nós dois ficamos, passei um tempão sonhando acordado com o que havia acontecido. E não fiquei com mulher nenhuma depois. Eu ainda estava ligado nela. Nunca tinha sentido nada parecido antes. Starlet tinha gosto do paraíso cheio de pecado, e, depois que saí daquele quarto, seu sabor permaneceu na minha boca.

Levando em consideração que não parava de pensar nela, eu queria mais. Provavelmente era por isso que meu lugar no inferno estava garantido, já ela iria para o céu. Nós éramos completos opostos. Cacete, era a primeira vez que eu conhecia uma mulher como ela. Alguém tão tímida, mas sexy. Inteligente, porém peculiar. Gostosa, mas tão... Tudo bem, não havia contraponto para este último fato. Eu adorava o fato de ela ser gostosa. Erguê-la até o meu rosto e tê-la em cima de mim havia sido o ponto alto da minha noite.

E pensar que eu nem queria ir à festa, mas era isso ou ficar em casa sozinho com meus pensamentos.

O olhar dela estava grudado no Sr. Slade. Era impossível não sorrir, porque eu sabia que ela estava fazendo questão de não olhar para mim Eu mal podia esperar para ter a chance de me sentar ao lado dela. De sentir o cheiro dela. De chegar perto o suficiente para tocar nela, mesmo sabendo que era proibido. Seria uma tortura maravilhosa, que eu mal podia esperar para vivenciar durante nossa monitoria depois da aula.

O Sr. Slade começou a distribuir as provas do dia anterior corrigidas. Ao colocar a minha sobre a carteira, ele balançou de leve a cabeça.

— Uma nota previsível, Sr. Corti.

Olhei para o papel e vi o zero enorme em caneta vermelha. Eu podia jurar que o Sr. Slade fazia questão de escrever os maiores e mais chamativos zeros para mim. Era quase como se eles gritassem: "Vá se foder, Milo, você é burro!"

Mas era ele quem estava passando vergonha. Eu não era burro. Eu só não me esforçava. Havia uma diferença imensa aí.

Levantei o olhar para fugir do meu fracasso e encontrei Starlet me encarando. Desta vez, ao contrário do que tinha feito nos últimos quarenta e cinco minutos, ela não desviou o olhar. Em vez disso, inclinou a cabeça, cheia de curiosidade. Deve ter escutado o comentário do Sr. Slade.

Pela primeira vez naquele dia, Starlet me deixou desconfortável. Seus olhos cor de mel eram tão carinhosos, tão gentis, que me deixaram puto. Ela me encarava como se sentisse pena de mim. Eu não precisava da pena de ninguém. Na maior parte do tempo, eu só precisava que me deixassem em paz.

Perdi no nosso jogo de encara-encara ao ser o primeiro a desviar o olhar. Eu não gostava do fato de que a preocupação desnecessária dela me deixava sem graça.

Depois que a aula acabou, peguei minhas coisas e fui encontrar Starlet na biblioteca. Escolhi uma sala de estudos nos fundos e me joguei na cadeira. Esperei durante um tempo e senti minha irritação aumentando. A gente tinha saído do mesmo lugar. Como ela pôde ter se atrasado?

— Desculpa, desculpa — murmurou ela, entrando na sala.

No instante em que a vi, me empertiguei na cadeira. Uma sensação estranha e irreconhecível se apossou de mim. Era... empolgação? Era alegria por ver que ela tinha vindo? Talvez fossem apenas gases. Talvez eu precisasse cagar. Era difícil saber, já que eu mal entendia como os sentimentos funcionavam. Eu só sabia que aquele desconforto era bem irritante.

Ela puxou a cadeira que estava na minha frente, sem parar de falar.

— Precisei passar na sala do diretor para falar com ele sobre a monitoria e...

— Já está tentando encontrar um jeito de se livrar de mim? — perguntei.

Seria compreensível.

Eu também conseguia identificar causas perdidas.

Ela estreitou os olhos, confusa.

— O quê? Não. Eu precisava pegar os livros para acompanhar a matéria que você está estudando e ter certeza de que estamos alinhados.

Ah.

Ok.

— E estamos, né? — perguntou ela, arqueando uma sobrancelha. — Nós estamos alinhados, certo?

— Você está falando da escola ou sobre a gente ter transado?

Seus lábios carnudos se abriram ligeiramente, em choque. Ela balançou a cabeça.

— Sobre as duas coisas. Estou falando sobre as duas coisas, Milo. E não fale desse jeito, por favor. Fico me sentindo uma pervertida.

— Você é uma garota muito pervertida.

— Milo — advertiu ela.

Eu me ajeitei na cadeira.

— Eu te deixo desconfortável.

— Deixa. Ainda mais quando fala esse tipo de coisa e fica me encarando durante a aula.

— Não consigo evitar. Você fica lá na frente.

— É, mas... — Ela olhou ao redor da biblioteca e suspirou. — Você estava falando sério quando disse que não ia contar para ninguém do que aconteceu entre a gente?

— Por que eu não estaria falando sério?

— Porque, sei lá... você parece... sei lá... — Ela puxou o rabo de cavalo mais para o alto. — Não sei o que você parece. Eu não te conheço. Não sei o que esperar, não sei que tipo de pessoa você é, nem se seria capaz de usar isso contra mim se eu acabar te irritando ou...

— Você acha que eu sou falso e calculista.

Seus olhos grandes se arregalaram, e ela balançou a cabeça.

— Não foi isso que eu disse.

— É o que você está pensando.

— Eu... — Ela não tinha mais palavras.

Fiquei irritado por ela pensar uma coisa dessas a meu respeito. Ela nem me conhecia. Estava julgando o livro pela capa. Porém, se tivesse um pingo de bom senso e tivesse prestado mais atenção, teria percebido que eu estava cagando e andando para tudo e que nunca me daria ao trabalho de ser falso e calculista com ninguém. Mesmo assim, sua desconfiança me incomodava um pouco.

Também detestei essa nova descoberta. A maioria das pessoas não me afetava, já Starlet, por algum motivo, fazia isso sem nem se esforçar.

O que você tem, mulher?

Por que você me afeta tanto?

Eu me ajeitei na cadeira e esfreguei a mandíbula com o polegar.

— Então acho que você vai ter que se comportar, né?

Um lampejo de pânico surgiu no olhar dela.

Acabei me sentindo meio culpado por isso também.

— Você está sendo injusto — sussurrou ela.

— A vida é injusta. Bem-vinda à festa — rebati. — Você vai me ensinar alguma coisa ou vai ficar sentada aí pensando na noite em que eu enfiei a língua tão fundo em você que te fiz gozar várias vezes?

Ela ficou boquiaberta, e lágrimas inundaram seus olhos.

— Não começa a chorar de novo. Foi só uma brincadeira idiota. Não é possível que você seja tão sensível assim — resmunguei, mas me senti mal na mesma hora.

As emoções despertavam coisas em mim e me deixavam tão desconfortável quanto Starlet havia acabado de ficar. Parte de mim queria acalmá-la e tranquilizá-la, porque eu queria que ela relaxasse. Por que eu queria deixá-la confortável? Ela devia ser uma distração para mim, que me impediria de pensar demais sobre meu estado depressivo. Só que, sempre que ela ficava à beira das lágrimas, meu peito doía. Eu me sentia sendo corroído por dentro por saber que a expressão sofrida dela havia sido causada por mim. Eu sabia que era um babaca, mas até babaquice tinha limite. Bom, eu queria que a minha tivesse, pelo menos.

— Eu sou sensível assim mesmo — disse ela. — E não tem graça. A gente está falando da minha vida, Milo. Você está zoando a minha vida.

— Errado. O seu nervosismo está zoando a sua vida. E foi mal por eu ter me ofendido por você achar que eu ficaria jogando um monte de merda na sua cara só para conseguir o que quero. Eu falei que era um babaca, mas não sou tão babaca assim. Não precisa se preocupar, Starlet. Não estou aqui para destruir a sua vida. Só quero me formar.

E era verdade, porque só assim eu receberia uma carta da minha mãe. Esse era meu único objetivo.

— Tá bom. Tudo bem. — Ela enfiou a mão na pasta e puxou alguns cadernos. — Vamos começar. Me disseram que você precisa de ajuda com inglês, história, espanhol e matemática, certo?

— E fotografia. Preciso terminar um trabalho grande para passar de ano.

— Ah, legal. Para sua sorte, *hablo español.*

— Não tenho a menor ideia do que você acabou de dizer. Eu não falo espanhol.

Ela me lançou um olhar inexpressivo e suspirou.

— Tá. Vai dar trabalho, mas não sou de desistir das coisas. Vai dar tudo certo.

— Isso parece uma frase de caneca de millennial, que a usaria para reforçar sua vibe "viva, ria, ame".

Ela sorriu.

Ela e seus sorrisos podiam ir se danar. Eles agiam como uma fonte de calor no meu mundo frio.

Meu peito se apertou. Merda. Eu estava sentindo outra vez... aquela sensação estranha de pânico se acumulando no peito. Eu me esforcei para ignorá-la.

Pense no sexo com ela. Esqueça esse sorriso, Milo.

— Meu pai sempre fala isso — comentou ela. — Quando eu era mais nova, ele me dizia isso toda noite antes de eu dormir, depois que a minha mãe morreu. Ele repetia "Vai dar tudo certo." No começo, achei que ele só estivesse tentando fazer com que eu me sentisse melhor, mas logo entendi que ele estava tentando se sentir melhor também. Desde então, virou algo nosso. Parece que essa frase está tatuada no meu cérebro para quando estou meio atordoada.

Meu peito se apertou ainda mais conforme eu repassava as palavras dela em minha mente. Minhas mãos ficaram suadas, se fechando em punhos sob a mesa. Os estágios iniciais do pânico aumentavam a cada segundo enquanto eu olhava para ela. Arqueei a sobrancelha.

— Você perdeu a sua mãe?

— Sim. Quando eu tinha treze anos.

— Como?

— Num acidente de carro. Ela foi atropelada por um motorista bêbado enquanto andava de bicicleta.

Cacete.

Pelo menos eu sabia que minha mãe ia morrer por causa da doença dela. Um acidente de carro não dava qualquer aviso para as pessoas se prepararem. Mesmo assim, às vezes eu me perguntava o que seria pior — saber que a morte chegaria em breve e ir se esgueirando diariamente na direção dela ou não ter conhecimento nenhum sobre esse fato.

Em alguns dias, saber parecia um relógio torturante que fazia tique-taque cada vez mais alto com o passar dos segundos.

Olhei para ela, sentindo uma necessidade estranha de desabafar um pouco do meu sofrimento. Eu nunca tinha conhecido ninguém da minha idade que também havia perdido a mãe. Queria falar, mas as palavras não saíam da minha boca.

Minha mãe também morreu. Ela partiu. Câncer. Daqui a algumas semanas, vai fazer um ano. Sinto tanta saudade dela que é difícil respirar. Tudo ao meu redor parece sombrio, menos quando olho para você às vezes.

Em vez de falar minhas verdades, murmurei um silencioso e saturado:

— Sinto muito.

Ninguém deveria perder a mãe. Muito menos aos treze anos.

Como Starlet conseguia estar bem? Ser a boa garota que era? Parte de mim queria que ela pudesse desenhar um mapa da mina da vida depois de perder a mãe, para me mostrar quantas outras paradas eu precisaria fazer até ficar bem como ela. Na maior parte do tempo, achava que nunca mais iria me sentir bem. O mesmo valia para o meu pai. Nós éramos sombras das pessoas que tínhamos sido um dia — um eco de nossa vida passada.

Ela prendeu uma mecha de cabelo caída atrás da orelha.

— Não tem problema. Eu e meu pai... nós estamos bem.

— É. Vai dar tudo certo — murmurei, meio zombando do que ela havia dito, meio torcendo para que fosse verdade.

Ela sorriu de novo.

Meu peito apertado...

Minhas mãos suadas...

Minha cabeça confusa...

Eu me ajeitei na cadeira e bati no meu caderno.

— Por onde começamos, Srta. Evans?

Ela hesitou, como se fosse me corrigir por chamá-la assim, mas, em vez disso, falou:

— Inglês. Vamos começar por aí.

Concordei com a cabeça e peguei o dever de casa.

— Como você foi na prova de ontem? — perguntou ela.

Peguei minha prova corrigida e a coloquei na frente dela.

— Muito bem — zombei.

Ela franziu a testa.

Como era possível? Como ela também era linda até com a testa franzida?

— Ele disse que a sua nota era previsível. Foi isso mesmo? — perguntou ela.

— Algo do tipo.

— Isso não está certo, Milo.

— Essa é a minha realidade.

Suas sobrancelhas se uniram e a cabeça dela balançava, decepcionada. Só que, desta vez, a decepção não era direcionada a mim.

— Foi a primeira vez que ele fez um comentário desses?

— Não. E duvido que seja a última.

— Milo.

— Não começa a chorar de novo, Srta. Sensível. Isso é besteira.

— Não é besteira.

— Já dei motivos suficientes para ele não acreditar em mim.

— Esse não é o trabalho dele — rebateu ela, irritada.

Puta merda. Aquela mulher não ficava feia de jeito nenhum. Tudo nela era fora do normal. Que irritante.

— O trabalho dele é ensinar você, não importa o que aconteça. Não zombar da sua cara e fazer você se sentir inferior pelos problemas e erros que cometeu ao longo do caminho.

— Se quiser dar uma surra nele por mim, fique à vontade. — Eu meio que brinquei.

Eu estava acostumado a ter amigos que se importavam comigo, mas ver Starlet demonstrar sua preocupação parecia ainda mais pessoal. Vê-la me defendendo quando não precisava fazer isso me deixou atordoado. Eu não sabia como definir o que sentia, mas vê-la indignada por algo que havia me acontecido causava uma sensação... boa.

Pois é.

Ela me causava uma sensação boa.

Ela riu.

— Vou pensar no seu caso. Ou podemos dar um jeito de você tirar notas boas até o fim do semestre e provar de vez que ele está errado. Aí, sim, ele vai se rasgar de raiva.

Bom, eu gostava da ideia de fazer meus professores se rasgarem de raiva.

— Você tem que ler *Édipo rei*, certo?

— Não gosto muito de ler — confessei.

Quando eu tinha que ler alguma coisa, as palavras entravam em foco e depois saíam de foco. Minha visão não era das melhores, tanto para perto como para longe. Em boa parte do tempo, eu não conseguia enxergar o que estava escrito nos quadros em frente às salas de aula e detestava ter de ler em voz alta. Professores que faziam alunos lerem diante dos colegas de classe tinham um lugar especial no inferno.

Estou falando de você, Sr. Slade.

Eu provavelmente precisava de óculos, mas não me importava o suficiente para ir ao médico. Minha mãe lia pra caralho. Ela adorava. Mas eu não tinha herdado essa característica dela.

— Tudo bem — respondeu Starlet. — Me passa o seu celular.

— Você vai me dar seu número? — brinquei.

— Vou — respondeu ela em um tom prático.

— O quê?

— Não posso te ensinar todas essas matérias em apenas uma hora por dia. Então vamos precisar nos falar depois da escola também. Podemos nos encontrar na biblioteca em alguns fins de semana para você não ficar para trás. As primeiras semanas vão ser um inferno, mas vamos dar um jeito.

Eu gostava de como ela pronunciava inferno. O som saía doce dos seus lábios.

— Ah. Beleza — respondi.

Ela me lançou um olhar sério.

— Não é para mandar mensagem falando de outras coisas, não, Milo.

— Eu nem ousaria — menti.

Já estava pensando nas mensagens que poderia mandar enquanto ela gravava seu número no meu celular.

— Você curte podcasts? — perguntou ela. — Você parece fazer o tipo que curte podcasts.

— Escuto alguns de vez em quando. Por quê?

— Tem muita gente que não gosta de ler, mas se sai bem escutando ou assistindo a algum conteúdo. Não podemos assistir aos livros que você precisa ler, mas podemos escutar. Estou baixando um aplicativo de audiolivros no seu celular. Como você não gosta de ler, pode escutar o livro. A ideia é a mesma, é só um método mais útil para o funcionamento da sua mente.

Aquilo era... atencioso.

Eu tinha avisado ao Sr. Slade que não gostava de ler, e ele havia me dito que o problema era meu.

— Valeu — falei, meio surpreso com o quanto ela estava sendo solícita.

Por outro lado, aquilo devia fazer parte do seu trabalho. Eu não estava recebendo um tratamento diferenciado nem nada.

— Sem problemas. Nem todo mundo aprende do mesmo jeito. O ideal é descobrirmos o que funciona melhor para cada pessoa e entender os passos necessários para todo mundo alcançar a mesma linha de chegada. Também vou ouvir o livro, e toda noite podemos fazer uma ligação de uns quinze minutos para debater o que aconteceu nos capítulos, assim você vai estar preparado para qualquer coisa que o Sr. Slade possa perguntar.

— Beleza. Boa ideia.

Na verdade, era uma ótima ideia. Só de pensar em ouvir a voz dela toda noite antes de dormir já parecia um presente. Havia algo que me atraía muito no som da sua voz. Tinha um tom sussurrado, saía com tanta delicadeza, em um ritmo tão lento. Quando estávamos estudando, havia uma pitada extra de assertividade que eu achava extremamente atraente.

Me ensina, Srta. Evans. Gosto quando você faz isso.

Ela continuou montando um plano para abordar todas as matérias sem que eu ficasse sobrecarregado. Esse era um problema para mim. Às vezes — o tempo todo —, eu deixava as coisas acumularem tanto que, quando olhava para tudo do que precisava dar conta, acabava não fazendo nada, porque era quase impossível saber por onde começar.

Starlet não só fazia aquilo parecer possível, ela fazia parecer fácil. Ela até determinou um horário para eu descansar e ter uma vida que não fosse focada nos estudos.

— Intervalos são necessários. É nesse período que seu cérebro consegue descansar e se recuperar, para que você consiga assimilar as coisas com mais facilidade. Então o domingo é seu dia de folga. Não vai estudar nada — explicou ela.

— Você está de sacanagem — falei.

— Não estou de sacanagem — rebateu ela. — É importante. Nosso tempo acabou, mas escuta os dois capítulos do livro hoje, por favor. Você pode me mandar uma mensagem para falarmos sobre ele depois das sete da noite. Já vou ter voltado para o dormitório e terminado a maior parte dos meus trabalhos.

— Devem estar te pagando bem para me ajudar. Estou tomando tempo demais da sua vida.

Ela sorriu, organizou sua pasta e se levantou.

— Não estão me pagando nada. Fico feliz em poder ajudar de graça. A gente se vê amanhã, mas ainda se fala hoje à noite.

Dava para entender por que ela queria ser professora — aquela garota era boa nisso. Era ótima, na verdade.

Conforme ela seguia para ir embora, meus olhos a acompanhavam.

Peguei meu celular e fui olhar o nome e o número que ela havia gravado no meu telefone.

Profe. Pode me chamar de profe.

Porra.

Ela era mordaz, e eu gostava disso.

Aquilo seria um problema para mim.

8

Starlet

Milo: Esse cara transou com a mãe?

Sentada na cama, eu ri lendo a mensagem de Milo.

Starlet: Como você já chegou nessa parte da história?

Milo: Audiolivros são geniais. Não, sério. Ele está transando com a mãe?

Starlet: Não é de propósito.

Milo: Impossível se recuperar disso. Espero que ele pule de um penhasco no final. Esse é o único jeito de ele se redimir. Morrendo.

Eu conseguia até imaginar as expressões dele enquanto ouvia o audiolivro. O mero choque pelo que estava acontecendo era suficiente para me fazer rir.

Starlet: Então você já leu tudo que precisava essa semana. Viu só? Não vai ser tão difícil correr atrás do prejuízo. Não se esqueça de fazer a redação sobre uma pessoa que te inspira. É para segunda. Você pode me mandar o texto para eu revisar antes. Melhor fazer isso hoje. Não se esqueça de que domingo é o seu dia de folga.

Milo: Não existe ninguém que me inspire.

Starlet: Não se preocupe. Posso te ajudar a escolher alguém. Pode ser qualquer pessoa. Um professor, um amigo, seus pais. Até alguém famoso.

Vi os três pontinhos aparecerem na tela e depois sumirem. Eles reapareceram e então desapareceram de novo. Milo estava tentando organizar seus pensamentos, mas os apagava antes que eu pudesse vê-los.

Larguei o celular e voltei a ler meu livro, mas estava meio distraída. Eu não conseguia parar de pensar em Milo naquela noite. Será que ele ainda estava em casa fazendo seus trabalhos ou tinha ido parar em outra festa? Era por isso que ele não tinha respondido? E se ele tivesse ido encontrar outra mulher para se esquecer da vida por um tempo?

Fiquei com ciúme enquanto tentava seguir com minhas atividades habituais de sábado à noite, que incluíam máscara facial, livros e comida chinesa. Tentei ignorar a sensação esquisita que me dominava. Por que eu estava com ciúme? E por que queria mandar uma mensagem para ele perguntando sobre os planos para a noite? Ele ia ficar em casa? Ia sair? Estava com outra mulher? Ela se parecia comigo?

Pare, Star.

Se comporte.

Os limites do meu profissionalismo em relação a Milo tinham sido estabelecidos com caneta permanente e não seriam apagados.

Mesmo assim, eu me perguntava o que ele estava fazendo naquela noite e com quem. Os beijos dela tinham o mesmo gosto dos meus ou ele sentia falta da maciez dos meus lábios?

Horas depois, meu telefone apitou de novo.

Milo: Você ainda pensa nisso também?

Senti um frio na barriga ao ler aquelas palavras. Ele não sabia o quanto me deixava nervosa. Uma enxurrada de sentimentos me inundava sempre que ele dizia alguma coisa que poderia ser interpretada do jeito errado. De um jeito inapropriado. Parecia que meus desejos eram pecaminosos, e eu não conseguia me impedir de pegar fogo com desejos e necessidades que eram estritamente proibidos. Aquela pergunta podia significar qualquer coisa, mas minha mente foi direto para a noite da festa.

Milo: Nele transando com a mãe?

O ar preso no meu peito foi evaporando devagar. Então ele mandou outra mensagem.

Milo: Você entendeu que eu estava falando disso, né? Não passou mais nada pela sua cabeça, certo?

Ele estava mexendo com a minha cabeça e sabia disso. Estava tentando me deixar nervosa e estava conseguindo. E por que eu gostava daquilo? Por que eu gostava do tom provocante das suas palavras? Por que elas me deixavam com tanto tesão?

Starlet: Milo. Só mensagens sobre seus estudos, por favor.

Milo: Sim, profe.

Starlet: Obrigada. Depois me manda o seu trabalho de matemática de duas semanas atrás que eu pedi para você terminar até hoje, junto com a redação, tá?

Milo: Tudo bem, profe.

Starlet: Você está sendo um idiota sarcástico, né?

Milo: Olha a boca, profe.

Esse homem ia provocar em mim uma enxaqueca ou um orgasmo. Um dos dois.

Não respondi, e ele não falou mais nada, então imaginei que a conversa tivesse chegado ao fim. Voltei para o meu livro, apesar de Milo continuar invadindo meus pensamentos. Algumas horas depois, pouco antes de eu cair no sono, meu telefone apitou.

Milo: Vou escrever sobre o meu avô na redação.

Starlet: Ótimo. Boa ideia.

Milo: Boa noite, profe.

Starlet: Boa noite, Milo.

Milo: Eu também penso nisso, sabe? Que você me usou que nem cadeira naquela noite. Penso demais nisso e que eu queria muito que acontecesse de novo.

Desliguei o celular na mesma hora, me esforçando para não me perder muito nas palavras que ele havia escrito.

Pelo amor de Deus…

Eu devia ter imaginado que ele não facilitaria a minha vida. E a pior parte disso tudo era que eu pensava naquilo, sim. Pelo menos uma vez por dia. Ou duas. Eu estava oficialmente fodida, e era Milo Corti que estava me fodendo.

As cabines do banheiro da escola eram uma visão interessante. A quantidade de rabiscos nas paredes deixava bem claro o que muitas das meninas andavam pensando. Na terceira cabine, havia um ranking dos caras mais gatos da escola, e o nome que ocupava o topo da lista era o de Milo.

Isso me surpreendia? Nem um pouco. Ele era tão bonito que chegava a ser até ridículo. Sua beleza era irritante. Eu tive que reprogramar meu cérebro para se desligar desse fato quando descobri que seria sua monitora.

Quero sentar na cara do Milo Corti estava escrito na parede.

Dava para entender por quê.

Era uma delícia sentar na cara dele mesmo.

Às vezes, quando eu andava pelos corredores da escola, percebia as garotas olhando para ele, mas ele nunca correspondia. Parecia desinteressado… bom, comigo era diferente.

Se nossos caminhos se cruzassem no corredor, os olhos dele se cravavam nos meus. Ele se recusava a desviar o olhar e ficava me encarando até que eu ficasse visivelmente nervosa. Eu conseguia interromper o contato visual, mas, de algum jeito, continuava sentindo o peso de seu olhar. Aquilo tudo me deixava em conflito, mas eu nunca tocava no assunto com ele. Parecia que, quanto menos falássemos sobre os olhares, melhor. Porque estava óbvio que ele adorava saber que conseguia me fazer perder o prumo. Quando se tratava de Milo e daqueles olhos verde-acastanhados, eu ficava desestabilizada.

Porém, nos últimos dias, ele parecia um pouco mais distante que o normal. Seus comentários sarcásticos passaram a ser menos frequentes durante nossas aulas. Uma parte de mim queria perguntar se ele estava bem. Outra parte entendia que isso não era da minha conta.

9

Milo

Todo santo dia, eu acordava em um mundo sombrio. Tanto no sentido figurado como no literal. Sempre que eu despertava, levava um instante para me ajustar ao espaço ao meu redor. Eu precisava piscar para desanuviar os segundos de escuridão antes de me levantar da cama. Isso acontecia desde que eu me entendia por gente.

O fato de eu acordar antes do nascer do sol não ajudava. Fazia um ano que eu havia criado esse hábito. Antes de amanhecer, eu ia até um parque perto de casa. O parque Estes era o favorito do meu pai desde que ele era pequeno. Foi lá que ele e minha mãe se conheceram. Tinha uma área arborizada, onde uma trilha escondida levava a um lago. Ninguém conhecia esse caminho, apenas meus pais e eu. Lá, havia um banco que meu pai tinha comprado para minha mãe, com as iniciais dela entalhadas e tudo. Era o lugar favorito dela. Nós três costumávamos passar horas ali, pescando.

Agora, só eu ia àquele lugar, e o lago estava congelado naquele inverno. Provavelmente era um local perigoso, com o vento cortante, mas eu havia prometido que tentaria estar ali todos os dias, na beira daquele lago, olhando o céu.

Minha mãe me disse que eu poderia encontrá-la no nascer do sol, então eu fazia questão de assistir ao sol nascendo todos os dias desde sua morte, não importava se o clima estivesse bom ou ruim. Em alguns dias, as nuvens bloqueavam a visão do céu, mas eu sabia que o sol estava lá. Naquela manhã, eu sentia ainda mais saudade dela, e assistir ao nascer do sol não parecia suficiente para me reconfortar.

Starlet servira como uma boa distração por um tempinho. Ela havia me ajudado a não pensar demais no dia que estava por vir, mas então o dia finalmente chegou, e minha mente não estava conseguindo lidar com o sofrimento que ele trazia.

Hoje fazia um ano que ela havia partido.

Um ano.

Feliz aniversário de morte, mãe. Vá se ferrar por ter me deixado aqui neste mundo.

Também queria dizer que sinto tanto a sua falta que é difícil até respirar.

Assisti ao nascer do sol me sentindo completamente vazio por dentro, então voltei para casa e me arrumei para a escola.

O encontro semanal na sala de Weston era o último lugar no planeta onde eu queria estar naquela manhã. O carpete tinha sido arrancado do chão, expondo um piso de madeira feio pra caralho. Weston tinha explicado que a reforma da sua sala estava em andamento e que o piso novo só chegaria na semana seguinte.

O chão estava exatamente como eu me sentia — uma merda.

Weston tomou um gole de seu café e me olhou de cima a baixo. Para falar a verdade, eu nem sabia como tinha conseguido chegar à sala dele naquela manhã. Não consegui dormir nada o fim de semana inteiro. Principalmente porque, sempre que eu fechava os olhos, era atormentado por memórias do passado. E, quando não era isso, eu era assombrado pela situação do meu presente.

— Você está chapado? — perguntou Weston.

Ergui o olhar da minha cadeira e arqueei uma sobrancelha.

— Quem está perguntando? O Weston ou o diretor?

— Os dois — respondeu ele, apoiando a caneca de café na mesa.

— Bom, acho que você sabe a resposta, já que me perguntou.

— São sete da manhã, Milo.

— Isso se chama acordar bem — respondi.

Weston não devia estar surpreso. Tinha sido uma semana de merda. Meu pai havia perdido a linha bebendo e acabara decidindo descontar em mim ao chegar em casa fedendo feito um marinheiro todo mijado.

Passar meu tempo com um homem bêbado e triste que eu precisava obrigar a entrar embaixo do chuveiro e a quem ainda tinha de alimentar não era a minha ideia de diversão. Além de ter que cuidar dele, ainda era obrigado a ouvir o quanto eu o decepcionava. Além disso, naquela manhã fazia um ano que minha mãe havia partido. Então era compreensível eu querer ficar doidão antes de ir para a escola como forma de tentar lidar com todas as merdas que passavam pela minha cabeça.

Weston franziu a testa. Eu não conseguia entender se ele estava decepcionado comigo ou triste por mim.

Talvez fosse uma mistura das duas coisas.

— Você devia ter ficado em casa hoje — disse ele.

— Você falou que eu só receberia a carta se viesse às aulas. Então aqui estou.

— Você está aqui, mas não está.

Eu estou aqui, mas não estou.

Ele se remexeu na cadeira.

— Você quer falar sobre ela hoje? Talvez isso...

— Não — eu o cortei.

Havia um milhão de coisas que eu queria fazer naquele dia. Eu queria ficar doidão. Queria ficar bêbado. Queria fazer o possível para esquecer que o pior dia da minha vida tinha completado um ano hoje. Queria sentir menos e desaparecer mais. Queria que o sofrimento sumisse. Queria sentir que havia alguma possibilidade de eu melhorar um dia. Queria voltar a respirar. Eu queria muito poder respirar, mas não conseguia. Eu escolhia não fazer isso, pelo menos. Era egoísmo da minha parte respirar quando minha mãe não podia mais fazer isso.

O luto era algo complexo. Um dia você estava triste; no outro, cheio de raiva. Às vezes, em raras ocasiões, você sentia as duas coisas. Uma raiva tão agressiva, uma tristeza tão depressiva.

— Não teria problema se você tivesse ficado em casa hoje — comentou Weston. — Hoje seria compreensível.

— Bom, pois é... você podia ter me dito isso antes de me subornar com a carta.

— Milo.

— O quê?

Ele abriu a boca no instante em que o sinal tocou para o primeiro tempo de aula. Não saíram mais palavras, então me inclinei e peguei minha mochila ao lado da cadeira.

— Não posso me atrasar para a aula, diretor Gallo — murmurei, ao me levantar da cadeira.

Ele me chamou, mas eu não me virei para encará-lo. Eu não queria mais falar. Não queria fitar os olhos que se pareciam com os dela.

Segui para os corredores movimentados, atravessando minha areia movediça, e fui direto na direção do armário de Tom.

Ele olhou para mim.

— Que ônibus foi esse que te atropelou?

— Preciso de balas — falei, indo direto ao ponto.

Eu não era de ficar de conversa fiada, e meus sentimentos hoje estavam meio embaralhados. Eu sabia que me sentiria cada vez pior quanto mais perto estivesse das três da tarde, a hora em que minha mãe dera o último suspiro. Eu precisava estar entorpecido a essa altura. Precisava fazer minha onda durar pelo máximo de tempo possível.

— Bom dia para você também, raio de sol — zombou ele.

— É sério, Tom. O que você tem?

— Você ficou menstruado hoje, é? Tá irritadinho.

Não falei nada.

Ele arqueou uma sobrancelha e ficou meio sério.

— Está tendo uma manhã de merda?

— Tipo isso.

Por um milésimo de segundo seus olhos exibiram um pingo de pena de mim, mas ele rapidamente a escondeu, porque sabia que eu não ia gostar disso. Então enfiou a mão na mochila, pegou uma lata de balas de menta, abriu e tirou um comprimido para mim.

— Isso aqui vai fazer você se sentir… hum… bem. Você vai se sentir bem.

Perfeito.

— Me dá mais um pouco.

— Cara, não sei se…

— Eu te pago.

— Você sabe que não é uma questão de dinheiro.

— Tom. Por favor — falei, engasgando.

Eu não era de implorar por nada, mas, naquele momento, senti essa necessidade.

Isso deve ter chamado a atenção dele. Sem questionar, Tom me entregou mais alguns comprimidos. Então colocou a mão no meu ombro.

— Ei, cara. Eu sei que a gente não é de ficar desabafando um com o outro, mas se você um dia quiser conversar…

— Não quero.

Botei um comprimido na boca e guardei os outros no bolso para tomar ao longo do dia.

— Beleza. — Ele tirou a mão do meu ombro e fechou o armário. — Dito isso, boa viagem.

A gente se vê por aí.

Bem.

Eu estava me sentindo bem.

Ótimo, até. Porra, eu estava me sentindo ótimo.

Nas últimas horas eu não me sentia como se estivesse andando em uma faixa de areia movediça, agora eu flutuava pelos corredores. Tudo estava intensificado, todos os meus sentidos. Meus dedos se alongavam, e eu encarava o espaço entre eles. Eu conseguia sentir. Conseguia sentir o ar.

Puta merda, eu estava muito doido.

— Você está bem? — perguntou uma voz, me tirando daquele transe.

Eu me virei e dei de cara com Starlet parada na minha frente com um olhar preocupado.

Uau.

Os olhos dela eram lindos.

— Você tem olhos lindos — falei.

Ela olhou ao redor do corredor e se afastou alguns passos de mim.

— Nunca mais diga uma coisa dessas, Milo — alertou ela, diminuindo o tom de voz. — O sinal tocou. Você já devia estar na aula.

Eu ri.

Porque as coisas eram engraçadas. Tudo era engraçado — Starlet, a escola, a vida, a morte.

Mas ela não achava graça nenhuma. Talvez fosse isso que eu devesse mostrar a ela — que a vida era uma comédia.

Enfiei a mão no bolso e peguei uma bala. Estiquei-a na direção dela.

— Aqui, toma isso. Você vai rir à beça, profe.

— Ai, nossa — sussurrou ela, meio exaltada, dando um passo na minha direção. — Isso é droga?!

— Bom, não é bala de menta.

— Guarde isso e vá para a aula — ordenou ela.

Os corredores estavam bem vazios, e provavelmente ela tinha razão. Era para eu estar na aula, assim como todos os outros alunos. Mas era aula de quê? Que horas eram? Merda. A carta. Eu precisava conseguir aquela carta.

— Preciso ir para a aula por causa da carta — murmurei.

Minha cabeça parecia um pouco enevoada, e senti meu estômago meio embrulhado. Tentei colocar a bala na boca, mas ela caiu quando Starlet deu um tapa na minha mão.

— Milo, o que raios você está fazendo? Você não pode ficar tomando bala na escola — brigou Starlet.

Ela estava começando a parecer cada vez mais com uma professora. Que chato.

— Você não quis.

— Porque eu não uso drogas.

— Mas a vida seria tão melhor se você usasse, profe. — Eu me desequilibrei por um instante, e ela me segurou. Seus olhos encontraram os meus, então soltei um suspiro. — Você tem olhos lindos — repeti.

— Milo, para com isso.

— Estou me sentindo meio mal, profe.

— É. Já deu para perceber.

— Não posso repetir de ano. Não posso. Preciso daquela carta. Preciso muito.

Ela estreitou os olhos, confusa. Starlet não entenderia. Ninguém entenderia. Ela olhou ao redor no corredor, depois suspirou.

— Vem. Vou te ajudar a ficar mais sóbrio. — Ela saiu me puxando pelo corredor, e fizemos uma curva. Descemos um lance de escadas, e ela abriu uma porta que dava para uma despensa. Starlet me puxou lá para dentro e fechou a porta. — Senta aí — ordenou ela, me empurrando para o chão.

Depois, bloqueou a porta com uma vassoura, para que ninguém conseguisse entrar.

— Vamos ficar pelados agora? — murmurei.

Porra, eu estava muito louco.

— O quê? Não. Nossa, você está muito louco — murmurou ela enquanto revirava sua pasta.

Ela pegou uma garrafa de água e a ofereceu para mim.

Eu a afastei.

— Não.

— Você precisa ficar sóbrio, Milo.

— Não. O meu pai precisa ficar sóbrio, não eu. Eu estou bem. Estou ótimo. Estou feliz — tagarelei, acenando na direção dela. — Estou tranquilo.

Ergui o olhar para ela e vi a tristeza naqueles olhos lindos.

— Você tem olhos lindos — repeti.

Starlet franziu a testa ainda mais.

— Você vai ficar bem, Milo.

— Eu já disse que estou bem — murmurei, me encostando em um balde.

Ela se aproximou de mim, segurou meu queixo e levou a garrafa de água aos meus lábios. Eu mal conseguia manter os olhos abertos. Tudo parecia pesado e leve ao mesmo tempo. Cada movimento era um esforço. Mesmo com os olhos firmemente fechados, eu ainda enxergava os dela. A porra daqueles olhos.

— Bebe — ordenou ela.

— Não — falei, afastando a garrafa.

— Bebe — repetiu ela.

— Eu te odeio — resmunguei, sem querer beber.

— Que bom — rebateu ela. — Isso quer dizer que você ainda está sentindo alguma coisa. Agora bebe.

Eu bebi.

— Você vai ficar bem, Milo — repetiu ela, e, por algum motivo, isso fez meu peito se apertar ainda mais.

— Ela foi embora — sussurrei, me sentindo prestes a desabar. — Ela foi embora de vez — falei, então me encolhi em posição fetal e me entreguei.

Starlet não disse nada, apenas colocou uma mão reconfortante nas minhas costas para me consolar. De vez em quando, ela me obrigava a tomar um gole de água. Em certo momento, caí no sono. Ou desmaiei. Era difícil dizer. Eu só sabia que, quando acordei, a mão de Starlet continuava nas minhas costas.

Suas palavras ecoavam como uma mentira pela minha cabeça.

Você vai ficar bem, Milo.

Você vai ficar bem, Milo...

Como?

Como isso... como eu voltaria a ficar bem um dia?

10

Starlet

Eu estava arriscando tudo trancada ali naquela despensa com Milo. Nem sabia por que estava fazendo aquilo. Eu devia ter relatado o comportamento inapropriado dele na diretoria e deixado outra pessoa lidar com a situação. Mas algo dentro de mim não queria que as pessoas o vissem daquele jeito. Eu não o conhecia, mas sentia que tinha obrigação de protegê-lo, de ajudá-lo a enfrentar o que o estivesse atormentando.

Além disso, a tristeza em seu olhar...

O que você está fazendo, Star?

Eu estava arriscando todo o meu futuro, tudo pelo que eu havia me esforçado, por um mero desconhecido. Se alguém me pegasse na despensa com aquele cara, seria o fim de qualquer plano que eu tivesse de ser professora. Todos os meus sonhos seriam arruinados em um segundo, tudo por causa de uma decisão impulsiva de enfiar Milo na despensa.

O que tinha acontecido com ele? Eu sabia que ele era difícil e sabia que tinha passado por momentos tristes, porque vi isso em seus olhos verde-acastanhados, mas aquele dia parecia diferente. E ele tinha revelado algumas pistas, como a bebedeira do pai. Será que ele estava correndo perigo? Que problemas encarava sozinho e por que estava usando drogas para se sentir melhor?

Mandei uma mensagem para o Sr. Slade dizendo que havia tido um problema pessoal e que não conseguiria ir para o colégio naquela tarde. Outra decisão ruim. Por que eu só tomava decisões ruins quando se tratava de Milo Corti?

Que garota burra, burra!

Horas se passaram enquanto fiquei ali, dando água para Milo, e, assim que ele se sentiu melhor o suficiente para se sentar, abri um meio-sorriso.

— Você vai ficar bem — prometi, torcendo para não estar mentindo.

Ele pressionou a mão contra a testa, depois a passou pelo cabelo.

— É, tá bom.

— É melhor eu ir embora antes que alguém apareça aqui. Aí você sai um pouco depois de mim, pode ser?

Ele concordou com a cabeça.

Antes de me levantar, toquei o joelho dele.

— Milo, eu sei que você não quer conversar, e tudo bem. Não vou insistir no assunto. Mas você precisa conversar com alguém, e logo. Precisa colocar isso para fora, porque as feridas que você está carregando não estão cicatrizando. Elas estão inflamadas e doloridas e te fazendo mal de várias formas, e você não merece isso.

— E se eu não merecer melhorar?

— Todo mundo merece melhorar. Principalmente você.

Apertei de leve seu joelho, então me levantei e alisei minha calça.

— Ei, profe?

— O que foi?

— Não conta para ninguém o que aconteceu, tá?

— Claro que não.

— É sério. A última coisa que preciso é que o diretor saiba. Só ia complicar a minha vida.

Sorri.

— Você quer fazer um pacto de sangue ou coisa parecida? — brinquei, fazendo referência à mesma pergunta que ele me fez semanas antes.

O canto da boca de Milo se curvou para cima.

Ele quase sorriu.

Isso fez com que eu respirasse um pouco melhor, concluindo que ele ficaria bem.

Quando saí da despensa, fiz uma curva e dei de cara com o diretor Gallo. Na mesma hora, me senti inundada por uma onda de ansiedade. Eu me esforcei ao máximo para não deixar o pânico transparecer.

— Srta. Evans, ainda bem que te achei. Eu estava te procurando — disse ele ao se aproximar de mim. — Queria conversar sobre o Milo. Podemos ir à minha sala um instante?

Engoli em seco, querendo fugir correndo do confronto em que eu estava prestes a me meter. Minha cabeça começou a bolar formas de expressar meu profundo arrependimento pelo que tinha acontecido. Só podia ser por isso que ele estava me chamando até sua sala, né? Porque ele sabia o que havia acontecido com Milo naquela tarde. Não existia outro motivo. Ainda mais porque sua expressão parecia bem séria.

Entramos na sala, e ele fechou a porta, gesticulando para a cadeira vazia à minha frente, me convidando a me sentar. Fiz o que ele sugeriu.

O diretor Gallo sentou-se em sua cadeira, se balançou um pouco, então parou.

— Como você está, Starlet? Como estão as coisas com o Milo?

Eu não sabia se aquilo era uma armadilha ou não.

— Bem, bem. Ele está fazendo as tarefas, e acho que nossas sessões de estudo estão dando resultado.

— Que bom. Que maravilha, na verdade. Conversei com uns professores, e eles disseram que receberam alguns dos trabalhos que o Milo estava devendo e que ele tem aparecido nas aulas.

Menos hoje.

Por outro lado, eu também não apareci.

Fiquei em silêncio, sem saber o que deveria dizer.

Ele sorriu, então deixou um suspiro pesado escapar. O diretor Gallo tirou os óculos e apertou a ponte do nariz.

— Desculpa, Starlet, podemos falar francamente por um instante?

— Sim, claro.

— O Milo é meu sobrinho, então esta situação é bastante pessoal.

Ah!

Que coisa.

Isso acrescentava algumas peças que estavam faltando no quebra-cabeça do diretor Gallo e Milo.

— Não me leve a mal, eu me importo com todos os meus alunos, mas o Milo passou por muita coisa no último ano, então estou muito preocupado com o bem-estar dele. Se ele te causar algum problema, me avise, por favor. A última coisa que eu quero é gerar estresse na sua vida. E eu devia ter te avisado sobre ele faltar à monitoria hoje, já que é o primeiro aniversário da morte da mãe dele, minha irmã Ana.

Lá estava.

Esse era o motivo da crise de Milo.

Meu estômago embrulhou e meu coração se partiu por ele. Eu sabia que as coisas deviam estar sendo bem difíceis para Milo. Preferia não saber, mas sabia.

— Sinto muito pela sua perda, diretor Gallo.

Seus olhos mostraram um lampejo das mesmas emoções que preenchiam o olhar do sobrinho quando estávamos na despensa. Eu achava incrível o fato de as pessoas sofrerem de maneiras diferentes, mas a tristeza ainda aparecer da mesma forma no olhar de todo mundo.

— Obrigado — murmurou ele. O diretor Gallo pigarreou e entrelaçou as mãos, deixando de lado os sentimentos. Ele se empertigou na cadeira. — Sei que o Milo é difícil, mas ele nem sempre foi assim, tão duro e frio. Acredito que, por trás dessa fachada hostil, ainda exista um menino meigo e bom que sente falta da mãe.

— Não vou parar de dar aulas para ele, diretor Gallo. Agora que sei dessas coisas, posso lidar com a situação de outra maneira e me certificar de que estou tornando a vida dele mais fácil, não mais difícil. Eu também perdi a minha mãe, então sei como isso é complicado.

— Também sinto muito pela sua perda, Starlet.

Concordei com a cabeça.

— Já faz alguns anos. Estou bem.

— Estou aprendendo que o tempo não facilita as coisas. Às vezes, só torna o luto mais silencioso.

Eu nunca tinha escutado uma verdade maior.

— Vou atualizando o senhor sobre tudo — prometi.

— Faça isso, por favor. A qualquer hora. Por favor.

O diretor Gallo se importava de verdade com Milo. Dava para ver isso em seu olhar. Para ele, era bem dolorido ver o sobrinho passando por um momento tão difícil.

Assenti e me levantei.

— Obrigada de novo por conversar comigo.

Ele se levantou também.

— Imagina. Obrigado, Starlet. Tenha uma boa tarde.

Quando já estava saindo da sala, parei e olhei de novo para o diretor Gallo.

— Tenho uma pergunta. O Milo mencionou uma carta. Isso é algo que eu deveria saber?

O diretor Gallo bufou.

— A mãe dele deixou uma carta, que devo entregar para ele no dia da formatura. Falei que ele precisava ir a todas as aulas da monitoria e se formar para recebê-la.

— Obrigada por me explicar — falei.

— Disponha. Tenha uma boa tarde.

Depois da conversa com o diretor Gallo, voltei à despensa para ver se Milo estava bem. Quando abri a porta, senti uma leve pontada no estômago.

Ele havia ido embora.

Starlet: Tudo bem?

Mandar mensagem para ele naquela noite era um erro, mas eu não conseguia pensar em nada além de Milo nas últimas horas. Era difícil me concentrar nos meus estudos, porque, do nada, ele surgia em minha mente. Whitney estava na aula que tinha à noite, o que era ótimo para mim, porque, se estivesse no quarto comigo, ela perceberia que havia algo errado.

Eu não sabia mentir. Todos os meus sentimentos, bons ou ruins, ficavam estampados na minha cara. Eu tinha herdado isso da minha mãe. Dava para saber como ela se sentia só de olhar para o seu rosto. Meu pai dizia que esse era o jeito mais fácil de perceber quanto ele havia pisado na bola.

Fiquei encarando meu celular por uma eternidade, sem receber uma única resposta.

Comecei a bolar teorias. E se alguma coisa ruim tivesse acontecido com ele?

E se ele tivesse tomado outro comprimido antes de sair da despensa?

E se ele precisasse de ajuda de verdade, e eu tivesse tomado a decisão errada quando não contei para o diretor o que tinha acontecido?

Estava me afogando em culpa até que, por volta das onze da noite, recebi uma mensagem dele.

Milo: Tudo bem.

Respirei fundo pelo que pareceu a primeira vez naquela noite.

Tudo bem.

11

Milo

Finalmente eu estava em casa. Fiquei muito louco durante boa parte do dia. Estava enjoado, o que não era surpresa. *Tudo que entra tem que sair.* O fim da onda sempre era a parte mais difícil. Tom me encontrou vagando pelos corredores, doidão, e teve a bondade de me colocar em seu carro. Ele me levou para sua casa e me escondeu no banheiro até eu ficar sóbrio o suficiente para ir embora. Quando ele me deixou na porta da minha casa, murmurei um obrigado.

— Milo, você sabe que somos amigos, né? — perguntou Tom antes de eu sair do carro.

— Aham, claro.

— Não. É sério. Sei que sou novo na cidade e que nós somos bem diferentes um do outro, mas eu te considero um amigo próximo. Então, se você precisar conversar em algum momento, ou se só quiser companhia, sem falar nada, estou aqui. Não sou tão discreto quanto o Chris, mas posso aprender a calar a boca.

Olhei para ele e assenti.

— Valeu, T.

— T? — arfou ele, levando as mãos ao peito. — Você acabou de me dar um apelido? A gente se trata por apelidos agora?

— Não pira — resmunguei, abrindo a porta do passageiro.

— Estou completamente pirado.

Saí do carro, então ele abriu a janela e gritou:

— Até logo, Mi-Mi!

Mi-Mi.

Detestei esse apelido, de verdade, mas tinha certeza de que ele me chamaria assim pelo resto da vida.

O carro do meu pai estava estacionado na frente da casa, o que era um bom sinal. Eu tinha imaginado que ele estaria desmaiado em algum bar ou preso por atentado ao pudor por ter mijado na fachada de algum prédio ou coisa parecida. Mas, quando entrei em casa, eu o ouvi no quarto. A porta estava fechada, mas eu conseguia escutá-lo muito bem.

Ele estava chorando.

Engasgando ao puxar o ar. Bufando ao soltar.

Eu não imaginava que o sofrimento dele poderia piorar o meu.

Nós já não éramos próximos, porém havia algo doloroso pra cacete em ouvir seu pai chorar. Durante boa parte da vida, eu o vi como um homem forte e durão, que nunca demonstrava nenhum tipo de fraqueza. Agora, ouvi-lo desmoronar parecia algo bizarro.

Sem pensar, girei a maçaneta para ver como ele estava, mas a porta estava trancada.

Sentei-me no chão na frente do quarto dele, me encostei na parede e dobrei os joelhos. Abracei minhas pernas ouvindo meu pai uivar de tristeza.

Eu desmoronei junto com ele, sentado ali, com o rosto enterrado nas palmas das mãos.

Nossas dores eram diferentes. Ele tinha perdido uma esposa; eu havia perdido minha mãe.

Ainda assim, nós dois estávamos destroçados.

O luto tinha disso — ele não discriminava. Simplesmente fazia todo mundo se afogar.

12

Milo

Passei boa parte do fim de semana tentando me recompor.

Eu não costumava sentir vergonha das minhas ações, mas era exatamente essa a sensação que me acompanhava quando, na segunda-feira, cheguei para a monitoria com Starlet. Afinal, ela testemunhara meu total colapso.

— Desculpa por sexta. Eu não estava com a cabeça boa — murmurei para Starlet ao me acomodar na sala de estudos da biblioteca.

Joguei a mochila em cima da mesa e resmunguei, com uma dor de cabeça latejante. Não havia ibuprofeno no mundo capaz de amenizar aquele desconforto. Eu devia ter bebido mais água no fim de semana, mas não estava com cabeça para pensar nessas coisas.

Starlet sorriu para mim. Seu olhar não exibia qualquer irritação, julgamento ou culpa.

— Você não está irritada — comentei.

— Não, não estou.

— Por que você não está irritada? Eu podia ter ferrado com a sua vida.

— Não tem problema.

Ela se remexeu na cadeira, então esticou a mão e tocou meu antebraço. Meu olhar desceu para a mão dela. Eu devia ter me afastado, mas o calor dela era viciante demais.

— O que você está fazendo? — perguntei.

— Conversei com o diretor Gallo. Ele me explicou sobre o dia difícil que foi sexta.

Ah.

Isso explicava tudo.

Ela estava com pena de mim.

Puxei o braço e o apoiei no meu colo.

— Foi só um dia.

— Não. — Ela balançou a cabeça. — Não foi.

Não, concordei em silêncio. Não tinha sido.

Revirei minha mochila em busca do livro de matemática e falei:

— Acho que a gente devia começar com os deveres de matemática e...

— Qual é o nome dela mesmo? — interrompeu-me Starlet.

Arqueei a sobrancelha.

— O quê?

— Da sua mãe. Qual é o nome dela?

Minha garganta apertou, e fiquei paralisado.

— Por que você está me perguntando isso?

— Porque sei que ela é importante para você. Quero saber um pouco mais sobre tudo o que é importante para você.

Ela é importante para você.

Como se minha mãe ainda estivesse aqui.

Eu odiava a forma como ela havia dito isso.

E também adorava a forma como ela havia dito isso.

Fiz uma careta.

— Não quer, não. Você só está se sentindo mal por mim.

— Estou me sentindo mal por você, sim — confessou ela. — Mas também quero saber um pouco mais sobre tudo o que é importante para você. Uma coisa não exclui a outra.

— Era para você estar me dando aula, e não perguntando sobre a minha vida pessoal. Que tal fazer o seu trabalho? — resmunguei.

Seus olhos encontraram os meus, e ela sorriu, sem se deixar abalar nem um pouco com a minha grosseria. Ela cruzou as pernas e se recostou na cadeira, sem desviar o olhar.

— Minha mãe se chama Rosa. Ela é minha melhor amiga. A coisa de que ela mais gostava no mundo era preparar tudo com as próprias mãos. Sabonetes, cremes, geleia com as maçãs da macieira do nosso quintal. Ela era alérgica a cachorros, mas sempre fazia carinho em um na rua. Ela detestava legumes, mas fingia gostar para me convencer a comer. E ela me amava e amava o meu pai, com todas as forças. Nós a amávamos também. Perdê-la, por muito tempo, foi como perder a nós mesmos. Levei anos para não chorar sempre que via uma foto dela. Ainda choro às vezes, mas menos. Uma vez, ela montou uma bicicleta para mim. Montou uma para mim e uma para ela, nós andávamos juntas e descíamos as ladeiras mais íngremes. Eu esticava os braços, e ela segurava minha mão, então descíamos juntas.

— O que você está fazendo, Star? — sussurrei.

— Compartilhando algumas das minhas cicatrizes para você se sentir seguro o bastante para compartilhar as suas. Se você não quiser falar nada, tudo bem. Não vou forçar a barra, mas gosto quando as pessoas perguntam sobre a minha mãe. Adoro falar dela, porque, quando faço isso, é como se ela ainda estivesse aqui. A maioria das pessoas apenas diz que sente muito e que a vida continua. Eu não quero fazer isso com você, Milo. Eu quero saber mais.

Eu me recostei na cadeira, refletindo sobre como continuar. Boa parte de mim queria se levantar, ir embora e nunca mais voltar para a escola. Mas outra parte sabia que Starlet tinha razão. A maioria das pessoas oferecia condolências e deixava por isso mesmo.

Qual é o nome dela?

Por que as palavras de Starlet me deixavam atordoado?

— Ana — confessei. — O nome dela era Ana.

— Que nome lindo.

— Pois é. Era.

— O que ela gosta de fazer?

— Cozinhar. Ela era chef de cozinha. Era italiana, morou na Itália até os treze anos. Passou a vida inteira estudando gastronomia e tinha um restaurante aqui chamado Con Amore.

— Com amor — arfou ela, traduzindo o nome. Sua mão voou para o peito. — Era o restaurante favorito da minha mãe. Ela também era italiana. Dizia que era a comida italiana mais autêntica que havia por aqui. A gente costumava ir até lá todo domingo para comer os pãezinhos frescos com presunto. A sua mãe era muito talentosa, Milo. Fico feliz por eu ter conhecido uma parte dela.

Eu não era de chorar, mas esse comentário me deixou à beira das lágrimas.

— O que ela gostava de fazer nos fins de semana? — perguntou Starlet.

Minha língua pressionou o interior da boca enquanto eu tentava engolir as emoções que as perguntas de Starlet me despertavam. Ninguém nunca tinha me perguntado isso. Ninguém nunca tinha me dado espaço nem para compartilhar o nome da minha mãe.

Encarei minhas mãos e pigarreei.

— Ela gostava de ficar perto da água. Adorava pescar. Meu avô a levava para pescar quando ela era pequena, e isso acabou se tornando seu passatempo favorito. Todo fim de semana durante o verão, nós íamos pescar no parque Estes com o meu pai. É o parque favorito dele, e era o lugar predileto da minha mãe no lago. Encontramos uma área escondida que ninguém conhecia e passávamos horas lá pescando. Nós fazíamos até pesca no gelo, no norte, durante o inverno. Era a estação favorita dela e do meu pai. Eu odiava. Era frio, e ficávamos uma eternidade sentados lá. Mas eu sempre pedia para ir junto. Era meio que uma tradição nossa. Agora, sinto falta daqueles dias frios pra cacete no gelo, com eles.

— Você não vai mais lá com o seu pai?

Trinquei a mandíbula.

— Meu pai morreu junto com a minha mãe.

Ela ficou boquiaberta, tamanha surpresa.

— Ai, caramba, eu não sabia...

Ele balançou a cabeça.

— Não. Fisicamente, ele continua aqui. O que eu quero dizer é que, no dia em que a minha mãe partiu, meu pai também se desconectou mentalmente do mundo. É como se ele fosse um morto-vivo.

— Milo... sinto muito mesmo. Imagino que deva ser bem difícil para você.

Dei de ombros.

— Me conta sobre os seus pais — falei, sentindo necessidade de mudar de assunto.

Starlet sorriu, mas parecia triste. Ainda assim, ela fez o que pedi.

— Nunca pesquei, mas meus pais adoravam estar em contato com a natureza. A gente fazia trilhas e andava de bicicleta toda semana quando eu era pequena. Não faço isso há muito tempo, mas é o que faz com que eu me lembre da minha mãe. Que bom que você tem a pesca para se lembrar da sua.

— Não pesco mais, porque me lembro dela.

— Não ando mais de bicicleta nem faço trilhas, porque me lembro dela.

Eu não disse nada, porque não entendia exatamente o que estava sentindo. Minha mãe sempre soube captar e explicar melhor minhas emoções do que eu mesmo.

— Qual era o doce favorito dela? — perguntou Starlet.

O canto da minha boca se curvou.

— Reese's. Ela comia as bordas e depois o meio.

— Faz total sentido. A manteiga de amendoim é a melhor parte.

Abri um pequeno sorriso.

Bem pequeno, mas ela notou, então o dela se tornou mais largo. Ela era boa nisso — em sorrir. Os sorrisos provavelmente foram inventados para pessoas como Starlet. Eram duas coisas que combinavam muito bem. Já eu era mais fã de caretas.

— Qual era o doce favorito da sua mãe? — perguntei.

Ela estremeceu de nojo.

— Alcaçuz preto.

— Sinto muito te informar, mas a sua mãe era uma psicopata.

Ela riu, e o som da risada dela era algo que eu queria deixar gravado em um disco, para tocar o tempo todo.

— É, ela tinha seus defeitos, e alcaçuz preto estava no topo da lista.

Relaxei um pouco na cadeira.

— Qual é o seu doce favorito?

— Alcaçuz vermelho, mas daquele que dá para descascar. Todos os outros são sem graça.

— Então você vem de uma família com tradição em alcaçuz.

Ela se inclinou para a frente e sussurrou:

— É, mas gosto dos bons, não daquele sabor do demônio.

Meu sorriso aumentou um pouco mais.

Ela fazia isso acontecer naturalmente.

— O meu favorito são balas azedas — revelei.

Ela não havia perguntado, mas compartilhei a informação mesmo assim.

Starlet me lançou um olhar malicioso.

— Você se identifica com o seu doce?

— Como assim?

— Você é azedo no começo e depois fica surpreendentemente doce?

Bufei.

— Não. Sou só azedo.

Ela riu mais uma vez.

Puta merda, essa risada.

— Eu gosto de bala azeda. Mas lambo o azedo da bala primeiro, em vez de chupar — explicou ela.

A imagem dela lambendo a bala me agradou mais do que eu gostaria de admitir.

— Que coisa esquisita.

— Eu sou esquisita.

— É, sim. — Eu me remexi na cadeira e olhei para as mãos. — Me faz um favor?

— O quê?

— Me pergunta mais sobre a minha mãe.

E foi isso que ela fez. Ela me perguntou mais um milhão de coisas, e, mesmo assim, não parecia suficiente. Ficamos na biblioteca por mais tempo que o planejado. Falamos de nossas mães como se elas ainda estivessem vivas. Contei para ela histórias da minha mãe que eu nunca tinha compartilhado com ninguém. Starlet chorou, mas isso não me surpreendeu. Ela parecia ser o tipo de pessoa que sentia as coisas de um jeito mais intenso. Fiquei me perguntando como seria a sensação — sentir tudo de forma tão intensa o tempo todo, independentemente do que acontecesse.

Foi só quando a bibliotecária bateu à porta da sala de estudos que saímos do mundinho esquisito que tínhamos criado para nós.

— Desculpa, a biblioteca vai fechar — avisou ela.

— Ai, nossa. Desculpa. Acabamos nos distraindo. Obrigada — disse Starlet enquanto juntava suas coisas para ir embora.

Fiz o mesmo.

Quando saímos da biblioteca, ela me agradeceu por eu ter me aberto com ela de um jeito tão íntimo.

— Não foi nada de mais — falei. — Mas valeu por hoje. Apesar de a gente não ter estudado.

— É verdade, não estudamos — concordou ela. — Mas aprendemos muito, e acho que isso é o que importa.

— Obrigado.

— Pelo quê, exatamente?

— Por perguntar sobre ela.

Eu não sabia o quanto minha alma precisava que alguém me incentivasse a falar da minha mãe.

O sorriso dela voltou.

— Obrigada por perguntar da minha também. A gente se vê amanhã na escola.

— É, até amanhã.

Fiquei parado ali, meio embasbacado com o que tinha acontecido nas últimas horas, enquanto ela virava a esquina.

O sorriso de Starlet permaneceu na minha cabeça naquela noite. Fiquei repassando nossa conversa sem parar, deitado na cama. Eu não conseguia me lembrar da última vez que tinha ficado acordado pensando em uma garota, mas parecia quase impossível esquecê-la. Starlet. Eu não conseguia nem assimilar o quanto ela fazia com que eu me sentisse vivo. Ela tinha esse poder — fazia com que eu parecesse um pouco mais vivo do que antes.

Cacete...

Ela me fazia sentir de novo.

Eu quase tinha esquecido como era isso.

Starlet já tinha sido obrigada a lidar comigo no meu estado alucinado no outro dia, eu não devia dificultar ainda mais a sua vida. Então fiz meu dever de casa naquela noite. Achei que isso poderia deixá-la orgulhosa.

13

Starlet

Nas últimas semanas, Milo já havia entregado quase setenta por cento dos trabalhos que estava devendo. E ele aparecia todos os dias para a monitoria sem reclamar. Fazia gracinhas e comentários sarcásticos, mas eu estava descobrindo que isso simplesmente fazia parte da sua personalidade. Eu gostava da acidez dos seus comentários porque sabia que não havia malícia nenhuma por trás deles.

Havia dias em que ele compartilhava alguns detalhes sobre sua mãe, e outros em que eu falava da minha. Parecia um espaço seguro para nós dois falarmos sobre coisas que muitas pessoas da nossa idade não costumavam enfrentar.

Depois de uma dessas nossas conversas, ele franziu a testa, balançou a cabeça e disse:

— Nenhuma criança de treze anos devia perder a mãe.

— Você também não devia ter perdido a sua.

— A vida é uma bosta.

Em outro dia, ele me contou que passou várias semanas, após a morte da mãe, entrando na cozinha de olhos fechados, rezando para abri-los e encontrá-la ali, preparando o café da manhã.

Ele não soube disso, mas chorei no meu carro quando fui embora naquele dia. Meu coração doía por tudo que ele havia perdido com a morte da mãe. Milo era uma sombra da pessoa que fora um dia, e isso me deixava arrasada. Fiquei me perguntando como ele era antes dessa tragédia. Fiquei me perguntando como era sua vida antes de ele se perder pelo caminho.

Starlet: Tenho uma ideia para o seu trabalho de fotografia.

Milo: Eu vou odiar?

Starlet: Tem boas chances de você odiar, sim. Mas só porque você parece odiar tudo.

Milo: Errada você não está.

Sorri olhando para o celular, sentada na minha cama no dormitório. Às vezes, eu me perguntava se não havia problema em sorrir da forma como eu sorria sempre que o nome do Milo aparecia na tela do meu telefone. Ou se na verdade eu estava envolvida em um jogo perigoso que acabaria se revelando uma tragédia shakespeariana.

Milo: Qual é a ideia, profe?

Starlet: O trabalho é mostrar uma emoção ou um sentimento. Quero que você seja autêntico e que reflita sobre a sua verdade agora. Acho que isso seria ótimo.

Milo: E ela seria...

Starlet: Vazio. Frio. Distante.

Milo: Que bom que você está descobrindo quem eu sou.

Starlet: Eu aprendo rápido. Então o seu tema deveria ser inverno. Tem bastante neve por aqui agora, e, se você quiser viajar para o norte para tirar fotos, também dá, porque lá vai estar mais frio ainda. Posso ir com você para te ajudar a compor as fotos e o que mais precisar.

Por quê? Por que eu dei essa ideia? Por que eu me ofereci para fazer isso? Por que eu queria encontrar motivos para ficar perto dele quando não deveria? Por que eu desejava mais dias, mais horas, mais minutos com Milo?

Esperei pacientemente que ele respondesse com algum comentário sarcástico ou que falasse que aquilo era uma ideia idiota. Mas ele só disse...

Milo: Beleza, topo.

Beleza, topo.

Nada mais, nada menos, mas, de alguma forma, aquilo estava além do que eu achei que receberia.

Então ele me mandou uma foto do dever de matemática pronto, que eu revisei. Todas as respostas estavam certas. Descobri rápido que Milo não era burro. Talvez ele fosse até uma das pessoas mais inteligentes que eu conhecia. Ele só não se dedicava aos estudos. E, agora que sabia o que tinha acontecido com a mãe dele, eu o entendia melhor. Eu também não quis aprender nada nos primeiros anos após perder a minha mãe. Não queria sentir nada. Para ser sincera, se não fosse pela insistência do meu pai, eu não teria feito nada.

Eu estava gostando de ser essa pessoa para Milo — aquela que o ajudava. Ele era esperto. Só precisava reencontrar o caminho certo.

Mas me surpreendi com o quanto eu tinha me tornado protetora quando se tratava dele. Uma tarde, quando o Sr. Slade estava devolvendo os trabalhos que tinha corrigido, colocou o de Milo em cima da mesa dele e disse:

— Um dia, vou descobrir de quem você está copiando o dever de casa, Sr. Corti. Pode esperar.

— Ele fez o trabalho sozinho e mereceu a nota que tirou — falei sem pensar.

O Sr. Slade se virou e me encarou com uma sobrancelha erguida.

— Como é, Srta. Evans?

Engoli em seco, sentindo todos os olhares em mim.

— Só acho que não é certo fazer esse tipo de comentário para um aluno.

O Sr. Slade franziu as sobrancelhas e bufou. Então olhou para os alunos ao redor.

— Turma, abram o livro no capítulo vinte e dois e comecem a ler o texto. — Então ele se virou para mim. — Srta. Evans, vamos conversar um minutinho ali no corredor?

Ele me puxou para fora da sala, fechando a porta. Então cruzou os braços e me lançou um olhar sério, como se eu fosse uma aluna que ele pudesse disciplinar.

— Srta. Evans, prefiro que não questione meus métodos de ensino na frente dos alunos. Isso demonstra falta de liderança e é totalmente inaceitável. Está me entendendo?

— Sim, é claro. Desculpa.

Ele baixou as sobrancelhas grossas e se virou para entrar na sala.

— É que... — comecei.

— O que é?

— Sou monitora do Milo, eu o ajudo com os deveres de casa e vejo o quanto ele se esforça. Bom, ser desvalorizado por um professor quando ele vai bem pode acabar prejudicando a autoestima dele. O senhor deveria ajudá-lo a ter mais autoconfiança, e não dar uma bronca quando ele está tendo dificuldades.

Ele resmungou.

— Tão jovem, tão ingênua. Nós podemos debater essa questão quando a senhorita tiver mais de trinta anos nessa função. Até lá, Srta. Evans, saiba o seu lugar e não saia dele. Está me entendendo?

— Sim — respondi, querendo dizer não.

A raiva que crescia dentro de mim por ele ter descartado meu feedback de forma tão desdenhosa era suficiente para me fazer querer partir para uma guerra. Era exatamente por isso que eu sonhava em me tornar professora. Para ajudar os alunos que talvez tivessem se deparado com um Sr. Slade e parado de acreditar em si mesmos.

Voltamos para a sala assim que o sinal tocou. Fiquei parada na porta, sorrindo para os alunos enquanto eles saíam. Quando Milo passou por mim, nossos olhares se encontraram. Seu braço roçou no meu ombro, e ele sussurrou:

— Valeu, profe.

Eu queria dizer que sempre o ajudaria, mas fiquei quieta.

Cheguei à biblioteca antes de Milo naquela tarde. Às vezes, eu ficava com medo de ele não aparecer. Depois de quinze minutos de espera, comecei a sentir um embrulho no estômago. Ainda bem que, uns vinte minutos depois, Milo me mandou uma mensagem dizendo que estava a caminho.

Quando ele chegou, deixei escapar um suspiro de alívio.

— Desculpa o atraso — falou, colocando a mochila em cima da mesa. Ele se sentou. — Tive que parar no posto de gasolina.

— Não tem problema. Você não se atrasou tanto assim.

— Não faz isso.

— O quê?

— Mentir para não me deixar chateado.

Abri a boca para falar, mas, antes que conseguisse dizer qualquer coisa, ele tirou algumas compras da mochila — um pacote de alcaçuz vermelho e uma lata de Dr. Pepper diet.

Arqueei uma sobrancelha.

Ele deu de ombros.

— Notei que esse foi o seu lanche na aula nos últimos dias.

Meu coração perdeu um pouco o compasso, algo que não devia acontecer quando se tratava de Milo Corti. Por outro lado, o coração não obedecia quando o cérebro dizia que ele precisava se comportar.

— Por que você comprou isso para mim? — perguntei.

— Porque você me defendeu. Eu só queria agradecer. Meu plano era comprar flores, mas eu não sabia qual era o seu tipo favorito.

— Que fofo. Isso é perfeito, apesar de não precisar.

— Minha mãe ia querer que eu fizesse isso.

— A sua mãe sempre parece ser uma mulher incrível.

— Por que você faz isso? — perguntou ele.

— O quê?

— Por que você fala dos mortos no presente, como se eles ainda estivessem aqui?

Apertei os lábios.

— Ah. É, isso é esquisito. É que, quando minha mãe morreu, continuei falando como se ela ainda estivesse aqui, usando o presente, e nunca parei. Eu nem percebo que faço isso com outras pessoas.

— Eu gosto.

Arqueei a sobrancelha, surpresa.

— Como é? Milo Corti gosta de alguma coisa?

— Uma falha na Matrix.

— Adoro uma boa falha no Milo. Elas me divertem.

— Não vai se acostumar, hein. Daqui a pouco volto a ser sarcástico e grosseiro.

— Não precisa ter pressa — falei. — Eu meio que gosto dessa sua versão.

Seus olhos encontraram os meus, e jurei quase ter visto sua boca se curvar. Ele ia sorrir para mim? E não se tratava de um daqueles sorrisos atrevidos que eu recebia quando ele percebia que estava me incomodando. Não, era um sorriso de verdade. Os sorrisos verdadeiros de Milo eram poucos e raros, então, sempre que um deles escapulia de seus lábios, eu sentia que estava sendo paparicada. Seu quase sorriso era suficiente para fazer os meus lábios se curvarem para cima.

Ele baixou a cabeça, interrompendo nossa conexão.

— É melhor você parar com isso, profe.

— Com o quê?

— De dar esses sorrisos para mim. Eles mexem com a minha cabeça.

— Por quê?

Ele levantou ligeiramente a cabeça. Seu olhar em geral intenso e frio agora estava carinhoso, gentil, até tímido.

— Porque, agora, quando te vejo sorrir, eu me lembro do seu sorriso na noite em que a gente se conheceu. E quando eu penso no seu sorriso na noite em que a gente se conheceu, penso em…

— Milo — eu o interrompi.

Ele jogou as mãos para o alto, se rendendo.

— Eu sei, eu sei. A gente não pode tocar nesse assunto. Mas... — Ele se inclinou por cima da mesa, entrelaçando as mãos. — A gente pensa nesse assunto, né, profe?

Pensa, sim...

Minhas mãos tremiam enquanto eu prendia o cabelo atrás das orelhas. Minha língua passou pelos meus lábios subitamente secos, e afastei meu olhar do dele. Havia uma batalha sendo travada dentro de mim. Eu sabia que meus pensamentos a respeito de Milo eram inapropriados. Sabia que minha cabeça secretamente ultrapassava os limites do profissionalismo, mas eu não conseguia evitar. Às vezes, eu piscava e me lembrava das minhas mãos no corpo dele... dos lábios dele no meu peito... das minhas pernas penduradas em seus ombros... Eu precisava balançar a cabeça para dispersar o feitiço que ele tinha lançado em mim. Eu era uma pessoa responsável. Eu não era de correr riscos... bom, até ele aparecer. Que tipo de feiticeiro era Milo Corti, e por que sua mágica me encantava tanto?

Pigarreei.

— Pega o livro de matemática, por favor. Vamos dar uma olhada no seu trabalho para amanhã.

O sorriso malicioso dele voltou. Fazia um tempo que eu não me deparava com aquele sorriso sinistro, e, por algum motivo, foi bom testemunhá-lo. O Milo sarcástico e grosseiro era melhor do que o Milo triste que estava passando por uma fase ruim.

Depois que terminamos as tarefas daquela tarde, Milo tirou um panfleto da mochila e o colocou na minha frente.

— Tem umas cavernas de gelo que parecem maneiras nas ilhas Apostle. Pensei em tirar umas fotos lá para o trabalho de fotografia.

— Ah, isso é bem lá para o norte, né?

— É. Acho que a trilha deve valer a pena. Fica a umas seis horas daqui.

— Adorei, Milo.

— Você quer ir comigo? — perguntou ele. — Bom, você falou que fazia trilhas com a sua mãe, e são três quilômetros de caminhada até as cavernas. Seria bom ter alguém para me ajudar com o equipamento e com as fotos. Tem um hotel barato onde a gente pode dormir. Posso dirigir, se você não quiser.

— Você está sugerindo que a gente fique num hotel? — perguntei, um pouco nervosa com a ideia. — Juntos?

Ele sorriu.

— Se você quiser dividir uma cama, é só falar, profe.

— Milo, para — falei, séria, mas meus pensamentos começaram a acelerar.

Meu rosto esquentou enquanto minha mente imaginava a situação. Eu na cama com ele, fingindo não sentir o que sentia. Tentando com todas as forças não permitir que nossos braços se tocassem sem querer enquanto virávamos de um lado para outro na cama. Parecia uma receita para o desastre.

— Quartos separados — sugeriu ele.

Por que senti uma pontada de decepção?

— Quartos separados, claro — repeti, torcendo para que ele não lesse minha linguagem corporal. — E você quer ir no mesmo carro?

— Faz sentido, para economizar gasolina. — Ele levantou uma sobrancelha. — Isso seria um problema?

Sim, Milo. É claro que seria. É totalmente inaceitável.

Mas, em vez de dizer isso, me enrolei com as palavras.

— Quer dizer... bom, faz parte da sua tarefa da escola... e eu me ofereci para ajudar, então acho que faz sentido.

Não! Não, Starlet! Com certeza não faz sentido.

— Vai ser tipo uma excursão — falei, tentando amenizar as dúvidas que me assolavam.

Fiquei dividida assim que ele deu a ideia. Ainda assim, uma parte de mim queria ir. Eu queria ver as cavernas de gelo. Queria fazer trilha. Queria passar um fim de semana com Milo.

Essa era a verdade mais problemática.

— Ótimo. Daqui a duas semanas? — perguntou ele.

— Tudo bem — concordei.

Então falei sem hesitar, como se não tivesse tomado uma péssima decisão. Por que aquele homem me levava a fazer escolhas de vida pavorosas?

Eu o encarei e senti meu peito se apertar um pouco. A expressão no rosto dele havia mudado para uma que eu não via com frequência. Ele parecia estar... sorrindo? E era um sorriso de verdade, até meio tímido. O lampejo de ansiedade que escapuliu de sua expressão normalmente sarcástica e indiferente fez meus lábios se curvarem. Milo era um profissional em dar respostas impertinentes para esconder seus verdadeiros sentimentos, então ver aquele sorriso surgindo parecia muito importante. Será que ele também estava nervoso com a viagem? E empolgado? Sentia o mesmo frio na barriga que eu? O quanto nosso convívio estava se tornando perigoso?

— Vou reservar os quartos — falei.

— Tem certeza de que não quer dividir um quarto? — provocou ele.

— Cala a boca.

Ele sorriu. Aquele sorriso sarcástico, grosseiro e irritante que me causava um frio na barriga estava de volta após o sorriso meio tímido que ele dera sem querer. Eu odiava aquele sorriso.

Aff.

Eu adorava. Eu odiava o fato de o adorar.

A verdade era que eu adorava todos os sorrisos e todas as carrancas que ele mostrava quando estava comigo.

— Você nunca vai parar de tocar no assunto da noite em que a gente ficou, né?

— Não, acho difícil. Gosto do fato de que isso faz você ficar com vergonha.

— Eu te odeio.

— Que bom — disse ele, enfiando suas coisas na mochila. — Isso quer dizer que você ainda sente alguma coisa.

Revirei os olhos quando o ouvi repetindo o que eu havia dito para ele. Como ele se lembrava daquilo se estava completamente alucinado?

— O que você vai falar para o seu pai quando for avisar que vai passar o fim de semana fora? — questionei ao me levantar e pegar as minhas coisas.

— Confia em mim. Ele nem vai perceber.

Isso me deixou triste por ele.

Eu já sabia que meu pai faria um milhão de perguntas sobre a viagem, e a gente nem morava na mesma casa.

— Boa noite, Milo — falei, saindo da sala de estudos.

— Qual é a resposta? — perguntou ele.

— A resposta do quê?

— Sobre seu tipo de flor favorita?

— Não faz diferença.

— Mas e se fizesse?

— Milo...

Ele chegou mais perto de mim, as pontas de seus sapatos encostando nos meus. Milo inclinou a cabeça para baixo, e sua boca chegou maliciosamente perto da minha orelha. Ele se movia em câmera lenta, ou talvez sua mera existência parecesse fazer o tempo desacelerar. Sua respiração fez cócegas no meu pescoço enquanto ele sussurrava para mim:

— E se fizesse diferença, profe?

Suas palavras, seu tom e o timbre da sua voz fizeram um calafrio subir pelas minhas costas. Sua proximidade, seu calor e suas intenções se misturavam e faziam meu coração bater mais rápido. Minha respiração ficou mais ofegante enquanto ele permanecia bem próximo a mim.

Eu me empertiguei, apesar de querer me enfiar em um buraco no chão. Eu queria me comportar muito mal com aquele garoto rebelde que havia virado meu mundo de cabeça para baixo apenas com sua presença. Minha língua passou pelos meus lábios sedentos, então eles se abriram e eu murmurei:

— Peônias. Adoro peônias.

14

Milo

As últimas duas semanas passaram se arrastando. Eu me sentia uma criança esperando o Natal chegar enquanto sonhava com a viagem com Starlet. Mal podia esperar para fugir da minha realidade atual e passar um fim de semana isolado com ela.

Quando sábado chegou, eu estava mais do que pronto para ficar sozinho com Starlet. A empolgação não era uma sensação com a qual eu estivesse acostumado. Eu tinha passado muito tempo sem sentir nada, mas, agora, com ela, era como se todas as emoções possíveis voltassem a invadir minha alma. Medo. Alegria. Felicidade. Ansiedade. Eu sentia tudo e não sabia como distinguir essas emoções. Elas simplesmente estavam ali, dentro da minha cabeça. Além disso, uma parte de mim não conseguia parar de pensar nas possibilidades mais indecentes que poderiam acontecer naquela viagem. E se a gente acabasse se perdendo na floresta e a única forma de se aquecer fosse com a troca de calor entre nossos corpos? E se, no hotel, ela tivesse que me entregar alguma coisa no meu quarto e eu a convidasse para testar a cama?

Eu me esforçava para não deixar que meus pensamentos viessem à tona, mas foi difícil não reagir quando ela apareceu na minha casa em seu Jeep, linda como sempre.

— Você acha que está levando tudo o que é necessário? — brinquei.

Ainda estava um breu, pois resolvemos sair de madrugada.

O sol ainda nem tinha começado a nascer, e isso só ia acontecer dali a uma ou duas horas. A mala do carro estava cheia de bolsas, roupas de inverno e equipamentos para fazer trilha. Pela quantidade de coisas que ela estava levando, parecia até que passaríamos meses fora, e não dois dias.

— Melhor prevenir do que remediar — declarou Starlet.

Então, por um milésimo de segundo, ela parou e olhou para mim. O olhar que me lançava era daqueles que enxergavam no fundo da alma. Isso era típico dela, como se Starlet tentasse descobrir os segredos que eu nunca havia compartilhado com ninguém.

Seus lábios se curvaram em um sorriso.

— Você gosta de acordar cedo — declarou ela, como se tivesse visto essa informação nos meus olhos.

— Gosto quando estou com você — declarei.

Uma onda de timidez inundou os olhos dela, mas o sorriso tranquilo permaneceu.

— Então bom dia, flor do dia.

Suas palavras carinhosas atravessaram minha carapaça dura e chegaram até a minha alma.

— Bom dia, linda.

Ela estremeceu ligeiramente ao ouvir minhas palavras.

Eu deixo você nervosa, Starlet?

Ela abriu a boca e prendeu o cabelo atrás das orelhas.

— Pé na estrada então?

— Tem certeza de que não quer que eu dirija? — perguntei, apesar de eu ser um motorista de merda de madrugada.

Eu via tudo embaçado quando precisava dirigir no escuro.

— Temos umas seis horas de viagem pela frente — disse ela. — Então eu dirijo nas três primeiras horas e você fica com o segundo turno.

— A pessoa que não estiver dirigindo fica responsável pelas músicas — decretei, ao me sentar no banco do carona.

— Combinado. Mas acho bom que seu gosto musical não seja péssimo.

— Agora que parei para pensar, acho que este vai ser um momento decisivo para a gente manter ou não nossa conexão, profe.

— Nós não temos uma conexão — corrigiu-me ela.

Eu sorri.

A gente tinha uma conexão, sim. Mesmo que nós dois a negássemos. Havia algo em nós que nos aproximava. E eu não achava que era o fato de nós dois termos perdido nossas mães. Senti algo diferente na noite da festa. Algo nela me parecia familiar — ela era uma desconhecida que meio que me trazia a sensação de lar. Eu não sabia nem que isso era uma possibilidade antes de conhecer Starlet.

Depois dela, eu não tinha ficado com mais ninguém. Não queria. Não procurava nenhuma conhecida para levar para a cama a fim de tentar me esquecer da minha vida. Não, eu estava vivendo, não era mais o morto-vivo que tinha sido nos últimos anos. Eu estava me esforçando para fazer meus trabalhos, ouvindo audiolivros — *por diversão* — e procurando motivos para falar com Starlet sempre que possível. Fazer sexo sem compromisso e ficar doidão até apagar eram coisas que tinham perdido a graça para mim. Eu não queria mais me esconder do mundo. Queria voltar a sentir. E Starlet Evans era especialista em me fazer sentir de novo.

Ativei o bluetooth no meu celular e coloquei minha playlist favorita para tocar.

Starlet imediatamente arqueou uma sobrancelha.

— Você está de brincadeira. Esse não é o seu som.

— Por que não?

— É *smooth jazz*.

— É, sim.

— Você gosta de *smooth jazz*? — perguntou ela, chocada.

— Gosto. Gosto desse tipo de som. E de folk e músicas acústicas lentas.

— Nossa! Agora fiquei surpresa.

Arqueei a sobrancelha.

— Do que você achou que eu gostasse?

— Sei lá... heavy metal?

Eu ri.

— Sou uma alma muito sofrida, né?

Ela riu e deu de ombros.

— Às vezes, eu acabo meio que julgando o livro pela capa. É um defeito meu.

Tirei os sapatos com os pés, porque detestava ficar de tênis durante viagens longas, então me acomodei o mais confortavelmente possível no banco do carona, o que foi fácil no carro espaçoso dela com bancos aquecidos.

— Também toco saxofone.

Os olhos de Starlet se arregalaram, sem se desgrudar da estrada.

— Mentira!

— É sério. Desde pequeno.

— Ai, nossa. Bom, você precisa tocar para mim algum dia.

— Faz tempo que não toco. Desde... — As palavras foram perdendo a força. *Desde a minha mãe.*

Ela assentiu, compreensiva.

— Eu entendo.

— Quero tocar para você — falei sem pensar.

Eu nem sabia de onde aquilo tinha saído. Mas que porra foi essa, Milo? Eu não tocava para ninguém, na verdade. Mas sentia a necessidade de tocar para ela. Fiquei me perguntando o que ela acharia. Se ficaria impressionada. Se gostaria. Se ia gostar de mim.

Por que eu queria tanto que essa mulher gostasse de mim? Por que eu passava a maior parte do tempo pensando nela, e não em outras coisas?

Starlet era como se fosse uma droga para minha mente, mas, mesmo me deixando atordoado e entorpecido, ela desanuviava meus pensamentos. Fazia com que as partes tristes fossem mais fáceis de suportar. A tristeza não tinha evaporado por completo. Eu sabia como a depressão agia. Mas me sentia menos sozinho ao lutar contra essas coisas com ela por perto. Ela enxergava o peso da minha dor e se oferecia para me ajudar a carregá-la das formas mais sutis. Além do mais, vários gestos dela tinham a capacidade de, por um momento, me causar uma paz imensa, como seus sorrisos.

Starlet e a porra daqueles sorrisos.

Confesso que fiquei chocado quando ela aceitou viajar e passar o fim de semana comigo para tirarmos fotos. Eu achava que ela descartaria a ideia na mesma hora e sugeriria uma região mais próxima ou pensaria em outra solução.

Só para deixar bem claro: eu não estava reclamando. Passar seis horas em um carro com Starlet Evans não era bem uma tortura para mim.

Nossas conversas também eram fáceis. As primeiras duas horas da viagem voaram. Eu tinha descoberto mais sobre sua mente e seu humor nesse intervalo de tempo do que em nossas semanas na biblioteca.

Em certo momento, perguntei se podíamos parar para assistir ao nascer do sol. Ela concordou sem questionar. Saiu da estrada e parou em uma parte do acostamento com vista para a floresta lá embaixo. As árvores estavam todas despidas de suas folhas, cobertas com resquícios da última nevasca. O vento soprava forte, balançando os galhos e espalhando delicadamente a neve pelo chão.

Nós subimos no Jeep e nos sentamos no teto do carro. A perna dela roçou na minha, e hesitei em chegar mais perto para sentir mais dela. Bastou um pequeno toque para eu ser preenchido por aquela energia calorosa dela.

A escuridão do céu começou a se dissipar conforme ele ganhava tons de roxo e azul. Pouco depois, nuances de cor-de-rosa e laranja se espalharam pela paisagem, espreitando pelas nuvens, encontrando seus lugares no mundo. O brilho quente se alastrou pelo céu, se tornando mais intenso a cada segundo. Quanto mais o sol subia, mais vibrantes as cores se tornavam antes de ganharem tons mais suaves, pastel. Cada fase do nascer do sol parecia uma obra de arte diferente.

Eu nunca havia presenciado um nascer do sol com ninguém desde a morte da minha mãe. Aquilo era algo meu, um momento secreto de solidão, só que, por algum motivo, se tornava ainda melhor com Starlet ao meu lado. Ela observava aquele espetáculo, analisando o céu, e eu a analisava também. Seus olhos castanhos se tornaram vítreos, assistindo à cena com um fascínio maravilhado.

— Uau — murmurou ela para si mesma, em um estado de completo êxtase.

— Pois é — sussurrei, ainda sem tirar os olhos dela. — Uau.

Era essa a sensação que Starlet me passava. Eu não tinha conseguido identificar o que sentia com ela desde o dia em que nos conhecemos.

Ela era como o nascer do sol.

Iluminada, vibrante, inspiradora, com um calor avassalador e delicioso.

Starlet deixou que suas lágrimas rolassem pelas bochechas. Ela não parecia sentir vergonha de chorar. Sem pensar duas vezes, meu polegar limpou suas lágrimas, secando-as devagar. Ela inclinou a cabeça na minha direção, surpresa com meu gesto.

— Desculpa — murmurei, me sentindo um idiota por achar que poderia tocar nela quando me desse vontade.

Ela não era minha para que eu a tocasse, mas, droga, como eu queria que fosse.

— Não precisa se desculpar — disse ela, secando as lágrimas sozinha. — Me desculpa por ser tão emotiva e chorar vendo uma porcaria de um nascer do sol.

— Não precisa se desculpar — repeti as palavras dela. — Gosto disso em você.

Ela deu uma risadinha.

— De me ver chorar enquanto assisto ao sol nascer?

— Não. — Balancei a cabeça. — De você sentir as coisas. De você sentir as coisas com tanta intensidade assim.

Isso me fazia querer sentir as coisas também.

Respirei fundo, olhando para o nascer do sol que já desaparecia.

Bom dia, mãe.

Voltamos para a estrada logo depois. Após três horas, o sol já estava alto no céu, brilhando pelo para-brisa, então Starlet colocou os óculos escuros e perguntou quais eram meus planos para depois da formatura.

Para ser sincero, eu não tinha pensado em nada.

Não era do meu feitio ter planos ou sonhos, o que me deixava meio à deriva.

— Não tenho a menor ideia — falei para ela.

— Você já pensou em fazer faculdade?

— Não dá mais tempo de me inscrever em nada. Além do mais, nem sei o que vou querer estudar.

— Não tem problema. Você pode tirar um ano sabático para pensar na vida, ou quem sabe resolve seguir outro caminho... Faculdade não é a melhor opção para todo mundo.

— Na cabeça do meu pai, existem apenas duas opções: faculdade ou o Exército.

— Você se alistaria?

— De jeito nenhum.

Ela olhou para mim e depois voltou a encarar a estrada.

— Se você pudesse fazer qualquer coisa, o que faria?

— Qualquer coisa?

— Qualquer coisa no mundo.

Estreitei os olhos.

— Não existem respostas erradas?

Ela riu.

— Isso não é uma prova, Milo. Não existem respostas erradas.

Eu adorava quando ela ria. A onda que me dava era maior do que qualquer bala seria capaz de oferecer.

— Eu seria viajante. Compraria um trailer e atravessaria o país vendo o sol nascer e se pôr todos os dias. Eu faria vlogs para o YouTube ou alguma merda assim e mostraria o mundo e os lugares mais especiais para as pessoas.

— Ai, nossa! — exclamou ela. Prendi a respiração, achando que ela ia dizer que aquilo era uma ideia ridícula. Mas, em vez disso, seus olhos se arregalaram, e Starlet continuou: — Esse é um dos meus sonhos! Desde que eu era pequena, tenho vontade de fazer isso.

— Você está de sacanagem!

— Estou falando sério.

Sorri.

Eu gostava do fato de que Starlet evitava xingar. Era fofo.

Nós tínhamos o mesmo sonho. Isso provocou uma sensação estranha e meio agitada nos meus pensamentos. Eu não conseguia parar de me perguntar se foi minha mãe que tinha feito aquilo. Será que ela havia levado Starlet até mim? Dera um jeito de nossos caminhos se cruzarem? Algo nas estrelas tinha nos unido? Eu não acreditava em destino, mas torci para que fosse verdade. Aí estava outra novidade na minha vida — ter esperança.

— Meu objetivo de vida era converter um ônibus escolar ou uma van antiga em uma casa móvel — explicou ela. — Eu passava uma quantidade ridícula de horas assistindo a vídeos sobre essas coisas. No meu mundo ideal, eu moraria num trailer e viajaria por aí. Era isso ou uma *tiny house*. Acho *tiny houses* incríveis. Ou uma casa na árvore! — contou ela, toda empolgada.

— Star?

— Sim?

— Acho que acabei de me apaixonar por você — falei, meio que brincando.

Mas ela não riu. Na verdade, ficou um pouco séria demais.

— Estou brincando — expliquei, me sentindo um idiota por ter feito esse comentário.

— Não, eu sei. Não é isso. É que... Eu gosto quando você faz isso. Gosto muito.

— Do quê?

— De quando você me chama de Star. Só as pessoas mais próximas me chamam assim.

Aquela porcaria de músculo no meu peito começou a bater mais rápido.

— E você gosta quando eu faço isso?

Ela assentiu.

— Gosto quando você faz isso.

— Então nós somos próximos?

Ela virou a cabeça para mim, seus olhos castanhos encontrando os meus. Foi só por um milésimo de segundo antes de ela voltar a se concentrar na estrada, mas parecia haver uma eternidade em seus olhos. Eu queria que ela me olhasse daquele jeito mais vezes. Como se, quando encontrasse o meu olhar, visse algo que duraria para sempre.

— Acho que temos que parar para abastecer — disse ela, mudando de assunto.

Dava para perceber que eu tinha ultrapassado um limite ao fazer aquela pergunta, mas, para ser justo, ela havia me levado até a beira desse limite ao comentar que gostava quando eu a chamava de Star. Além do mais, parecia que nossos limites a respeito do que era ou não apropriado eram redefinidos todos os dias, podendo ser derrubados sem nenhum esforço.

Limites confusos, Starlet. Nossos limites eram bem confusos.

Quando ela saiu da estrada e entrou no posto de gasolina, saltei para abastecer o carro.

— Ah, não, não precisa... — começou Starlet, mas eu a interrompi.

— Está um gelo aqui fora, e você não precisa passar frio. Pode deixar comigo.

Uma coisa que eu tinha aprendido com meu pai era nunca deixar uma mulher encher o tanque do carro. Para ser sincero, havia muitas lições de vida boas que meu pai instilara em mim antes de se perder no luto. Ele sempre tratava minha mãe como se ela fosse a rainha dele, e ele, um plebeu muito sortudo por ter sido notado por ela. Se havia algo no qual meu pai era excelente era amar minha mãe.

Enchi o tanque e falei para Starlet que podíamos trocar de lugar, já que faltavam cerca de três horas até nosso destino. Ela concordou. Abri a porta do passageiro, e ela se acomodou no banco do carona. Enquanto ela se ajeitava, me inclinei para a frente, peguei seu cinto de segurança e o puxei devagar sobre o corpo dela. As juntas dos meus dedos deslizaram sobre seu peito enquanto eu levava a fivela até o lugar. Fechei o cinto e pisquei para ela.

— Segurança em primeiro lugar.

Então fechei a porta.

Fiquei grato pela caminhada de dois segundos até o meu lado do carro naquele ar frio. Eu precisava me acalmar um pouco devido ao contato da minha mão com o peito dela.

— Estou um pouco chocado por você confiar em mim para dirigir seu carro — comentei assim que entrei e virei a chave na ignição.

— Sabe como é. Sempre confio nas pessoas erradas. Não faça com que eu me arrependa — brincou ela enquanto conectava suas músicas.

Kendrick Lamar saiu a todo volume das caixas de som, e ela começou a cantar rápido o rap do grande gênio da música.

E isso bastou para que eu desejasse Starlet Evans mais do que nunca.

Quando chegamos ao hotel, pensei em tirar uma soneca antes de partirmos para a trilha e tirarmos as fotos. Ela foi fazer o check-in enquanto eu pegava as malas. Mas, ao entrar no hotel, vi a fúria estampada no rosto de Starlet, que batia boca com a recepcionista.

— Não, não. Você não está entendendo. Nós reservamos dois quartos — insistiu Starlet. — Como o hotel pode ter mais reservas do que quartos? Eu reservei dois quartos!

— Sim, mas infelizmente a senhora usou um site terceirizado, e o outro hóspede reservou pelo nosso site. Então o quarto é dele. Mas o seu quarto é um dos melhores. É nossa suíte de lua de mel extragrande.

— Suíte de lua de mel? Gostei da ideia.

Abri um sorrisinho ao me aproximar de Starlet, mas a irritação que emanava de sua linguagem corporal me fez perceber que a situação não era engraçada.

— Tem algum outro hotel aqui perto? — perguntou ela para a recepcionista.

— Tem, mas todos estão lotados por causa do festival de inverno que acontece neste fim de semana.

Starlet abaixou a cabeça e bateu a testa no balcão, gemendo.

A recepcionista olhou para mim e piscou.

— Bom, existem homens mais feios com quem dividir um quarto — brincou ela.

Starlet levantou a cabeça e revirou os olhos do jeito mais dramático que eu já tinha visto.

— Não precisa acariciar o ego dele.

— Não, pode acariciar, sim. Adoro ser acariciado. Conta para ela, Star. Conta para ela como eu gosto de ser acariciado.

Starlet bateu no meu peito, tomada de vergonha. Segurei sua mão. Meu olhar baixou para nosso ponto de contato, assim como o dela, e permaneci segurando sua mão por um segundo a mais do que deveria.

Ela puxou a mão, desvencilhando-a do meu toque, e prendeu o cabelo atrás das orelhas. Sempre fazia isso quando ficava nervosa ou abalada com meus comentários absurdos. Era fofo. Starlet tinha muitas coisas fofas. Minha mente elaborou uma lista mental de tudo que eu achava adorável naquela mulher.

Sorri para uma Starlet irritada e enfiei as mãos nos bolsos.

— Vamos ficar com o quarto — falei para a recepcionista.

Era nítido que Starlet estava a ponto de ter um colapso nervoso, então, quanto mais rápido ela estivesse dentro do quarto para começar a questionar tudo, melhor.

Um funcionário levou nossas malas para o quarto, e eu lhe agradeci. Pouco depois, uma garrafa de champanhe foi enviada para nós. Eles provavelmente não sabiam que, de acordo com a lei, eu ainda não podia beber, mas a identidade de Starlet mostrava que ela já tinha vinte e um anos. Considerei isso uma vitória. Ela via isso como um desastre.

— Isso é péssimo. Isso não é bom. Isso é muito, muito ruim — murmurou andando de um lado para outro no quarto.

O espaço era impressionante. Havia uma cama king imensa, um sofá-cama e um banheiro com uma banheira grande.

— Não se preocupa. Eu durmo no sofá-cama.

— Milo. — Ela suspirou, entrou no banheiro e parou em frente ao chuveiro, que dava para ver do quarto porque a parede era de vidro. — Você vai conseguir me ver tomando banho! — reclamou ela. — Por que colocar uma parede aqui se dá para ver através dela?!

— Se serve de consolo, eu já te vi pelada.

— Milo!

— Tá, tá, você está um pouco estressada.

Ela veio na minha direção e se jogou na cama imensa.

— Esse é o pior dia da minha vida.

— Que engraçado. Eu estava pensando que é o melhor dia da minha.

Ela virou a cabeça de forma dramática na minha direção, ainda deitada na cama.

— Por que você é tão pentelho?

— Nasci assim. Não se preocupa. Quando você for tomar banho, saio do quarto para te dar privacidade. Palavra de escoteiro. — Eu me levantei e fui pegar a garrafa de champanhe. — Quer um pouco de...

— Não ouse abrir isso, Milo Corti! Nada de beber neste fim de semana!

Sorri.

— Gosto quando você me chama pelo meu nome todo. Me dá tesão.

— Bom, para com isso. Nossa festa do pijama vai ter regras.

Ela se sentou, tirou os sapatos com os pés e então cruzou as pernas em cima da cama.

— Odeio regras.

— Pois é, já deu para perceber. É por isso que precisamos delas.

Eu me joguei no sofá diante dela.

— Beleza, pode falar.

— Ninguém encosta em ninguém, nunca.

— Decepcionante, mas justo. O que mais?

— Nenhum tipo de comentário sexual.

— Vou me esforçar. Próxima.

— Nada de subir de fininho na minha cama.

— E se eu subir de repente?

Ela me lançou um olhar sério.

Joguei as mãos para o alto.

— Tá bom, nada de dividir a cama. Entendi.

— E, por último, vamos manter uma relação superficial.

— Diz a enxerida que vive perguntando coisas sobre a minha mãe.

Seus olhos amoleceram, mas ela balançou a cabeça.

— Eu sei. Só estou confundindo mais as coisas, mas sinto que estamos numa situação delicada, ainda mais agora, dividindo um quarto. Não estou culpando você por nada. Estou aqui porque quero. Mas acho que agora caiu a ficha de todos os limites que a gente ultrapassou. — Ela engoliu em seco. — Não posso perder meu emprego, Milo. É importante demais para mim.

Eu me empertiguei no sofá, ficando tenso.

— Star, sei que eu faço um monte de piadas que não devia fazer, mas jamais faria qualquer coisa que colocasse a sua carreira em risco. Não sou tão babaca assim.

— Valeu, Milo.

Peguei um travesseiro na cama e o joguei no sofá.

— Tira uma soneca — falei para ela enquanto eu me deitava no sofá, sem me dar ao trabalho de abri-lo. — Temos uma trilha demorada e fria nos esperando daqui a algumas horas.

Ela sorriu.

Eu adorei.

Mas guardaria esse segredo só para mim. Não queria provocá-la se ela não fosse me provocar também.

Fiquei me revirando no sofá, tentando encontrar uma posição confortável. Infelizmente, minhas pernas ficavam para fora dele, o que tornava praticamente impossível me ajeitar.

— Tá bom. — Starlet suspirou.

Abri um olho e a fitei.

— Tá bom o quê?

— A gente pode dividir a cama. Dá para ver que você está desconfortável. — Ela pegou todos os travesseiros e montou uma barreira no meio da cama. — Você fica no seu lado, e eu fico no meu.

Sorri.

— Que generosidade a sua, profe.

— Fazer o quê? Sou uma boa pessoa. — Ela apontou um dedo para mim assim que me deitei na cama. — Não ouse tocar em mim.

— Minhas mãos vão ficar quietinhas. A menos que você mude de ideia — provoquei. — Porque, se você mudar de ideia, minhas mãos vão direto para sua boce...

Ela me acertou com um travesseiro.

— Hora de dormir, Milo.

Obedeci, torcendo para sonhar que eu estava entre as coxas dela.

Após algumas horas, acordei ao sentir um braço sobre o meu. Abri os olhos e vi a barreira de travesseiros completamente destruída. De algum jeito, Starlet tinha vindo para o meu lado da cama, e sua cabeça estava tranquilamente apoiada na minha escápula.

Cogitei puxá-la mais para perto, envolvendo-a em meus braços e deixando o calor surgir entre nossos corpos. Em vez disso, eu a deixei onde estava, porque fiquei com medo de Starlet acordar e se afastar completamente do meu toque se eu a mudasse de posição. Tê-la dormindo sobre meu ombro era uma pitada de alegria que eu não queria deixar de sentir.

Então fechei os olhos e voltei a dormir, torcendo para que ela chegasse mais perto.

15

Starlet

Acordei e percebi que minha cabeça estava apoiada no peito de Milo. Ergui o corpo e já estava pronta para brigar com ele por ultrapassar a barreira de travesseiros, mas aí me dei conta da nossa posição. Ele estava exatamente onde deveria estar. Eu que acabei invadindo o espaço dele.

Voltei a me deitar e apoiei minhas mãos no peito dele enquanto ouvia seu coração bater. O calor do seu toque fazia arrepios reconfortantes subirem pela minha coluna. Fiquei ali por mais tempo do que deveria, pois não conseguia me afastar. Inalei seu aroma de carvalho e limonada, desejando poder passar o dia inteiro deitada sobre ele.

Permaneci assim por mais uns cinco minutos.

Depois dez.

Talvez vinte.

Queria que a sensação do corpo dele contra o meu não parecesse ser algo tão certo. Seu braço meio que me envolvia, e me apoiei nele como se aquele sempre tivesse sido o meu lugar.

Sai daí, Starlet.

Soltei um suspiro discreto antes de voltar lentamente para o meu lado da cama. Reconstruí a barreira de travesseiros. Tentei voltar a dormir, mas a falta que eu sentia do toque dele não deixou. Porém guardaria esse segredo para mim.

—Já sei, luvas e meias aquecidas? — perguntou Milo enquanto eu lhe entregava uma mochila com equipamentos essenciais.

Havia muito tempo que eu não fazia trilhas no inverno, então talvez tivesse exagerado nas precauções, mas meu lema sempre foi "melhor prevenir do que remediar".

— Nunca se sabe o que pode acontecer no mato — falei, fechando o zíper do meu casaco ao pararmos o carro em uma área isolada. Então fomos para a trilha.

Já havia algumas pessoas no caminho até as cavernas de gelo, e eu estava tomada de ansiedade e empolgação. Seria a primeira trilha que eu faria desde a morte da minha mãe. Para ser sincera, parte de mim acreditava que eu nunca mais faria nada do tipo. Era estranho não tê-la ao meu lado.

— E essas barrinhas de cereal? — questionou ele.

— Minha mãe sempre levava barrinhas de cereal quando ia fazer trilha. Também tem frutas desidratadas e castanhas separadas em saquinhos dentro do primeiro bolso da mochila.

Ele abriu o bolso e ergueu uma sobrancelha, achando graça.

— Estou impressionado, profe.

Sorri para ele.

— Ah, você sabe, né? Eu sou bem impressionante.

— É mesmo.

Senti minhas bochechas esquentarem com o comentário. Não achei que ele estivesse dando em cima de mim, mas aquele homem era mestre em me causar frio na barriga, e sem fazer esforço nenhum. Às vezes, bastava que ele parasse perto de mim para meu corpo reagir à sua mera existência.

Eu odiava quando minha mente não conseguia controlar meu corpo. Se conseguisse, toda a atração que eu sentia por Milo se dissiparia.

Pegamos todas as nossas coisas mais o equipamento da fotografia e começamos a seguir rumo à trilha. Mas, antes mesmo de entrarmos nela, Milo chamou minha atenção, segurando meu ombro.

— Star, espera.

— O quê?

— Está tudo bem?

Arqueei uma sobrancelha.

— Como assim?

— Sei que você não faz trilha desde a morte da sua mãe... só queria saber se você realmente não se incomoda de ir comigo.

Lá estava ele.

O Milo doce.

O Milo gentil, que não dava as caras com frequência.

Meu coração idiota escolhia bater por ele.

— Está tudo bem — respondi, com um sorriso. Ele inclinou a cabeça, me analisando como se tentasse entender se eu estava sendo sincera ou não. — Estou bem — repeti.

Ele concordou com a cabeça.

— Se por acaso você se sentir desconfortável, me avisa, tá?

— Tá bom.

Começamos a trilha, o vento frio do inverno soprando contra meu rosto levemente exposto. Era mesmo um dos invernos mais frios que eu testemunhava em bastante tempo. Sim, o mundo ao nosso redor era lindo. A neve cobria a grama e os galhos pelados das árvores. O sol brilhava, atravessando dezenas de árvores, trazendo um leve toque de calor. Quando nos aproximamos de um pequeno lago, fizemos uma parada para Milo tirar algumas fotos. Respirei fundo enquanto observava a água congelada. Era lindo ver que algo que agora era gelo estaria fluindo livremente em pouco tempo, quando fosse tocado pela primavera.

Fiquei analisando Milo enquanto ele tirava fotos. Pela maneira como tinha posicionado a câmera e como enquadrava as imagens, dava para ver que não era apenas um bom fotógrafo. Ele era incrível. Isso era algo que eu tinha aprendido a seu respeito nas últimas semanas: Milo Corti era incrível.

Ele era bom em praticamente tudo o que se propunha a fazer. Eu sabia que o motivo maior por trás das suas dificuldades era o luto, o que era compreensível. O luto causava isso. Fazia pessoas extraordinárias parecerem desinteressantes, fracas, paralisadas em sua tristeza.

Mas, para mim, a parte mais impressionante vinha após a tristeza, quando um coração congelado começava a derreter.

— Olha esta última — disse Milo, vindo correndo com a câmera. Ele tinha um sorrisinho nos lábios, demonstrando orgulho da foto. E, no instante em que a vi, entendi por quê.

— Uau! — exclamei, impressionada com seu olhar artístico detalhista.

— Gostou?

— Amei.

O sorriso dele aumentou.

Ele pigarreou.

Ele desviou o olhar.

Ele também ficou com vergonha.

O que isso dizia sobre nós? Nós? Como se isso pudesse ser uma possibilidade.

Esfreguei a mão no peito e balancei a cabeça.

— Vamos continuar? Acho que já estamos perto das cavernas.

— Tá, beleza. Vamos.

Seguimos a trilha, e, quando chegamos às cavernas de gelo, fiquei tão admirada que perdi o fôlego.

— Ai, nossa — arfei, sentindo meus olhos se encherem de emoções.

— Uau — murmurou Milo, tão impressionado quanto eu.

Cristais de gelo pendiam sobre nossa cabeça. As paredes e o teto da caverna eram polidos e lisos, de um tom opaco. Havia uma variedade de azuis, verdes e brancos pelo amplo espaço. Era impressionante. Eu nem tinha me dado conta de que lágrimas escorriam pelas minhas bochechas enquanto observava as formações especiais dos túneis cobertos de gelo. Dava para ver os pontos em que cascatas de água tinham congelado, criando cenas intrigantes que eram pura obra de arte.

Quando me virei para Milo, ele já empunhava a câmera, e tomei um susto quando vi que estava virada para mim.

Abri a boca para discutir. Ele não ia tirar uma foto minha, ia? Mas então sorri e deixei. Parte de mim queria se lembrar do momento. Eu queria me recordar daquele dia pelo restante da minha vida.

Então ele veio até mim e tirou algumas fotos de nós dois juntos. Nós sorrimos, fizemos caretas e rimos. Nós nos desligamos das preocupações naquela tarde. Nós nos permitimos nos divertir juntos. Dancei pelas cavernas e me senti mais livre do que em muito tempo. Eu nunca tinha visto Milo sorrir tanto.

Senti que aquele era ele. Aquele era o Milo de verdade. A versão que estava adormecida havia tanto tempo.

Era uma honra vê-lo despertar. Por dentro, rezei para que ele não caísse no sono de novo tão cedo.

Quando chegou a hora de irmos embora, respirei fundo e encarei a beleza sobrenatural da paisagem congelada que nos cercava.

— Você já teve vontade de parar o tempo? — perguntei a Milo.

— Hoje eu tive.

Eu me virei e encontrei seu olhar fixo em mim. Seus olhos exibiam tanta sinceridade que quase me arrancaram lágrimas.

— Você está feliz hoje? — perguntei.

Seu sorriso aumentou.

— Estou feliz hoje. Você está feliz hoje?

— Estou feliz hoje.

— Que bom. Vamos voltar e tomar um chocolate quente. Estou começando a ficar com medo do seu nariz cair, Rudolph.

Fizemos a trilha de três quilômetros de volta até o carro, parando de vez em quando para sentir o ar frio. Quando falei para Milo que minha mãe teria adorado a vista, ele me disse que estava orgulhoso de mim por eu ter tido coragem de fazer a trilha.

Escutá-lo dizer que estava orgulhoso de mim deixou minha alma abalada. Era como se ser motivo de orgulho para ele significasse mais do que tudo para meu espírito.

Eu também estava orgulhosa de mim.

Espero que você também esteja, mãe.

E eu esperava que, onde quer que estivesse, ela conseguisse ver as cavernas de gelo e toda a sua beleza. Esperava que minha mãe estivesse agora em um lugar cheio de trilhas e que conseguisse explorar todas. Esperava que ela ainda pudesse rir, pular, saltitar e correr pela natureza da mesma forma que Milo e eu tínhamos feito naquela tarde.

— Eu sinto a presença dela na natureza — confessei para ele quando estávamos no final da trilha. — Sei que parece algo meio idiota, mas sinto a presença dela no vento.

— Não tem nada de idiota nisso — discordou ele. — Eu sinto a minha mãe no sol.

Quem diria que dois opostos poderiam ter tanto em comum?

Quando chegamos ao carro, começamos a guardar o equipamento na mala. Nós tínhamos parado em uma área um pouco isolada, entre as árvores. Parecia que a maioria dos turistas havia ido embora, já que o sol começava a se pôr.

Quando terminamos, Milo fechou a mala e eu segui para a porta do motorista.

— Queria beijar você — confessou Milo antes que eu entrasse no carro. Parei, então ergui o olhar para ele, achando que poderia ter imaginado aquilo. Ele veio na minha direção. — Sei que a gente devia fingir que o que aconteceu naquela noite nunca aconteceu, só que, depois do dia de hoje, depois de ver você sendo sua versão mais verdadeira, não consigo continuar mentindo.

— Mi...

— Queria tanto beijar você... Não penso em outra coisa desde que chegamos às cavernas de gelo.

Suspirei, porque também tinha pensado nisso. Eu tinha pensado tanto nisso nas últimas semanas que ele e sua boca, seus lábios e sua língua assombravam meus sonhos. Algumas noites, eu fechava os olhos e tentava lembrar a noite em que éramos apenas desconhecidos, em que tínhamos sido tudo um para o outro por um curto intervalo de tempo. Algumas noites, eu imaginava que ele estava deitado na minha cama comigo.

Eu me odiava por desejar tanto o toque de Milo. Por que eu tinha que querer algo tão errado para mim? Eu sempre fazia a coisa certa. Nunca aprontava. Era uma pessoa certinha que sempre trilhava o caminho correto. Nunca hesitava. Entretanto, quando se tratava de Milo Corti, eu só queria mais. Mais da sua beleza, mais dos seus sorrisos, mais, mais, mais...

— Não precisa me explicar por que não posso te beijar, Star. Eu entendo. Não sou idiota e não quero colocar o seu emprego em risco. Mas, depois de te ver hoje sendo completamente livre, eu só queria dizer que você é tudo que eu poderia querer em uma pessoa e que, se pudesse, passaria o resto da minha vida te beijando sem nem um pingo de hesitação ou dúvida.

Ele chegou mais perto de mim. A cada centímetro que ele se aproximava, meu coração perdia o compasso. E daí? Quem precisava de um coração funcional para viver?

Seus olhos encontraram os meus, e eu não conseguia desviar o olhar de jeito nenhum. Ele fazia isso comigo. Ele me dominava e me fazia ficar ali.

— Eu estava pensando... já que não posso te beijar... talvez, de repente... — Ele engoliu em seco e pareceu muito nervoso, muito tímido. — Talvez possamos ser amigos?

— Amigos? — perguntei com a voz engasgada, minha mente tomada apenas por pensamentos sobre a boca dele.

— É, amigos.

Eu estava encostada no carro, mas ele continuava se aproximando de mim. Tão perto que seu corpo alto e largo se agigantava sobre o meu. Eu me sentia pequena, porém protegida. Estava encurralada pelo garoto que jamais deveria ter se aproximado tanto. Aquilo não parecia amizade. Era o completo oposto de amizade. Parecia... selvagem. Empolgante. Arrebatador.

Fechei os olhos.

— Milo... a-acho que eu não deveria ser amiga dos alunos.

— Mas você quer ser.

Eu quero ser.

Ah, como eu quero.

— Nós... eu, a gente não pode... — gaguejei, abrindo os olhos e dando de cara com os verde-acastanhados dele fixos nos meus.

Por que os olhos dele faziam aquilo? Por que me induziam a sentir tudo ao mesmo tempo?

— Amigos secretos? — tentou ele.

Eu ri, mas senti as lágrimas no fundo dos meus olhos.

Nenhuma parte de mim queria ser amiga dele.

Cada centímetro ansiava por muito mais.

— Tudo bem — concordei. — Amigos secretos.

Ele chegou mais perto. Sua boca pairou sobre minha orelha, sua respiração quente derretendo sobre mim.

— Sempre quis uma amiga igual a você.

Levantei a cabeça, e um sorrisinho escapou dos meus lábios.

— Amigos costumam ficar tão perto assim um do outro?

— Amigos secretos, sim. É o que amigos secretos fazem de melhor.

— O que mais amigos secretos fazem?

O olhar dele desceu, e suas mãos de alguma forma se entrelaçaram às minhas.

— Amigos secretos ficam de mãos dadas.

— Milo.

— Não sou eu quem faz as regras, Star.

— Parece que é, sim.

Eu o encarei e vi sua língua passar de leve pelo lábio inferior, enquanto ele encarava minha boca. Eu devia tê-lo empurrado. Devia ter dito que estávamos sendo irresponsáveis. Devia ter usado o cérebro. Mas meu coração tomou a dianteira, desligando minha mente por completo.

E eu o puxei para mais perto.

E mais perto.

E mais perto...

Meu peito encostou no dele, nossos corpos estavam tão próximos que era difícil saber onde ele começava e eu terminava. Tão perto que seu toque parecia meu.

— O que mais? — sussurrei. — O que mais amigos secretos fazem?

Ele apoiou a mão no carro e chegou mais perto de mim. Seus lábios roçaram nos meus, fazendo meu coração disparar. As pupilas dele estavam dilatadas, e eu tinha certeza de que seus pensamentos eram tão absurdos quanto os meus. Cheios de vontades, necessidades e desejos. E pecados...

Tantos pecados silenciosos implorando para serem libertados.

— Amigos secretos fazem o que querem, e ninguém precisa saber.

— Assim? — perguntei, lambendo seu lábio inferior de leve.

Não, Star...

A língua dele abriu minha boca, e ele mordeu meu lábio inferior.

— Assim.

É errado...

Ele fechou os olhos e pressionou a testa contra a minha.

— Star, se você não quiser, eu paro agora. Se você não me quiser, eu te deixo em paz. Mas, se uma parte de você quiser, é só dizer que sim, e vou te fazer minha dentro do seu Jeep mesmo.

Eu sabia o que deveria dizer.

Eu sabia quais eram as palavras que deveriam sair da minha boca, só que elas não saíram. A santinha dentro de mim ficou quieta enquanto meu lado rebelde despertava.

— Me faz sua — gemi.

Em uma questão de segundos, a boca de Milo encontrou a minha. Ele me beijou como se tivesse passado décadas esperando para fazer isso. Seus lábios contra os meus eram tudo que eu queria, tudo que eu desejava havia uma eternidade. Ele abriu a porta traseira do carro e me puxou para dentro. Nós nos emaranhamos, arrancando camadas e camadas de roupas, ficando só de blusa.

Ele me colocou em seu colo, e senti sua rigidez na minha coxa. Estava um gelo lá fora, mas tudo que eu sentia ali dentro do carro era o calor dele em mim, esquentando cada centímetro do meu ser. Ele pegou uma camisinha na carteira. Eu a tirei da mão dele, abri a embalagem e a coloquei em seu pau devagar, sem interromper o contato visual. Depois o segurei e fiz movimentos repetitivos nele, para cima e para baixo, então o posicionei na minha entrada. Pairei sobre seu corpo, esperando alguns instantes, antes de dar o que ele desejava. Eu queria ver o tesão dele aumentando conforme seus lábios se abriam de leve. O desespero em seus olhos de pupilas dilatadas só me deixava mais excitada.

Ele levou a mão grande até a lateral do meu pescoço e me agarrou, me puxando para mais perto dele. Seus lábios dançaram sobre os meus, e ele me lambeu.

— Não me provoca, Star — murmurou ele com um sorriso safado. — Senão eu vou te provocar também — avisou ele, usando a outra mão para acariciar de leve meu clitóris. Um gemido de tesão escapou da minha boca, então ele prendeu meu lábio inferior entre seus dentes e o mordiscou. — E sou bom pra caralho em provocar. — Ele começou a deslizar um dedo para dentro de mim, e meu quadril se impulsionou automaticamente para tentar levá-lo mais fundo. Ele parou o movimento, apertando um pouco mais o meu pescoço, e me puxou para ainda mais perto. — Está gostando?

— Estou — respondi, ofegante.

— Você quer mais disso ou mais de mim? — sibilou ele, suas palavras tomadas por um tom embriagante que me deixava desnorteada.

— Mais de você — sussurrei. Tirei seu dedo de dentro de mim, levando-o até minha boca, então o chupei lentamente, sentindo meu gosto na pele dele. Meus olhos encontraram os dele, e vi que o gesto o deixou com ainda mais tesão. — Quero você todo.

A paixão e o calor do momento pegaram fogo depois disso. Nós estávamos famintos um pelo outro, e as janelas do carro embaçaram com a química de nossos corpos. Eu me sentei no colo dele, que começou a meter mais forte e mais fundo enquanto eu agarrava o encosto do banco traseiro. Eu me sentia sórdida de um jeito incrível, com meus cachos pairando diante do rosto dele. Ele os afastou dos meus olhos e segurou minha nuca com firmeza, nos forçando a manter contato visual. Seu calor e sua intensidade faziam com que eu sentisse que estava voando, sem medo de cair. As semanas de abstinência um do outro, as semanas de desejos e sonhos secretos, tudo transbordava e impulsionava nossos corpos. Nossas línguas se acariciavam, famintas uma pela outra, nossas mãos exploravam nossos corpos, nossos quadris rebolavam juntos, como se fôssemos um. Ele metia mais rápido, e minhas unhas se cravavam em suas costas enquanto ele me mandava sentar mais forte, mais fundo, de um jeito mais selvagem. Mais, mais, mais... isso era tudo que eu queria dele. Mais.

Minha boca encontrou seu pescoço, e eu gritava de prazer com a sensação de ter cada centímetro meu preenchido por ele. Eu adorava senti-lo dentro de mim. Adorava quando Milo me pressionava contra ele, me mostrando que era viciado em todas as partes do meu corpo.

— Adoro sentir você — sussurrou ele contra meu pescoço, lambendo minha pele e descendo para minha orelha.

Gemi e continuei rebolando o quadril contra o dele. Apoiei a mão na janela, e a mancha da minha palma marcou o vidro gelado enquanto a jornada intensa pela qual Milo me levava me deixava louca.

— Linda — disse ele, sua voz cheia de desejo. — Adoro quando você geme para mim — falou, mordiscando meu pescoço.

Gozei gostoso e, ao mesmo tempo, ele soltou um gemido torturado, seu rosto se contorcendo em êxtase. A expressão de leve surpresa em seu olhar quando gozamos juntos me mostrou exatamente o que eu estava sentindo o tempo todo. Desta vez, tinha sido diferente. Nós estávamos diferentes. A forma como tínhamos nos entregado, a forma como nos perdemos, mas nos encontramos um no outro; era um território novo, ainda não explorado, aquele que percorríamos juntos.

Naquele instante, cercados pelas árvores, enquanto a noite caía ao nosso redor, eu e Milo nos tornamos algo especial. Algo mais.

Mais, mais, mais...

— Porra — arfou ele, deslizando para fora de mim.

Eu estava ofegante, meu corpo agarrado ao dele. Milo beijou meu pescoço todo, até que encontrou meus lábios e me beijou devagar. Com delicadeza. Havia tanto carinho em seus beijos, tanta proteção em seu olhar.

Mais, mais, mais...

— Eu quero isso — disse ele no intervalo entre os beijos. — Eu quero você, Star — falou, me beijando de novo.

Fui atingida por um milésimo de segundo de preocupação enquanto ele beijava minha boca. Milo tinha o gosto de promessas que ele não poderia cumprir. Uma promessa de amanhã, quando só tínhamos hoje.

Ainda assim, eu não conseguia nos obrigar a encarar a realidade, porque eu também queria ficar com ele. Queria isso mais do que tudo. Ele parecia a peça que faltava no quebra-cabeça da minha alma, e eu não queria perdê-lo. Estar com ele era embriagante, e a sobriedade não me interessava, pelo menos não pelas próximas vinte e quatro horas.

Era como se estivéssemos dentro do nosso próprio conto de fadas às avessas. A uma distância de seis horas da realidade e de todos que nos conheciam. Nós brincávamos de faz de conta em um lugar e em um momento que eram apenas nossos. Eu não estava pronta para acordar daquela fantasia hipnotizante. Havia uma única coisa que eu queria naquele momento — mais, mais, mais.

16

Starlet

Eu transei com Milo no banco de trás do meu Jeep.

Ai, nossa, eu transei com Milo no banco de trás do meu Jeep!

E não estava nada arrependida. Uma pontada no estômago me dizia que eu deveria me arrepender do que havia rolado entre nós, mas eu não me sentia assim. Tinha sido tão bom, tinha parecido tão certo estar no colo dele, sentindo-o dentro de mim.

Quando voltássemos para casa, eu sabia que ficaria rememorando cada detalhe das nossas interações naquele fim de semana, mas, por enquanto, me permitiria ser livre. Ser rebelde.

Quando voltamos para o hotel, Milo carregou nossas bolsas para o quarto. Antes que eu tivesse tempo de dizer que estava faminta, alguém bateu à porta.

Quando a abri, dei de cara com uma senhora bonita, com um lindíssimo cabelo grisalho sedoso que caía em cascatas pelas costas, sorrindo de orelha a orelha.

— Olá, Srta. Evans. Notamos que os senhores já tinham voltado, e quis vir cumprimentá-los. Eu me chamo Emily Turner, sou a dona do hotel.

— Ah, é um prazer conhecer a senhora.

— Igualmente. Fui informada de que tivemos um problema com as reservas e queria me desculpar. Nós adoraríamos oferecer um jantar romântico em um dos nossos iglus com vista para o lago para a senhorita e seu companheiro. Por conta da casa, é claro.

— Ah, ele não é meu... — Minhas palavras foram perdendo a força e minha sobrancelha se levantou. — Por conta da casa?

— Com certeza. Podemos fazer a reserva agora, e os senhores podem ir aproveitar a vista. O iglu também é aquecido, então não precisam se preocupar com o frio.

— Seria incrível, na verdade. Pode ser às oito?

— Vamos dar um jeito. Obrigada, Srta. Evans. Esperamos que aproveitem a estadia.

Emily foi embora, e eu fechei a porta.

Quando me virei, encontrei Milo parado com um sorrisinho no rosto.

— O que foi? — perguntei.

— Seu companheiro? Você nem reclamou muito dessa.

Dei de ombros.

— Você ficaria surpreso com tudo que eu deixaria alguém fazer por comida.

— E o que você faria por um chocolate? — brincou ele.

— Eu deixaria você me comer por um chocolate, Sr. Corti.

Ele me fitou de cima a baixo com um sorriso malicioso no rosto.

— Acho que você me deixaria te comer por bem menos que isso.

Senti minhas bochechas esquentarem com o comentário, porque errado ele não estava.

— Vou tomar um banho antes do jantar — anunciou ele, puxando a camisa por cima da cabeça com um movimento rápido.

Ele abriu a calça jeans e passou direto por mim para entrar no banheiro. Ouvi a torneira do chuveiro sendo ligada e vi sua silhueta entrando embaixo dele. Meu corpo reagiu enquanto eu o observava se lavar.

Sem pensar muito, tirei a roupa e me juntei a ele.

— Você está com fome? — perguntou Milo enquanto puxava a cadeira para mim dentro de nosso pequeno iglu.

— Estou faminta — respondi, me sentando.

O que não era surpresa, depois da quantidade de vezes que tínhamos acabado nos emaranhando um no outro naquela noite. Seria de se imaginar que estaríamos exaustos após passarmos o dia fazendo trilha, mas, sei lá como, acabou rolando uma rodada de sexo atrás da outra. Talvez porque sabíamos que a oportunidade que tínhamos ali não aconteceria de novo quando voltássemos para casa.

Talvez, apenas talvez, estivéssemos tentando aproveitar ao máximo antes que a fantasia da nossa história chegasse ao fim.

Milo se sentou e sorriu para mim.

— Você está linda hoje.

Fiquei arrepiada.

— Não estou acostumada com seus elogios.

— Não sei se melhora muito, mas penso isso toda vez que te vejo. Você é maravilhosa. Mas não falo nada.

— Bom saber.

— Essa história de amizade secreta está dando muito certo para a gente.

Eu ri.

— Não acho que uma amizade secreta seja assim. O que nós temos parece mais um…

Perdi as palavras, mas Milo estava lá para concluir meu raciocínio.

— Relacionamento — completou ele. — Parece um relacionamento secreto.

Mordi o lábio inferior.

— Isso é muito errado, né?

— Muito.

— A gente vai se arrepender.

— Demais.

— A gente devia parar.

— Sem dúvida — concordou ele. — Mas...

— Mas?

— Não vamos.

— Não vamos?

Ele balançou a cabeça e esticou a mão sobre a mesa.

— Sabe por quê?

— Me conta.

— Porque fazer coisas erradas com você é bom demais.

Sorri, mesmo que não devesse fazer isso, porque ele tinha razão. Nós éramos um erro imenso que parecia muito certo.

— A gente vai arrumar problema. — Eu ri, balançando a cabeça, ciente da nossa irresponsabilidade.

Whitney ficaria chocada com a garota que eu tinha me tornado no último dia.

— E talvez a gente tenha que encarar as consequências — concordou Milo. — Mas sem arrependimentos.

Mordi o lábio inferior.

— Promete?

— Prometo. — Ele esticou o dedo mindinho para mim. Envolvi o meu no dele. — Prometo — disse ele. — Agora vamos jantar, porque quero partir logo para a minha sobremesa.

— Gosto quando você faz isso — confessei.

— O quê?

— Quando fala essas coisas mais picantes. Quando estamos juntos... — Senti minhas bochechas esquentando de timidez. — Eu queria conseguir fazer isso também.

Ele arqueou uma sobrancelha.

— Você pode participar quando quiser — prometeu ele.

— Eu sei, mas fico com vergonha. Não consigo falar essas coisas assim do nada. Eu me sentiria uma boba.

— E se eu fechar os olhos enquanto você fala?

Eu ri.

— Ainda assim ficaria com vergonha.

— A gente pode começar com sexo por telefone. Aí você não vai me ver, e eu não vou ver você.

— Duvido que a gente encontre tempo para fazer sexo por telefone.

Milo se inclinou na minha direção.

— Pode acreditar em mim. Com certeza vou encontrar um tempo para ouvir você sussurrando sacanagens para mim pelo telefone, Star.

Eu não duvidaria nada disso.

Nós rimos tanto naquela noite que minhas bochechas ficaram doendo. Em certo momento, quando nossas risadas emudeceram, Milo se recostou na cadeira e balançou a cabeça, meio que sem acreditar.

— O que foi? — perguntei.

— Nada... é que pensei que não fosse conseguir me sentir feliz de novo.

E isso bastou para que meu coração pouco a pouco começasse a se tornar dele.

Conversamos mais sobre nossas mães e nossos pais. Contei para ele a história da bicicleta cor-de-rosa com margaridas amarelas pintadas que minha mãe tinha montado para mim, com uma cesta branca de vime e guidom roxo.

— Ela era incrível. Faz uns anos que se desmilinguiu, mas, nossa, eu ia com ela para todo canto.

— Consigo imaginar uma Starletzinha andando de bicicleta pela cidade.

— E eu tinha um capacete com a mesma estampa — falei, radiante.

Também conversamos sobre assuntos pesados.

— Quais são os dias mais difíceis para você? — perguntou Milo.

— Só tem um, na verdade. O aniversário da minha mãe era complicado, mas, agora, é só uma comemoração. Eu e meu pai sempre nos encontramos e preparamos o bolo favorito dela. Para mim, o mais difícil é o Dia das Mães. Parece um lembrete anual daquilo que não tenho mais fisicamente.

— É, esse foi difícil para mim também. Todos ainda são difíceis para mim.

— Alguns vão ficar mais fáceis, e não tem nada de errado nisso. Talvez outros não fiquem, e também não tem nada de errado nisso.

Depois de um jantar incrível, saímos do iglu e encaramos o céu escuro cheio de estrelas. Milo me abraçou pela cintura, e olhei para cima, maravilhada.

— Olha só as constelações! — exclamei, apontando para o céu.

— Não estou vendo — disse ele.

Dei uma risadinha.

— Você está brincando, né?

Ele balançou a cabeça.

— Não vejo nada.

Por um instante, achei que ele estivesse me zoando, tentando me provocar. Ainda assim, quando vi o olhar sério em seu rosto, fiquei um pouco confusa. Apontei de novo.

— Bem ali. Tem um monte de estrelas.

Ainda nada de Milo.

Eu me virei para encará-lo, apoiei as mãos em seu peito e fiquei na ponta dos pés para lhe dar um beijo.

— Acho que você precisa de óculos, Sr. Corti.

Seus lábios se curvaram em um sorriso.

— Acho que preciso mais de você agora. — Com um dedo, ele tracejou o contorno dos meus lábios. — E pode acreditar quando digo que não preciso de óculos para explorar você.

— Pode ficar à vontade… — Minhas bochechas ruborizaram ligeiramente, então segurei suas mãos. — Pode explorar.

Tudo pareceu um pouco diferente naquela noite em comparação com as outras vezes que tínhamos ficado juntos. A primeira vez, na festa, não havia nenhuma conexão emocional entre a gente. A segunda, no carro, foi rápida e tão cheia de adrenalina que tudo aconteceu de uma forma meio selvagem.

Naquela noite, fomos devagar. Parte de nós sabia que nos aproximávamos mais e mais do fim do nosso momento juntos, distantes da realidade. Quando voltássemos para casa, não poderíamos ficar juntinhos como tínhamos feito nas últimas vinte e quatro horas.

Eu sabia que devia estar preocupada com o que iria acontecer quando voltássemos para a realidade, mas não conseguia me convencer a fazer isso. Eu me permiti viver o momento. Queria estar ali com Milo sem pensar no amanhã que logo destruiria nossos sonhos recém-realizados.

Milo tirou minha roupa devagar, revelando o sutiã e a calcinha pretos. Sua boca encontrou a minha enquanto suas mãos iam para o fecho do sutiã e o abriam com dois rápidos movimentos dos dedos, fazendo-o cair no chão em poucos segundos. Comecei a tirar as roupas dele, mas Milo me interrompeu.

— Deixa eu cuidar de você primeiro — sussurrou ele contra minha pele enquanto beijava meu pescoço.

Calafrios de tesão e desejo me preencheram enquanto eu observava suas pupilas dilatando e sua boca começando a sentir cada parte de mim. Eu não sabia que era possível ficar excitada só de ver alguém olhando para você, tocando sua pele, explorando seu corpo. Milo me deitou na cama e me venerou como se eu fosse uma deusa. Suas mãos percorreram meu corpo enquanto ele beijava cada centímetro da minha pele, sem pressa. E, por cada centímetro, queria dizer que ele não havia deixado passar nada. Sua boca se conectava à minha pele como se ele estivesse faminto, necessitado da minha existência para conseguir sobreviver a mais um dia. Ele me puxou para a beirada da cama. Minhas pernas penderam na lateral, e ele se ajoelhou na minha frente.

Sua boca beijou a seda da minha calcinha enquanto seu dedão esfregava meu clitóris por cima do tecido.

Gemi de prazer, sentindo o toque suave fazer meu corpo ser inundado por uma onda de tesão.

Ele enroscou os dedos no elástico da calcinha e começou a descê-la devagar. Após removê-la, ele beijou a parte interna das minhas coxas, fazendo meu quadril se erguer de desejo e ansiedade.

— Abre as pernas, Star — ordenou. — Quero te ver todinha.

Minhas pernas se afastaram, e ele se posicionou no meio delas. Sua boca encontrou meu clitóris, e ele o chupou devagar, depois o lambeu algumas vezes. Gritei, desejando mais e mais das suas explorações. Ele pressionou delicadamente as palmas das mãos contra minhas coxas, me abrindo ainda mais.

— Eu queria que você conseguisse ver o quanto é linda — sussurrou ele, enfiando um dedo em mim.

Cada momento da noite parecia passar em câmera lenta, e ao mesmo tempo acontecia rápido demais. Eu saboreava cada segundo de Milo enquanto ele me possuía.

O que estávamos fazendo naquela noite?

Não era só sexo, como na noite em que nos conhecemos. Eu tinha certeza disso. Mas também não sabia se era amor. Qual era o nome que se dava para algo que existia entre essas duas coisas?

Poderia ser se apaixonar.

Era isso que estávamos fazendo naquela noite.

Nós estávamos nos apaixonando um pelo outro.

Estávamos nos apaixonando, nos apaixonando, nos apaixonando...

17

Milo

Acordei em uma cama vazia. Starlet havia desaparecido. Um bolo instantâneo de preocupação começou a se formar na minha garganta, e fiquei com medo de ela ter se arrependido da noite anterior. Até aquele instante, ser rejeitado nunca tinha feito diferença para mim.

A noite passada havia sido uma das melhores da minha vida em muito tempo. Provar cada centímetro de Starlet era algo com que eu sonhava desde a noite em que nos conhecemos. A única diferença entre a primeira vez que ficamos e a noite passada era, bem… tudo. Eu sentia tudo por Starlet Evans. Sentia mais do que imaginava que alguém frio como eu poderia sentir por outra pessoa.

Esfreguei meus olhos exaustos. Sempre que eu acordava, havia alguns segundos de escuridão, mesmo quando meus olhos estavam completamente abertos. Demorava alguns instantes para que eu conseguisse enxergar, e, quando vi que Starlet não estava ali, temi que tivesse voltado para a realidade, se dando conta de que os eventos da noite anterior tinham sido um erro.

Este era meu maior medo — que ela percebesse que eu não passava de um erro.

Antes que minha cabeça pudesse transformar meus traumas em pensamentos tóxicos que me diriam que eu não era bastante, a porta do quarto se abriu, e Starlet entrou com uma bandeja com café e muffins.

— Bom dia, flor do dia. — Ela abriu um sorriso largo, agasalhada em suas roupas de frio.

Um suspiro escapou dos meus lábios. Ela havia voltado.

— Bom dia — murmurei, esfregando os olhos de novo enquanto me sentava na cama. — Que horas são?

— Já passou um pouco das nove. Você dorme pesado.

— Há quanto tempo você está acordada?

— Desde as seis mais ou menos. Quis fazer uma trilha cedo e assistir ao nascer do sol.

— Você já fez uma trilha? Hoje?

Ela sorriu enquanto baixava a bandeja de comida. Então tirou o casaco e os sapatos.

— Pois é. Você desbloqueou meu amor por trilhas. Eu só precisava ver o nascer do sol antes de voltar para casa.

— Eu teria ido junto. Você podia ter me acordado.

Ela pegou um muffin e uma xícara de café e colocou tudo em cima da mesa ao lado da cama, então se inclinou para a frente e me beijou. Era bom saber que ainda podíamos nos beijar. Eu estava com um pouco de medo de os beijos pararem depois que o sol nascesse.

— Você estava fofo demais dormindo. Não quis te acordar. Além do mais, eu precisava finalizar os preparativos para nossa última atividade antes de irmos embora.

Arqueei uma sobrancelha.

— Última atividade?

Ela abriu um sorriso largo, e seus olhos grandes brilharam de empolgação.

— Você gosta de surpresas?

— Odeio.

Ela franziu ligeiramente a testa.

— Ah. O que você acha das minhas surpresas?

Sorri e a puxei para meu peito, dando um beijo em sua testa.

— Talvez dessas eu possa gostar.

Pesca no gelo.

Ela me levou para pescar no gelo.

Não só Starlet havia conseguido encontrar um lugar na água, alugar um carro com tração nas quatro rodas para nos levar até o gelo e arrumar todo o equipamento necessário para a aventura como até preparou as iscas que íamos usar.

— Não acredito que você fez isso tudo — falei, meio sem palavras diante de toda aquela atenção que Starlet tinha dedicado ao plano para torná-lo realidade.

— Havia cinquenta por cento de chance de você detestar a ideia, de todo o meu esforço ter sido em vão e da viagem de volta para casa ser muito desconfortável e silenciosa, mas eu queria que você tivesse um momento para se sentir conectado à sua mãe do mesmo jeito que você fez com que eu me sentisse conectado à minha na trilha.

Eu entendia que uma mulher não podia curar a depressão de alguém. Mas, cacete, Starlet me ajudava mesmo a respirar um pouco melhor.

Precisei reunir todas as minhas forças para não engasgar com minhas emoções durante as horas que passamos ali.

Saí sem nenhum peixe, mas cheio de uma porrada de sentimentos pela mulher que tinha aparecido na minha vida no momento em que eu mais precisava.

Se eu pudesse, teria ficado ali com ela por muito mais tempo. Teria feito inúmeras perguntas sobre sua vida, seus sonhos e objetivos. Teria rido das tentativas dela de desembolar a linha da sua vara de pescar e sorrido para Starlet até nos momentos em que ela não estivesse olhando para mim. Teria acariciado suas bochechas e beijado seu rosto. Teria explicado que os sentimentos que ela despertava em mim faziam com que eu me borrasse de medo. Aquela mulher fazia com que eu, a alma gelada do inverno, voltasse a sentir.

Você teria amado a Starlet, mãe.

Você teria amado a Starlet mais do que me amava.

Quando esse pensamento surgiu em minha mente, senti uma leve brisa soprar, acertando meu rosto. Era como se minha mãe tivesse falado: "Eu nunca amaria alguém mais do que amo você."

Ela me dizia isso o tempo todo quando eu era pequeno. Ela me colocava para dormir à noite, me cobria, então pressionava a testa contra a minha e dizia: "Eu te amo, meu Milo Antonio. Não existe possibilidade de eu amar alguém mais do que amo você."

— Você faz muito isso — comentou Starlet enquanto estávamos sentados em nossas cadeiras sobre o gelo.

— O quê?

— Fala baixo sozinho.

Eu não sabia que ela tinha percebido. Franzi as sobrancelhas e balancei a cabeça.

— Não falo sozinho. Falo com a minha mãe. Ainda converso com ela.

— Que bom — disse Starlet, puxando um pouco a vara para trás. — Isso é bom.

Isso é bom.

Que reação esquisita ao descobrir que alguém ainda conversava com a mãe morta.

— Star?

— Diga?

— Você é muito estranha.

Ela riu, e eu quis mergulhar naquele som.

— Eu sou estranha pra caramba mesmo.

— Que bom — falei, batendo com o ombro no dela. — Isso é bom. — Olhei com mais atenção para ela e estreitei os olhos. Starlet tremia. — Você está morrendo de frio, né?

— Ai, nossa, estou. Acho que parei de sentir o lado esquerdo da minha bunda há uma meia hora.

— Caramba, Star, você devia ter avisado. Vamos embora.

— Não, não, está tudo bem, está tudo bem — disse ela, batendo os dentes. — Estou me divertindo.

Eu sorri, porque ela estava se esforçando para ficar ali, mas eu sabia que era hora de ir embora. Comecei a arrumar nossas coisas, e fomos para o carro. Depois que guardei tudo, fui até Starlet e a puxei para um abraço. Eu a apertei por mais tempo do que o normal, porque não abraçava ninguém de verdade havia uma eternidade. A última vez que meus braços tinham envolvido alguém daquela maneira fora ao me despedir da minha mãe pela última vez. Fazia mais de um ano. Um ano desde que meus braços envolveram outra pessoa. Um ano desde que eu havia sido reconfortado de verdade por alguém. Eu não sabia que sentia tanta falta dessa interação até experimentá-la de novo.

Meu corpo engoliu o dela, absorvendo seu calor. O aroma do seu cabelo preencheu minhas narinas conforme meus braços a cercavam. Eu a apertava o suficiente para fazer diferença, mas não a ponto de restringir sua liberdade. Parecia que a bondade dela ia sendo transferida para a minha alma, e, em troca, eu lhe oferecia minhas melhores partes. Eu não sabia que ainda me restava alguma. Não sabia que meu espírito ainda tinha algo de bom para compartilhar.

— Obrigado por hoje — falei. — Eu precisava disso.

— Acho que eu precisava deste fim de semana também — concordou ela. — Precisava de você.

Pressionei minha testa à dela e fechei os olhos.

— Se existir vida após a morte, você acha que nossas mães são amigas?

— Acho — respondeu ela no mesmo instante. — E acho que elas mandaram a gente um para o outro.

Eu a beijei e senti a ficha começar a cair. Eu não poderia mais fazer isso quando me desse vontade quando voltássemos para casa.

— Posso te contar um segredo?

— Pode — respondeu ela baixinho, sua respiração quente se derretendo contra minha pele.

— Já estou com saudade, mesmo que você ainda esteja aqui.

Ela chegou mais perto, pressionando o corpo contra o meu, apoiando a cabeça no meu peito.

— Posso te contar um segredo?

— Pode.

— Eu sentia saudade antes mesmo de saber que você existia.

Dirigi pelas primeiras horas antes de anoitecer, e Starlet terminou o trajeto de volta, parando na frente da minha casa pouco depois das onze da noite. A única luz acesa era a da varanda, que nunca era apagada. Era minha mãe quem fazia isso toda noite, mas, depois que ela morreu, nem eu nem meu pai assumimos essa responsabilidade.

Starlet desligou o motor do carro, e ficamos sentados em silêncio por um tempo.

Nenhum de nós tinha tocado no assunto da volta para casa. Não tínhamos discutido o que seria ou não permitido em nossa nova amizade secreta.

Nós só sabíamos que não podíamos fazer o que ficamos fazendo nos últimos dois dias.

— E agora? — perguntou ela, se virando para me encarar.

Seus olhos castanhos pareciam tão tristes, e odiei isso. A última coisa que eu queria era que ela me fitasse com tristeza. Algumas pessoas tinham olhos naturalmente tristes. Os de Starlet não eram assim. Eram olhos feitos para sorrisos, risadas e alegria.

— Não sei — respondi. — Só sei que, no instante em que eu sair deste carro, tudo vai ter que mudar. E não quero que nada mude.

Ela levou a mão ao painel entre nós, e eu coloquei a minha em cima.

— Talvez a gente possa agir normalmente. Como amigos — sugeriu ela.

— Eu não costumo comer minhas amigas como se elas fossem sobremesa — brinquei.

— Milo — ralhou ela, ficando envergonhada. — É sério. Não podemos fazer isso. É arriscado demais.

— Pois é, eu sei. — Levei a mão dela até minha boca e beijei a palma. — Então me diz o que fazer, profe.

Seus lábios tremeram por um instante, e seus olhos brilharam de emoção, mas ela não chorou.

— Você vai para a escola e vai fingir que eu não existo. Eu vou fazer a mesma coisa. Então vamos nos encontrar na biblioteca, você vai continuar fazendo seus comentários sarcásticos de sempre, e vamos ser quem éramos antes de nos tornarmos... quem somos agora.

— E quando podemos voltar a ser quem somos agora?

Ela prendeu a respiração.

Mas não respondeu.

Meu coração parou.

Fiquei quieto.

— Desculpa, Milo. Eu… a gente precisa esperar alguns meses... até você se formar.

— Noventa e três dias — falei. — Noventa e três dias até você ser minha.

Ela levantou uma sobrancelha.

— Você fez as contas?

— Fiz.

Ela mordeu o lábio inferior, e algumas lágrimas teimosas escorreram por suas bochechas.

— Tudo na minha cabeça diz que isso é errado, que eu devia ser mais esperta e não me apaixonar por você, não sentir o que estou sentindo, mas meu coração… ele sente tudo, e não sei como desligá-lo, nem acho que quero fazer isso, mas entendo que nós não deveríamos parecer tão certos um para o outro. Só que parecemos. Você parece certo para mim, Milo. E isso me assusta. E não é justo da minha parte querer que você espere os próximos três meses para descobrirmos o que podemos nos tornar. Acho que seria muito egoísmo meu pedir uma coisa dessas.

Eu ainda segurava a mão dela. Não sabia se conseguiria soltá-la.

— Starlet… preciso que você entenda uma coisa. Antes de conhecer você, eu andava feito um sonâmbulo pelo inverno mais frio da minha vida. Eu não sabia se conseguiria sobreviver. Aí você apareceu e me salvou. Então acredite em mim quando eu digo que posso esperar até a primavera para ficar com você de novo. Posso esperar até a primavera para te fazer minha.

Ela se inclinou para a frente e me beijou.

Os lábios dela contra os meus, suas verdades inconfessas sendo instiladas em mim pelo sabor dela.

Tentamos nos beijar naquele momento, mas parecia uma despedida.

Eu não queria que fosse assim.

Eu não estava pronto para me despedir, não dela pelo menos, nunca dela.

Permanecemos conectados pelo máximo de tempo possível até que abri a porta, lhe dei um boa-noite e saltei do carro.

Naquela noite, quando Starlet foi embora, ela não sabia que havia levado partes do meu coração consigo. Eu não me importava. Sabia que, se havia uma pessoa que as manteria em segurança, seria ela.

— Ela é a mulher para mim, mãe — murmurei, pegando minha mala.

O vento acertou meu rosto como se minha mãe dissesse: "Eu sei."

18

Starlet

Havia três pessoas na minha vida cuja opinião eu valorizava acima de todas as outras: minha mãe, meu pai e Whitney. Uma coisa que eu jamais conseguiria fazer com Whitney seria mentir. Ela me lia como se eu fosse um livro aberto. As páginas, os parágrafos, as frases e as palavras da minha história estavam sempre estampados em meu rosto. Eu já estava preocupada com a possibilidade de ela descobrir sobre o fim de semana e sabia que seria impossível não contar tudo o que tinha rolado.

— Como foi sua aventura fazendo trilhas? — perguntou Whitney quando finalmente cheguei ao nosso quarto.

Eu estava exausta e emocionalmente esgotada quando me joguei na minha cama.

Whitney ainda estava acordada, estudando, algo que eu não esperava ver. Eu ainda não estava pronta para contar à minha amiga tudo o que havia acontecido no fim de semana, mas sabia que acabaria fazendo isso mais cedo ou mais tarde.

— Eu fui com o Milo — contei, sendo bem direta. — Passei o fim de semana com ele no norte.

Ela se empertigou na cadeira, arregalando os olhos.

— Desculpa, você passou o fim de semana com quem?

— E você não pode me julgar — avisei, sentindo a culpa finalmente me atingir.

— Você transou com ele? — perguntou ela. Meu rosto já dizia tudo. — Ai, nossa, Starlet!

— Eu sei, eu sei! Parece muito errado.

— Hum... não parece errado. *É* errado. No que você estava pensando?

— Sei lá. Acho que não pensei. Não é você que vive me dizendo que preciso me soltar um pouco? Ser menos contida?

Os olhos dela se esbugalharam.

— É, sou eu. Eu disse para você se soltar um pouco. Um pouco, Star. Eu estava falando de, tipo, fumar um baseado ou fazer aulas de *pole dance*. Não transar com um aluno seu.

Estremeci ao ouvir aquelas palavras.

— Eu não transei com um aluno meu. O Milo é diferente.

— Desculpa, mas você não está sendo muito coerente agora. É sério que você quer arriscar tudo o que conquistou na faculdade por um homem? Por um homem?! A gente nem gosta tanto assim deles! — berrou ela, jogando as mãos para o alto com um misto de choque e nojo.

Eu estava chocada com a reação da minha colega de quarto. Whitney sempre foi tão incisiva, sempre me incentivou a ter uma vida além dos meus estudos, e, quando resolvo fazer isso, ela me dá uma bronca... como se eu fosse a pior pessoa do mundo.

— Whitney, me deixa explicar...

— Não, Star. Não precisa me explicar nada. Você é mais esperta do que isso. Você deu duro demais para agora jogar tudo fora por causa de um garoto. Você conhece esse cara há quanto tempo? Três meses? Você está na faculdade há três anos. Não faz sentido arriscar tudo só por uma foda.

— Ele não é só uma foda — argumentei, ficando agitada com minha irritação. Como minha amiga não conseguia entender?

Como ela podia ser tão racional naquele momento? E eu tinha consciência de que estava com raiva porque sabia que ela estava certa. Whitney estava totalmente certa, e, se a situação fosse ao contrário, eu teria lhe dado o mesmo sermão.

Isso era o que mais me irritava. Meu cérebro sabia que eu estava brincando com fogo, porém meu coração não se importava com as queimaduras. Eu não estava com raiva de Whitney. Estava furiosa comigo mesma. Eu sabia que aquilo não era certo.

Eu sabia, mas, mesmo assim…

— Ele é diferente, Whit — tentei. — Ele é... Ele é…

— Seu aluno — brigou ela.

Meu coração começou a se despedaçar, porque ela não enxergava o mesmo que eu. Não sentia o mesmo que eu. E como poderia? Só porque todo mundo tinha um coração não queria dizer que todos batiam da mesma forma.

— Estou me apaixonando por ele — confessei baixinho.

Meu peito doía conforme as palavras saíam da minha boca. Eu me sentia louca, ridícula e apaixonada, e isso me deixava apavorada. Parecia que eu tinha perdido o controle dos meus próprios pensamentos e sentimentos. Era como se o amor estivesse me engolindo por inteiro, e rezei para que ele não acabasse me cuspindo de volta, porque eu me sentia bem quando nós estávamos juntos. Eu me sentia nas nuvens quando Milo estava comigo.

Só que, na sua ausência, quando meus pensamentos ganhavam força e a realidade batia à porta, eu perdia o prumo.

O amor era isso?

Embriagante e impiedoso?

Ou o amor deveria ser mais tranquilo, sem tantas emoções complexas associadas a ele?

— Então para de se apaixonar, Starlet! — exclamou Whitney com os olhos arregalados. — Chega disso.

Lágrimas começaram a escorrer por minhas bochechas, e balancei a cabeça sem acreditar nas palavras que ouvia dela.

— Eu não devia ter te contado — murmurei, me enfiando embaixo das cobertas.

O arrependimento me atingiu bem rápido.

Whitney se levantou e veio até o meu lado. Ela se deitou na minha cama e me puxou para um abraço, fazendo com que eu entendesse que suas palavras não tinham a intenção de me machucar, que eram, na verdade, uma demonstração de amor e sinceridade.

— Não, você devia ter me contado e sabe disso, e foi por isso que me contou. No fundo você sabe que nada do que está acontecendo é certo, e foi por isso que me procurou. Eu podia ser falsa e dizer o que você quer ouvir, mas a gente não é assim, querida. Nós nunca fomos assim. A gente fala a verdade uma para a outra, não importa o que aconteça. Então estou falando a verdade. Seria melhor se você cortasse relações com esse cara, Starlet. E, enquanto você continuar sendo monitora dele, vai continuar se apaixonando. Você precisa parar com as aulas. Se concentra só na sua carreira e na sua vida. Isso não vai acabar bem.

Fiquei em silêncio.

Uma parte de mim queria discutir com ela, rebater tudo que ela havia dito, agir de forma infantil e jogar na cara dela que ela nunca tinha se apaixonado. Era por isso que Whitney não conseguia entender. Só que uma parte de mim a entendia e sabia que ela tinha razão. Whitney não estava sendo cruel; estava sendo sincera. Esta era a parte mais incrível de ter uma melhor amiga de verdade: poder contar com alguém que lhe diria a verdade, por mais difícil que fosse.

Mas eu não podia parar de dar aulas para Milo.

Não podia abrir mão dele.

Não importava o quanto isso fizesse sentido.

— Se fosse ao contrário, Star, que conselho você me daria? — perguntou ela.

Odiei essa pergunta e me recusei a respondê-la naquela noite, porque eu sabia a resposta.

Eu diria para você esquecer esse garoto e se concentrar em si mesma. Era como se meu coração e minha mente estivessem desconectados. Como se fossem inimigos em uma guerra, lutando pelo controle da minha alma.

Mais tarde, meu pai me ligou para checar como eu estava. Saí do quarto e fui para a sala de estudos, para ter mais privacidade.

— Como foi a sua viagem de fim de semana? — perguntou ele. — Fiquei um pouco preocupado quando soube que você ia fazer trilha sozinha.

Engoli em seco, me sentindo culpada pela mentira que precisava contar. Meu pai achava que eu tinha ido para o norte sozinha. Ele até se oferecera para ir junto.

— Foi ótimo. A gente precisa ir para lá um dia. Você vai adorar as cavernas de gelo.

— Fica combinado para o inverno do ano que vem. Senti sua falta no jantar de domingo, mas congelei umas quentinhas para você e para a Whitney levarem no próximo fim de semana. Você vai ter que levar o dobro de comida para o alojamento.

— Valeu, pai. Você é incrível.

— Como você está se sentindo? Tudo bem?

Hesitei e mordi o lábio inferior. Parecia que o clima bom do fim de semana evaporara por completo.

— Tudo bem.

— Beleza, agora me fala a verdade.

Eu me sentei em uma das mesas de centro e fiquei olhando a neve caindo lá fora.

— Você acha que a mamãe teria orgulho de mim? Da pessoa que eu sou?

— É claro que teria. Ela ficaria maravilhada com você, meu amor.

— Mesmo se eu cometer erros?

— Acho que ela amaria você ainda mais pelos seus erros. Nós nunca desejamos que você fosse perfeita, Star. Nós só queríamos que você fosse você.

Senti as lágrimas escorrerem pelas minhas bochechas. Eu queria estar em casa. Queria poder ser envolvida em um dos abraços apertados do meu pai, que sempre faziam com que eu me sentisse protegida.

— O que está acontecendo, Star? — perguntou ele. — No que você está pensando?

— Em muita coisa. Acho que em coisas demais para explicar.

— Como posso ajudar? Quer que eu vá até aí?

Sorri como se ele pudesse me ver.

— Não, não precisa. Vou ficar bem. Só estou tentando entender se as minhas decisões são as certas. Estou um pouco ansiosa, só isso.

— Bom, antes de cogitar remoer qualquer coisa, pense em como seu corpo sente sua decisão. Ele se sente bem e protegido?

Sim, sim...

Ele continuou:

— Se sim, provavelmente sua decisão é a correta. Mesmo que pareça errada para o resto do mundo.

— Valeu, pai. Eu precisava ouvir isso.

— Estou aqui para o que você precisar, sempre. Te amo.

— Também te amo.

Conversamos por mais um tempo antes de dar boa-noite. Quando fui me deitar, fiquei pensando nas palavras dele. O fim de semana com Milo fizera com que eu me sentisse bem e protegida. Isso era tudo que eu sabia. E também o que mais me apavorava.

19

Milo

— E aí, melhor amigo? — perguntou Tom na manhã de segunda, vindo em direção ao meu armário.

Nas últimas semanas, ele tinha começado a me chamar de melhor amigo, desde que eu sem querer o chamara assim. Estava se deliciando com aquele meu ato falho da mesma forma que fazia com as balas Jolly Rancher que vivia enfiando na boca.

— E aí? — perguntei ao fechar o armário e pendurar a mochila no ombro direito.

— Quero te convidar para a melhor festa de todas as festas da história das festas neste sábado. Vou oficialmente fazer dezoito anos. Meus pais vão viajar, e vai ser uma festança.

— As pessoas ainda falam festança? — resmunguei enquanto seguíamos para nossa aula de inglês.

Era minha hora favorita do dia.

— As pessoas ainda falam festança. Eu, no caso. As pessoas são eu. — Ele tirou um cartão da mochila e me entregou. — Aqui está o convite.

— Você fez convites impressos?

— Sou meio exagerado mesmo.

Olhei para o convite nas minhas mãos e arqueei uma sobrancelha.

— Festa à fantasia "Escolha um Tom"?

— O Tom que você preferir. Menos Tom Cruise em *Negócio arriscado*. Essa vai ser a minha. Seja criativo.

— Vou tentar.

Ele parou no meio do caminho.

— Espera aí, você vai mesmo? E vai de fantasia?

— Você não acabou de me convidar, e não é uma festa à fantasia?

— É, mas, tipo, é que você é meio, sei lá... antissocial.

— Eu estou com vocês o tempo todo.

— Bom, você está com a gente, mas não está lá de verdade. Além do mais, quanto maior o grupo, menos chances de você aparecer.

Isso era verdade. Quanto maior o grupo, de mais conversas eu precisava fugir. As pessoas adoravam jogar conversa fora. Eu detestava essas merdas.

— Quantas pessoas vão? — perguntei, agora meio arrependido de ter aceitado o convite logo de cara.

— Nada disso! Nada de voltar atrás. Você disse que vai, então agora precisa aparecer. — Já estava abrindo a boca para argumentar quando Starlet passou por nós dois. Tom soltou um assobio baixo. — Cara, ela é gostosa pra caralho.

— O quê? — soltei, chocado com suas palavras.

— Ei, Srta. Evans! Gostei do seu cabelo hoje — gritou ele em um tom cantarolado para Starlet, fazendo com que ela se virasse para nós.

Os olhos dela encontraram os meus por um instante antes de se fixarem em Tom.

— Obrigada, Tom, é muita gentileza sua.

— Está bonito mesmo. Mas tudo fica bonito em você, Srta. Evans — disse ele, flertando.

Aham.

Pois é.

Ele estava dando em cima da minha amiga secreta, a garota com quem eu queria ter mais do que uma simples amizade, e a raiva que crescia dentro de mim não tinha para onde escapar. Segredos eram muito divertidos.

Starlet sorriu. *Cacete.* Eu queria aquele sorriso colado à minha boca.

— Não sou eu que vou corrigir seu dever de casa essa semana, Tom. Não precisa puxar o meu saco. Vejo vocês dois na aula.

Torci para que Starlet olhasse na minha direção de novo, mas ela não se virou para trás. Seu profissionalismo não permitia.

Enquanto ela se afastava, os olhos de Tom foram acompanhando o movimento de seus quadris.

— Cara — falei, empurrando-o. — Ela é nossa professora.

— Ela é só uma estagiária. E tem praticamente a nossa idade. Sabe de uma coisa, aposto que eu teria chance com ela depois do meu aniversário.

— Eu não apostaria isso — resmunguei.

Tom deu de ombros, e seguimos nosso caminho até a sala.

— Talvez você tenha razão. Se ela fosse pegar um aluno, provavelmente seria você. Parece que ela tem uma quedinha por você.

As palavras dele me pegaram desprevenido, e quase tropecei nos meus próprios pés vendo Tom enfiar outra bala na boca.

Estreitei os olhos, tentando me convencer de que ele não tinha dito aquilo.

— O quê?

— Acho que a Srta. Evans está a fim de você — repetiu ele.

Senti um aperto no peito.

— De onde você tirou isso?

Ele passou a mão pelo cabelo.

— Eu vejo como ela olha para você quando entrega nossos trabalhos. É um olhar demorado.

— Porra nenhuma — murmurei, andando mais rápido. — Ela olha para todo mundo do mesmo jeito.

— Pode até ser, cara. Mas, se algum dia você tiver a chance de abrir essa porta... por favor, pelo bem de todos nós que ficamos sonhando com ela, aproveita. Porque eu comeria essa mulher sem pensar duas vezes.

— Ninguém sonha com a Srta. Evans — falei, tentando esconder minha irritação, fechando as mãos em punhos.

— Você está de brincadeira, né? Todo mundo fala daquela mulher. Até o Chris fala dela! Tá, beleza, ele não fala, mas ele olha. E como não olharia? Ela parece uma modelo, porra. Aquelas curvas...

Ele mordeu o punho fechado e revirou os olhos como se estivesse gozando só de pensar nisso.

— Calma aí, cara. Ela é nossa professora.

— Se eu tivesse uma chance, aposto que ensinaria umas coisas para ela.

Fúria.

O que eu sentia era pura fúria.

Eu sabia que nós éramos amigos e tal, mas, nossa... Eu queria dar um soco na cara do Tom por ele sugerir que transaria com a minha garota.

Bom, minha garota secreta.

Minha amiga secreta.

Seja lá que diabo nós fôssemos.

Meu humor estava uma bosta agora.

Tom podia ir se foder. Fodam-se ele e seus sonhos com a garota que não era abertamente minha, mas que era... minha. E eu era dela. Eu era dela com certeza.

— Você não pode ficar me olhando desse jeito — avisei a Starlet quando entrei na nossa sala de estudos.

— De que jeito?

Os olhos dela encaravam os meus, e senti tudo: seu carinho, seu cuidado, a forma como ela estava se apaixonando por mim.

— Desse jeito — falei, gesticulando em sua direção. — Como se, quando você olhasse para mim... me enxergasse de verdade.

— Não sei como não fazer isso. Além do mais — confessou ela, dando de ombros —, você olha para mim do mesmo jeito.

Eu não tinha como argumentar.

Mas eu continuava mal-humorado. Só o fato de Tom e os outros caras ficarem olhando para ela e falando que queriam comê-la já me irritava. Durante a aula, fiquei prestando atenção neles, que pareciam vidrados nela, e isso só havia feito minha raiva aumentar. Eu podia culpá-los pela atração que sentiam por ela? Óbvio que não. Aquilo me irritava? Sem dúvida.

Se fosse qualquer outra garota com quem eu tivesse ficado antes, estaria pouco me lixando. Só que com Starlet era diferente. Ela não era como as outras garotas. Ela era a minha pessoa. Preciosa, singular, estranha e minha. Única e exclusivamente minha.

Ela arqueou uma sobrancelha.

— O que houve com você?

— Nada — rebati. — Estou bem.

— Você está emburrado.

— Não estou.

— Você está de cara amarrada.

— Não estou, não — grunhi.

Ela riu de mim. Pois é, ela riu como se a minha irritação fosse engraçada.

— Você é muito esquisito. O que aconteceu?

— Meu amigo Tom acha que você está a fim de mim.

A risada dela murchou.

— Por... por que ele acha isso?

— Pelo jeito que você me olha. Ele disse que, se você fosse dar para algum aluno, seria para mim.

— Ah, não. Isso não é bom.

— Não se preocupa. Cortei logo o papo. Para nossa sorte, o Tom tem o cérebro de um bebê e esquece qualquer coisa num piscar de olhos.

— Então por que você está tão irritado?

Resmunguei e cruzei os braços, me recostando na cadeira.

— Porra, porque eles... — Suspirei e joguei as mãos para o alto, me rendendo. — Porque todos eles acham você gostosa, tá?!

Ela ergueu uma sobrancelha.

— Como é que é?

— Os caras da escola andam falando que você é gostosa, que querem te pegar e essas porras todas. Parece que eles não têm nenhum senso de moralidade.

— Diz o cara que transou comigo no banco de trás do meu carro dois dias atrás.

Eu ia rebater o comentário, mas então vi seu sorrisinho e percebi um tom zombeteiro em suas palavras, e foi impossível não me acalmar.

— Que seja.

— Você está com ciúme — disse ela.

— Não estou. Pfft. Não sou do tipo ciumento.

Eu estava, sim. Estava com um ciúme danado. Mas nunca tinha sentido isso antes, o que me deixava com a sensação de estar vulnerável, envergonhado por ela ter razão.

— Ai, nossa, você é do tipo ciumento.

— Vamos para o dever de casa — resmunguei, abrindo a mochila.

Starlet se recostou na cadeira e balançou a cabeça.

— Não. Quero saber um pouquinho mais desse ciúme. Achei sexy.

— Seria sexy se fosse verdade, mas não é. Não sou um cara ciumento.

— Não se preocupa. Eu também fico com ciúme de você.

Arqueei a sobrancelha.

— Você está de sacanagem, né?

Ela balançou a cabeça.

— É sério. No banheiro feminino do primeiro andar da escola, tem uma lista dos alunos mais gostosos. E as meninas votam fazendo riscos do lado dos nomes. Adivinha quem está em primeiro lugar?

Sorri, me empertigando um pouco.

— Nem fodendo... Sou eu?

— É você. — Ela pegou o celular para desbloqueá-lo. — No banheiro perto do refeitório, tem uma lista com a inicial das garotas que querem — ela pigarreou enquanto lia o que estava escrito na foto em seu telefone — sentar na cara do Milo Corti.

Ela esticou o celular para mim. A lista era imensa e bem ridícula.

— Segundo algumas anotações, você já ficou com algumas. Você tem uma fama e tanto.

— Ser galinha para fugir dos problemas foi uma solução de merda que adotei por um bom tempo.

— Até eu aparecer.

Sorri.

— É. Até você aparecer. Para falar a verdade, não entendo por que as garotas escrevem essas porras no banheiro. Não tive nenhuma conexão profunda com nenhuma delas.

— Fazer o quê? Nós garotas tendemos a gostar de homens indiferentes.

Eu ri e analisei melhor a lista.

— Estou vendo uma S. E. no fim da lista?

Com as bochechas corando, ela puxou o celular de volta, então deu de ombros.

— Eu estava me sentindo excluída.

A imagem dela sentando na minha cara permaneceria na minha cabeça pelo resto do dia.

— Posso ser inapropriado por um minutinho? — perguntei.

Ela riu.

— Você não pode ser inapropriado por um minutinho.

— Mas eu quero ser inapropriado por um minutinho.

— Tá bom. Você tem dez segundos para ser inapropriado.

— Vou precisar de quinze.

— Doze, no máximo.

Estreitei os olhos.

— Você vai cronometrar?

Ela abriu o cronômetro no celular.

— Pode começar.

— Estar aqui na biblioteca me fez perceber que quero te comer em um lugar bem silencioso para te fazer gritar alto pra caralho. — Ela ficou em choque. Como nenhuma palavra escapou de seus lábios, continuei: — Ah, e gosto do seu cabelo liso assim. Dá vontade de puxar.

— Milo.

— O quê?

Ela ficou nervosa e prendeu o cabelo atrás das orelhas.

— Pega a porcaria do seu livro de matemática.

20

Milo

Quando me dei conta, já era fim de semana e o dia da festa do Tom. Fiquei um pouco nervoso no caminho até a casa dele. Desde o dia em que havia ficado doidão na escola, estava evitando usar qualquer coisa. Além disso, eu tinha uma prova de matemática importante na segunda-feira e sabia que precisava estudar pra cacete no dia seguinte para me preparar.

Se alguém perguntasse para o Milo de janeiro se ele abriria mão de beber e se drogar para estudar, ele morreria de rir. Mas lá estava eu, tentando ser um adulto responsável. E, ao mesmo tempo, eu também queria ser um bom amigo. Tom foi legal comigo quando eu não merecia. E Savannah também. Eu tinha me afastado das pessoas que me chamavam de amigo, mas acho que elas sabiam que eu estava passando por uma época bem difícil. Elas tinham todos os motivos para me ignorar, mas permaneciam do meu lado. Isso significava mais para mim do que eles podiam imaginar.

— O pessoal estava apostando se você ia aparecer hoje ou não — anunciou Savannah quando entrei na casa.

O lugar estava lotado. Algumas pessoas eu conhecia, outras, não, e havia uma grande variedade de copos de plástico vermelhos espalhados por todo canto.

Assenti com a cabeça.

— Você apostou que eu viria ou não?

— Eu sempre aposto que você vem, irmão.

Ela sorriu e ofereceu o copo para mim.

Balancei a cabeça.

— Não vou beber hoje.

Ela ergueu as sobrancelhas.

— Você sempre bebe.

— Estou testando uma tática diferente.

— Que seria?

— Ficar sóbrio.

Ela estremeceu.

— Parece horrível.

Depende do dia.

— De que Tom você veio? — perguntei para ela, analisando sua roupa vermelha.

— Sou um tomate, dã. E você?

Olhei para minha roupa — camiseta branca e calça jeans preta.

— Não é óbvio? Sou o Tom do Myspace. — Olhei ao redor da sala e voltei a encarar Savannah. — Cadê o aniversariante?

— Na cozinha, provavelmente dançando em cima da bancada.

O que fazia todo o sentido.

Segui na direção da cozinha, mas parei e me virei de novo para Savannah.

— Ei. Desculpa por ter sido babaca com você nos últimos anos. Minha cabeça não estava boa.

Ela estreitou os olhos.

— E está melhor agora?

— Está.

— Que bom. A gente sente a sua falta.

— Eu não fui a lugar nenhum.

— Você não foi a lugar nenhum, mas também não estava aqui. Dá para perceber... a luz nos seus olhos voltou. Seja lá quem ela for, estou feliz por vocês terem se encontrado.

— Como assim?

Ela sorriu e tomou um gole do que havia em seu copo de plástico vermelho.

— Ninguém melhora assim sem a ajuda de uma garota fodona. — Ela estreitou os olhos. — É a Srta. Evans? O Tom tem certeza de que é a Srta. Evans.

Balancei a cabeça.

— Não é a Srta. Evans.

— Então quem é?

— Ninguém.

— Mentiroso.

— Pode ser.

— Você não vai me contar?

— Não.

Ela me analisou, avaliando até que ponto poderia continuar insistindo por uma resposta, mas então desistiu.

— Só trata bem essa garota, viu? Como uma princesa.

Abri um meio-sorriso então segui para a cozinha à procura do aniversariante. Ele estava mesmo dançando em cima da bancada, todo exibido, usando uma camisa de botão branca, meias brancas até os tornozelos e cueca branca. Sua fantasia de Tom Cruise em *Negócio arriscado* estava bem fiel.

Logo que me viu, ele deu um grito de alegria.

— Melhor amigo! — berrou Tom, pulando da bancada.

Fiquei surpreso por ele não torcer a porcaria do tornozelo com aquele salto.

Tom veio correndo, me deu um abraço apertado e depois bateu no meu peito.

— Você é o Tom do Myspace?

Fiz que sim com a cabeça.

— Sou o Tom do Myspace.

— Porra, claro. — Tom olhou ao redor e esticou os braços. — Aí, galera, o Tom do Myspace chegou!

Todos deram um gritinho de alegria, sendo que eu só vesti uma blusa branca e vim para a festa. Era a fantasia mais preguiçosa de todas da festa, mas, pelo visto, todo mundo achava graça nela. Era o poder do álcool. Ele fazia as pessoas mais medíocres parecerem o Super-Homem.

— Vou pegar uma bebida para você — disse Tom, me dando um tapinha nas costas.

— Ah. Eu não vou beber hoje.

Ele arregalou os olhos como se eu tivesse confessado que detestava filhotinhos de cachorro.

— Como assim você não vai beber hoje?!

— Não vou.

— Você está grávido?

Sorri para o bêbado e bati na minha barriga.

— Vai nascer daqui a seis meses.

Tom se virou para a multidão.

— Aí, galera! O Tom do Myspace está grávido!

De novo, todos deram um gritinho de alegria.

Idiotas.

— Você precisa pelo menos tomar um shot de aniversário comigo — insistiu ele, batendo com o ombro no meu.

— Tenho prova de matemática na segunda. Não posso ficar doidão nesse fim de semana.

— Hum, vou te contar uma novidade, todo mundo aqui tem prova de matemática na segunda, mas seu melhor amigo só faz dezoito anos uma vez na vida.

— Estou surpreso por você não ter passado o dia com os seus pais.

— Pois é, bom, alguns pais estão pouco se fodendo para os filhos — comentou ele, usando um tom tranquilo e sorrindo, mas vi a hesitação por trás do seu sorriso. Que diabos era aquilo? O Tom perfeito, animado, não era tão feliz quanto aparentava? Nós tínhamos algo em comum? Problemas familiares? — Mas sabe quem gosta de mim pra caralho? — perguntou ele.

— Quem?

— O Jose. — Ele ergueu uma garrafa de tequila Jose Cuervo e a balançou para mim. — O Jose nunca me decepciona, ao contrário dos meus pais. Então, vamos tomar um shot para comemorar!

Eu queria recusar, mas, agora, depois de ter escutado aquilo, fiquei me sentindo culpado por ele estar decepcionado com os pais. Eu não queria ser outra decepção, então cedi à pressão do meu amigo.

Aceitei o copo e lhe dei um tapinha nas costas.

— Saúde.

Quando dei por mim, a bebida estava rolando solta, e estudar para a prova no dia seguinte parecia cada vez menos provável.

Eu não estava achando tudo uma merda.

Estava me divertindo pra cacete com todo mundo. Quando dei por mim, estava rindo mais do que o normal, e, apesar de estar bêbado, não era uma embriaguez deprimente. Eu só me sentia... bem.

As pessoas conversavam comigo como se eu fosse o Milo de antes da minha mãe partir. Eu respondia, perguntando como elas estavam, querendo ouvir suas respostas.

O que estava acontecendo?

Eu estava alegrinho, e Tom já tinha avisado que eu ia dormir ali, o que era ótimo. Eu não queria voltar para casa bêbado, encontrar meu pai bêbado e lembrar que minha vida ainda era uma bosta.

Fui até Brian, que conversava sobre video games com Chris, enquanto ele demonstrava seu maior talento — que era escutar. Eu me sentei no sofá da sala com os dois, e eles me incluíram na conversa como se eu tivesse estado lá o tempo inteiro. Chris deu um tapinha nas minhas costas e abriu um meio-sorriso.

Olhei para a fantasia deles. Chris usava orelhas de gato e uma coleira.

— Você é o Tom de *Tom e Jerry*? — Ele concordou com a cabeça e estufou o peito com um sorriso enorme, orgulhoso por alguém ter reconhecido sua fantasia. Olhei para Brian, que estava fantasiado de trem. — E você é *Thomas e seus amigos*?

— Piuí, filho da puta!

Nós três ficamos ali por um tempo, falando sobre tudo. Parecia que era a primeira vez que interagíamos em mais de um ano. Ou, pelo menos, era a primeira vez que eu interagia com eles. Mesmo sem falar muito, Chris fora mais comunicativo aquele dia do que eu nos últimos meses.

— É bom ter você de volta — comentou Brian quando fomos pegar mais bebidas.

— Como assim? A gente se encontra todo fim de semana.

— É. Você até está com a gente, mas não de verdade. — Ele bateu no meu peito. — É bom ter você de volta — repetiu.

Sorri, entendendo o que ele queria dizer.

Ele esfregou o nariz com o polegar, então ajeitou seu afro grande.

— Qualquer dia desses, vê se aparece para jogar com a gente como costumava fazer. O Tom joga mal à beça, então seria bom ter um adversário à altura.

— Seria legal — respondi.

E seria mesmo.

Por volta de uma da manhã, a festa ainda estava rolando, mas eu já estava cansado. Sabia que estava na hora de ir para o quarto de hóspedes onde eu dormiria, porque só conseguia pensar em Starlet. Meu cérebro bêbado pertencia a ela, e o meu cérebro sóbrio também.

Depois de tomar um último shot com o aniversariante, fui para o meu quarto e fechei a porta. Antes de me deitar na cama, tirei meus sapatos, a camiseta e a calça jeans. Quando me acomodei, peguei o celular e liguei para ela.

Eu não devia ter ligado, mas liguei. Precisava ouvir a voz de Starlet. Eu sempre queria ouvir a voz dela. Quem eu tinha me tornado?

— Alô?

Sua voz estava fraca, como se ela estivesse acordando. Isso não me surpreendia, já que estava tarde.

— Oi, Star.

— Oi. Está tudo bem? — perguntou ela, bocejando do outro lado da linha.

Sorri, deitado na cama, porque ela havia perguntado se eu estava bem.

— Aham, tudo bem. E você?

— Estou com sono. — Ela bocejou de novo. — Você está bêbado?

— Talvez eu esteja meio bêbado.

— Bêbado feliz ou bêbado triste?

— Feliz.

— Humm. Que bom. Feliz é bom.

Eu me virei de costas e encarei o teto.

— Star?

— O quê?

— Estou com saudade.

— Eu também estou com saudade. — Ela parou por um instante, então perguntou: — Você está sozinho agora?

— Aham. Vou dormir aqui na casa do Tom. É aniversário de dezoito anos dele hoje.

— Feliz aniversário para o Tom. Mas não diz que eu falei isso.

Eu ri.

— Vou guardar segredo. É uma festa à fantasia. Tínhamos que vir vestidos de algum Tom famoso.

— De que Tom você se fantasiou?

— De Tom do Myspace.

— Que vintage. E meio preguiçoso também.

— Fazer o quê? Sou um cara preguiçoso. — Pigarreei. — Então...

— O quê?

— Estou com saudade.

Ela deu uma risadinha.

— Você já falou isso.

— Eu sei, mas é verdade. Estou com saudade dos seus olhos. E da sua boca. E das suas curvas, e...

— Você está com tesão — interrompeu-me ela.

— Só por você. Sua colega de quarto está aí?

— Não. Pelo visto, só eu não tenho vida social.

— Posso ir aí para ser social com você.

Ouvi enquanto ela se virava na cama e quase consegui enxergar seu sorriso tímido.

— Não pode, não. Você está bêbado. E visitas são estritamente proibidas no meu dormitório. Isso vai contra as regras da amizade secreta.

— Acho que essa não era uma das regras.

— Agora é.

— Então a gente pode ficar acrescentando regras quando der na telha?

— Só quando elas forem necessárias para te lembrar de que você não pode se enfiar na minha cama no meio da madrugada.

Gemi.

— Mas eu quero me enfiar na sua cama no meio da madrugada.

— Só mais dois meses e meio.

— Parece uma eternidade.

— Só que mais demorada.

— Star?

— Sim?

— Eu me diverti hoje.

— Que bom. Fico feliz.

— Antes de te conhecer, eu achava que nunca mais ia me divertir.

— Ah, Milo… — A respiração baixa dela soou pelo celular. — Se você não parar, vou acabar me apaixonando por você.

Se ela soubesse o quanto eu queria que isso acontecesse...

— Me diz alguma coisa para fazer o frio na minha barriga passar — ordenou ela. — Diga alguma coisa que me irrite.

— O que você está vestindo?

Ela soltou uma gargalhada.

— Isso resolveu o problema.

Abri um sorrisinho, porque eu conseguia imaginar o sorriso dela. Mas já estava curioso.

— Não, é sério, o que você está vestindo?

— O Milo bêbado não tem noção nenhuma.

— Nenhum Milo tem noção — concordei. — Agora seria um ótimo momento para a gente treinar sexo por telefone, hein?

— É verdade. — A voz dela ficou um pouco mais baixa, então Starlet falou: — Regata e calcinha preta.

Só de ouvir a palavra "calcinha" saindo de sua boca linda, meu pau já ficou animado.

— Ah, é? Você está de sutiã?

— Não. Só de regata.

Fechei os olhos, imaginando os mamilos enrijecidos dela marcando o tecido da blusa.

— Eu queria estar deitado aí com você — falei.

— E o que você faria comigo?

— Tudo, Star. — Enfiei a mão na cueca e segurei meu pau. — Eu faria tudo com você.

— Me conta exatamente o que você faria. Com detalhes, por favor.

Minha mão acariciou lentamente meu pau enquanto meus pensamentos ficavam cada vez mais indecentes.

— Antes preciso que você enfie a mão na calcinha e comece a se tocar, Star.

— E você acha que eu já não estou fazendo isso? — falou ela, ofegante.

Só de imaginar essa imagem meu pau começou a latejar, e acelerei o movimento da mão. Mordi o lábio e continuei:

— Vou te segurar na cama e beijar seu pescoço, sentindo o cheiro da sua pele macia, fazendo círculos com a língua antes de começar a chupar.

— Vou abrir a boca para pedir mais e implorar para te provar primeiro.

Porra...

— Pode ficar à vontade — falei. — Pode provar.

— Vou empurrar seu peito e te deitar na cama. Vou tirar sua camiseta e passar a mão pelo seu peito até chegar na sua cueca. Vou descer pelo seu corpo rebolando, até sentar nas suas pernas. Aí vou puxar sua cueca para baixo, libertando seu pau enorme, duro. Vou dar uma lambidinha nos meus lábios carnudos enquanto admiro seu pau grosso, querendo que você foda minha boca até eu engasgar. Aí vou segurar seu pau e começar a te bater uma, para cima e para baixo... para cima e para baixo... sem tirar os olhos dos seus...

A Starlet boazinha tinha acabado de sussurrar a palavra "pau" no telefone para mim?

Ela disse que queria que eu fodesse sua boca até ela engasgar?

Bom, quem diria. Era mesmo eu quem estava bêbado ou ela? Eu teria que me controlar para não gozar rápido apenas com aquela voz delicada dela me dizendo coisas tão safadas assim.

Afastei o edredom para o lado, suas palavras me deixaram com calor.

— E depois? — perguntei.

— Aí vou lamber seu pau todinho, até a cabeça, enquanto minha mão continua batendo uma. Vou enfiar seu pau na boca e chupar gostoso, lambendo a cabeça como se fosse meu pirulito favorito. Vou fazer bem devagar, sentindo cada parte do seu corpo contra o meu, massageando e pressionando de leve o seu saco com uma das mãos. Conforme vou acelerando, seu pau vai deslizando mais e mais fundo na minha goela, enquanto você segura meu cabelo, assumindo o controle, me guiando para cima e para baixo no seu pau grosso, duro, me fazendo sufocar, me fazendo engasgar com o seu tamanho.

— Porra, Star… assim eu vou… — murmurei, incapaz de falar mais qualquer coisa enquanto lambia a palma da mão e voltava a me acariciar. — Continua…

— Vou colocar a mão delicadamente na sua barriga, pressionando de leve enquanto minha boca te chupa todinho, e vou ficando sem ar, mas não me importo, porque quero você inteiro, Milo. Quero que você me preencha toda, me comendo devagar, depois com força. Com mais e mais força conforme se chega mais e mais perto de…

Antes que ela pudesse terminar, a porta do quarto abriu e Tom entrou.

— Ei, cara. Todo mundo já foi. Vim ver se você quer jogar video game ou… puta merda! Caralho! Caralho! — berrou ele ao me ver deitado ali com o pau na mão.

— Ai, merda! — gritei também e disse: — Tenho que ir.

Larguei meu pau e desliguei na cara da Starlet.

Tom saiu do quarto na mesma hora, batendo a porta. Por um instante, só se ouvia o silêncio até ele dizer:

— Fica tranquilo, Mi-Mi. Não vi nada. Quer dizer, vi tudo. Vou ter pesadelo com isso hoje.

— Foi mal — falei, sem saber o que mais dizer.

O que poderia ser dito além de "foi mal" depois do seu amigo pegar você batendo punheta?

— Acho que a gente não precisa falar sobre isso, né?

— É. Concordo.

— Beleza. Tá certo. Boa noite.

Desabei na cama. Meu corpo estava desnorteado com a mudança brusca entre quase gozar com a voz sedutora de Starlet falando comigo e Tom invadindo o quarto, acabando com o tesão e me causando uma onda de pânico. Meu coração levou um instante para se acalmar, e, quando isso aconteceu, me restou apenas um poço de decepção, porque Starlet facilmente teria me feito chegar ao clímax apenas com sua voz.

Starlet: Tudo bem?

Milo: Tudo. O Tom entrou aqui. Meio que acabou com o clima, né?

Starlet: Haha. Só um pouco. Não tem problema. Eu já devia estar dormindo, de qualquer forma.

Droga.

Milo: A gente se fala amanhã?

Starlet: Claro. Boa noite.

Suspirei e cobri o rosto com um travesseiro, gritando de frustração.

Boa noite, profe.

21

Milo

— Com quem você estava fazendo sexo pelo telefone no sábado? — perguntou Tom assim que deu de cara comigo na segunda-feira, enquanto seguíamos até nossos armários.

Eu o fitei com um olhar sério.

— Achei que a gente tivesse combinado de não tocar nesse assunto.

— É, mas se a gente resolvesse tocar no assunto... Com quem você estava falando?

— Nem adianta — falei para ele, chegando ao meu armário.

Eu o abri e peguei meus livros, Tom se apoiou no armário do lado.

— Era uma das gêmeas? — perguntou ele. — Ou a Claire? Fiquei sabendo que ela está a fim de você. Mas também, quem não está a fim do Milo Corti? O homem, o mito, a lenda.

— Não eram as gêmeas nem a Claire — resmunguei.

— Então era *alguém*. Quem? Alguma garota do segundo ano? Seu canalha, aposto que era uma garota do segundo ano.

— Não era ninguém — respondi, fechando o armário.

Ele se empertigou e bateu com as mãos no peito.

— Não era a minha mãe, né? Se você estiver comendo a minha mãe, Mi-Mi, nossa amizade vai ficar abalada.

Uma risadinha escapou dos meus lábios e balancei a cabeça.

— Você está animado demais para uma segunda de manhã.

— Não tanto quanto você estava no sábado à noite. Aliás... Você come muita proteína ou coisa assim? Espinafre? Como é a sua série na academia? Porque você tem um baita...

Olhei para Tom.

— T?

— O quê?

— A gente não vai discutir o tamanho do meu pau às sete da manhã de uma segunda-feira.

Ele jogou as mãos para o alto, se rendendo.

— Beleza. Justo, justo. Posso te perguntar de novo numa tarde de quinta-feira, se você preferir. Também prefiro falar do meu pau mais perto do fim de semana.

— Ou a gente pode não falar mais desse assunto. Nunca mais.

— É, ou nunca. Tranquilo. Só estou dizendo que entendo por que as garotas vivem falando de você. Se eu tivesse o que você tem, também seria galinha.

— Não sou mais galinha.

Tom abriu um sorriso bobo.

— Por causa dela?

Revirei os olhos e segui para a diretoria, onde teria minha conversa matinal com Weston. Não respondi ao Tom, mas eu sabia a verdade.

Sim, Tom.

Era por causa dela.

Eu me sentei diante da mesa de Weston, me jogando em uma cadeira bem mais confortável do que a de antes. O espaço parecia renovado, com novos móveis e um piso brilhante de madeira. Havia até um aromatizador de ar borrifando uma fragrância a cada trinta segundos, acabando com o cheiro de proteína da sala de Weston.

Nada mau, tio.

— Como você está hoje, Milo? — perguntou ele ao retirar os óculos.

Então ele se recostou na cadeira e abriu um sorriso largo.

— Já estive pior.

— Verdade. Conversei com todos os seus professores. Pelo jeito você vai passar em todas as matérias, o que é impressionante. A monitoria com a Srta. Evans parece estar dando resultado.

— Ela é boa no que faz.

Ele ergueu uma sobrancelha.

— Você acabou de elogiar alguém? Faz tempo que não escuto isso.

— Pois é. Sou um cara legal — respondi, seco.

Eu estava cansado. Tinha ficado acordado até altas horas estudando para a porcaria da prova de matemática que teria mais tarde.

Weston abriu seu sorriso idêntico ao da minha mãe, e senti uma fisgada no peito. Eu estava indo bem. Não pensava mais tanto assim nos mortos quanto pensava nos vivos, o que me causava uma leve sensação de culpa. Eu não tinha exatamente superado a tragédia que havia acontecido com minha mãe, porém o luto ficara mais silencioso. Era isso que acontecia com o luto? Ou ele devia continuar dominando meus pensamentos para que eu me lembrasse do quanto amava a pessoa que havia partido?

Merda.

Eu estava pensando em morte de novo.

— Ela estaria orgulhosa de você — declarou Weston.

Pelo jeito, ele também estava pensando nos mortos.

Dei de ombros, sem saber o que dizer.

— Como está o seu pai? — perguntou ele. — Eu ainda tenho a chave, então passei na sua casa outro dia e enchi a geladeira. Ele não estava lá.

E eu que tinha achado que meu pai finalmente havia tomado vergonha na cara e ido ao supermercado... Que ingenuidade a minha.

— Como ele está? — repetiu Weston.

Essa era uma pergunta complicada. Eu sabia que, se contasse a verdade, Weston ficaria preocupado. E sabia que ele perceberia se eu mentisse: eu não tinha como enganá-lo. Então optei pela verdade.

— Ele está pior do que eu — confessei. — E acho que não está melhorando.

Weston esfregou a nuca.

— Não existe um prazo fixo para uma pessoa melhorar.

— Mas e aí? Ele vai ficar assim para sempre?

— Espero que não. Mesmo. Mas, talvez, ele precise de alguma coisa que o ajude a sair da depressão.

— O fato de estar se medicando com bebida não ajuda.

— Não, não ajuda. Vou tentar marcar com ele essa semana. Vou dar um pulo lá e ver como posso ajudar.

Concordei com a cabeça no momento em que o sinal tocou. Peguei minha mochila e a pendurei no ombro.

— Sua sala ficou bonita. Gostei das luzes mais fortes.

— Não ficou bom? Durante a obra, nas últimas semanas, estava tudo horrível. Talvez o progresso seja assim mesmo. Talvez as coisas tenham que ficar estranhas antes de voltarem a melhorar.

Revirei os olhos.

— Valeu, Fred Rogers, vai com calma. Não precisa começar um discurso de série dos anos 1990.

Ele riu e se levantou da cadeira.

— Pega leve com o seu pai, tá? Se eu tivesse perdido minha cara-metade, também nem pensaria em respirar. Talvez ele precise que o filho dele o lembre que ainda existe ar puro por aí.

— Que palhaçada — murmurei, sentindo uma pontada de irritação. — Ele não me ajudou quando eu estava sufocando.

— O luto não leva em consideração a idade de uma pessoa. Ele afeta todo mundo de formas diferentes. Não estou falando que o seu pai está certo em lidar com as coisas desse jeito. Ele devia ter estado mais presente no último ano, isso é fato. Mas também não dá para esquecer todas as merdas pelas quais ele passou, merdas que a gente nunca vai entender. Ele serviu o Exército e perdeu alguns dos melhores amigos. Estava fora do país quando os pais morreram. Ele perdeu o amor da vida dele. São perdas demais para uma pessoa só, e essas coisas não ficam mais fáceis. Elas só se tornam mais pesadas.

Detestei ouvir aquilo, porque sabia que era tudo verdade. Eu queria me ressentir do meu pai pelo luto que ele estava sentindo. Queria gritar, berrar, jogar na cara dele que ele era um egoísta. Mas aí, de repente, eu me lembrava de ouvi-lo chorando no aniversário de morte da minha mãe. Eu via a tristeza quando ele se engasgava com as palavras.

O corpo dele se movia como se o luto controlasse seus movimentos.

Dava para perceber que estávamos passando por processos diferentes.

Eu tinha perdido minha mãe.

Ele tinha perdido sua melhor amiga, a outra metade da sua alma.

Esse tipo de perda não podia ser curado.

Talvez fosse melhor pegar leve com ele. Ainda assim, era difícil, porque eu também queria que ele estivesse do meu lado nos momentos difíceis. Mas esse era o problema da vida. Ela nunca era perfeita. Se fosse, minha mãe ainda estaria viva.

Esfreguei a nuca e assenti com a cabeça para Weston.

— Preciso de um bilhete explicando por que me atrasei para a aula.

Ele concordou e escreveu o bilhete para mim.

— Prontinho. Ah, Milo?

— Hum?

— Estou orgulhoso de você.

Abri um sorrisinho.

As palavras dele pareciam as da minha mãe.

Meus dias basicamente giravam em torno das aulas de inglês com Starlet. Ela era o ponto alto dos meus dias. Alguns meses antes, eu nem sabia que ela existia. Agora, não conseguia imaginar a vida sem ela.

Sentado ali na sala de aula, ouvindo um discurso chato do Sr. Slade e observando a linda Srta. Evans, fui tomado por uma sensação estranha de calma. Eu e Starlet tínhamos um segredo que ninguém ali poderia saber, que fazia com que eu me sentisse bem pra cacete. O único problema era que eu não conseguia parar de me perguntar quando minha boca encontraria a dela de novo.

— Peguem um lápis, pessoal. Dia de prova surpresa — anunciou o Sr. Slade.

A turma toda gemeu. Eu não fiquei muito preocupado, pois estava em dia com a porra da matéria toda.

— Precisa de um lápis? — perguntou Savannah.

Balancei a cabeça e ergui o meu. Foi então que tudo escureceu e o pânico tomou conta de mim. Agarrei as laterais da carteira sentindo a adrenalina percorrendo meu corpo. Quando falei que tudo tinha escurecido, eu quis dizer tudo mesmo.

— Caralho! — berrei, tentando me levantar da mesa, mas tropeçando nos meus próprios pés.

Esfreguei os olhos com as palmas das mãos, mas nada aconteceu. Então todo mundo ao meu redor começou a entrar em pânico. A voz de Savannah ecoou em meus ouvidos, assim como a do Sr. Slade e a de Starlet.

Starlet.

Eu não conseguia enxergá-la.

Eu não conseguia enxergar ninguém.

Eu não conseguia enxergar.

Não estou enxergando, não estou enxergando, não estou enxergando.

— Sr. Corti, levante-se agora — ordenou o Sr. Slade.

Pisquei algumas vezes com o peito apertado, e minha visão voltou. No começo, tudo estava embaçado, porém, quanto mais eu piscava, mais minha visão ia se ajustando. Então vi aqueles olhos castanhos ali, diante de mim, exibindo puro pânico. Starlet ofereceu a mão para me ajudar a ficar de pé.

— Que ótima maneira de tentar fugir da prova, Sr. Corti — declarou o Sr. Slade, ríspido.

Ele voltou a distribuir as provas, e Starlet continuou me encarando.

— Você está bem? — perguntou ela, a preocupação estampada em seu rosto.

Não respondi, porque não sabia o que dizer.

— O que foi aquilo? — perguntou Starlet, levantando-se com um pulo da cadeira quando entrei na biblioteca mais tarde naquele dia.

Ela veio correndo para me confortar, mas parou quando outra pessoa passou do outro lado das paredes de vidro da sala de estudos onde nós dois estávamos. Eu odiava que ela precisasse hesitar. Odiava não poder envolvê-la em meus braços e apertá-la.

— Nada. Tudo ficou escuro por um instante — expliquei, me sentando. — Revelei as fotos da viagem e…

— Como assim, tudo ficou escuro? — questionou Starlet, alerta e preocupada.

Ela sentou-se à minha frente, sem tirar os olhos de mim. Eu não sabia por que esperava qualquer coisa diferente dela. Eu tinha caído da porcaria da carteira e sofrido um ataque de pânico na frente da turma toda.

— Sei lá. Foi isso o que aconteceu. Ficou tudo preto. Não consegui enxergar nada por um tempo. Mas já melhorou. Está tudo bem.

— Não está nada bem — discordou ela. — Você já estava tendo dificuldade para enxergar na viagem. E percebi que você aperta muito os olhos. Acho melhor ir ao médico.

Eu ri.

— Não precisa se preocupar comigo, profe. Eu estou bem.

Ela esticou a mão sobre a mesa e tocou meu antebraço.

— Por favor, Milo.

A preocupação em sua voz fez meu peito se apertar um pouco.

— Você quer tanto assim me ver de óculos, é?

— Pode ser algum problema sério.

— Não é nada sério.

— Mas pode ser…

— Tá bom — falei, jogando as mãos para cima. — Se isso for deixar você mais tranquila, eu vou ao médico.

Ela assentiu.

— Vai me deixar, sim. Obrigada.

— A conversa séria já acabou? Quero te mostrar as fotos.

Ela se recostou na cadeira, tirando a mão do meu braço. Senti falta do seu toque quase que instantaneamente.

— Tá bom, quero ver como ficaram — disse ela, prendendo o cabelo atrás das orelhas.

Ela fazia isso quando estava nervosa. Era bem provável que continuasse preocupada comigo, mas eu ficaria bem.

Eu sempre estava bem — mesmo quando não estava.

— Star.

— Sim?

— Eu estou bem.

— Jura que você vai ao médico?

Seus olhos castanhos carinhosos me encaravam, enxergando minha alma, e foi então que aconteceu. Dizem que não é possível determinar o momento exato em que você se apaixona por alguém, mas eu conseguia identificar. Foi na sala de estudos da biblioteca pública, em uma tarde fria de inverno. Eu estava me apaixonando por Starlet Evans e sabia que não havia como voltar atrás.

Não, eu não estava me apaixonando apenas por causa da sua preocupação comigo. Mas porque ela se preocupava com... tudo e todos. Eu sabia que ela não estava agindo assim por me achar especial. Eu a via interagindo com alguns dos outros alunos. Eu a via oferecendo seu tempo e sua energia para ajudar todos que recorriam a ela. Starlet era a definição do amor, e eu estava me apaixonando mais por ela a cada segundo.

Quando eu olhava para ela, era preenchido por uma luz. Ela fazia isso com as pessoas. Trazia luz aos cantos mais sombrios da alma.

Eu queria contar para ela, mas sabia que era cedo demais.

Mas ele estava lá.

O amor tinha surgido, e eu sabia que ele só aumentaria com o passar do tempo.

Starlet era o tipo de garota por quem o amor só se fortalecia.

— Juro — falei para ela. — Juro pelo coração da minha mãe.

Seus lábios se apertaram, e aqueles olhos grandes piscaram algumas vezes até que ela concordou com a cabeça. Seus ombros relaxaram enquanto um sorrisinho se curvava em sua boca.

— Me mostra as fotos.

22

Milo

Meu pai passara as últimas semanas bebendo. Isso não era novidade. Ele não chegou nem a perguntar aonde eu tinha ido no fim de semana da viagem com Starlet. Era como se ele fosse um fantasma na maior parte do tempo, muito mais do que minha mãe, que de fato não estava mais neste mundo. Às vezes, ele passava direto por mim na cozinha para pegar outra cerveja, me assombrando com sua semipresença.

A pilha de contas em cima da bancada estava ficando cada vez mais alta. Durante uma época, achei que ele continuava indo para o trabalho e agindo como um funcionário de merda, porém, conforme os meses foram passando, ficou claro que meu pai não tinha condições de cumprir um expediente em horário integral.

Ele estava oficialmente se perdendo na depressão e no alcoolismo, e eu não sabia qual seria o próximo passo ou a próxima fase da sua história. Em certas noites, eu tinha medo de voltar para casa e encontrá-lo morto em uma poça de mijo e cerveja. Odiava esses pensamentos, porque não sabia se meu coração aguentaria outro baque desses. Parecia egoísmo pensar assim, mas, apesar de não sermos mais próximos, eu tinha mais lembranças boas do que ruins do meu pai.

Ele foi o homem que me ensinou a andar de bicicleta.

O cara que me ensinou a dirigir carros com câmbio manual.

Ele me ensinou a tocar saxofone e a gostar de jazz.

Ele costumava me dizer o quanto se orgulhava de mim todas as noites, até o dia em que minha mãe morreu.

Antes da tragédia, meu pai era meu herói. O homem que eu mais admirava. Ele era o protetor da nossa família, e eu tinha quase certeza de que poderia resolver qualquer problema caso algo desse errado. Se eu o perdesse... se ele perdesse a batalha contra a depressão e se fosse... Era quase certo que eu também perderia o que ainda restava de mim.

Quando entrei em casa naquela noite, ele estava acordado, sentado no sofá, comendo uma pizza queimada e assistindo ao jornal.

Larguei minha mochila na poltrona da sala e assenti com a cabeça, olhando para ele.

— Oi.

Ele resmungou qualquer coisa e assentiu também em resposta.

— Preciso do meu cartão do plano de saúde — falei. — Para marcar uma consulta e fazer um exame de vista.

— Tá, tudo bem. — Ele coçou o cabelo despenteado e depois a barriga de chope. — Vou pegar para você.

— Você sabe quais médicos atendem pelo plano? Preciso marcar uma consulta.

Ele estreitou os olhos, pensando, e balançou a cabeça.

— Não. A sua mãe geralmente... — Aconteceu de novo. Suas palavras se embolaram com o luto. — Vou procurar o cartão e vejo isso — disse ele.

— Valeu.

Fiquei parado ali por um minuto, encarando o homem que não se parecia mais com o meu pai, e, pela primeira vez em muito tempo, não o odiei... Fiquei me sentindo mal por ele. Dava para ver que a vida o havia feito passar por poucas e boas, e que agora ele mal conseguia respirar.

Talvez eu tivesse esperado demais dele.

Talvez, por ter passado a vida inteira o admirando, eu achasse que ele era mais forte do que de fato era.

Só que, no fim das contas, nossos pais também eram seres humanos. O coração deles provavelmente tinha sofrido muito mais traumas que o nosso.

Eu não sabia como reagiria se tivesse perdido o amor da minha vida.

Não sabia como conseguiria me recuperar.

Então, naquela noite, peguei leve com ele. Não insisti para que ele fosse o pai que eu havia conhecido. Não falei que ele estava sendo um pai de merda. Em vez disso, entrei na internet e comecei a procurar empregos de meio expediente, para talvez ajudar com as contas.

— Ele vai ficar bem — murmurei no meu quarto depois de me inscrever em quinze vagas de emprego. — Só cuida dele, mãe — pedi.

Eu não sabia se acreditava em Deus, mas acreditava na minha mãe. Então, quando eu rezava, era para ela. Se havia alguém capaz de atender às minhas preces pecaminosas, eu sabia que seria ela.

Um momento.

Uma situação.

Uma frase.

Era o que bastava para o mundo de uma pessoa virar de cabeça para baixo.

Algumas semanas depois, consegui marcar uma consulta para fazer o exame de vista. Esperava ter boas notícias, mas as coisas permaneciam na mesma. Pelo menos não houve mais apagões como o que ocorrera na aula do Sr. Slade. Eu não queria ouvir mais nenhum sermão de merda dele sobre eu estar fingindo que tinha problemas de visão.

— Então você está tendo dificuldades para enxergar? — perguntou a optometrista enquanto eu me sentava na frente de uma mesa com uma máquina que sopraria vento nos meus globos oculares.

— Aham. Acho que preciso de óculos.

— Maravilha. Você veio ao lugar certo. Vamos só fazer alguns exames e aí podemos conversar.

Eu nunca tinha ido a nenhuma consulta médica sozinho. Minha mãe sempre me levava, e meu pai não estava em condições de me acompanhar. Eu ainda estava surpreso por ele ter encontrado meu cartão do plano de saúde.

Os exames não doeram. Eu tinha certeza de que iria preferir lentes de contato a óculos, mas teria que comprar uma armação mesmo. Fiquei me perguntando quais Starlet iria preferir em mim. Quando eu tinha virado esse idiota que se preocupava com o que outra pessoa ia achar da minha aparência? As coisas estavam ficando esquisitas pra caralho quando se tratava dos meus sentimentos por Starlet.

Embora a gente não pudesse se tocar, se beijar nem fazer nenhuma das coisas que eu sonhava em fazer com ela, nossa conexão parecia ficar cada vez mais intensa. Nunca na vida eu tivera tanta vontade de estar com outra pessoa. A gente nem precisava fazer nada. Só de estar no mesmo lugar com ela já era suficiente para acalmar as partes mais atordoadas da minha mente.

— Milo? — chamou a optometrista depois de analisar o resultado dos exames. — Vamos voltar ao consultório para conversar?

Entrei no consultório atrás dela. Ela sorriu para mim, mas seu sorriso parecia triste. Do tipo que as pessoas exibiam ao oferecer condolências.

— Estou muito cego? — brinquei ao me sentar na frente dela.

O sorriso desapareceu do rosto dela, e sua testa se franziu.

Meu estômago se revirou.

Ela pigarreou e virou seu monitor para mim.

— Está vendo esta foto? É assim que deveria ser, mas a realidade é outra. — Ela trocou a foto. — Essa é a que a gente fez agora.

A diferença entre as duas fotos era chocante. Eu não sabia o que aquilo significava, mas, pela reação dela, não era nada bom.

— Então eu preciso de lentes bem grossas? — perguntei.

Ela franziu ainda mais a testa e entrelaçou as mãos.

— Milo, acredito que você tenha uma condição chamada retinose pigmentar. É uma doença ocular rara que…

— Doença ocular? — eu a interrompi. — Como assim, uma doença ocular?

Ela fez uma pausa, pegou um lápis e fez algumas anotações.

— Podemos fazer mais exames para confirmar se é isso mesmo, mas não temos os equipamentos aqui. Aqui está o nome de um oftalmologista excelente. Ele poderá fazer exames complementares, como eletrorretinografia e autofluorescência de fundo de olho, entre outros.

Ela continuou falando, mas meu cérebro desligou.

Sua boca se movia e palavras saíam dela, mas eu não conseguia processar o que era dito. As palavras "doença ocular" eram as únicas que ecoavam na minha cabeça. Eu não conseguia entender o que isso significava nem sabia como lidar sozinho com aquela situação.

Eu devia estar fazendo perguntas, mas era minha mãe quem sempre assumia esse papel. Eu devia ligar para o meu pai, mas ele não ia me atender.

— Estou ficando cego? — perguntei, engasgando com as palavras.

O sorriso triste dela voltou, mas ela não me respondeu.

— O oftalmologista vai poder dar mais respostas. Quando você for, vai precisar que alguém te busque, porque suas pupilas vão estar dilatadas depois dos exames.

Ela continuou falando várias merdas, mas eu estava em outro planeta.

Era apenas meio-dia, e eu poderia ter voltado para a escola para assistir às aulas da tarde, mas meu pai tinha pedido que me liberassem pelo restante do dia por causa da consulta. Mandei uma mensagem para Starlet avisando que a encontraria para a monitoria na biblioteca.

Cheguei à sala de estudos três horas antes dela. Fiquei sentado lá mexendo no celular, pesquisando sobre retinose pigmentar na internet. Quanto mais eu pesquisava, mais assustador aquilo se tornava. Os sintomas iniciais eram coisas que eu havia sentido nos últimos anos. Problemas de visão noturna, dificuldades na visão periférica, apagões temporários.

Os sintomas avançados foram os que mais me apavoraram. Perda de visão. Cegueira.

Eu estava enjoado. Queria gritar, berrar, xingar um Deus no qual não acreditava. Mas, em vez disso, fiquei quietinho na sala de estudos da biblioteca silenciosa, encarando a tela do meu celular. A cada segundo, ficava mais e mais entorpecido diante da realidade que se apresentava à minha frente.

Cego…

Eu estava ficando cego.

Um momento.

Uma situação.

Uma frase.

Era o que bastava para o mundo de uma pessoa virar de cabeça para baixo.

23

Starlet

— Você nunca chega antes de mim. Acho que está precisando faltar mais à escola para aparecer na hora, hein? — brinquei ao entrar na sala de estudos e dar de cara com Milo.

Ele sorriu para mim, mas havia algo estranho. O sorriso não apagou o desânimo em seu olhar. Alguma coisa o incomodava.

Apaixonar-se por alguém tinha este efeito: você passava a notar cada detalhe sobre a pessoa. O que significava que sabia dizer quando havia algum problema.

— O que foi? — perguntei, tirando a bolsa do ombro.

— Nada. Estou cansado, só isso.

— Como foi o exame de vista?

— Tudo bem — respondeu ele com um sorriso tímido. — Como você está?

Estreitei os olhos e tentei de novo:

— Como você está?

Ele riu, mas não era sua risada normal. O som me deixou desconfiada.

— Você não pode responder a uma pergunta com outra pergunta.

— Claro que posso. — Eu me sentei. — Você está feliz hoje?

As palavras dele me disseram que sim. Seu sorriso me disse que não. De toda forma, se eu tinha aprendido alguma coisa sobre Milo, era que não podia forçá-lo a se abrir até que ele se sentisse pronto para isso.

— Já fiz quase todos os deveres de casa da semana — contou ele. — Eu podia ter avisado por mensagem, mas meio que só queria ver você.

Frio na barriga.

Tanto frio na barriga.

— Ah, tudo bem. Bom, o que vamos ficar fazendo durante uma hora então?

— Bom, pode parecer meio bobo, mas… — Ele se inclinou para a frente e entrelaçou as mãos. — Podemos ficar só olhando um para o outro por um tempinho?

— Milo. O que houve?

— Nada. Está tudo bem.

— Você está mentindo.

— É, estou.

— Me conta qual é o problema.

Sua voz falhou, e ele pigarreou. Seus olhos ficaram vidrados e foram tomados de emoção.

— Star — sussurrou ele.

— O quê?

Ele abriu a boca, mas hesitou. Sua sobrancelhas baixaram, e jurei ter visto um lampejo de tristeza em seu olhar, que desapareceu tão rápido que fiquei até na dúvida se realmente tinha acontecido.

— O que foi? — questionei.

— Acho que estou ficando cego.

Fiquei paralisada por alguns segundos até conseguir falar.

— O que você falou?

— Acho que estou ficando cego.

Ele repetiu as mesmas palavras, e elas continuaram não fazendo sentido.

— Desculpa, o quê? — perguntei de novo.

— Estou ficando…

— Não está, não — eu o interrompi.

Minha voz falhou.

Meu coração se partiu.

Milo fez uma cara triste, olhou para as próprias mãos, depois voltou a me encarar.

— Existe uma doença chamada retinose pigmentar. Fiquei sabendo na consulta. Preciso me consultar com um especialista para receber um diagnóstico oficial, mas tenho certeza de que tenho isso. E, com o tempo, minha visão só vai piorar.

— Então você não tem certeza? Não tem nada confirmado?

Ele sorriu, mas não era um sorriso feliz. Era o sorriso mais triste que eu já tinha visto.

— Está tudo bem, Star.

— Não está, não — rebati, séria.

— Está, sim — afirmou ele com calma.

Soltei uma risada engasgada, cheia de tristeza.

— Cala a boca, Milo.

— Star...

— Não! — gritei. — Você está bem. Você falou que a consulta tinha sido boa quando eu perguntei. Você falou! Foi isso que você me disse.

— Não chora.

— Não estou chorando.

— Está, sim.

Ah.

Mas como eu poderia não chorar? Como eu poderia permanecer forte enquanto ele me dava a notícia mais triste que eu já tinha ouvido? Como eu poderia ficar bem?

— Amiga secreta, nova regra — pediu ele. — Nada de chorar quando você ficar sabendo que o Milo vai ficar cego.

— Não me venha com essa de amiga secreta.

— Vou fazer isso, sim, porque não vou aguentar ver você chorando sem desmoronar junto, e eu não posso desmoronar. Não hoje, pelo menos. Por favor.

Enxuguei as lágrimas e me esforcei ao máximo para me controlar. Porque, depois que uma regra de amizade secreta era criada, nós tínhamos de segui-la — mesmo sendo difícil.

Suspirei.

— Com quantos médicos você ainda precisa se consultar?

— Só com mais um.

— Você devia procurar outros. Devia ouvir algumas opiniões.

O sorriso dele continuava arrasado.

— Um vai ser suficiente — prometeu ele.

— Mas...

— Um vai ser suficiente, Star.

Dei um passo na direção dele, balançando a cabeça, sem acreditar.

— O que o seu pai falou?

— Ele não sabe. Ninguém sabe. Só você.

— Milo... você precisa contar para ele. Você não pode enfrentar isso sozinho.

— Não estou mais enfrentando isso sozinho. Eu contei para você.

Eu queria brigar com ele. Queria dizer que era egoísmo da parte dele não compartilhar essa informação com mais ninguém, mantê-la apenas entre nós. Mas eu não conseguia fazer isso, porque a única coisa que queria era oferecer meu apoio.

Funguei.

— Como eu posso ajudar?

Os olhos de Milo transbordavam de emoções, e ele pigarreou algumas vezes, então piscou repetidamente. Quando seu olhar encontrou o meu, o sorriso em seu rosto não parecia mais tão arrasado assim. Parecia carinhoso e seguro.

— Você pode ficar sentada aqui comigo por um tempo para eu ficar te olhando? — pediu ele. — Quero olhar mais para minhas coisas favoritas na vida. Só por uns dez minutos.

Meu Milo... meu amigo secreto favorito.

Levei a cadeira até o lado dele, colocando-a bem à sua frente, e me sentei. Com as mãos trêmulas, alisei minha roupa, pigarreei e o encarei. Olhei em seus olhos verde-acastanhados lindos, lindos.

Não falamos nada enquanto nos encarávamos.

Palavras não eram necessárias, porque tudo o que ele queria era passar dez minutos olhando para mim.

Dez minutos depois, ainda estávamos ali.

Eu queria chorar.

Não chorei.

Eu queria gritar.

Nem sussurrei.

Estiquei a mão na direção da dele, e ele a segurou. Ficamos de mãos dadas por mais uns dez minutos. Notei um leve tremor no canto de sua boca, mas ele pigarreou para afastar o nervosismo. Eu queria poder entrar na mente de Milo e ler seus pensamentos solitários. Queria poder perder a minha visão no lugar dele.

Não parecia justo. Não parecia certo.

Ele estava melhorando aos poucos.

Ele estava aprendendo a respirar de novo.

Como o mundo ousava tentar sufocá-lo outra vez?

Quando saímos da biblioteca, me ofereci para levá-lo para casa, já que ele não podia dirigir à noite. Ele recusou a oferta argumentando que o ar fresco lhe faria bem.

— Além do mais, o que as pessoas iam pensar, profe? — sussurrou ele, enfiando as mãos nos bolsos. — Imagine o que seria se nos vissem juntos no carro...

Ele tinha razão.

Eu odiava saber que ele tinha razão.

Seus lábios se curvaram em um sorriso minúsculo.

— Não precisa ficar triste, Star.

Eu ri, balançando a cabeça, parada em frente ao meu carro.

— Não vem me consolar quando sou eu quem deveria consolar você.

— Você está me consolando.

— Como?

— Só por existir.

Ele deu um passo na minha direção. Parecíamos estar perto demais um do outro, mas não me afastei. Meus sentimentos por aquele homem só ficavam mais fortes conforme ele se aproximava, e eu queria sentir tudo. Ele era como uma onda quebrando no meio de um deserto. Refrescante e proibido.

Sua boca abriu, e eu pude sentir suas mãos roçando nas minhas. A voz de Milo era baixa quando ele falou:

— Um dia, vou amar você a plenos pulmões, e vai ser o melhor dia da minha vida.

— Milo...

— Eu prometo, Starlet. Eu prometo.

E foi exatamente aí que meu amor por Milo Corti começou.

Depois que ele foi embora, entrei no carro e fiquei sentada ali por um tempo, sem ligar o motor. Então desmoronei, chorando copiosamente, sem entender por que a vida precisava ser daquele jeito.

Voltei para casa e passei o resto da noite pesquisando sobre retinose pigmentar.

Eu não conseguia dormir. Minha mente estava a mil por hora. Eu mal conseguia imaginar como estariam os pensamentos de Milo.

Por volta das duas da manhã, mandei uma mensagem para ele.

Starlet: Tudo bem?

Torci para que ele estivesse dormindo, mas recebi uma resposta poucos segundos depois.

Milo: Tudo bem.

Milo: Vai dormir, profe.

Suspirei.

Tudo bem.

24

Milo

Eu me perguntava como as pessoas viam o mundo. O que elas viam que meus olhos tinham perdido? Eu me perguntava se já tinha visto o mundo como ele deveria ser visto. Eu nunca soubera que tinha um problema, o que provavelmente só havia complicado as coisas. Eu simplesmente partia do princípio de que todo mundo enxergava a vida da mesma maneira.

Como era o azul para os outros? E o verde? Até que distância eles conseguiam testemunhar o mundo? Quais eram as suas expectativas em relação à vida e como eu tinha passado tanto tempo sem saber que era diferente?

De repente, parecia que eu estava enxergando tudo de outra maneira. Passava mais tempo olhando para as coisas, para os animais, as pessoas, as plantas. Analisava os objetos como nunca tinha feito antes. Quando você descobre que pode perder a visão para sempre, passa a enxergar a vida com outros olhos — por mais clichê que isso fosse. A questão era que eu não sabia se estava enxergando o que deveria enxergar.

Também desencavei uma caixa de fotos que ficava no fundo do meu armário. Era um monte de fotografias da minha família. No último ano, sempre que a saudade da minha mãe apertava, eu pegava as fotografias antigas. Poder vê-la nas fotos, olhar para aquele seu sorriso, me ajudava a enfrentar alguns dos dias mais difíceis.

A ideia de um dia perder essa fonte de conexão com ela me deixava apavorado. Eu não queria esquecer o sorriso dela. Os olhos dela. *Ela.* Eu tinha pavor de esquecê-la.

Quando o dia da consulta com o especialista chegou, dei um jeito de convencer meu pai a me levar até a clínica e ficar me esperando na recepção até eu terminar os exames. Quando entrei na sala, fiquei enjoado. Eu já sabia o que estava por vir, e, mesmo assim, estava morrendo de medo de ouvir as palavras saindo da boca do médico.

Parecia que tudo se movia em câmera lenta e em uma velocidade acelerada ao mesmo tempo. Eu não conseguia me acalmar e estava incomodado, sentindo meus olhos cansados pelos inúmeros exames e por ter as pupilas dilatadas.

Eu piscava sem parar, tentando ignorar a estranheza da situação.

Então me deixaram sozinho na sala de exames por uns instantes.

Fiquei sentado ali, sentindo uma solidão gritante. Eu sabia que, quando o médico voltasse, traria o resultado dos exames. Mas tinha minhas dúvidas se estava pronto para ouvir as palavras que me dariam o diagnóstico.

Ele retornou com um sorriso que dizia tudo que eu precisava saber.

— Então — começou ele. — Já temos os resultados... mas, primeiro, tem algum parente esperando na recepção que você queira que esteja aqui para ouvir o diagnóstico também?

Era uma forma gentil de dizer: "Você está ficando cego, então vai precisar de uma rede de apoio."

— Meu pai está lá fora — respondi.

Ele assentiu.

— Se você quiser, pode ir buscá-lo.

Eu me sentia um idiota, querendo que meu pai estivesse no consultório comigo. Eu já era adulto, podia lidar sozinho com aquilo, mas uma parte de mim queria o apoio dele.

Só que eu preferia que minha mãe estivesse comigo. Fiquei me perguntando se algum dia eu deixaria de desejar que minha mãe estivesse comigo.

Sem pensar muito, me levantei da cadeira e fui buscar meu pai na recepção. Olhei ao redor e notei que ele não estava mais me esperando.

Eu o procurei no banheiro, mas todas as cabines estavam vazias. Mandei mensagem, mas não recebi resposta. Saí para ver se talvez ele estivesse fumando lá fora, mas meu estômago se embrulhou quando passei os olhos pelo estacionamento e não encontrei seu carro.

Antes de voltar para a clínica, tirei o celular do bolso e abri meus contatos. Meu dedo pairou sobre o nome de Starlet por alguns instantes. Era ela quem eu queria naquele momento. Era dela que eu precisava. Mas ela estava fora de cogitação, para seu próprio bem. Se eu ligasse, ela viria. Eu não tinha dúvidas disso. Mas não podia destruir a vida dela só porque a minha era uma bosta. Eu nunca causaria mal nenhum a ela se pudesse evitar. Ainda assim, desejei que Starlet estivesse ali comigo. Ela era boa em fazer as coisas ruins doerem um pouco menos.

Guardei o celular e voltei para a clínica me sentindo um completo idiota, então me sentei na cadeira em que estava antes e pigarreei.

— Desculpa. Houve um imprevisto, e ele precisou ir embora.

Vergonha não era o suficiente para expressar como eu me sentia.

Eu me sentia sozinho.

Eu estava sozinho.

E prestes a perder a visão.

Meu pai não voltou para me buscar. Acabei pedindo um carro de aplicativo para voltar para casa e, quando cheguei, não o encontrei me esperando. Passei horas inconformado. Como aquele babaca não conseguia ser responsável por mais de quinze minutos? Ele não se deu ao trabalho de ficar comigo quando eu mais precisei.

Minha raiva só foi aumentando conforme o tempo passava, porque, por algum motivo, era mais fácil ficar revoltado com meu pai do que lidar com a realidade da minha situação.

Eu o odiava.

Sabia que devia pegar mais leve com ele, como Weston havia aconselhado, mas estava pouco me fodendo.

Ele era um escroto que não me deu apoio nenhum.

Quem devia ter morrido era ele.

Essa foi uma das coisas mais sombrias que já passaram pela minha mente, e me senti um babaca por sequer pensar isso. Mas havia passado pela minha mente, sim. E me sentia ainda pior por acreditar nisso. Que tipo de monstro eu era? Como eu podia pensar uma coisa dessas? O que isso dizia sobre o meu caráter?

Quando meu pai entrou em casa trançando as pernas às sete da noite, estava completamente bêbado. Quando vi o estado dele, senti a raiva borbulhar dentro de mim. Ele havia pegado o carro nesse estado. Como pôde ser tão egoísta? Parecia que não se importava com as pessoas na rua. Ele poderia ter matado alguém no volante naquelas condições.

Foi assim que Starlet perdeu a mãe. Uma pessoa tinha pegado o carro achando que estava bem quando obviamente não estava. Pessoas como meu pai eram o motivo pelo qual pessoas como Starlet tinham perdido seus entes queridos.

Ele largou as chaves segundos depois e coçou a barba desgrenhada. Quando ergueu a cabeça, seus olhos estavam injetados. Ele parecia um morto-vivo.

— Você me largou lá — murmurei.

Eu nem sabia por que estava falando com meu pai, já que era nítido que ele não tinha condições de responder.

— Desculpa. Saí para beber alguma coisa e, quando voltei, você já tinha ido embora.

— Você não me ligou.

— Minha bateria acabou. Esqueci de carregar o celular.

— Onde você estava esse tempo todo? A consulta acabou faz horas

— Mas o que é isso? Você está me interrogando? O pai aqui sou eu, garoto.

Ele esbarrou em mim enquanto seguia até a cozinha e lá abriu a geladeira para pegar outra cerveja. Isso era tudo de que ele não precisava — mais veneno para sua alma.

Talvez eu fosse um hipócrita, levando em consideração que também bebia. De qualquer forma, eu não bebia como ele.

Nunca como ele.

— Enfim, como foi a consulta? — perguntou ele, se jogando na poltrona da sala.

Ele soltou um arroto ao abrir a lata e tomou um gole demorado.

Eu o encarei por um bom tempo, pensando no que deveria contar.

Vou ficar cego, pai, e estou com medo. Vou ficar cego, pai, e preciso de você. Vou ficar cego, pai, e não sei lidar com isso sem a sua ajuda. Vou ficar cego e sinto falta da minha mãe. Sinto tanta falta dela que só de respirar dói. E sinto ainda mais a sua falta, apesar de você estar aqui comigo.

Era isso que eu queria dizer.

Eram essas as verdades que eu desejava anunciar.

Em vez disso, falei:

— Bem. Vou fazer meu dever de casa.

— Ótimo — disse ele. — Não vai vacilar com as suas notas, hein? Não quero um filho burro.

Não respondi, porque sabia que não era meu pai quem estava falando, e sim um homem assombrado pelos próprios demônios. Eu o observava desmoronar dia após dia, e não havia nada que pudesse fazer para ajudá-lo.

Naquela noite, dormi com as luzes acesas. Quando o alarme tocou pela manhã, continuei sentindo apenas a escuridão.

Quando cheguei ao lago para assistir ao nascer do sol, fiquei surpreso ao encontrar uma pessoa sentada no meu banco. Quando cheguei mais perto, ela se virou para me encarar, me fazendo sentir uma pontada no peito. Lá estava ela, sentada no meu lugar mais sagrado, esperando por mim.

O alívio que me inundou parecia um bálsamo para minha alma cansada. Como Starlet sabia? Como ela sabia que eu precisava do apoio dela naquela manhã? Meus olhos ardiam, e meus joelhos quase cederam enquanto eu seguia em sua direção.

Abri um sorriso discreto, quase com vergonha de demonstrar o quanto sua presença significava para mim.

— Oi, profe.

Starlet estava agasalhada e esfregava as mãos.

— Bom dia.

— O que você está fazendo aqui?

— Ouvi dizer que este é o melhor lugar para assistir ao nascer do sol.

— Assino embaixo. É mesmo. — Sentei-me ao seu lado, tão perto que nossos braços roçaram um no outro. O lago estava semicongelado. Algumas partes tinham água, enquanto outras eram puro gelo. Não demoraria muito para a primavera chegar e degelar tudo. — Como você encontrou este lugar? — perguntei, sem saber como Starlet havia chegado até ali.

— Você me disse que gostava de um lugar que ficava escondido do mundo, então passei um tempo procurando até que encontrei o banco com as iniciais dos seus pais. Foi aí que soube que tinha achado o lugar certo.

Meus dedos tracejaram lentamente as letras. Eu sempre me perguntava o que meus pais estavam sentindo no momento em que entalharam seus nomes na madeira.

— Você ficou pesquisando na internet? — perguntei.

— Não — respondeu ela de imediato. — Isso seria ridículo.

Arqueei minhas sobrancelhas.

Ela suspirou.

— Pesquisei, sim.

— Imaginei que sim.

Ela se virou para mim e tocou minha perna.

— Milo, você vai ficar bem. Não importa o que aconteça, nós vamos encontrar a melhor forma de você se adaptar.

Nós.

Ela havia dito aquilo com tanta naturalidade, como se não planejasse ir a mais nenhum outro lugar. Nunca houvera na minha vida um momento em que precisei tanto ouvir a palavra "nós" como aquele.

Dei uma risadinha e assenti.

— Vai dar tudo certo — falei, repetindo a frase que ela me contara que seu pai sempre dizia.

— Sim, isso mesmo. Vai dar tudo certo.

— Estou com medo — confessei.

— Eu entendo — respondeu ela. — Também estou com medo.

Baixei a cabeça e encarei minhas mãos.

— Não quero ser um fardo na sua vida, Starlet. Não quero que você sinta que precisa ficar pesquisando as coisas nem nada. Consigo lidar com isso sozinho.

— Eu sei que você consegue — concordou ela. — Mas isso não significa que precisa.

— Você é a melhor coisa que já aconteceu na minha vida. — As palavras saíram da minha boca com tanta naturalidade que pareciam ter sido feitas apenas para os ouvidos dela.

Os olhos de Starlet ficaram marejados de lágrimas, então ela se inclinou na minha direção e apoiou a cabeça no meu ombro. Ficamos ali na escuridão, esperando o sol nascer. O silêncio imperou por um tempo até que eu disse:

— O médico sugeriu que eu comece a usar uma bengala para não esbarrar nas coisas.

— É uma boa ideia.

— Ainda não estou cego. As pessoas vão achar que fiquei doido.

— Desde quando Milo Corti se importa com o que as pessoas pensam?

Sorri.

— Desde que ele descobriu que está ficando cego. Acho que não preciso de bengala. Não agora. No fim das contas, pode levar anos até que eu perca completamente a visão.

Ela se empertigou no banco e inclinou a cabeça.

— O que mais te assusta nessa situação toda?

— Agora, só duas coisas, na verdade. Não conseguir ver o nascer do sol e não conseguir ver você.

Starlet levou as mãos até meu rosto e me puxou em sua direção. Seus lábios encontraram os meus, e ela me beijou com delicadeza. Apoiou a testa na minha e, fechando os olhos, sussurrou:

— Eu te vejo, Milo. Mesmo com os olhos fechados.

Fechei os meus e suspirei.

— Eu te vejo também.

Assistimos juntos ao nascer do sol, que pareceu ainda mais intenso naquela manhã.

— Sabe o que eu mais gosto no nascer do sol? — perguntou ela.

— O quê?

— Mesmo quando não conseguimos vê-lo, ainda conseguimos senti-lo. Ele ainda se mostra para a gente. Tem uma vibração no ar, como mágica agitando a atmosfera ao redor. O calor do sol atinge nossa pele depois de passar tanto tempo restrito pela noite. A pele quase consegue sentir cada uma das cores. — Ela fechou os olhos e levantou a cabeça para o céu. — Amarelo, laranja, azul e roxo. É como se o nascer do sol explodisse sobre nós. — Seus olhos se abriram. Ela sorriu, se virando para mim, e continuou: — Você não precisa ver o sol nascer para testemunhar a beleza dele. Dá para sentir na alma.

Apoiei a testa na dela e beijei sua boca devagar.

— Você parece o sol para mim — sussurrei.

Era ela quem me aquecia.

Sua boca se abriu contra a minha enquanto ela falava:

— Posso voltar para te fazer companhia amanhã?

— E depois de amanhã — falei para ela. — E depois de depois de amanhã...

E depois disso também.

25

Starlet

Tirei seis no meu trabalho de inglês.

Minha mãe teria ficado decepcionada. A Starlet que eu era algumas semanas atrás ficaria decepcionada com sua versão atual. Mas, ultimamente, eu me sentia desconectada dos estudos e de quem sempre fui. Não conseguia parar de pensar na possibilidade de as minhas escolhas de vida não serem realmente minhas. Será que eu estava tentando reproduzir o legado da minha mãe inconscientemente? Será que estava tentando ser uma cópia da mulher que eu amava acima de tudo porque sentia uma saudade enorme dela? Estaria eu prestando um desserviço a mim mesma ao me esforçar tanto para honrá-la? Ela ia querer mesmo isso para mim? Ia querer que eu me perdesse em uma tentativa de reencontrá-la?

Essa era uma conversa complicada, e que eu tinha comigo mesma, porque, se eu não era quem pensava ser, então quem eu era? Do que eu gostava? Do que precisava? O que me deixava feliz? Eu achava que levaria alguns anos até que encarasse uma crise de meia-idade. A verdade era que eu achava que evitaria qualquer crise porque já tinha tudo planejado nos mínimos detalhes. Isso é, até eu conhecer Milo Corti, a pessoa que virou meu mundo de cabeça para baixo. Ou será que meu mundo estava virado de cabeça para baixo o tempo todo e ele havia sido responsável por endireitá-lo pela primeira vez em anos?

Whitney não me perguntou mais sobre Milo. Porque eu dei a entender que nós dois tínhamos nos afastado. Eu não estava mentindo sobre minha relação com Milo, mas não compartilhava toda a verdade com minha amiga.

Omitir a verdade é mentir, Starlet.

Minha cabeça estava em um eterno cabo de guerra entre o que era certo e o que era errado. Eu tentava não pensar muito nas coisas, porque sabia que a culpa tomaria conta de mim. Em alguns dias, quando eu me olhava no espelho, não reconhecia a pessoa que me encarava de volta. Era como se eu tivesse múltiplas personalidades. Estava deixando de ser a garota boazinha que sempre fui e me tornando alguém diferente, o que me assustava.

Eu me perguntava se minha mãe teria orgulho das mudanças pelas quais eu passava ou se ficaria decepcionada com o quanto eu estava me desviando do meu caminho original. Eu me perguntava se ela teria vergonha do meu comportamento. Eu não estava agindo como ela agiria, e isso fazia com que eu me sentisse tão culpada que era difícil lidar com meus sentimentos. Nos momentos em que permitia que minha mente desacelerasse, quando eu conseguia ficar emocionalmente sóbria, era atingida por uma vergonha e um remorso avassaladores.

Minha mãe jamais se apaixonaria pelo garoto proibido.

Jamais faria sexo casual.

Jamais iria a uma festa de fraternidade.

Teria sido melhor do que eu e iria querer que eu fosse melhor.

A verdade era que eu sabia o que deveria fazer. Eu deveria me afastar de Milo. Nunca deveria tê-lo deixado se aproximar tanto. Eu era mais esperta do que isso. Eu era a garota responsável que sempre havia feito a coisa certa. Mas parecia que minha mente desligava quando nós estávamos juntos, Milo e eu. Eu só queria ficar perto dele. Tocá-lo. Abraçá-lo. Ajudá-lo a lidar com as dificuldades pelas quais estava passando. Era muito assustador o quanto eu tinha passado a me importar com ele em tão pouco tempo. Era assustador perceber que eu estava com dificuldade de me concentrar na minha própria vida porque só conseguia pensar na possibilidade de uma vida com Milo depois que ele se formasse.

Quando eu finalmente juntava coragem para tentar afastá-lo de mim, chegava à biblioteca e me deparava com seu olhar. Seus lábios sorriam, e ele dizia: "Oi, profe." Então a coragem desaparecia. Eu sabia que estava brincando com fogo, mas, por algum motivo, não tinha medo de me queimar.

Além disso, ele fazia com que eu me sentisse viva. Eu não sabia o que era me sentir viva desde antes de minha mãe morrer. Havia passado anos entorpecida, agindo no automático, tentando abafar meu luto me tornando perfeccionista. Na minha cabeça, talvez eu não pudesse controlar a morte, mas poderia controlar minha vida com regras rígidas. Mas, por algum motivo, essa possibilidade foi destruída no instante em que eu conheci Milo.

Eu não sabia que era possível gostar tanto de outra pessoa. Olhando para trás, vejo que eu mal deixava John se aproximar de mim. Ele era apenas uma peça no jogo de xadrez que eu achava que era a minha vida. Todos os meus movimentos tinham o objetivo de me proteger — de proteger a dama de se machucar de novo.

Talvez por isso eu me esforçasse tanto para me transformar na minha mãe — porque, se eu fosse ela, não poderia me magoar. Se eu fosse eu mesma, minha versão autêntica e verdadeira, poderia me ferir. Poderia desmoronar. Poderia sentir uma tristeza profunda pelas coisas mais difíceis, e essa possibilidade me apavorava.

Era assustador me apaixonar por Milo, porque a vida não prometia que tudo iria ficar bem. Ela não prometia nada. Se a vida fizesse promessas, Milo estaria bem. Ele não passaria por um problema tão grave, que parecia tão injusto.

Ele está ficando cego.

Meu peito doía só de pensar no diagnóstico.

Tudo que eu queria era garantir que ele fosse ficar bem, e isso fazia com que eu pensasse muito nele. Embora ele não tocasse no assunto com frequência, eu sabia que a possibilidade de perder a visão dominava seus pensamentos. Os meus também. Quanto mais tempo passávamos juntos, mais conectados nos tornávamos. Quanto mais ele sofria, mais meu coração se partia.

Eu passava horas pesquisando clínicas especializadas. Buscando ensaios clínicos em andamento pelo país e lendo todos os artigos científicos publicados sobre retinose pigmentar. Muita gente comparava a visão dos portadores da doença como se eles enxergassem pelo buraco de um canudo. A visão ia se tornando limitada, cercada por escuridão. Tanta coisa fazia sentido agora... na viagem, ele não conseguiu enxergar as estrelas, ele vivia esbarrando nas coisas, tinha dificuldade para ler.

Não era justo.

Eu odiava saber que a vida não era justa.

No fim de uma manhã de uma quarta-feira qualquer, Whitney entrou no nosso quarto e me lançou um olhar questionador ao me ver usando um casaco de inverno. Ela olhou para o relógio.

— Ei, o que você está fazendo aqui? Você não costuma estar na aula a essa hora?

— Matei aula hoje — respondi, fechando o casaco.

Ela estreitou os olhos.

— Matou aula? Você nunca matou aula na vida. No semestre passado, você assistiu a uma aula de psicologia com intoxicação alimentar.

Suas palavras me acertaram em cheio, fazendo minha culpa atingir o nível máximo. Whitney tinha razão. Eu devia ter ido à aula.

Olhei para o quadro dos sonhos ao lado do meu espelho de corpo inteiro. Balancei a cabeça, o tirei da parede e o coloquei de cabeça para baixo em cima da minha escrivaninha.

— Pois é, bom, não sou mais a Starlet que eu era no semestre passado.

— Star... — Ela veio até mim e tocou meu braço com um gesto reconfortante. — O que está acontecendo?

Eu me virei para encarar minha amiga, e lágrimas inundaram meus olhos. Balancei a cabeça.

— Eu só preciso dar um tempo das coisas. Só preciso...

Da minha mãe. Eu precisava da minha mãe. Eu me sentia muito fraca e perdida. Não sabia o que fazer, e minha mãe não estava ali para me guiar. Fazia anos que ela havia partido. Como era possível ainda sentir que eu precisava dela todo santo dia?

Respirei fundo.

— Acho que vou a Pewaukee fazer uma trilha.

Os lábios de Whitney se abriram e ela me encarou, ligeiramente surpresa.

— Posso ajudar em alguma coisa? Você vai conseguir dirigir até lá? Você parece chateada.

— Eu estou bem. Valeu.

— Posso ir junto, se quiser — ofereceu ela.

— Você tem aula hoje.

Ela abriu um sorrisinho.

— Ao contrário da sua antiga versão, eu não me incomodo nem um pouco em matar uma aula ou outra.

Soltei uma risada fraca e pigarreei.

— Whitney?

— O quê?

— Se eu confessasse que continuo saindo com o Milo, o que você falaria para eu fazer? — sussurrei. — E se eu dissesse que ele vai ficar cego e está passando por um momento difícil, o que você diria para eu fazer?

A mão dela permanecia no meu braço, seu toque ainda me confortando.

— Depende. Você quer sua melhor amiga dura e sincera ou a sua melhor amiga boazinha e sincera?

Soltei uma risada baixa enquanto lágrimas escorriam dos meus olhos.

— Achei que só existisse a versão dura e sincera.

— Isso foi antes da nossa última conversa. Às vezes, a última coisa de que as pessoas precisam é alguém que as force a encarar a realidade nua e crua. Às vezes, o que mais precisam é de um ombro amigo que seja gentil. E eu sempre vou te oferecer um ombro amigo, Star.

— Não importa o que aconteça?

— Não importa o que aconteça. — Ela baixou a cabeça e levou o polegar à boca, mordendo-o. — Ele está ficando cego?

— Está. Acabou de descobrir.

— Nossa! Que situação difícil. E você está se apaixonando por ele?

— Acho que já me apaixonei.

— É tipo uma quedinha ou amor de verdade?

— Amor de verdade. Mesmo.

Ela sorriu. Era um sorriso delicado, tímido, mas estava lá.

— Então tá. Voltando à pergunta. Se você me dissesse que continua saindo com o Milo, eu diria... — Ela suspirou e esfregou a testa. — Eu diria para você tomar cuidado com o seu coração, mas ouvir o que ele diz mesmo assim.

Sorri.

— Valeu, Whit.

— Pode contar comigo. Além do mais — disse ela, secando minhas lágrimas —, você mais do que merece uma bela reviravolta no roteiro da sua vida. Acho que só fiquei chocada quando você me contou. Só isso. Você, minha amiga, mais do que ninguém, merece se apaixonar. E por um gostosão.

26

Milo

Quando minha mãe ficou doente, recebemos uma previsão de linha do tempo da evolução da doença. Alguns dias corriam devagar, outros, terminavam em um piscar de olhos. Os ruins pareciam durar uma eternidade. Observá-la piorando dia após dia era a parte mais difícil para mim. Não havia nada mais devastador do que testemunhar uma pessoa que você amava definhando.

Não saber o que esperar era a pior parte, porque havia dias em que ela parecia normal. Como se fosse vencer a batalha.

Descobrir que eu perderia a visão me causava uma sensação parecida. Havia uma previsão de linha do tempo. O problema em ser diagnosticado com retinose pigmentar era que poderia levar anos até que eu tivesse qualquer piora ou as coisas poderiam acontecer em questão de dias. Não havia como saber como a perda da visão progrediria. Eu não sabia se estava me adiantando demais ao cogitar usar bengala. Nem o quanto a situação poderia piorar. Muito menos quais limitações deveria impor a mim mesmo. Eu me sentia perdido em uma névoa de confusão, com medo de existir a possibilidade de acordar um dia em um mundo de total escuridão. Ou de, em algum momento, eu piscar e nada mais aparecer.

As hipóteses eram avassaladoras, mas uma certeza eu tinha: dirigir não era mais aconselhável. E se tudo apagasse de repente, como havia acontecido na aula? Eu não podia colocar a vida de outras pessoas em perigo. Estava perdendo minha independência e fiquei surpreso com o quanto isso me deixava arrasado. Pedir ajuda não era um dos meus maiores talentos, não era algo que eu fazia com facilidade.

— Preciso que você passe a me levar para a escola todo dia — falei.

As palavras pareceram ridículas quando saíram da minha boca. Meu pai estava sentado no sofá, como parecia ser a regra nos momentos em que ele se dignava a aparecer em casa. Desde a morte da minha mãe, ele nunca mais dormiu em seu quarto. Eu costumava encontrá-lo desmaiado no sofá. Pedir ajuda para o meu pai parecia loucura, já que ele mal conseguia ajudar a si mesmo.

— O que aconteceu com o seu carro? — perguntou ele.

— Nada. Só não posso dirigir.

— E por que raios você não pode? Foi multado ou coisa assim? O que você fez?

Senti uma pontada de raiva, mas me esforcei para manter a calma.

— Não fiz nada de errado.

— Claro que fez, porque não existe outro motivo para você não poder dirigir.

— Eu não fiz nada. Você saberia o motivo de eu não poder dirigir se não tivesse me largado na consulta com o médico.

Ele fez uma cara feia e balançou a cabeça.

— Eu voltei para te buscar. Você só não teve paciência para esperar.

— Tá bom. Preciso que você me leve para a escola.

Ele coçou a nuca.

— Estou ocupado. Vou te dar dinheiro para você arrumar alguém que te busque. Ou talvez um dos seus amigos possa te dar carona.

— Pai...

— Não estou no clima de ficar andando de um lado para outro hoje, Milo. Cacete, são sete da manhã e...

— Estou perdendo a visão — declarei, me sentindo irritado com o acesso de raiva dele.

Ele nem tinha perguntado o que o médico havia dito. Nem tinha questionado o motivo para eu não poder dirigir. Ele não se importava. Não havia uma única parte daquele homem que se importava.

— Para de sacanagem — rebateu ele.

— É verdade. Foi por isso que fui ao médico. Estou com um problema de vista, e não tem cura.

— Usar óculos não ajudaria?

— Não. É mais sério do que isso.

Ele se empertigou no sofá.

— Você está ficando cego?

Fiz que sim com a cabeça.

Ele pigarreou. Baixou a cabeça e murmurou alguma coisa. Prestei atenção para entender o que ele dizia ou estava pensando, mas meu pai se levantou do sofá e passou direto por mim.

— Vou me arrumar. Já volto para te levar — disse ele.

Ele entrou no banheiro e fechou a porta. Ouvi o baque de um soco contra a bancada e ele gritando "Merda!" várias vezes.

Alguns minutos depois, ele saiu do banheiro, pegou as chaves e seguiu para o carro.

— Vamos.

Fingi não notar seus olhos vermelhos ao sair do banheiro. Minutos depois, ele parou na frente da escola, então se virou para mim.

— Você vai precisar ir a outras consultas?

— Em mais algumas, sim.

— É tão sério assim?

— Aham. É sério, sim.

Ele baixou a cabeça e a balançou.

— Como é que eu vou resolver isso? Como eu vou... esse era o papel da sua mãe. Ela sabia melhor como...

— Ela morreu — eu o interrompi. — Ela morreu, pai. Você precisa aceitar isso.

— Eu sei. Eu sei, tá? Você não precisa me lembrar. Eu sei que ela está... — Suas palavras se perderam.

— Morta — concluí. — Ela está morta. Queira ou não, eu só tenho você e preciso da sua ajuda agora. Eu preciso de você, pai, tá bom? Eu preciso de você.

Lágrimas começaram a escorrer pelos olhos dele, e ele fungou. Meu pai esfregou o rosto.

— Tá. Tudo bem. Eu entendi, tá? Vou ficar do seu lado. Estou aqui com você.

Meu peito se apertou quando o vi desmoronar. Normalmente, ele escondia esse lado de mim. Eu queria dizer alguma coisa para reconfortá-lo, mas achava que nada do que falasse poderia ser suficiente. Em vez disso, falei o horário que ele precisaria vir me buscar, e ele disse que estaria me esperando. Havia uma chance de eu levar outro bolo, mas fiquei torcendo para meu pai aparecer.

Fiquei rezando para ele estar comigo.

Todas as noites antes de dormir, eu recebia mensagens de Starlet dizendo que estava do meu lado. Ela era minha maior incentivadora e me oferecia todo tipo de apoio possível. Quando eu me sentia desnorteado demais, ela me encontrava no lago. Nós assistíamos ao nascer do sol juntos, depois eu a acompanhava até seu carro, prendia seu cinto de segurança e lhe roubava um beijo. Na maioria das vezes, esse beijo me dava forças para enfrentar o resto do dia. Antes, eu precisava de sexo e bebida para me distrair. Agora, Starlet e seus beijos eram suficientes. Starlet e seu conforto. Ela era a única coisa de que eu precisava.

Tivemos de fazer uns ajustes nos horários da monitoria devido a todas as consultas às quais eu precisava ir, e as noites em que eu não conseguia encontrá-la só me faziam ansiar ainda mais pelas manhãs.

Para minha surpresa, meu pai começou a me ajudar. Ele não apenas passou a me buscar na escola como me levou a todas as consultas nas duas semanas seguintes. Ele entrava comigo nos consultórios e perguntava aos médicos coisas que eu nem cogitaria questionar.

Pela primeira vez em muito tempo, era como se eu tivesse voltado a ter um pai. Havia um lampejo de esperança de um futuro para nós. Claro que nada seria como antes, mas poderíamos estabelecer um novo normal. Como Starlet e o pai dela haviam feito.

Pelo menos era o que eu pensava antes da noite da minha terapia em grupo.

Meu médico havia recomendado que eu fizesse terapia e que passasse a me encontrar com um grupo de pessoas que eram cegas ou que estavam no mesmo processo que eu de perder a visão. A ideia parecia péssima, mas concordei. Eu sabia que, se não fizesse isso, mergulharia ainda mais fundo na depressão, e essa não parecia a melhor opção. Além do mais, havia a questão da curiosidade. Eu nunca havia conhecido ninguém que fosse cego e tinha o desejo egoísta de ver como era a vida dessas pessoas.

A sessão em grupo acontecia em um galpão, em uma sala de reuniões que era usada por várias empresas. O espaço era bem-iluminado, o que fazia muita diferença para a minha visão. Eu já tinha percebido que quanto melhor a iluminação, melhor eu conseguia enxergar.

Onze cadeiras haviam sido organizadas em um grande círculo, e fui um dos primeiros a chegar. Escolhi um lugar, e não demorou muito para que as pessoas começassem a ocupar os assentos ao redor. À minha esquerda, estava um cara mais velho, com uns sessenta e muitos anos. Seu nome era Henry, e ele havia perdido a visão por questões de saúde. À minha direita, estava um menino de cerca de dez anos chamado Bobby. Ele havia nascido cego. Saber que alguém tão jovem não enxergava fez com que eu me sentisse um pouco mais culpado por reclamar dos meus problemas.

— Quem está à minha esquerda? — perguntou Bobby, jogando o ombro na minha direção e me acertando.

Pigarreei e me virei para ele.

— Eu sou o Milo — respondi alto.

Bobby riu.

— Não precisa gritar. Eu sou cego, não surdo — brincou ele. Eu me senti um grande idiota, mas Bobby continuou: — Você é novo aqui?

— Aham, é minha primeira vez.

— Qual é a dos seus olhos?

Arqueei as sobrancelhas.

— Como é?

— O que os seus olhos têm de especial?

Especial?

Hesitei antes de falar o que eu imaginava que seria a resposta para o que ele me perguntava.

— Hum, eu tenho retinose pigmentar.

— Ah, maneiro! — exclamou Bobby. — Minha amiga Cate tem isso também.

— Não vejo nada de maneiro nisso — reclamei.

— Ah, bom, você não vê porque é cego, cara — respondeu ele com uma risada.

Qual era o problema desse garoto?

Ele balançou de leve a cabeça.

— Relaxa. O mundo não vai facilitar as coisas pra gente. Tudo ao nosso redor pode estar sombrio, mas nossa personalidade não precisa ser assim.

— Valeu, pequeno Yoda — resmunguei, sem querer continuar interagindo com a bomba de otimismo ao meu lado.

Eu queria ficar me lamentando, sim, e não fazer piadas ácidas sobre perder minha visão com um garoto cego.

O fato de eu não querer conversa passou batido por Bobby. Ele continuou tagarelando.

— Eu nasci sem enxergar. Algumas pessoas chamam isso de deficiência congênita, mas minha mãe diz que é meu superpoder. Tipo o do Matt Murdock.

Arqueei uma sobrancelha.

— E quem é Matt Murdock?

— Cara! Como assim? Matt Murdock, também conhecido como o Demolidor? E também conhecido como o melhor super-herói de todo o universo Marvel. Ele é um super herói cego. Ele é incrível.

— Ignora o garoto — resmungou o homem à minha esquerda. — Ele não cala a boca. Odeio quando as pessoas falam de super-heróis ao mencionar nossa cegueira. Fica parecendo que estão querendo nos dar um prêmio de consolação por sentirem pena da gente ou qualquer coisa assim.

Gostei da vibe dele. Era bem mais alinhada com a minha.

Bobby suspirou.

— Não escuta esse velho chato do Henry. Ele não é feliz desde 1845.

Abri um sorrisinho.

O garoto era irritante, mas engraçado.

— Você logo vai aprender que tem muitas personalidades diferentes no nosso grupinho — disse uma mulher, se aproximando de mim. Ela esticou a mão. — Você deve ser o Milo. Sou a Tracy, a mediadora.

Apertei a mão dela.

— É um prazer conhecer você.

— É um prazer conhecer você também, Milo. Que bom que se juntou a nós. Você vai ver como esse grupo é especial e incrível. É engraçado você ter se sentado bem no meio dos nossos participantes mais incisivos. Nós chamamos os dois de *Um estranho casal*.

Henry resmungou:

— Que nome idiota.

Tracy sorriu e sussurrou para mim:

— Vou deixar por sua conta adivinhar quem é o Oscar e quem é o Felix. — Ela seguiu para sua cadeira. — Oi, pessoal, que bom ver todo mundo de volta para mais uma das nossas sessões semanais. Temos um novo participante hoje, então vamos tentar não o assustá-lo. Vamos dar as boas-vindas ao Milo, gente.

Todo mundo me cumprimentou. Eu odiava ser o centro das atenções, então fiquei feliz quando Tracy direcionou a conversa para assuntos mais gerais. As pessoas ali pareciam ter personalidades fortes e também riam muito. Descobri um pouco como elas lidavam com seus problemas de visão e também ouvi sobre as conquistas que alcançavam na vida.

Pela primeira vez desde o diagnóstico, me senti um pouco menos sozinho e um pouco menos assustado. Ouvi coisas impressionantes que as pessoas faziam. De verdade. A própria Tracy corria meia maratonas e praticava escalada. Outra pessoa havia aberto uma padaria. Bobby estava convencido de que seria o próximo ator da Marvel dali a alguns anos. Pela sua determinação, eu não duvidava nada disso.

Quando a sessão chegou ao fim, Tracy pediu a todos nós que descrevêssemos com poucas palavras como estávamos nos sentindo em relação à nossa atual situação. Várias palavras foram ditas. Feliz. Decepcionado. Empacado. Irritado. Orgulhoso.

Quando chegou a minha vez, engoli em seco.

— Puto da vida.

— Faz sentido, Milo. Quer falar por que você escolheu essas palavras? — perguntou Tracy.

Balancei a cabeça.

— Não.

— Então tudo bem. Obrigada por compartilhar.

A sessão acabou, e fiquei satisfeito por não precisar falar da sensação de estar puto. Também fiquei orgulhoso de mim por ter sido sincero naquele momento. Eu estava puto da vida com a minha situação. Sabia que era péssimo me sentir assim, porque algumas das pessoas ali pareciam estar em uma situação bem mais complicada, mas era como se uma parte da minha vida tivesse acabado do nada. Eu não entendia por que o destino estava agindo dessa forma comigo. Não entendia por que ele continuava me atacando, tentando me derrubar, e me sentia puto com isso. Eu estava puto pela minha visão já estar ruim e por saber que ela só ia piorar com o tempo. Estava puto por não existir uma cura para o meu problema. Estava puto por outras pessoas poderem simplesmente comprar um par de óculos e seguir em frente. Estava puto com a injustiça da vida e por minha mãe não estar ali para conversar comigo e me consolar.

Talvez isso fosse o que me deixava mais puto.

— Você escolheu ótimas palavras — comentou Henry, se inclinando na minha direção ao se levantar da cadeira. — Puto da vida. É como se essas fossem as minhas palavras de todo dia, puto da vida.

— É. Parecem ser as minhas em muitos deles também.

— Escuta, garoto. Sei que você não pediu conselhos, mas sou velho e é isso que gente velha faz, porque nós já passamos por bastante merda para saber bastante merda. Então, me escuta. Sei que hoje você ouviu um monte de coisas incríveis que as pessoas fazem. Correr maratonas, abrir lojas, querer ser super-herói e essas bobagens todas, mas vou te contar uma coisa. Você não precisa fazer nada disso, tá? Pode ser só você mesmo. E se você for um babaca que só gosta de ficar sentado na varanda de casa mandando seus vizinhos irem se danar, isso já basta. Nem todo mundo tem uma história de sucesso para contar para os outros como se quisesse dizer: "Viu, só? Não sou menos que você! Também consigo fazer o que quiser!" Porque você não é menos que ninguém. Você é humano, você é perfeito e você não precisa provar porra nenhuma para ninguém. Se quiser ficar puto, então fique puto pelo tempo que precisar, beleza?

Era como se minha mãe soubesse que eu precisava de um apoio moral especificamente para mim e tivesse enviado Henry.

— Valeu, Henry, agradeço pelo conselho.

— O Henry tem razão — disse Bobby, se metendo na conversa. — Mas você também pode ser o Demolidor se quiser. Nossas opções são infinitas.

Henry fez uma careta.

— Quer calar a boca, menino? — ralhou ele com Bobby.

— Eu também te amo, Henry — respondeu Bobby.

Ri dos dois. Eles com certeza eram uma dupla e tanto.

Quando saí do prédio, me deparei com meu pai parado na vaga onde eu o deixara. Um suspiro de alívio escapou dos meus lábios enquanto eu me aproximava do carro e entrava nele.

Meu pai abriu um sorriso preguiçoso.

— Tudo bem?

Assenti com a cabeça.

— Valeu por ter esperado.

— Sim, claro, claro. — Ele esfregou o nariz com o polegar. — Mas você tem certeza de que está bem, né?

Meu peito se apertou um pouco.

— Aham, pai. Eu estou bem.

— Que bom. Isso é bom. Então tá. Vamos para casa. Posso pedir uma pizza para a gente ou alguma outra coisa.

Ele ligou o rádio, e voltamos para casa em silêncio, mas eu não me sentia tão irritado quanto nas últimas vezes em que andei de carro com meu pai.

Ele havia me perguntado se eu estava bem.

Era mais do que havia feito em muito tempo. Por um milésimo de segundo, foi como se eu tivesse meu pai de volta. Claro, para o mundo exterior, talvez aquilo parecesse o mínimo do mínimo que ele deveria estar fazendo, mas, para mim, era a maior vitória do mundo. Descobrir que meu pai ainda se importava comigo depois de passar mais de um ano duvidando disso era algo a ser comemorado.

Naquela noite, comemos pizza no sofá, assistindo a um jogo de basquete. Não falamos muito, mas havia momentos em que palavras não eram necessárias. Passar a primeira noite em muitos meses sentados lado a lado e jantando juntos significava mais do que qualquer palavra seria capaz de expressar.

27

Milo

Ultimamente, era difícil diferenciar um dia do outro. Parecia que eu estava seguindo pela vida em modo turbo. Entre a escola, a monitoria, a terapia e os treinos para usar a bengala, eu estava completamente sobrecarregado. Nem sabia se precisava mesmo aprender a usar a bengala, mas mal não faria. Eu perdia o equilíbrio o tempo todo, e isso já era suficiente para que eu ficasse preocupado.

Eu passava horas de óculos escuros e andando pelo quintal de casa com a bengala, aprendendo a sentir as texturas diferentes do concreto da entrada da garagem e da grama. Balançar a bengala de um lado para outro, assim como batê-la no chão de vez em quando, me ajudava bastante. Havia uma alça nela, que deveria ficar presa ao meu pulso. Mas logo entendi que era melhor não prendê-la a mim, porque, se um carro batesse na bengala, eu seria levado junto.

No começo, meu antebraço ficava dolorido por apertá-la demais. Aquilo era bem mais difícil do que parecia, e as curvas de aprendizado eram cansativas. Eu tinha explicado para meus amigos e para Weston o que estava acontecendo, e eles resolveram me acompanhar em algumas das minhas caminhadas noturnas para me ajudar.

Weston tinha sugerido que eu começasse a levar a bengala para a escola, mas eu não me sentia pronto para isso. Sabia que isso tornaria minha situação mais real do que eu gostaria. Eu não estava pronto — nem interessado — em ouvir opiniões alheias sobre a minha cegueira. Além do mais, eu sentia vergonha. Apesar de saber que era uma idiotice, era assim que me sentia. Não queria que as pessoas soubessem que eu era diferente. Nunca foi minha intenção me destacar, mas agora era inegável que isso aconteceria em algum momento. Só me restavam poucos meses de ensino médio. Eu não me importava em bater o dedão em alguma quina ou ficar com as pernas roxas de vez em quando, se pudesse evitar que as pessoas descobrissem o meu problema.

Meu pai parecia estar lidando com tudo muito bem, até uma noite de quinta-feira após minha sessão de terapia em grupo. Quando acabou a sessão, o carro dele não estava parado na vaga. Peguei o celular e liguei para ele, mas a chamada caiu direto na caixa postal. Estava bem frio naquela noite, então voltei para dentro do prédio para esperar que ele voltasse para me buscar.

Horas se passaram, e continuei esperando.

O segurança do prédio se aproximou e sorriu.

— Ei, desculpa, mas já vamos fechar.

— Tá, beleza. Sem problemas. Já estou indo — murmurei, esfregando as mãos na testa.

Saí para o ar gelado que atingia meu rosto. Peguei o celular e tentei o número do meu pai de novo. Nada.

— Oi, e aí? — perguntou Starlet ao atender minha ligação. — Como foi a sessão em grupo? Como você está se sentindo?

Minha mão esquerda mexia nos botões do casaco enquanto eu me recostava na parede do prédio.

— Foi tudo bem. Escuta, estou com um problema. Meu pai não veio me buscar e…

— Você ainda está aí? Me passa o endereço — falou na mesma hora.

Starlet não hesitou em vir me ajudar.

Quinze minutos depois, ela chegou, e eu me sentia humilhado. Entrei no carro dela morrendo de frio.

— Valeu — falei, tremendo e esticando as mãos na frente das saídas de ar no painel, que sopravam um bafo quente.

Eu precisava me esquentar urgentemente.

— Ai, nossa, você ficou esse tempo todo aqui fora? Seu rosto está vermelho.

— Estou bem — menti.

Minha pele parecia congelada.

— Aqui — disse ela, me virando para encará-la. — Me dá suas mãos. As minhas estão quentes.

— Eu estou bem.

— Milo. Mãos. Agora.

Resmunguei e me virei para ela, esticando as mãos. Na mesma hora, uma onda de calor me atravessou apenas com seu toque. Eu continuava mal-humorado, mas ela havia melhorado um pouco as coisas.

— Desculpa ter te ligado — sussurrei, envergonhado. — Não tive outra opção.

— Não precisa se desculpar. Não tem problema. — Ela franziu a testa, esfregando minhas mãos entre as suas. — Odeio não poder ser a primeira pessoa para quem você liga.

— Falta pouco — prometi. — Estamos chegando lá.

— Sinto que você precisa mais de mim agora do que nunca, e odeio isso. Quero tanto poder te ajudar, Milo. Odeio essa sensação.

— Você está aqui agora. É só isso que importa. Vamos embora. Estou exausto.

Ela concordou, saindo com o carro. Quando chegamos à minha casa, vi o carro do meu pai na garagem. Uma onda instantânea de alívio me atingiu. Pelo menos ele estava em casa e não tinha se machucado. Só que, em uma questão de segundos, o alívio se transformou em humilhação.

Starlet pigarreou e disse:

— Hum, tem um cara fazendo xixi no arbusto ali no seu quintal.

Então ali, na lateral da casa, estava ele, meu querido pai, mijando no arbusto, com a bunda de fora.

— Merda — bufei, saltando do carro na mesma hora. Fui correndo até ele, mas cheguei tarde demais. Ele cambaleou para trás e caiu no chão segurando o próprio pau. — O que você está fazendo, pai?

— Vai se foder — resmungou ele, acenando para mim com as mãos.

Então ele começou a cantar “Can’t Take My Eyes Off You”, de Frankie Valli, e meu coração se partiu em mil pedaços, porque essa era a música da primeira dança do casamento deles. Meus pais a dançavam o tempo todo na sala de casa.

— Pai, levanta — insisti, puxando sua cueca e sua calça.

Fechei os botões enquanto ele rolava de um lado para outro, cantando, completamente alucinado. Tentei levantá-lo, só que ele era pesado demais e eu não conseguia fazer isso sozinho. Então ele me fitou e parou de cantar, e seus olhos ficaram ainda mais marejados de lágrimas quando ele disse:

— Você tem os olhos dela. Não consigo te encarar porque você tem os olhos dela.

Outro golpe no meu coração.

— Anda, pai. Vamos entrar — sussurrei, a voz falhando.

— Hoje é nosso aniversário de casamento — explicou ele antes de voltar a cantar.

Lá estavam elas — as rachaduras do meu pai. Eu nem tinha me dado conta da data. Nem pensei duas vezes em seguir com a minha vida ao acordar pela manhã. Só que, para ele, era um dia de tristeza. De dificuldade. De sofrimento. Mais um dia, mais uma lembrança da mulher que ele amava mais do que a própria vida.

— Sinto muito — falei, meus olhos ardendo enquanto eu tentava levantá-lo.

— Deixa eu ajudar — disse Starlet, se aproximando depressa.

Eu a fitei com um olhar muito envergonhado, mas ela não fez nenhum comentário. Apenas se inclinou e segurou o outro braço do meu pai.

— Hoje seria aniversário de casamento deles — sussurrei para ela, sentindo vergonha por não ter lembrado.

Ela fez que sim com a cabeça, puxando-o para tentar levantá-lo.

— Não se preocupa. A gente vai te ajudar, Sr. Corti. A gente vai te ajudar.

— Jacob — falei baixinho para ela. — O nome dele é Jacob.

Ela abriu um sorrisinho.

— A gente vai te ajudar, Jacob.

Quando o levantamos, os olhos embriagados do meu pai encontraram os de Starlet.

— Vamos dançar? — perguntou ele e então a tomou em seus braços e começou a balançá-la de um lado para outro.

— Pai... — comecei.

— Eu adoraria — respondeu Starlet, segurando-o da melhor maneira possível.

Fiquei afastado, observando os dois se embalando. Meu pai cantava sua música para Starlet, segurando-a como se não quisesse soltá-la nunca mais. Era uma situação estranha, triste e absurda, mas estava acontecendo.

Meu pai dançou embriagado com minha namorada secreta enquanto cantava a música da sua primeira dança com minha mãe no dia em que seria aniversário de casamento dos dois. Ele se apoiou nela como se ela fosse a última esperança que lhe restava. Starlet deixou que ele fizesse isso, que sentisse o que precisava sentir naquele momento.

Então começou a cantar junto com ele.

Depois de alguns minutos, Starlet e eu conseguimos levar meu pai para dentro de casa. Fui colocá-lo na cama enquanto ela foi pegar um copo de água e ibuprofeno para deixar na mesa de cabeceira. Saímos do quarto e fechamos a porta, então senti uma vontade avassaladora de tê-la em meus braços. Puxei-a para mim, e ela se jogou contra o meu corpo.

— Desculpa por tudo isso — sussurrei.

— Não precisa se desculpar. Ainda bem que eu estava aqui para ajudar.

Eu a soltei e esfreguei a nuca.

— Eu me sinto péssimo. Nem me dei conta do dia de hoje. Passei o tempo todo xingando o meu pai na minha cabeça enquanto esperava, achando que ele era um pai de merda por ter me largado lá. Quando, na verdade, ele passou o dia inteiro sufocado. Ele estava se esforçando. Eu sou um babaca.

— Não é, não. Você não sabia, Milo.

— E esse é outro problema. Eu não sabia. Eu devia saber que dia era hoje. Eu devia ter ajudado o meu pai, mas estou tão imerso nas minhas próprias merdas que nem parei para pensar em como ele estava. Ou quantos dias importantes ele teve que enfrentar sem que eu soubesse.

— Acho que vocês dois estão fazendo o melhor que podem. A vida é difícil, complicada e cansativa. Vocês só estão cansados. Não tem problema descansar um pouco. Não se cobre tanto, por favor, nem cobre tanto o seu pai. Hoje é um dia difícil, e tudo bem. Nós somos fortes o suficiente para superar os dias difíceis. Vai dar tudo certo.

— Como você sempre sabe o que dizer?

Ela riu.

— Eu não sei. Meu pai conversou comigo há pouco tempo e me deu uma animada. Só estou passando os ensinamentos dele adiante. O dia que Eric Evans resolver te animar vai ser seu dia de sorte.

— Tem alguma lista de espera para ouvir as palestras dele? — perguntei, meio que brincando.

Estiquei a mão para Starlet. Ela aceitou, e a puxei para mim. Começamos a nos embalar de um lado para outro, ao som de uma música que não existia. Enterrei o rosto em seu pescoço, inalando o cheiro dela. Eu não sabia que a gente podia precisar tanto de uma pessoa como eu precisava dela.

— Dorme aqui — sussurrei contra sua orelha, beijando-a de leve.

— Mi... não posso... O que seu pai vai dizer se acordar?

— Ele não vai acordar antes do nascer do sol. Ele nem vai perceber. Dorme aqui — murmurei, agora com a boca contra seu pescoço.

— Mi...

— Por favor, Star — implorei baixinho, roçando meus lábios contra os dela. — Fica comigo hoje. Amanhã você vai embora. Mas, por favor... dorme aqui.

Ela se afastou um pouco e me analisou. Inclinei a cabeça de leve.

— Anda. Vamos deitar.

28

Starlet

Na manhã seguinte, acordei com Milo dando beijinhos no meu pescoço. Sorri, sentindo sua pele pressionada contra a minha. Ele tinha subido em cima de mim, me prendendo na cama. Senti sua boca roçar na minha.

— Ei, profe? — sussurrou ele, transferindo seu calor para o meu corpo.

— Sim?

— A gente pode matar aula hoje?

Ergui o olhar para ele e ri.

— Não, a gente não pode matar aula, Milo.

Ele resmungou e desabou sobre mim, passando a boca pela minha clavícula.

— Por favor? Só um dia. Um dia de nós dois sendo… nós dois? — Fechei os olhos e gemi de leve, sentindo seus beijos. — Podemos dizer que estamos doentes.

— Nós não estamos doentes.

— Cof, cof — fez ele, cobrindo a boca.

Eu ri.

— Por que estou com a impressão de que essa tosse é fingimento?

— Ah, não. Não estou mentindo. Acho que estou me sentindo mal — gemeu ele, se jogando dramaticamente de volta para o seu lado da cama. Ele pressionou a mão na testa. — Acho que estou com febre também.

— É mesmo?

— É, vem aqui medir minha temperatura — disse, levando as mãos ao meu quadril e me puxando para cima dele sem fazer esforço nenhum.

Eu duvidava que algum dia fosse me acostumar com a facilidade com que ele me levantava.

Sentei-me com uma perna de cada lado do seu quadril e levei a palma da mão à testa dele.

— Para mim sua temperatura está normal.

Ele franziu a testa.

— É porque você também pegou a mesma doença. Cof, cof.

Coloquei as mãos em seu peito nu, me inclinei e beijei seus lábios.

— A gente não vai matar aula hoje, Milo.

— Quero passar o dia com você — sussurrou ele, com a voz baixa e tímida.

Seus olhos brilharam com um toque de carinho que fez meu coração perder o compasso.

— Não me olha assim — alertei.

— Assim como?

— Como se você estivesse prestes a me convencer a fazer coisas erradas.

Ele me puxou para mais perto e me aconchegou em seu corpo. Seus lábios roçaram minha orelha.

— Por favor, vamos fazer coisas muito, muito erradas juntos, Star. — Contornou minha orelha com a língua. — Por favor?

Fechei os olhos e apoiei a cabeça no peito dele, ouvindo seu coração.

— Como a gente passaria o tempo se resolvesse matar aula?

— Sei lá... juntos?

Eu ri, sentindo-o enrijecer contra minha perna. Dava para perceber que nem todas as partes de Milo estavam doentes. Algumas estavam bem despertas e prontas para brincar.

— A gente não vai matar aula para transar, Milo.

Ele fez beicinho.

— Que sem graça.

— Até você aparecer, eu era mesmo.

— A gente podia pegar um trem para Chicago — sugeriu ele. — Seria uma viagem de uma hora e meia. Podemos desligar nossos celulares, fingir que só nós existimos no mundo e fazer um monte dessas palhaçadas de turista. A gente ia rir, se divertir. Nós seríamos nós. Não ia ser legal? Sermos só nós por um tempinho?

Levantei ligeiramente a cabeça e analisei os olhos dele. Enquanto o fitava, vi — sua necessidade de fugir por uns instantes. Apesar do tom de voz brincalhão, dava para perceber que Milo precisava mesmo de uma folga. Eu devia ter sido mais responsável. Devia ter dito que seria melhor passearmos em Chicago no verão, quando poderíamos ficar juntos na frente de todo mundo. Devia ter insistido que era importante não faltarmos à escola. Devia ter dito não.

Em vez disso, deitei a cabeça novamente em seu peito, escutando mais uma vez seu coração, e falei:

— Agora que você falou, acho que minha garganta está arranhando um pouquinho.

Mesmo com os olhos fechados, consegui perceber que ele estava sorrindo ao dizer:

— Não podemos ir para a escola. Seria irresponsável da nossa parte espalhar vírus por aí.

— É verdade. Acho que vamos ter que espalhar vírus por Chicago.

— Seria mais responsável da nossa parte.

Subi um pouco na cama e encontrei seu olhar.

— O seu pai vai ficar bem? Tem certeza de que não quer passar o dia com ele?

Milo deu de ombros.

— A gente não costuma passar o dia juntos.

— Mas talvez...

— A gente não costuma passar o dia juntos, Star — interrompeu-me ele, indicando que eu estava forçando a barra.

Dava para ver que a relação dele com o pai era complicada, e não cabia a mim ficar me metendo. Meu único dever era garantir que Milo ficasse bem e, se isso significava matar aula, então mataríamos aula.

Assim que saímos do trem, desligamos nossos celulares. Eu nunca tinha passado um dia completamente desconectada do mundo e estava mais empolgada com a ideia do que imaginei que ficaria.

As ruas de Chicago estavam movimentadas de carros e pedestres, que andavam com pressa. Turistas cercavam uma das maiores atrações — o Feijão, ou Cloud Gate, seu nome oficial.

— Essa seria uma das minhas paradas na minha viagem imaginária — comentou Milo, tirando fotos minhas na frente da estátua.

Abri um sorriso largo, posando enquanto ele fazia os cliques.

— Você realmente pensou nas paradas que faria? — perguntei.

— Não em todas, mas tem algumas coisas aleatórias que eu queria ver em diferentes estados. É bizarro eu nunca ter vindo aqui, na verdade, sendo tão perto de casa.

— Sabe o que a gente devia fazer? Montar um mapa de viagem juntos e marcar todos os lugares que queremos conhecer. Tem várias trilhas que sonho em fazer.

— E quero ver a família do hambúrguer!

Estreitei os olhos.

— A família do hambúrguer?

— Você nunca ouviu falar da família do hambúrguer?

— E deveria?

— São estátuas dos personagens da rede de fast food A&W. Elas estão espalhadas pelos estados, mas as que quero ver ficam em Hillsboro, no Oregon.

Eu ri.

— Você quer viajar para ver estátuas de hambúrguer?

— É uma família de pessoas que amam hambúrguer, Star. Uma família! — exclamou ele com um sorriso largo. Eu adorava quando ele se tornava a versão Milo leve e alegre. Aquele humor combinava muito com ele. — Precisamos encontrar um lugar para almoçar e debater todos os locais aonde iríamos nessa viagem — disse ele.

— Comida cairia bem, na verdade.

— Pizza ao estilo Chicago?

— Sabia que a maioria das pessoas de Chicago não come essas pizzas? Nós gostamos mais de massa fina.

— Sorte que eu sou turista. Então, de novo, pizza ao estilo Chicago?

Pizza ao estilo Chicago seria o almoço.

Passamos o restante do tempo sentindo que éramos livres. Rimos mais do que nunca e nos beijamos em lugares públicos, sem nos preocupar com quem poderia nos flagrar. Quando chegou a hora de voltarmos para a estação de trem, eu já estava detestando não poder interagir com ele do jeito que fizera aquele dia todo. Detestava não poder encostar nele nos corredores da escola. Dentro de alguns meses seria verão, mas esse tempo parecia se arrastar quando você estava se apaixonando.

Ao chegarmos no centro de Milwaukee, finalmente ligamos nossos celulares.

— Até que foi legal ficar desconectada do mundo — comentei quando estávamos saindo da estação de trem.

Atravessamos a rua e seguimos até a vaga onde eu tinha deixado o carro. Os passos de Milo pararam no meio da rua enquanto ele encarava o telefone. Carros vinham na direção dele, e tive que puxar seu braço, conduzindo-o para a calçada para que ninguém o atropelasse.

— O que foi isso? Você quase morreu — falei, confusa com a distração repentina dele.

Ele continuava encarando o celular com a testa franzida.

— Milo? O que foi?

Seus ombros tombaram para a frente enquanto seu corpo começava a tremer de leve.

— Milo? — chamei.

Ele não olhava para mim.

Seus tremores se intensificaram.

— Milo. O que foi? Qual é o problema?

— É o meu pai.

Quando ele ergueu a cabeça, seus olhos estavam cheios de lágrimas.

Medo e preocupação verdadeiros invadiram meu coração.

— O que houve?

— Ele sofreu um acidente de carro. O Weston estava tentando falar comigo. Parece que foi grave e, bom... ele... — Milo balançou a cabeça, sua voz falhando. — Preciso ir para o hospital. Preciso ir para o hospital. Preciso... Preciso, hum...

Suas palavras começaram a falhar, ele estava desmoronando.

— Que hospital? Eu te levo. Vamos.

Ele murmurou o nome do lugar, e rapidamente pesquisei a rota no celular. Quando chegamos, fiz menção de sair do carro, mas ele me disse que não adiantava tentar.

— Você não pode subir. O Weston está aí, você não pode aparecer comigo.

— Não me importo — falei. — Quero ficar do seu lado.

— Star. Você não pode. Não tem problema.

Meu peito apertou conforme a realidade da nossa situação me atingia novamente com toda a força. O pai dele estava lutando pela vida dentro daquele hospital, e eu não podia nem ficar ao lado de Milo por causa do meu trabalho na escola. Aquilo parecia ridículo e injusto.

— Vou ficar esperando aqui até você sair — falei.

— Posso demorar horas — sussurrou ele, sua voz cansada e falhando.

— Vou ficar esperando — repeti.

Milo fez que sim com a cabeça e saiu do carro. Enquanto se afastava, tive que me controlar para não sair correndo atrás dele, para que não precisasse entrar sozinho. Trinta minutos passaram voando. Depois uma hora. Então, logo depois, Milo saiu do hospital e voltou para o carro. Abriu a porta e entrou.

Eu me empertiguei, esperando para ouvir as notícias.

— Ele está bem mal. As expectativas não são boas. Ele está em coma, e não sabem se… Eles não tinham muito a dizer. Falaram que posso ligar para saber notícias ou voltar no horário de visita, e vou fazer isso.

— Tudo bem. Então tá. E o Weston?

— Foi embora um pouco antes de mim. Falei que eu ia pegar um Uber para casa.

— Você não vai ficar com ele hoje?

— Não. Vou dormir na minha casa.

— Sozinho?

— É.

— Não. — Balancei a cabeça. — Vou ficar com você.

— Não precisa. Já tomei o seu dia inteiro. Eu vou ficar bem e…

— Vou ficar com você — repeti.

Ele me encarou e abriu a boca, como se quisesse discutir, mas nenhuma palavra saiu de seus lábios. Ele acabou concordando, completamente derrotado.

Milo foi comigo até meu dormitório, onde enfiei algumas coisas em uma bolsa para levar para a casa dele. Ele ficou sentado na minha cama em silêncio. Eu tinha certeza de que sua mente estava a mil por hora, remoendo pensamentos horríveis que carcomiam sua alma.

Eu estava tirando o carregador do celular da tomada quando a porta se abriu, e Whitney entrou com seus fones de ouvido. No instante em que seus olhos bateram em Milo, ela abriu a boca, mas manteve a compostura conforme foi possível.

— Está tudo bem? — perguntou ela, me vendo fechar o zíper da bolsa.

— Aham. Tudo bem. Vou passar uns dias fora — avisei.

— Mas e a sua prova amanhã?

— Não me importo — confessei, sentindo minha ansiedade aumentar ouvindo-a falar essas coisas na frente de Milo.

Nada contra minha melhor amiga, mas ela era a última pessoa com quem eu queria lidar naquele momento. Minha cabeça estava focada em Milo, e apenas em Milo.

Eu me virei para ele e abri um sorrisinho.

— Vamos?

Ele concordou com a cabeça e se levantou da cama.

— Starlet… — começou Whitney.

Eu me virei para ela e toquei seu antebraço.

— Eu te explico tudo quando voltar.

Ela fez que sim, talvez sem entender completamente, mas sendo solidária.

— Toma cuidado — sussurrou ela, não alto o suficiente para Milo escutar. Então me puxou para um abraço e repetiu: — Só toma cuidado, Star.

Nós dois fomos para a casa dele, e ele pegou minha bolsa para levá-la para dentro. Parecia estar andando em areia movediça, prestes a ser engolido pela própria depressão torturante.

Não era justo ver Milo desmoronando. Ele estava começando a aprender a respirar de novo, e parecia egoísmo do mundo tentar puxá-lo para baixo mais uma vez, mais fundo na escuridão, quando ele finalmente havia voltado a sentir o calor do sol.

Agora eu conseguia observar a casa com mais atenção do que na noite anterior, quando dormi lá. O espaço era como uma cápsula do tempo. Eu conseguia sentir a presença da mãe dele na decoração. Havia um toque feminino em todos os cômodos. Fotos penduradas nas paredes, apesar de muitas estarem tortas e empoeiradas. Algumas lâmpadas estavam queimadas, e a iluminação era fraca.

A casa parecia meio assombrada, como se tivesse sido cheia de vida no passado mas houvesse parado no tempo quando a mãe dele morreu. O que antes fora um lar carinhoso e aconchegante agora havia se transformado em um lugar desanimador, cheio de tristeza.

Fui até a lareira para olhar as fotografias sobre a cornija. Fotos de Milo com os pais. Ele era tão parecido com a mãe que quase perdi o fôlego. Desde o brilho em seus olhos até a curva de seus sorrisos. Agora eu entendia por que o pai de Milo tinha dificuldade em olhar para o próprio filho. Devia ser como olhar para seu sonho favorito, mas saber que ele estava fora do seu alcance. A mesa de centro da sala de estar estava cheia de latas de cerveja vazias e uma caixa de pizza pela metade, mas, olhando ao redor, dava para perceber que as duas pessoas que moravam ali se esforçavam para fazer o melhor possível todo santo dia. Eu não sabia que uma casa poderia ficar parada no tempo até entrar ali.

Logo que Milo percebeu que eu olhava para a mesa de centro, resmungou baixinho e veio correndo limpar tudo.

— Desculpa. É o meu pai — tentou explicar ele, engolindo a vergonha.

Eu me aproximei e o ajudei a limpar.

— Não se preocupa. Eu ajudo.

— Não precisa. Deixa comigo — disse ele, então se empertigou um pouco e bateu no canto da mesa ao lado da poltrona. — Porra! — gritou ele, quase deixando as latas caírem. — Merda!

— Você está bem? — perguntei, correndo até ele.

— Estou — respondeu ele, ríspido, a raiva aumentando a cada segundo. Quando se deu conta de seu tom de voz, ele me fitou e suspirou. — Desculpa. É muita coisa ao mesmo tempo.

— Aqui, me dá isso. — Peguei as latas de sua mão e fui jogá-las no lixo. Quando voltei, notei o quanto ele parecia derrotado esfregando a perna que tinha batido no móvel. — Quer que eu faça alguma coisa para você comer? Ou um chá? Um café?

Ele balançou a cabeça, de costas para mim, e ficou encarando a neve que caía lá fora. Estávamos quase em abril, mas a neve ainda cobria nossa cidade como se não pretendesse parar de cair.

Eu estava muito preocupada com ele, mas não sabia o que fazer.

— Milo... como eu posso ajudar?

Ele se virou para me encarar e se aproximou de mim, então me puxou para um abraço. Eu o apertei bem forte. Ficamos assim por alguns segundos antes de seus lábios tocarem minha testa, depois minhas bochechas, depois a curva do meu queixo, depois meu pescoço, depois...

— Milo, espera — sussurrei quando sua boca desceu pelo meu pescoço.

Arrepios percorriam meu corpo enquanto eu tentava colocar as necessidades dele acima do meu desejo. Sim, era gostoso ter a boca dele contra a minha pele, sentir o calor do seu toque me percorrendo. Eu o queria, não havia como negar isso. Eu sempre o queria. Meu cérebro sabia que não era certo, mas meu coração parecia não se importar com certo ou errado. Meu coração só queria se apaixonar pelo garoto acabado que de vez em quando me mostrava seus caquinhos. Mas não era disso que Milo precisava. Ele não precisava de intimidade física. Não precisava de alguém com quem transar.

Ele precisava de uma amiga.

Ele precisava que eu fosse amiga dele.

— Eu te quero — sussurrou ele contra a minha pele. Sua língua percorreu minha clavícula. — Quero provar cada centímetro seu — declarou ele, suas mãos vagando pela minha cintura.

— Milo, não — falei, dando um passo para trás.

A sala pareceu congelar enquanto o olhar dele era tomado pela confusão.

— Que porra é essa, Star? Só quero ficar com você agora. Só isso.

— Não, Mi. Você está triste e preocupado.

— Não estou, não. Eu estou bem.

Meu coração doía por ele, porque eu conseguia sentir sua frustração. Conseguia sentir sua necessidade de se desconectar da realidade, de se desligar e se perder em mim para não precisar encarar a vida. Seu coração estava partido, e ele fazia de tudo para não encarar a verdade que era essa tristeza.

— Você não falou nada sobre o seu pai desde que saímos do hospital — comentei com toda a calma do mundo. — Isso me preocupa. A gente devia conversar e...

— Não — sussurrou ele entre os dentes. Ele se virou de costas para mim, balançando a cabeça, permitindo que seus ombros murchassem. — Se você não quer transar, pode ir embora — declarou ele com frieza.

— Mi…

— É sério, Starlet. Não quero ficar desabafando com você, tá? — explodiu ele.

Ele se virou para mim, e seus olhos quase fizeram meu corpo inteiro se desmilinguir. Seu olhar mostrava o oposto do que suas palavras diziam. E eu vi várias coisas ali: a necessidade de ser reconfortado, o medo da própria solidão, o sofrimento com a possibilidade de outra enorme perda.

Quantos baques um coração conseguiria aguentar antes de desistir de bater?

Fui até ele e toquei em seu ombro.

— Conversa comigo.

— Não.

— Por favor.

— Não.

— Você precisa botar as coisas para fora.

— Não tenho nada para dizer, tá bom? Meu pai é um bêbado que se colocou nessa situação. Fim de papo.

— Mi…

— O quê?! — bradou ele, sua voz falhando enquanto ele se afastava de mim. — O que você quer que eu diga, Star? Quer que eu fale o quanto estou puto com ele? Quer que eu fale o quanto é traumático não ter como saber se ele vai ficar bem? Quer que eu fique remoendo que minha cabeça está ferrada das ideias, sabendo que a qualquer momento podem me ligar para dizer que ele morreu? É isso que você quer? — perguntou ele.

Ele estava gritando, mas eu sabia que não era comigo. Ele não estava com raiva de mim. Estava furioso com o mundo. Com o quanto aquilo tudo era injusto. Errado. Inexplicável.

— Ou, ah, espera aí, você quer que eu fale que estou com raiva de mim mesmo, né? — questionou ele.

Então Milo parou e fechou os olhos por um milésimo de segundo. Inclinou de leve a cabeça para a esquerda, como se tentasse recompor seus pensamentos. Como se tentasse controlar as emoções.

Mas eu preferia que ele não fizesse isso.

Eu preferia que ele se permitisse transbordar. Sentir tudo, todas as dores, todas as tristezas, cada migalha de sofrimento.

Quando seus olhos se abriram, eu vi: as lágrimas estavam prestes a cair.

— Porque eu devia ter ficado com ele hoje, como você falou. Ele ainda estaria bem se eu tivesse ficado aqui para ajudar, em vez de fugir para Chicago para tentar me esconder disso tudo. — Ele olhou para a foto de seus pais sobre a cornija e começou a sussurrar: — Talvez eu não consiga pedir desculpas para ele, Star. Talvez eu não consiga fazer as pazes, nem tomar uma cerveja com ele ou, daqui a dez anos, dizer que ele tinha razão e que eu era um merdinha. Talvez a gente não consiga conversar sobre a minha mãe nem reconstruir nossa relação. Ele está em coma e não sabe que estou arrependido. Ele não sabe que estou arrependido por ter sido um garoto difícil que culpa o pai por tudo. Ele não sabe que eu o perdoei por não saber como ser meu pai depois que a minha mãe partiu. Meu pai não sabe que eu o amo.

Eu podia ter dito que o pai de Milo sabia que era amado.

Podia ter sido a pessoa que lhe ofereceria palavras reconfortantes e dito que seu pai se recuperaria. Só que ele não precisava de nada disso agora. Ele precisava desabafar.

Às vezes, era necessário se partir em mil pedaços antes de começar a se curar. Tudo o que eu podia fazer por Milo naquele momento era abraçá-lo com força, como se aquilo fosse um lembrete físico de que ele podia até se sentir sozinho, mas na verdade não estava. Eu estava ali e continuaria ali enquanto ele precisasse de mim. Não importava por quanto tempo fosse.

29

Milo

Passamos a noite inteira na cama, no quarto escuro.

Starlet tentou me convencer a comer, mas eu não tinha apetite. Não conseguia nem raciocinar direito. Não conseguia me concentrar em nada que não fosse o fato de que meu pai estava lutando pela própria vida.

Minha mente estava enjoada.

Eu não sabia que mentes conseguiam ficar enjoadas até aquele momento.

Eu não podia perdê-lo também.

Eu já não tinha perdido o suficiente?

O mundo já não tinha levado o bastante de mim?

Starlet se espreguiçou na cama, despertando de sua noite de sono. Antes mesmo de abrir os olhos, ela esticou uma das mãos para mim e tocou meu antebraço.

Continuo aqui, profe.

Seus olhos castanhos se abriram e, por um milésimo de segundo, não me senti tão sozinho. Eu estava triste, mas não sozinho e triste, como costumava ser o normal.

— Oi — sussurrou ela, se virando para me encarar.

— Oi — respondi, afastando a mecha de cabelo que caía sobre seus olhos.

— Você não dormiu.

— Não.

— Você devia ter me acordado.

— Não tinha por que nós dois sofrermos.

Quando falei isso, os olhos dela foram tomados por uma profunda tristeza. De repente a mente de Starlet despertou e ela se lembrou da minha realidade. Para ser sincero, eu ainda não tinha me dado conta do que de fato estava acontecendo. Estava imerso em desilusão. Parte de mim achava que meu pai estava bêbado em algum canto, agindo como um idiota, e eu logo ouviria seu carro parando na frente de casa. Eu não conseguia acreditar que ele estava em um leito de hospital, entre a vida e a morte, entre encontrar minha mãe ou voltar para mim.

— Sinto muito, Milo — disse ela.

Suas palavras me causaram um tremor. Pressionei a testa contra a dela.

— Não fica falando isso, por favor. Porque acaba sendo só um lembrete de que tem alguma coisa errada.

— Tá, sint... — Ela parou de repente e forçou um sorriso. — Como posso te ajudar hoje?

Beijei a ponta do nariz dela e então me sentei na cama.

— Posso cozinhar para você?

Ela ergueu uma sobrancelha.

— O quê?

— Quero cozinhar para você. Café da manhã, depois almoço, depois jantar. Posso cozinhar para você, Star?

— Como assim? Não. Não se preocupa comigo. Eu posso cozinhar para você...

Engoli em seco e balancei a cabeça.

— Não, você não entendeu. Eu só... Eu preciso cozinhar hoje, e quero cozinhar para você.

Ela ficou me encarando, meio perplexa, mas concordou com a cabeça.

— Tá, tudo bem. Seria ótimo.

Eu me levantei da cama e fui até a cômoda, onde estava a caixa de receitas da minha mãe. Eu não a abria desde que ela havia morrido. Tinha muito medo de ver as receitas que ela deixara para mim.

Voltei para a cama segurando a caixa e a abri, colocando-a na nossa frente.

— Estas são as receitas da minha mãe. Ela deixou de herança para mim. Disse que, sempre que eu me sentisse desnorteado, era para preparar uma delas. Ainda não tive coragem de abrir a caixa, mas quero fazer isso hoje — expliquei.

Ela se sentou na cama também e puxou os joelhos contra o peito.

— Acho que é uma ótima ideia.

Abri um sorriso triste para Starlet e abri a caixa. Lá dentro, estavam dezenas de memórias criadas pela minha mãe. Folheei os cartões de receitas, alguns sujos de farinha, outros com manchas de óleo. *Cacio e pepe*, *gnudi* de ricota, omelete de cogumelo, carbonara. Só de ler sua letra, meu peito se apertou. Meu primeiro pensamento foi que eu tinha sido um grande idiota por esperar tanto tempo para abrir a caixa. Logo depois, pensei em quanto tempo minha visão permitiria que eu lesse os cartões escritos à mão pela minha mãe. Por algum motivo, era estranho perceber que eu havia passado a ver a vida com outros olhos desde o diagnóstico. Eu nunca tinha prestado atenção na forma como as pessoas escreviam. Em como colocavam os pontos nos Is e os traços nos Ts. Mas, agora, sabendo que um dia eu perderia toda a conexão com essas pequenas coisas, eu as analisava por mais tempo, especialmente quando se tratava dos cartões de receita da minha mãe.

Assim que puxei um deles, que ensinava a fazer pão em caçarola de ferro fundido, meu peito se apertou um pouco. Do lado esquerdo do cartão, estavam os ingredientes e as orientações para o preparo do pão. E, do lado direito, havia um bilhete da minha mãe. Pressionei a ponta dos dedos contra as palavras, seguindo as partes mais fundas nos pontos em que a caneta havia pressionado o papel com força. As palavras tinham sido escritas com tanto amor e carinho que eu quase conseguia sentir a minha mãe nas curvas de sua caligrafia.

Meu mundo,

Fazer pão é demorado. O tempo de descanso é longo.

Seres humanos são parecidos com pão. Às vezes, precisamos passar um tempo descansando para conseguirmos crescer.

Con amore,
Mama

Bilhetes.

Ela havia deixado bilhetes para mim nos cartões de receita.

Folheei o maço e puxei outro. *Pasta alla norma.*

Meu mundo,

Perfeito para um dia ensolarado com pão francês e uma saladinha. Melhor ainda com uma taça de vinho tinto. (Quando você tiver idade para isso, é claro.)

Con amore,
Mama

Eu sentia como se o mundo tivesse começado a girar mais rápido conforme eu ia virando um cartão atrás do outro. Cada um tinha um bilhetinho. Cada um tinha uma mensagem dela para mim. Mesmo nos dias em que se sentia fraca, ela havia tirado um tempo para escrever uma mensagem para mim em cada receita, assinando todas *con amore*. Com amor. Só mesmo minha mãe para saber quando eu mais precisaria do amor dela.

Quem diria que o amor continuaria existindo após a morte? Eu sentia que meu pai estava tentando passar na minha frente para encontrá-la. E parte de mim entendia.

— Ela deixou bilhetes para mim em todos os cartões — expliquei para Starlet. — Eu não sabia disso.

— Às vezes, a vida nos dá um conforto quando mais precisamos.

Se isso fosse verdade, talvez esse fosse o motivo para o mundo ter trazido Starlet até mim.

— Vou pedir os ingredientes no mercado, aí posso começar a cozinhar. Se você quiser tomar banho, posso deixar uma toalha para você no banheiro — falei. — Vou ligar para o meu tio também, para ver o que eu preciso fazer hoje.

— Combinado. — Ela levou as mãos aos meus joelhos, então se inclinou para a frente e me deu um beijinho. Depois sussurrou contra os meus lábios: — Você não está bem.

Balancei a cabeça.

— Eu não estou bem.

Ela me beijou de novo.

— E tudo bem.

Eu dei um beijo nela, me sentindo muito grato por Starlet existir. Eu nunca tinha ficado tão feliz pela existência de outra pessoa.

Ela se levantou da cama e esticou a mão para mim.

— Antes de você pedir a comida, vem tomar banho comigo. Vai ser bom para você.

Hesitei por um instante, pensando nas inúmeras coisas que eu precisava fazer, mas aí meu olhar encontrou o dela, e fui tomado por uma calma estranha. O mesmo tipo de calma que havia sentido ao ler os cartões de receita. Uma sensação de não estar sozinho.

Segurei sua mão, e ela me puxou para o chuveiro. Abri o chuveiro e nós tiramos as roupas um do outro. O banheiro logo ficou cheio de vapor quando eu e Starlet entramos no banho. A água escorria por nossos corpos, então fechei os olhos. Por algum motivo, o banho despertava emoções que eu não sabia que estava reprimindo. Lágrimas começaram a escorrer pelo meu rosto, se misturando aos cristais de água enquanto Starlet lavava meu corpo. Ela começou pela minha cabeça, passando xampu no meu cabelo. Então esfregou minhas costas e meu peito, passando por cada pedacinho do meu corpo. Quando abri os olhos e fitei os castanhos dela, fui me sentindo menos sozinho conforme ela lavava meu corpo e eu lavava o dela.

Seu cabelo estava ensopado, destacando seus cachos naturais que batiam nas costas. Para mim, ela nunca parecera tão bonita quanto naquele momento.

Segurei seu quadril e puxei seu corpo para mim. Pressionei a testa na dela e fechei os olhos. A água estava quente, mas, por algum motivo, calafrios percorriam meu corpo inteiro.

— Obrigado — sussurrei.

— Pode contar comigo — respondeu ela.

Depois do banho, Starlet vestiu uma calcinha e uma blusa grande demais para ela que eu havia emprestado. Ela estava perfeita. Quando começou a vestir uma calça, abri um sorriso cansado.

— Calças são uma grande bobeira.

Ela riu.

— Então hoje é um dia casual? Não precisamos de calças?

— Você nunca vai precisar de calças quando estiver na minha casa.

Preparei o café da manhã para ela. Um omelete de bacon, pimentão vermelho e queijo. Coloquei o prato diante dela na mesa de jantar, sentindo uma onda de nervosismo.

— Só para avisar, não sou chef como a minha mãe era, então tudo bem se não gostar.

Ela inalou os aromas e gemeu.

— Vai ser impossível não gostar.

Eu me sentei ao seu lado e, antes de começar a comer, murmurei uma oração. Eu não era de rezar, mas minha mãe sempre rezava antes de comermos quando nos sentávamos à mesa, então cumpri a tarefa no seu lugar. Era estranho, mas o medo fazia isso com as pessoas. O medo nos fazia ter comportamentos que não eram nossos.

Quando terminei a oração, girei os ombros para trás e comecei a comer. Para minha surpresa, tinha o mesmo gosto da comida que minha mãe costumava fazer.

— Ai, meu Deus — dissemos nós dois ao mesmo tempo.

Ergui o olhar para Starlet, e ela já estava me fitando.

— Parabéns, Sr. Corti — disse ela, aplaudindo. — Está uma delícia.

— Até que não ficou ruim.

Comemos até ficarmos cheios, então a hora do almoço chegou, e comemos mais um pouco.

Mais tarde, fui ao hospital e passei algumas horas com meu pai. Nada mudou. Nem para melhor, nem para pior. Voltei para casa quando o horário de visita chegou ao fim.

Starlet me ajudou a preparar o jantar, e foi uma experiência bem legal. Nós nos movíamos ao redor um do outro como se tivéssemos sido feitos para trabalharmos juntos em uma cozinha. Tínhamos preparado a massa do pão em caçarola de ferro fundido algumas horas antes para servi-lo no jantar — *bucatini* a carbonara com limão.

Meu mundo,

Não é a carbonara mais autêntica do mundo, mas, quando a vida lhe der limões... faça macarrão.

Con amore,
Mama

Starlet estava preparando a salada. Eu parei atrás dela e a abracei pela cintura, beijando seu pescoço. Congelei por um instante quando uma memória me veio à cabeça. Meu pai sempre abraçava minha mãe por trás enquanto ela cozinhava, então beijava seu pescoço.

O luto me acertou como um tapa. Dei um passo para trás, tentando afastar o sentimento.

Starlet se virou e percebeu minha mudança repentina.

— O que foi? — perguntou ela.

— Nada. Está tudo bem.

— Você está mentindo.

— Não estou, não.

— Está, sim. Sabe como eu sei?

— Me conta.

— Quando você mente, seus olhos parecem frios.

Eu ri, achando graça.

— E quando eu falo a verdade, como ficam meus olhos?

— Vivos — respondeu ela. — Eles parecem vivos.

Eu queria responder com um comentário mordaz, mas meu sarcasmo tinha sido abalado pela tristeza. Então falei a verdade.

— Meus pais cozinhavam juntos. Minha mãe dizia que meu pai era seu *sous-chef*. Eles ouviam música e dançavam pela cozinha, se abraçando, se beijando e rindo. Quando eu era pequeno, achava irritante, mas... sei lá. Acabei de ter um flashback quando te abracei.

— Ah. — Ela concordou com a cabeça. — Às vezes, as menores são as mais dolorosas.

— As menores?

— As memórias que pareciam pequenas e minúsculas. Como se você quase tivesse se esquecido de que existiam até elas voltarem para te dar uma rasteira.

Concordei com a cabeça.

— Foi exatamente isso. Mas é esquisito, porque fiquei triste, e, ao mesmo tempo, percebi que eles tinham o que eu tenho com você. Quando te abracei, senti o que eles sentiam... — Eu a puxei e lhe dei um beijo na testa. — Sei que é você.

— Sou eu o quê?

— Você é o que faz eu me sentir melhor, mesmo nos piores dias.

Seus olhos ficaram marejados de lágrimas, e ela me beijou devagar. Ou talvez eu tenha imaginado que foi devagar. Sempre que eu estava perto de Starlet, o tempo parecia passar em câmera lenta, o que era ótimo.

Sorri para ela, abraçando-a.

— Sabe, gostei muito de te ver usando minha camisa. É quase como se ela tivesse sido feita para você.

Ela deu um passo para trás e girou nos calcanhares.

— Você acha? Talvez eu devesse ter vestido uma calça em vez de só uma calcinha.

Eu me aproximei dela e a puxei para um abraço.

— Ah, não. A calcinha é o que completa o look.

Dei um beijo em sua testa, e ela se aconchegou em mim.

— Você está bem, Milo?

— Agora estou.

Eu sempre me sentia melhor quando ela estava nos meus braços. Sorri e a beijei. Eu mal podia esperar pelo dia em que poderíamos fazer isso em público. Eu a beijaria na presença de todas as pessoas que passassem na nossa frente. Nós seríamos um daqueles casais irritantes e melosos que ficam se agarrando na frente de todo mundo.

Ficamos parados no meio da cozinha, abraçados, sem a intenção de nos separarmos tão cedo. Então a comida ficou pronta. Voltamos para a sala de jantar, para a terceira refeição do dia.

Peguei uma garrafa de vinho no armário de bebidas.

— Eu diria que meus pais iam achar ruim se me pegassem bebendo isso, mas, como minha mãe morreu e meu pai está em coma, duvido que eu fique de castigo.

Starlet arregalou os olhos, em choque com as minhas palavras, mas aí ela os estreitou.

— Fazer piada com coisas tristes te ajuda?

— Ajuda, e você provavelmente vai ouvir outras parecidas nos próximos dias.

— Bom saber. Muito bom saber.

Olhei ao redor da sala de jantar, notando que o ambiente parecia mais claro. Só que eu não conseguia entender direito por quê.

— Você… você trocou as lâmpadas daqui? — perguntei.

Ela fez que sim com a cabeça.

— Comprei algumas enquanto você estava no hospital hoje. Li na internet que luzes mais fortes podem ser melhores para pessoas com retinose pigmentar. Troquei todas as lâmpadas da casa. — Ela fez uma pausa e balançou a cabeça. — Desculpa. Eu devia ter consultado você antes. Notei que algumas lâmpadas estavam queimadas e pensei em trocá-las. Se você tiver detestado, podemos voltar com as antigas. Não tem problema nenhum.

Fiquei parado feito uma pedra, sem me mover nem um milésimo enquanto a encarava. Ela era incrível em todos os sentidos possíveis. Seu cabelo rebelde, seus olhos lindíssimos, seu sorriso gentil e seu coração gigante. Seu coração... Eu não sabia por que ela havia entrado na minha vida, mas tinha consciência de que ela era o meu milagre. A pessoa que tornava meus dias difíceis mais suportáveis. A pessoa que me lembrava de respirar de novo após anos de sufocamento. Ela era o próximo ato da minha peça, depois de um intervalo que parecera durar uma eternidade. Eu não acreditava que tinha a sorte de tê-la conhecido. De senti-la. De me apaixonar perdidamente por ela.

Como um idiota que nem eu tinha encontrado alguém como Starlet?

— Eu te amo — falei. Não era assim que eu pretendia me declarar. Não havia nenhum gesto romântico nem um tom carinhoso de admiração por trás das minhas palavras. Eu apenas falei, e de um jeito quase agressivo até. Era como se meu corpo não conseguisse mais conter as palavras. Como se precisasse expelir essa verdade o mais rápido possível. — Eu te amo — repeti, agora mais devagar, com mais delicadeza. — Eu te amo. Eu te amo. Eu te amo.

Os olhos grandes de Starlet se arregalaram enquanto ela inclinava a cabeça para encontrar meu olhar.

— Você me ama?

— Eu te amo.

Como eu poderia não amar? Ela era uma noite quente de verão que equilibrava meu dia frio de inverno. Ela era a minha pessoa.

Eu nunca achei que fosse ter uma pessoa.

Achava que sempre seria apenas eu.

Meu estômago se tensionou quando percebi que ela me encarava. Pigarreei, me sentindo meio bobo por ter falado aquilo sem pensar. De repente, me senti levemente inseguro quando me dei conta de que talvez Starlet não sentisse a mesma coisa. E por que ela sentiria o mesmo que eu, sinceramente? Eu era uma pessoa complicada. Eu conhecia as minhas cicatrizes e muitas vezes me perguntava como outra pessoa seria capaz de amá-las. Engoli em seco, me lembrando de que eu não tinha falado aquelas palavras para ouvi-las também. Eu tinha falado aquelas palavras porque eram a verdade. Eu a amava. Eu amava Starlet de uma forma que nunca imaginei ser possível e achava que ela merecia saber disso. Uma pessoa como ela merecia saber que era amada. Seria uma pena se as pessoas mais amorosas do mundo nunca tivessem a oportunidade de ouvir algo assim.

Esfreguei o pescoço com a palma da mão.

— Escuta, você não...

— Eu também te amo — interrompeu-me ela, fazendo meu coração parar.

Ou ele estava batendo mais rápido? Eu não sabia dizer.

— Você me ama?

— Eu te amo.

Eu a beijei, porque não consegui pensar em nada que não fosse isso. Ela retribuiu o beijo, porque também me amava. Ultimamente, minhas emoções andavam bem instáveis. Era como se eu tivesse experimentado um milhão de sentimentos em um intervalo de tempo muito pequeno, sem encontrar um ponto de equilíbrio; mas, quando ela me beijava, eu sentia como se meus pés finalmente encontrassem terra firme.

Naquela noite, quando fomos para a cama, fiquei abraçado à mulher que me amava tanto quanto eu a amava. Deitada nos meus braços, ela se virou para mim e disse:

— Você já pensou em falar para o seu pai tudo o que me disse ontem à noite? Talvez explicar o quanto precisa dele aqui? Li algumas matérias que diziam que pessoas em coma às vezes conseguem escutar o que nós falamos com elas. Acho que ele precisa saber como você se sente de verdade.

Pensei no conselho dela. Naquela altura do campeonato, eu estava disposto a tentar de tudo para ajudá-lo a abrir os olhos de novo.

30

Milo

Na manhã seguinte, fui ao hospital para ficar com meu pai. Eu não estava dormindo bem. Na maior parte do tempo, tinha pesadelos e acordava com a mente exausta. Starlet tinha me aconselhado a abrir o coração para meu pai, e isso fazia minha mente entrar em parafuso, porque meu coração andava bem fodido ultimamente. De vez em quando, Starlet conseguia acalmá-lo, mas isso não mudava o fato de que todos os dias eram dias difíceis. Eu queria que o amor fosse suficiente para acabar com todos os momentos ruins da vida. Mas não era assim que funcionava, o amor agia como um bálsamo. Não curava o que estava rachado no meu coração, mas o tranquilizava de tempos em tempos.

Eu não sabia como falar com o meu pai.

Não sabia por onde começar nem como terminar. Para ser sincero, não sabia nem se ele conseguiria me ouvir. Eu me sentia meio ridículo fazendo aquilo, mas vê-lo preso àquelas máquinas era suficiente para me convencer a tentar o que fosse pelo menos uma vez. Eu não era bom com as palavras. Acho que o Sr. Slade concordaria com isso. Mesmo assim, eu estava disposto a me esforçar.

— Estou puto com você — falei para ele, encarando todos os cabos presos ao seu corpo e o tubo em sua garganta. Os ecos das máquinas que o deixavam vivo eram os sons que assombravam meus sonhos. — Estou puto pra cacete com você por ter vindo parar aqui. Eu precisava de você — sussurrei, puxando uma cadeira até a cama. — Eu precisava de você, pai, e você não estava lá. E isso me deixa puto — disse, fungando. — A mamãe teria ficado do meu lado. Se tivesse sido ao contrário, ela teria ficado comigo, teria falado que ia ficar tudo bem, independentemente do que acontecesse. Ela prestaria atenção em cada detalhe da minha vida. Ela teria percebido que tinha algo errado com a minha visão antes mesmo que eu pudesse notar qualquer coisa. Ela estaria ao meu lado. Então, que se dane — falei para ele, secando as lágrimas que escorriam pelo meu rosto. — Vai à merda por pensar que nós precisávamos sofrer sozinhos e não juntos. Vai à merda por ter desmoronado e não ter levado em consideração que eu poderia te ajudar. E vai à merda por tentar me abandonar agora. Você não pode fazer isso, tá, pai? Você não pode ir embora agora para encontrar a mamãe, porque ainda estou muito puto com você, tá? Não desisti de você. Não desisti de nós dois. Então, acorda, por favor! Por favor, pai! Você pode acordar? Por favor, acorda agora, para a gente poder ficar triste juntos. Levanta, pai — falei, chorando e apoiando a cabeça no ombro dele. — Acorda, acorda, acorda.

As máquinas continuaram apitando, mas meu pai não abriu os olhos. Ele não voltou para mim naquele momento, e continuei arrasado. Lamentei a perda do homem que ele tinha sido e do homem que havia se tornado. Lamentei as oportunidades que perdemos de melhorar juntos. Lamentei a dor pela qual nós dois tínhamos passado. Então, voltei na manhã seguinte e conversei com ele de novo.

No segundo dia, fiquei segurando a mão dele enquanto falava.

— Existe a chance de me arrumarem um cão-guia — contei para ele. — Mas seria daqui a um bom tempo. Você nem imagina como leva tempo para conseguir um. Chega a ser até engraçado. Passei a vida toda implorando para ter um cachorro e agora posso ter um e você nem pode reclamar. — Apoiei o queixo no ombro dele e fitei seus olhos fechados. — Então, que tal você abrir os olhos rapidinho e dizer que não, pai? Você vai falar que não vai limpar merda de cachorro nenhum, né? — Eu o cutuquei de leve. — Se você não acordar logo, talvez eu faça uma bobagem e pegue dois cachorros de uma vez.

Dei um pulo quando senti um leve aperto. Meus olhos voaram para minha mão, esperando para ver se eu tinha sentido aquilo mesmo ou se já estava alucinando.

— Anda, pai. Acorda.

Nada.

Então me despedi e voltei na manhã seguinte para o terceiro dia.

No terceiro dia, haviam trocado o tubo de respiração por uma máscara de oxigênio. Parecia um progresso. Eu precisava muito que aquilo fosse um progresso.

— O nome dela é Starlet. Talvez você não lembre, mas dançou com ela no seu aniversário de casamento. Ela é tudo o que há de mais lindo neste mundo, pai — falei, andando de um lado para outro no quarto. — Ela é inteligente, gentil e linda. Ela é tão linda, mas, por mais estranho que pareça, essa é a característica menos interessante dela. Ela é determinada de um jeito que eu nunca fui. Ela me motiva a ser uma pessoa melhor e cuida de mim quando não tem ninguém por perto. Tento retribuir, mas a vida dela é bem mais organizada do que a minha. Ela sabe o que quer, e não tenho a menor dúvida de que vai alcançar todos os objetivos que tem. Às vezes, muitas vezes, acho que não sou bom o suficiente para ela, ainda mais agora, com todos esses problemas. Não quero ser um fardo para ela com esse meu problema de vista. Na terapia em grupo, comentaram que pessoas próximas a nós às vezes acabam ganhando um fardo. Eu não quero que isso aconteça. Não quero que ela se perca tentando me ajudar. Enfim, essa é a Starlet. Eu amo essa mulher. Eu amo tanto essa mulher, pai... Você também a amaria se a conhecesse. Acho que todo mundo se apaixona por ela quando a conhece. Ah, mas tem um problema. — Eu me aproximei dele, me inclinei para chegar bem pertinho de sua orelha e sussurrei: — Ela trabalha na escola, num estágio, e é minha monitora. Bem louco, né? O Weston teria um surto se descobrisse, e tenho certeza de que você me daria uma bronca se pudesse. Então esta é a sua chance. Me dá uma bronca, pai. Acorda. Me diz que estou sendo um idiota.

Seus olhos se agitaram, mas nada além disso.

No quarto dia, ele estava respirando sozinho.

Sentei-me na cadeira e estiquei os pés até a beira da cama do meu pai.

— Lembra quando você teve certeza de que alguém tinha batido no seu carro no mercado quando eu tinha catorze anos? Na verdade, fomos eu e a Savannah. A gente estava brincando na garagem, e acertei o seu carro com meu bastão de beisebol. Fiquei surpreso por você não ter percebido nada, e aí, quando você chegou em casa convencido de que alguém no mercado tinha batido no seu carro e ido embora sem falar nada, pensei: por que contar a verdade? Ah, uma vez, quando eu tinha oito anos, fiquei irritado por você ter me deixado de castigo, então enfiei sua escova de dentes na privada e passei duas semanas me referindo a você como bafo de cocô na frente dos meus amigos. Ah, e quando eu estava na primeira série e você foi convocado, falei para minha turma inteira que você estava em Hollywood gravando um filme com o Brad Pitt. Eu não queria que soubessem que você estava na guerra. Também não queria pensar nisso, caso alguma coisa ruim acontecesse com você.

Eu o encarei, torcendo para que algo acontecesse. Parecia que ele ia acordar.

Tirei os pés da beira da cama e levei a cadeira para mais perto.

— Anda, pai — murmurei, encarando o rosto que tinha tantos traços em comum com o meu. — Me dá um sinal, vai?

— Alguns deles são um pouco mais teimosos — disse uma enfermeira ao entrar no quarto sorrindo. — Tenho certeza de que daqui a pouco ele vai responder.

— Já são cinco dias sem nenhuma mudança — falei.

— Isso não é verdade — rebateu ela. — Aquele tubo enorme não está mais na garganta dele. Isso é um progresso. E ele está respirando sozinho. Outro progresso. E ele presta atenção no que você fala.

— O quê? Como você sabe?

— Ali, ó. — Ela apontou para ele. — Quando você fala, a cabeça dele se move um pouquinho na sua direção. Ele está cansado, só isso. Precisa descansar um pouco.

— Tipo pão — murmurei, pensando na receita da minha mãe.

— Como é?

— Nada. Obrigado. Acho que tenho que ir embora. O horário de visitas já está quase acabando. — Eu me levantei da cadeira e apertei a mão do meu pai. — Até amanhã.

Talvez fosse minha imaginação, mas eu jurava que ele havia apertado a minha mão.

Nos dois dias seguintes, Weston me obrigou a ir à escola, o que era a última coisa que eu queria fazer, apesar de também saber que não podia ficar para trás nas matérias.

Depois do sexto tempo, comecei a me sentir menos ansioso ali, porque significava que eu passaria a próxima hora olhando para Starlet. Isso sempre melhorava meus dias.

A caminho da aula de inglês, me deparei com Bonnie e Savannah sussurrando uma com a outra, como sempre. Bonnie abriu um sorriso largo para mim e me cutucou no braço.

— Temos uma boa notícia para você.

Fiz uma careta.

— Eu devia ficar preocupado?

— Não. Você devia ficar empolgado, meu amigo. A gente sabe que você está passando por muita coisa, ainda mais agora com o seu pai no hospital — explicou Bonnie.

— Por que estou com a impressão de que você está prestes a sugerir alguma doideira?

— Porque ela está prestes a sugerir uma doideira — respondeu Savannah.

— A gente acha que você precisa transar — disse Bonnie em um tom prático.

Arqueei uma sobrancelha.

— Como é que é?

— Sei que a gente sempre falou que seria melhor você fazer terapia a ficar usando suas técnicas de putaria, mas épocas desesperadas pedem medidas desesperadas. Adivinha o que escutamos no banheiro feminino hoje cedo?

— Por que eu tenho a sensação de que não quero saber? — murmurei.

— As gêmeas Beth e Amanda estavam discutindo, brigando sobre quem conseguiria levar você para a cama primeiro — continuou ela. — As gêmeas mais gostosas da escola estão babando por você.

Savannah concordou.

— Você pode tirar proveito disso, ainda mais com tudo o que está acontecendo com o seu pai. Nós sabemos que você gosta de se distrair com sexo. Então...

— Não faço mais isso — confessei.

As duas ficaram imóveis e disseram, juntas:

— O quê?

Dei de ombros, seguindo para o meu armário.

— Eu disse que não faço mais isso. Não fico mais pegando garotas desse jeito.

— Ai, nossa! — exclamou Savannah, em choque. — Você está apaixonado!

— O quê? Não estou, não — menti, abrindo o armário.

— Está, sim. Por que você não quer contar para a gente quem é ela?

— A Savannah está convencida de que você está apaixonado por uma garota misteriosa já tem um tempo. Ela não para de falar que você está diferente — contou Bonnie.

Peguei meus livros no armário.

— Não estou com ninguém.

Foi nesse momento que Starlet passou por nós três. Meu olhar cruzou com o dela, e eu abri um sorriso discreto. Ela sorriu para mim e depois para as minhas amigas.

— Boa tarde, meninas — disse Starlet, então seus olhos se voltaram para mim. — Boa tarde, Milo. Vejo vocês na aula daqui a pouco — completou ela, meus olhos acompanhando-a o tempo todo.

Bonnie e Savannah estavam boquiabertas.

— Você está ficando com a Srta. Evans?! — sussurraram as duas em um tom escandaloso.

Arregalei os olhos quando ouvi o comentário delas, bati a porta do armário com força e me virei para as duas, sussurrando:

— Calem a boca, meninas.

Savannah colocou as duas mãos nos meus ombros e estreitou os olhos.

— Milo Corti, eu te conheço desde que você usava fraldas, então nem pense em mentir para mim, tá? Você está ou não está tendo um caso secreto com a Srta. Evans?

Pisquei algumas vezes. Pisquei mais um pouco.

— É... complicado.

—AIMEUDEUS! — berraram as duas juntas.

Eu estava fodido.

O sinal tocou, então segui para a sala para assistir à próxima aula. Bonnie teve que ir na direção oposta, mas Savannah seguiu andando do meu lado.

— Você precisa me contar tudo — sussurrou ela. — Tudo!

— Na verdade, não preciso, não.

— Milo! Eu sou sua melhor amiga. Eu mereço todos os detalhes. — Ela estreitou os olhos e me obrigou a parar no corredor. — Ela é boa de cama?

— Não vou responder isso.

— Então ela já esteve na sua cama.

— Também não vou responder isso.

— Ai, nossa, ela é a melhor transa que você já teve, não é?

Suspirei. Apertei a ponte do nariz e balancei a cabeça. Eu sabia que não tinha como escapar.

— É, ela é... mas não é só isso... eu... eu amo a Starlet, Savannah. Você não pode falar nada para ninguém. Mas eu amo essa mulher.

Os olhos de Savannah ficaram marejados de lágrimas, e ela levou as mãos ao peito.

— AIMEUDEUS! — gritou ela.

Puta merda.

Eu não sabia se conseguiria aguentar muito mais daquilo.

Fomos para a aula de inglês, e não olhei na direção de Starlet. Eu não ia tornar a situação mais óbvia do que já era. Savannah me passou um bilhete quando a aula começou.

Ela também te ama?

Li a pergunta dela e amassei o papel.

Ela me passou outro bilhete.

Você vai se casar com ela?

Também amassei esse.

Posso ser madrinha quando vocês se casarem?

Amassei, amassei, amassei.

Ai, nossa. Você está comendo a nossa professora!

Amassei pra caralho.

Já tem um tempão que o Tom jura que vocês dois estão trepando.

— Para com isso — sussurrei, rasgando o último papel.

Savannah não pareceu se abalar com a minha rispidez.

— Parece as novelas que minha avó vê. Um escândalo! Adorei essa reviravolta. Você precisava mesmo de uma história melhor do que aquele enredo todo de tristeza. Acho que isso está te fazendo bem. Acho que ela te faz bem.

Resmunguei e ignorei o comentário de Savannah.

Mas ela não estava errada.

Eu também sabia que Starlet me fazia bem.

Passei os minutos seguintes remoendo o fato de que teria que contar para Starlet que minhas amigas tinham descoberto sobre nós. Eu também teria de dizer para essas mesmas amigas que, se elas dessem um pio sobre esse assunto, eu as partiria no meio e jogaria o corpo delas no lago, onde ninguém as encontraria. No meio da aula, Weston apareceu na porta com uma expressão nervosa.

— Desculpa interromper, Sr. Slade, mas preciso pegar o Milo emprestado — disse Weston, ajeitando os óculos. Ele se virou para mim, e um pequeno sorriso surgiu em seu rosto. — Ele acordou.

Ele acordou?

Eu me levantei com um pulo da carteira, peguei minha mochila e fui na direção de Weston. Quando passei por Starlet, notei que seus olhos estavam à beira das lágrimas e que um sorriso estampava seu rosto. Minha sensível e doce Star. Ela articulou com a boca:

— Ele acordou.

Senti suas palavras alcançarem minha alma, e fiz que sim com a cabeça enquanto seguia na direção da porta.

Ele acordou.

Weston e eu fomos correndo para o hospital, e, assim que entrei no quarto do meu pai, vi seus olhos. Eu ainda conseguia enxergá-lo, e ele também conseguia me enxergar. Passei tantos dias com medo de nunca mais ver aqueles olhos, caso ele decidisse não acordar. Mas lá estava ele — acordado.

— Oi, filho — sussurrou ele, sua voz rouca e cansada.

Fui correndo até a cama e o abracei. Comecei a chorar agarrado ao ombro dele, enquanto ele desabava sobre o meu. Nenhuma briga do último ano importava naquele momento. Toda a mágoa e todas as dificuldades que encaramos pareceram evaporar. Nada importava além do fato de que ele estava bem. Ele estava vivo. Ele estava acordado.

— Nunca mais faça uma coisa dessas — briguei com ele, sentindo meu coração a ponto de pular do peito com a força com que batia contra minhas costelas. — Nunca mais faça uma porra dessas, pai — repeti.

Quando o soltei, suas lágrimas continuaram rolando. Ele esfregou o nariz com o dorso da mão e fungou, olhando para mim e para Weston.

— Acho que preciso procurar ajuda — confessou ele. — Não posso continuar assim. Quero melhorar. Preciso de ajuda.

Ouvi-lo dizer essas palavras era como música para meus ouvidos. Eu o abracei de novo e falei baixinho:

— Tudo bem, pai. Vamos procurar ajuda para você.

— Tudo bem.

Ele suspirou.

Eu suspirei também.

Tudo bem.

31

Milo

Encontramos uma clínica de reabilitação em Chicago que atendia a todas as necessidades do meu pai. Ele passou uma semana no hospital se recuperando e foi à nossa casa em uma manhã de domingo para pegar umas roupas antes de seguir para a clínica com Weston.

Eu tinha me oferecido para ir junto, mas meu pai preferia que eu não o visse entrando em um lugar como aquele. Eu queria muito estar lá, mas respeitei sua decisão. Não podia brigar com ele justo agora que estava procurando ajuda. O programa de reabilitação dele duraria pelo menos quatro semanas, o que parecia tempo suficiente para meu pai fazer progresso.

Assim que os dois saíram de casa, liguei para Starlet ir para lá, e ela chegou em meia hora. Passamos um tempo conversando, depois ficamos horas fazendo nossos respectivos deveres de casa. Preparamos uma das receitas da minha mãe para o jantar e estávamos colocando a mesa para comer quando fomos interrompidos pelo som de um carro na rua. Fiquei paralisado por um instante quando ouvi alguém tentando abrir a porta, então Weston entrou.

— Tudo certo, Milo. Seu pai já está na clínica. Sei que você falou que queria ficar sozinho, mas fiquei me sentindo mal com isso. Então trouxe comida para a gente.

Starlet estava paralisada na sala de jantar. Eu também não me mexi. Parecia que tudo ao redor estava em câmera lenta.

— Srta. Evans — disse Weston, chocado ao vê-la ali. E usando minha camiseta. Só de calcinha.

— Ai, meu deus! Diretor Gallo, oi — exclamou Starlet, corando.

As narinas de Weston se alargaram conforme a raiva o atingia com toda a força.

— Vocês estão de brincadeira comigo? — berrou ele.

Ele apertou a ponte do nariz e se virou de costas para nós dois.

— Eu posso explicar — falei, pois Starlet já estava tremendo incontrolavelmente do meu lado.

A mente dela deve ter dado pane na mesma hora. Meu estômago doía só de pensar no turbilhão que deviam ser os pensamentos dela agora.

— Acho melhor não — rebateu Weston, ríspido. — Srta. Evans, talvez seja uma boa ideia vestir a sua calça e ir embora.

Starlet abriu a boca, mas não conseguiu falar nada. Ela correu até o quarto para buscar suas coisas com lágrimas escorrendo pelo rosto. Quando voltou com sua bolsa de viagem, Weston bufou, horrorizado.

— Nós estamos brincando de casinha? É isso que está acontecendo aqui? — vociferou ele para ela.

— Calma, West — falei.

— Não me venha com essa — bradou ele, levantando o dedo para mim. — Não me venha com essa, Milo.

Starlet passou por Weston olhando para o chão. Seu corpo tremia tanto que eu já estava ficando nervoso. Ela tentou falar alguma coisa.

— Desculpa — sussurrou ela. — Desculpa mesmo.

Eu não sabia se ela estava se desculpando com Weston ou comigo, mas, antes que eu pudesse falar que ela não precisava se desculpar, Starlet já tinha saído pela porta, entrado no carro e ido embora.

Olhei para Weston e vi que ele estava com a mão na cintura, me encarando como se eu fosse louco.

— Você está de brincadeira comigo, Milo?

— Você não precisava ter reagido dessa forma — falei.

Ele arregalou os olhos de raiva.

— Ah, me desculpa. Eu devia achar tranquilo uma das minhas professoras transar com um aluno? Transar com o meu sobrinho?! Nossa, foi mal. Esqueci que é assim que a gente se comporta numa situação dessas!

— Monitora, não professora. Ela ainda é estagiária — murmurei, como se isso fizesse muita diferença.

Weston me encarou como se eu tivesse duas cabeças ou sei lá o quê.

— Puta merda, você é inacreditável, Milo. Sério. Como você pôde achar que isso seria uma boa ideia com tudo o que está acontecendo na sua vida?

— Você acha que eu não sei o que está acontecendo? Eu sou o mais afetado nessa história toda! Eu entendo o que está acontecendo. E se não fosse pela Star...

— Srta. Evans — corrigiu-me ele. — Para você, o nome dela é Srta. Evans.

— Eu amo a Starlet — falei, me empertigando, mas ainda me sentindo como um garotinho que levava uma bronca por fazer pirraça. — Eu amo a Starlet, West.

Por um instante, os olhos dele ficaram marejados de lágrimas. Por um instante, achei que ele pudesse entender. Por um instante, achei que ele tivesse me escutado, que tivesse entendido que eu e Starlet havíamos na verdade nos encontrado. Mas aí seu olhar se tornou frio.

— Bom, então pare de amar. Agora.

Ele se virou e foi embora, me deixando sozinho ali.

A primeira coisa que fiz foi pegar meu celular e ligar para Starlet.

Ela não atendeu.

Mandei um monte de mensagens. Liguei mais uma dezena de vezes.

E não recebi resposta.

32

Starlet

Na tarde de segunda-feira, fui chamada à diretoria.

Eu não tinha dormido nada na noite anterior. Havia passado boa parte da madrugada enjoada, incapaz de fazer qualquer coisa que não fosse vomitar tudo que havia no meu estômago. Whitney estava preocupada, achando que eu tinha ficado doente, mas eu ainda sentia muita vergonha para contar o que de fato havia acontecido.

Eu sabia que ela me diria "Eu avisei" e não estava pronta para ouvir isso. Não estava pronta para ouvir nada. Estava morrendo de medo de ter destruído a minha vida. Tudo o que eu tinha me esforçado para conquistar nos últimos anos estava prestes a ir por água abaixo porque resolvi me apaixonar por um homem que também me amava.

Eu seguia pelos corredores da escola quando vi Milo, que encontrou meu olhar e veio correndo na minha direção.

— O que você está fazendo aqui? Você devia estar em casa, Milo. Tem muita coisa acontecendo na sua vida para você se dar ao trabalho de vir à aula — falei.

— Eu precisava ver como você estava. O que está acontecendo? — sussurrou ele, chegando mais perto de mim.

— Para, Milo — falei baixinho.

— Você não respondeu às minhas mensagens.

— Não posso fazer isso — falei, segurando as lágrimas que ameaçavam escapar.

— Star...

— *Para* — sussurrei, agora mais agitada. Eu o encarei, sentindo as lágrimas prestes a escorrer pelas minhas bochechas. Seus olhos demonstravam preocupação, carinho, um cuidado que eu tinha aprendido a amar nele. *Eu te amo. Eu te amo tanto que chega a doer.* — Não me chame assim, Milo. Por favor. Não posso conversar com você. Tenho uma reunião com o seu tio.

— Posso ir com você.

— Não. Isso só ia piorar as coisas. Eu sabia o que estava fazendo e entrei nessa consciente de tudo. Agora preciso encarar os fatos. Não é culpa sua nem é sua responsabilidade lidar com isso. Só me resta enfrentar as consequências.

Segui para o outro corredor, que estava vazio. Milo me acompanhou, olhando ao redor, então pegou meu braço e me arrastou para a despensa. O mesmo lugar para o qual eu o levara semanas antes, quando ele estava mal.

— Você ficou doido?! — sussurrei, empurrando seu peito. — Você não pode fazer isso, Milo.

— Eu sei, eu sei. Merda! — berrou ele, passando a mão pelo cabelo escuro. — Eu ferrei com tudo, Star. Desculpa. Eu só... não consigo parar de pensar em você. Quero saber se você está bem. — Ele deu um passo na minha direção e balançou a cabeça. Sua mão tocou minha bochecha, e aqueles olhos que eu tanto amava focaram nos meus. — Você está bem?

Aquelas três palavras foram um gatilho para que as lágrimas começassem a rolar. Balancei a cabeça porque não queria aceitar o que estava acontecendo. Eu queria dizer para ele que não estava bem. Queria puxá-lo para perto de mim e chorar no seu ombro. Queria que ele me protegesse do mundo que implodia ao meu redor. Mas eu não podia.

Eu não podia abraçá-lo.

Eu não podia tocá-lo.

Eu não podia amá-lo.

O pior daquela situação toda era que não era eu quem de fato precisava de apoio naquele momento. Era Milo. Era o mundo dele que estava pegando fogo. Era ele quem estava vendo tudo ao seu redor desmoronar. Era ele quem precisava ser consolado. Ser tocado. Ser amado.

Meu corpo tremia ligeiramente, mas eu consegui ficar ereta.

— Eu vou sair daqui, Milo, e você vai esperar um tempo antes de botar a cara no corredor.

Ele agarrou meu braço, fazendo uma onda de eletricidade percorrer meu corpo.

— Star, por favor. Deixa eu te dar um abraço.

Puxei meu braço para longe.

— Não. Não. Você não está entendendo? Isso é errado. Está errado desde o começo, e eu fui deixando que as coisas chegassem neste ponto caótico. Foi tudo um erro imenso, Mi.

— Você acha que nós fomos um erro?

O sofrimento em sua voz fez meu coração se partir ainda mais.

— Não, claro que não, não foi isso que eu quis dizer.

Seria impossível Milo ser um erro. Ele parecia ser a primeira coisa certa que havia acontecido na minha vida desde a morte da minha mãe. Milo Corti era meu lar. Ainda assim, isso não fazia com que aquela situação fosse certa.

— Você se arrependeu? — questionou ele.

Balancei a cabeça e toquei seu rosto.

— Eu jamais poderia me arrepender de você. Nem se eu tentasse. — Ele inclinou ligeiramente o rosto e beijou a palma da minha mão, fazendo meu corpo se arrepiar. Baixei a cabeça. — Preciso ir falar com o diretor.

— Eu vou com você. Podemos encarar isso juntos.

— Você não pode ir.

— Posso, não tem problema. Ele é meu tio. Ele vai entender. Ele vai...

— Milo — falei com mais firmeza, balançando a cabeça. — Não dá para você lutar essa batalha por mim. Tenho que ser adulta e aceitar meu destino. Desculpa. Preciso ir.

Antes que ele conseguisse falar mais alguma coisa, saí correndo da despensa. Não olhei para trás, com medo de ver que ele me seguia.

Ou com medo de eu ceder e me jogar em seus braços. Apesar de isso ser tudo o que eu queria.

Quando entrei na sala do diretor Gallo, senti meu estômago embrulhar. Ele me instruiu a fechar a porta e a me sentar. Meu corpo tremia quando ele se acomodou à minha frente, sua mesa era a única barreira que nos separava.

Mantive a cabeça baixa e fiquei remexendo os dedos. Eu estava com os nervos à flor da pele e enjoada, mesmo tendo passado o dia inteiro sem comer nada.

Ele não abriu a boca por um tempo, o que me deu a impressão de que estava esperando que eu começasse.

Eu não conseguia olhar nos seus olhos.

— Diretor Gallo…

— Como começou? — interrompeu-me ele.

Ergui a cabeça e encontrei seus olhos.

— Como é?

Ele tirou os óculos e apertou a ponte do nariz.

— A situação entre você e meu sobrinho. Como começou?

Engoli em seco, me perguntando o quanto deveria contar sobre a situação toda. Então me dei conta de que não fazia diferença. A verdade era a única coisa que me restava, e não importava como eu a contasse, o resultado seria o mesmo. Então contei a história toda.

— A gente se conheceu na festa de uma fraternidade, antes de eu começar o estágio. A gente… — Fiz uma pausa, me sentindo um pouco envergonhada. — A gente se conectou.

— Você transou com ele — declarou o diretor, seco.

Fiz que sim com a cabeça.

— Sim, senhor.

Ele franziu a testa, entrelaçando as mãos.

— Aí você chegou para trabalhar e descobriu que ele estudava aqui.

— Sim, exatamente.

— E aí vocês continuaram fazendo o que começaram nessa tal festa.

— Não. — Balancei a cabeça. — De jeito nenhum. Durante um bom tempo, impus limites com ele. Era tudo estritamente profissional, e, bom, aí, bom, eu, bom, ele, bom... nós...

Comecei a me enrolar com as palavras. Não conseguia desembolar meus pensamentos, que estavam bastante emaranhados. Antes que eu conseguisse pronunciar mais uma sílaba, a porta da diretoria foi escancarada, e Milo entrou na sala e fechou a porta de novo.

— Não é culpa dela — bradou Milo para o tio. Dava para notar a raiva ressoando em suas palavras.

Ou talvez não fosse raiva. Talvez fosse medo pelo que poderia acontecer comigo. Eu também me sentia mal por isso, por fazer Milo se preocupar comigo quando seu mundo inteiro estava desmoronando.

— Milo, você não foi convocado para esta reunião — disse o diretor Gallo.

A veia em seu pescoço estava estufada, me deixando ainda mais preocupada.

— Não, dane-se, West. Fala sério. Você sabe que isso é uma palhaçada — gritou ele. — Ela é boa demais no que faz para ser punida por ter...

— Por ter feito o quê? — sussurrou o diretor Gallo em um tom exaltado. — Por ter transado com um aluno? Com o meu sobrinho?! Você só pode estar de brincadeira, Milo. Eu tenho um trabalho a fazer e preciso que você saia da minha sala para eu lidar com a situação.

— Ela me salvou — disse Milo de repente. Seus olhos ficaram marejados de emoção enquanto ele encarava o tio, se abrindo por inteiro naquela sala. Ele estava sendo sincero e verdadeiro. — Eu não queria mais estar aqui — confessou. — Eu não queria existir. Eu estava morrendo, Weston, e ela me salvou. A Starlet salvou a porra da minha vida. Então dá para você não fazer isso com ela? Você pode por favor não estragar a vida dela só porque ela decidiu salvar a minha?

— Milo. Sai da minha sala — ordenou o diretor Gallo.

Milo se empertigou.

— Não.

— Milo. Sai. Agora — repetiu ele.

— Não.

— Mi...

— Eu perdi tudo — disse ele, com a voz falhando. — Eu perdi tudo, West. Não vou suportar mais isso, tá? Por favor. Não vou suportar perder a Starlet também.

E isso bastou para que meu coração se quebrasse em um milhão de pedaços.

Fiz menção de tocar o braço de Milo, mas parei no instante em que vi o olhar do diretor acompanhar o meu. Não encostei nele. Eu não podia encostar nele.

— Milo, por favor, vai embora — sussurrei com a voz falhando. — Por favor. Vai ficar tudo bem.

Ele me olhou meio confuso. Eu me sentia grata por ele tentar me defender naquele momento, mas sabia que precisava andar com meus próprios pés. A vida era feita de escolhas. Eu havia feito as minhas, e agora estava na hora de lidar com as consequências. Milo não podia participar da confusão que eu mesma havia criado.

Ele piscou algumas vezes para mim, depois se virou para o tio:

— Se você estragar a vida dela, nunca vou te perdoar.

— Não é culpa dele, Milo. A culpa não é dele — falei.

Eu achava que o que mais doía em Milo era saber que não era culpa do tio dele. Nós dois tomamos nossas decisões. Fizemos escolhas que não devíamos ter feito e, agora, precisávamos encarar as consequências. Não havia ninguém a culpar além de nós mesmos.

Depois que ele saiu da sala e fechou a porta, o diretor Gallo murchou um pouco na cadeira, apertando a ponte do nariz.

— Ele não devia ter entrado aqui. Isso deveria ter ficado só entre nós, Srta. Evans.

— Eu sei, mas ele apareceu porque sabia que eu estaria aqui — sussurrei, encarando minhas mãos trêmulas. — Ele veio por minha causa.

Sentada ali diante do homem que tinha o futuro da minha carreira em suas mãos, tive plena consciência do peso das palavras que eu havia acabado de pronunciar.

O diretor Gallo ficou em silêncio por um instante. Seus olhos estavam tomados de emoção, e eu não conseguia imaginar o que ele estava pensando. Não conseguia imaginar o que ele ia me dizer.

Tudo que eu sabia era que ele também estava passando pelo processo de luto, tentando entender quais seriam os próximos passos. Ele estava tão sufocado quanto o sobrinho.

— Sinto muito — falei, balançando de leve a cabeça. — Sinto muito por tudo isso. Estou falando do fundo do meu coração, diretor Gallo. Sinto muito por tudo.

Ele pigarreou, ainda sem me encarar.

— Talvez seja melhor continuarmos essa conversa na semana que vem. Até lá, fique longe da escola, por favor. Entro em contato quando tudo for resolvido. E fique longe do meu sobrinho também. Já tem coisas demais acontecendo na vida dele. O envolvimento de vocês não vai ajudar em nada. Pode acreditar.

Escutei tudo o que ele disse, mas meu coração não queria aceitar. Porque, no meio da tempestade que o havia atingido, Milo decidira permanecer do meu lado. Que tipo de monstro eu seria se não fizesse o mesmo por ele?

— Não vou cortar contato com ele — confessei.

O diretor Gallo levantou uma sobrancelha.

— Como é?

— Sei o que parece para o senhor, diretor Gallo. Sei que não é nada profissional e que o senhor acha que sou um ser humano horrível, mas estou apaixonada pelo seu sobrinho e só consigo pensar que ele não merece ficar sozinho. Vou desistir do curso. Vou mudar de carreira, já que minha reputação foi por água abaixo, mas não me arrependo nem um pouco do que aconteceu entre mim e Milo…

— Starlet…

— Espera, deixa eu terminar. Sei que o senhor vai me dizer por que isso é errado e que eu ferrei com tudo, mas quero que saiba que entendo isso tudo. Sei que tenho culpa no cartório, mas o Milo é tudo para mim. Ele é uma das pessoas mais importantes da minha vida, e não posso abandoná-lo. Não posso abrir mão dele. Ele é a melhor parte dos meus dias. Mesmo quando está triste e arrasado, ele continua me fazendo bem. E quero fazer o mesmo por ele. Quero ajudá-lo a ficar bem. Então, fica à vontade. Pode falar que sou horrível. Pode falar que eu devia ter vergonha do que fiz... mas, por favor, saiba que o que existe entre nós dois é de verdade. É o amor mais real que já senti, e nunca vou me desculpar por esse sentimento.

O diretor Gallo baixou as sobrancelhas.

— Você já acabou, Starlet?

Fiz que sim com a cabeça.

— Sim. Acho que isso foi tudo.

Ele tirou os óculos e se recostou na cadeira.

— Que bom. Agora é a minha vez. — Ele me encarou com um olhar autoritário. Quando sua boca se abriu, meu medo do que sairia dela só aumentou. Então ele disse: — Fique.

— Desculpa, como é?

— Entenda que não estou falando como o diretor da escola. Este sou eu no meu papel de tio. Estou casado com a minha esposa há quarenta anos. Mais tempo do que você e Milo têm de vida. Os pais do Milo ficaram juntos por mais de quarenta anos. Eu e minha irmã Ana vivemos histórias de amor épicas com nossas almas gêmeas. Nós vivemos histórias que dariam filmes. Não entendi quando vi vocês juntos pela primeira vez. Caramba, talvez eu só tenha entendido quando você me disse não. Talvez eu ainda não entenda, mas eu vi, Starlet. Eu vi o que vocês dois têm, então só o que peço para você é que fique.

“Meu sobrinho está se afogando, e passei um ano sem entender como ajudá-lo. Nada parecia dar certo, e eu não sabia mais o que fazer. Aí você apareceu e tudo começou a mudar. Ele passou a rir mais quando vinha à minha sala. Sorria mais também. Eu achava que nunca mais o veria fazendo essas coisas. E foi por sua causa. Você trouxe o Milo de volta à vida, Starlet. Então, por favor... fique com ele. Você está salvando a vida dele.”

Respirei fundo e soltei o ar devagar.

— Acho que ele também está salvando a minha.

— Espero que você entenda que não posso permitir que continue lecionando aqui. Se alguém ficar sabendo sobre você e o Milo...

Concordei com a cabeça.

— Eu entendo.

— Mas não vou te denunciar. Vou inventar um motivo para encerrar o seu contrato.

— Obrigada, diretor Gallo.

— Não. Eu é que agradeço, Starlet.

Mais tarde naquela noite, parei na frente da casa de Milo com minha mala. Toquei a campainha sentindo meu coração bater acelerado. Minha mente girava rápido enquanto eu o esperava abrir a porta, mas, no instante em que o vi, o mundo começou a girar em câmera lenta.

Encontrei meu equilíbrio.

Encontrei minha paz.

Ele se apoiou no batente. Seus olhos estavam vermelhos, e ele parecia exausto.

— Oi.

— Oi — sussurrei. Abri um sorriso discreto para ele. — Tudo bem?

Ele fungou um pouco, forçou um sorriso e me encarou.

— Tudo bem.

Eu me joguei em seus braços, e ele me puxou, me apertando com o máximo de força possível. Eu me recusava a soltá-lo. Ficaria em seus braços pelo tempo que fosse necessário.

— Tudo bem — repetiu ele, apoiando o queixo no topo da minha cabeça.

Tudo bem.

33

Starlet

Meu mundo tinha virado de cabeça para baixo, e eu me sentia ainda mais perdida do que antes. Eu sabia que precisava de ajuda para voltar para o meu caminho, mas agora tinha minhas dúvidas se esse caminho tinha sido mesmo feito para mim.

— Não sei o que estou fazendo da vida — falei, sentada diante da mesa da minha orientadora da faculdade. — Sinto que não sei mais quem eu sou.

Fazia uma semana que o diretor Gallo havia descoberto sobre mim e Milo, uma semana que o pai de Milo fora para a reabilitação.

Na última semana, meu foco tinha sido levar Milo a todas as suas consultas e ajudá-lo da melhor maneira possível. Às vezes, parecia que ele pensava em si mesmo como um fardo, mas eu não queria que se sentisse assim. Poder finalmente ajudá-lo fazia com que eu me sentisse bem. Mas eu estaria mentindo se dissesse que minha dedicação a ele não era uma ótima desculpa para fugir dos meus problemas.

Havia chegado a hora de encarar que eu estava muito perdida na vida, e dizer essas palavras em voz alta me permitiu finalmente soltar o ar que eu prendia fazia meses.

A Sra. Marvin era minha orientadora desde o começo da faculdade, mas eu nunca tinha entrado em sua sala. Tive que revirar meus documentos só para me lembrar do nome dela. Eu precisava de orientação sobre minhas escolhas de vida porque sempre tive muito claro na minha cabeça que já tinha encontrado o meu caminho. Mas era óbvio que eu estava perdida fazia um tempo.

— Não tem problema — disse a Sra. Marvin, sorrindo para mim como se eu não tivesse acabado de dizer que estava passando por uma crise de identidade completa.

Arqueei uma sobrancelha.

— A senhora não me escutou? Eu disse que não sei o que estou fazendo da minha vida.

— Escutei, sim. E não tem problema. Você é jovem e ainda está se conhecendo, Starlet. Você não precisa já ter resolvido sua vida inteira.

— Estou no penúltimo ano. Só tenho mais um ano de faculdade. Sem querer ofender, mas o tempo está acabando.

Ela continuou sorrindo.

Isso me irritou um pouco.

— Dei uma olhada no seu histórico, Starlet, e parece que você é uma ótima aluna. Você tem notas maravilhosas...

— Tirei seis numa prova nesse semestre.

— Eu aconselho alunos que ficariam empolgadíssimos por tirar seis.

Suspirei.

— Sabe qual é a parte mais louca disso tudo? Eu nem liguei de tirar seis. Foi bom não precisar ser perfeita o tempo todo. — Gemi e esfreguei o rosto com as mãos. — O que está acontecendo comigo?

— Burnout. Acontece com os melhores de nós. O problema é que vocês, alunos, são muito pressionados a resolver a vida toda aos dezoito anos. Eu acho isso uma loucura. Você ficaria chocada se soubesse quantas pessoas chegam aqui achando que querem uma coisa e se formam com um plano completamente diferente.

— Que conselho a senhora dá a elas?

— Dê meia-volta. Mude de direção. Não tem nada de errado nisso.

— Mesmo depois de tanto tempo?

— Tem gente que se senta nessa cadeira aí um semestre antes da formatura nessa situação. Nunca é tarde demais para mudar a sua vida. Essa é a coisa mais corajosa que alguém pode fazer. Então, o que você quer, Starlet?

— O problema é esse. Eu não sei. Não tenho a menor ideia do que eu quero.

— Esse é um lugar muito divertido de estar, porque aí o céu é o limite. Acho que está na hora de você começar a experimentar coisas diferentes, ou quem sabe fazer uma lista do que gosta.

Eu nem sei do que eu gosto, pensei.

Naquele momento, parecia que a minha vida era uma tela em branco que eu não tinha a menor ideia de como pintar.

— Vou te passar um dever de casa — disse a Sra. Marvin. Eu me empertiguei. Dever de casa era bom. Eu era ótima em fazer deveres de casa, mesmo depois de ter tirado aquela porcaria de seis. — Quero que você faça uma lista de quinze coisas de que gosta. Quinze coisas que te deixam feliz. Depois volte aqui.

— Ah. Isso é fácil. Tudo bem. Posso fazer isso. — Quinze coisas que me deixam feliz? Seria moleza. — Trago a lista na semana que vem — falei, confiante.

Spoiler: listar quinze coisas que me deixavam feliz não era moleza. Eu encarava a página do meu caderno, com os números de um a quinze, sem fazer progresso nenhum. A única coisa que me impediu de surtar vendo minha lista inexistente foi uma ligação de Whitney me chamando para almoçar.

Eu não estava indo muito ao dormitório e precisava de um tempo com a minha melhor amiga. Whitney não brigou comigo por eu ter sumido. Ela pareceu feliz ao me ver. Era incrível o quanto uma pessoa podia ficar chocada depois de ser atualizada sobre tudo que estava acontecendo na minha vida.

— Bom, você realmente não é mais um cereal saudável — afirmou Whitney. — Quais são os seus planos agora?

Balancei a cabeça.

— Não sei. Minha orientadora disse que muita gente muda o foco dos estudos no meio do caminho. E, se eu mudar meu foco para comunicação, daria para arrumar um emprego em outra área. Além disso, também puxei matérias de outros cursos.

— Acho que ser CDF compensou — brincou Whitney, então franziu a testa. — Você está mesmo pensando em desistir de ser professora por causa desse cara?

— Não é só pelo Milo — confessei, cutucando as unhas. — A cada dia que passa, acho que a minha decisão tem cada vez menos a ver com ele e mais a ver comigo. Eu queria ser professora só para deixar a minha mãe orgulhosa. E, claro, talvez eu ainda queira dar aulas, mas, do jeito que a minha cabeça está agora, não sei se sou capaz de tomar as decisões certas. Não sei do que eu gosto nem do que desgosto. Só sei que sou boa em aprender. Sou uma ótima aluna, mas isso não significa que estudar me deixe feliz. Pela primeira vez na vida, eu quero ser feliz, Whit.

— Também quero isso para você, Star. Mas é engraçado. Achei que eu teria uma crise de vida universitária muito antes de você.

Dei uma risada.

— Estou cheia de surpresas este ano.

— As coisas que fazemos por amor... — ela meio que brincou.

— Você acha que eu sou doida, né?

— Acho — respondeu ela em dois segundos. Whitney esticou o braço para mim e segurou minha mão. — Mas também acho que as melhores mulheres do mundo, sem exceção, tiveram que ser um pouco doidas para conseguir o que queriam. Você é uma mulher corajosa, Star. E, além do mais, mesmo que dê tudo errado e a sua vida seja um desastre total, você vai ter uma história legal para contar no asilo um dia.

Eu me recostei na cadeira, olhando para as unhas.

— Whit, você acha que conseguiria listar quinze coisas que ama fazer?

— Quinze? — perguntou ela, acenando com a mão como se aquela tarefa fosse moleza. — Eu listaria trinta com um pé nas costas.

Antes do fim do almoço, ela já tinha listado quarenta e duas.

34

Milo

Starlet e eu começamos a passar praticamente o tempo todo juntos. Nós tomávamos banho juntos, cozinhávamos juntos e assistíamos a filmes juntos. Nós ouvíamos os mesmos audiolivros por diversão antes de dormir. Era como se nossos mundos estivessem se fundindo da forma como sempre havíamos sonhado. Mas tinha algo estranho. Ela estava estranha, e isso me deixava inquieto.

Uma noite, depois que terminei o dever de casa, tomamos um banho juntos e vestimos moletons para ficarmos confortáveis.

— Você precisa comer. Posso cozinhar, ou talvez pedir alguma coisa — disse Starlet, revirando a geladeira. Eu estava sentado em um banco na frente da ilha da cozinha, observando-a.

Ela usava um moletom meu que ficava grande demais nela, e eu só conseguia pensar no quanto a amava.

— Não estou com muita fome.

— Mas você precisa comer. É importante se alimentar. Vou pegar o celular e…

— Ei.

Ela se virou para mim, então vi seus ombros murcharem.

— O quê?

— Vem cá. — Ela se aproximou de mim e parou entre as minhas pernas. Eu a envolvi nos meus braços. — Você está bem?

— Aham, estou. Está tudo bem. Só quero ter certeza de que…

— Star.

Os olhos dela ficaram marejados de lágrimas. Ela balançou a cabeça.

— Só estou pensando numas coisas.

— Quer pensar nelas em voz alta comigo?

— Não. Está tudo bem. Não quero te dar mais nenhuma preocupação.

Arqueei uma sobrancelha.

— Agora você me deixou preocupado. O que aconteceu?

Seus olhos brilharam com emoções, mas ela piscou para escondê-las. Aquele comportamento não era o normal de Starlet, ela nunca escondia o que estava sentindo. Essa era uma das muitas coisas que eu amava naquela mulher.

— Star — sussurrei, roçando minha boca contra a dela. — Fala comigo.

— Vou falar. Em breve. Mas não hoje, tudo bem? Preciso processar as coisas primeiro.

— Eu fiz alguma coisa?

Seus olhos se arregalaram, e ela balançou a cabeça.

— Não. Claro que não. Para falar a verdade, você é a única coisa que faz sentido de verdade no meu mundo agora.

— Bom, quando você estiver pronta para falar, estarei pronto para ouvir. — Beijei suas bochechas. — Mas, enquanto isso, lembre que vai dar tudo certo.

Ela apontou um dedo para mim.

— Ei, essa frase é minha.

— Foi mal, profe. Você não devia ter me ensinado isso.

Ela olhou para baixo.

— Bom, acho que você não precisa mais me chamar de profe. Não vejo isso acontecendo num futuro próximo.

Arqueei uma sobrancelha.

— Como assim?

— Nada. Não é nada. Só estou pensando numas coisas aqui, só isso.

— O Weston foi muito duro com você?

Ela estreitou os olhos e balançou a cabeça.

— Não. Ele até foi muito legal, na verdade.

— O que ele falou?

— Ele falou que era para eu ficar.

Isso fez meu coração dolorido perder um pouco o compasso. Encostei minha testa à dela.

Eu estava feliz pra cacete por ela ter ficado.

Pelo menos era assim que eu me sentia no começo. Conforme os dias foram passando, Starlet permaneceu ao meu lado, apesar de eu ter dito a ela que não tinha problema se voltasse para a própria vida, para o próprio mundo. Eu estava fazendo meus deveres de casa. Mas não podia dizer o mesmo de Starlet.

Ela parecia tão preocupada com o meu bem-estar que estava disposta a sacrificar os próprios estudos. Sempre que eu tocava no assunto, ela alegava que estava tudo bem, que tinha tudo sob controle. Falava que era para eu não me preocupar, só que isso era praticamente impossível. Agora, ela acabava ficando na minha casa aos domingos, em vez de ir visitar o pai. Sua vida inteira tinha virado de cabeça para baixo por minha causa, e eu me sentia cem por cento culpado por isso. Eu sabia que meus problemas eram pesados demais, mas nunca tive intenção de fazer Starlet carregar esse fardo.

Normalmente, na terapia em grupo, eu ficava só ouvindo os outros, não era muito de falar dos meus problemas. Talvez fosse por isso que eles demoravam tanto para serem resolvidos. Porém, naquela tarde, senti que falar não apenas me ajudaria como também ajudaria a pessoa que mais importava para mim.

Quando chegou a minha vez de falar, meu estômago estava se revirando.

— Acho que minha namorada está se dedicando demais a mim — confessei.

— Você pode falar um pouco mais sobre isso, Milo? — pediu Tracy. — Nos dê mais alguns detalhes.

Esfreguei a nuca.

— Meu pai está numa clínica de reabilitação. Ele vai passar um tempo lá, então minha namorada se mudou temporariamente para a minha casa para que eu não ficasse sozinho. Não me levem a mal, eu amo a minha namorada. Adoro a companhia dela, mas... ela se dedica muito. Está mais preocupada do que eu com a minha visão. Ela começou a pesquisar umas tecnologias novas para me ajudar a ler, e ainda nem cheguei nessa parte da minha jornada. Só que, enquanto faz isso tudo, ela está se perdendo. Está tão focada em mim que não cuida dela mesma.

— Eu já passei por isso — comentou outra pessoa. O nome dele era Greg. Ele era bem mais quieto do que os outros, mas fazia comentários eventuais. Pelo que pude perceber, não era o cara mais otimista do mundo. — Ela vai se doar, se doar, se doar até chegar no limite e começar a se ressentir de você.

— Não — discordei. — Ela não é assim.

— Isso é o que você pensa agora. Espera só para ver — rebateu ele em um tom amargurado.

E eu achando que Henry era o rabugento do grupo.

— Greg, não vamos projetar a nossa situação nos outros. A questão do Milo é diferente da sua — disse Tracy.

Greg resmungou:

— Beleza, mas depois não digam que eu não avisei quando der tudo errado.

— Ah, cala a boca, seu enjoado — reclamou Henry. Pelo menos o meu ranzinza favorito estava do meu lado. Henry pigarreou. — O que o Milo quer dizer, e ele mesmo pode me corrigir se eu estiver errado, é que sente que a vida dele está se tornando um fardo para ela.

Concordei com a cabeça.

— Isso. Exatamente. Sei que a minha jornada vai ser longa. Pode ser que leve anos até eu ficar legalmente cego e muito mais até eu perder a visão por completo. Se ela já está tão focada em mim agora, como vai ser no futuro? Como vai ser se eu passar a depender mais dela fisicamente? Ou se a minha saúde mental piorar? Vai ter dias em que não vou conseguir fingir que estou feliz. Eu já me sinto péssimo tendo dias ruins, porque ela fica triste, e odeio ver minha namorada triste.

— Isso faz parte da jornada — explicou Tracy. — É uma parte difícil, e é complicado. Porque nós merecemos amor em todas as suas formas, assim como todo mundo. É difícil saber quando exigimos demais de outra pessoa. Quanto você está disposto a colocar nos ombros de alguém?

— Não quero desperdiçar o tempo dela — sussurrei.

— Então seja homem de verdade e termine com ela — disse Greg.

— Greg, juro que vou te dar um soco — gritou Bobby.

— Bobby, nós não podemos agredir os outros — ralhou Tracy.

— Mas tem gente que merece — insistiu o menino.

— Ele não mentiu — murmurou Henry.

Abri um sorrisinho, mas continuei sentindo um embrulho no estômago.

— Parem de tentar amenizar as coisas. Vocês sabem que eu tenho razão — resmungou Greg. — Daqui a vinte anos, eles dois vão olhar para trás e perceber que estão infelizes.

Esse era o meu maior medo. Eu não queria ser motivo de arrependimento para Starlet.

Depois da sessão, Henry e Bobby me convidaram para tomar sorvete no domingo.

— Vocês dois se encontram fora das sessões? — perguntei, um pouco surpreso.

— Bom, ele é meu avô — explicou Bobby.

— Avô *postiço* — corrigiu-o Henry. — A mãe dele se casou com o meu filho há uns anos. Eles se conheceram em um dos encontros de família que o grupo organizou. Agora tenho que aguentar esse garoto na minha vida para sempre. Enfim, todo domingo vamos à sorveteria Taylor's ao meio-dia. Você está mais do que convidado.

— Seria legal. Valeu.

— Ah, Milo... Não liga para o que o Greg diz. Ele às vezes é meio idiota. E eu sei disso porque sou o maior idiota de todos.

— Tá, valeu.

O conselho de Henry foi útil naquela noite, mas as palavras de Greg falavam mais alto. Quando saí do galpão, encontrei Starlet no carro, me esperando.

Eu me sentei no banco do carona, e ela sorriu para mim. Eu queria que ela não fizesse isso. Era difícil pensar direito quando eu via aquele sorriso.

— E, aí, como foi a sessão? — perguntou ela.

— Bem. Foi tudo bem — menti.

Eu me sentia péssimo.

— Que bom. Enquanto você estava lá dentro, pesquisei uns aplicativos que podem ajudar na sua visão.

Arqueei uma sobrancelha.

— Achei que você fosse fazer seu dever de casa.

Ela deu de ombros.

— Faço mais tarde.

Isso foi o suficiente para me fazer cair da beira do abismo no qual eu estava pendurado, e Starlet não tinha a menor noção disso.

Naquela noite, ficamos acordados até tarde assistindo a outro filme, mas minha mente estava longe demais para que eu prestasse atenção.

— É melhor irmos para a cama — falei, me levantando do sofá.

Ela esticou os braços para mim, e a peguei no colo. Eu a carreguei para o quarto e a deitei na cama. Ela me puxou em sua direção e me beijou. Eu a beijei com todo o carinho. Devagar no começo, depois intensamente, como se aquele fosse o último beijo que trocaríamos.

Ela começou a tirar minhas roupas, e eu deixei. Ela começou a chupar os lóbulos das minhas orelhas e a lamber meu pescoço, e gostei muito daquilo. Eu a queria naquela noite. Provavelmente mais do que já a quisera antes.

— Apago as luzes? — perguntou ela.

Fiz que não com a cabeça.

— Podemos deixar acesas? Quero te ver todinha.

Cada centímetro, cada parte, cada curva.

Essa vez foi diferente de todas as outras. Naquela noite, nós estávamos fazendo amor. Eu nunca tinha feito amor antes e sabia que nunca mais faria isso com ninguém. Amor era algo novo para mim. Eu não esperava que o amor dela alcançasse tantas partes do meu mundo. Seu amor estava nos pequenos momentos. Nos momentos tranquilos. Na passagem lenta das tempestades difíceis. Estava nos seus abraços carinhosos e nos beijos vagarosos. Estava na minha pele pressionada contra a dela. Estava nas carícias indulgentes de nossas almas. Estava nos olhos dela, e eu sabia que estava nos meus também.

Amor verdadeiro.

Absorvi cada movimento dela naquela noite.

Eu provavelmente não senti nada além de alegria. Devia ter encontrado conforto no fato de que a forma mais real de amor estava deitada ao meu lado. Quando eu olhava nos olhos de Starlet, via um final feliz. Eu via o meu coração e o visualizava se entrelaçando ao dela para sempre.

Essa percepção me deixou apavorado. Porque a única coisa que eu sabia sobre amor, amor de verdade, era que ele podia destruir uma pessoa. Já tinha visto pessoas definharem e se perderem por amor. Meu pai amava minha mãe, mas ela partiu. Parte dele morreu naquele mesmo dia. Eu via isso acontecendo com Starlet também, com seus sonhos e suas ambições. Ela estava deixando tudo morrer em nome do amor. E era tudo por minha causa.

O fato mais triste sobre o amor verdadeiro era que, no fim das contas, ele só causava sofrimento.

Enquanto fazíamos amor, os olhos castanhos dela encontraram os meus, e senti no fundo do coração. A dor que um dia viria. O sofrimento que um dia cresceria na minha alma ou na dela. Porque, apesar de ser verdadeiro, nem o amor conseguia vencer a morte.

Mesmo que minha mente preferisse viver o momento, aproveitar os minutos, os segundos do meu tempo com Starlet, eu não podia deixar que isso acontecesse.

Meu coração estava se partindo porque eu a amava demais.

Minha alma doía porque o fim do nosso amor estava próximo.

Eu estava cansado de términos. Términos faziam com que eu nunca mais quisesse começar nada.

Virei um pouco a cabeça para longe dela e fechei os olhos. Senti as lágrimas se formando enquanto tentava acalmar meus pensamentos. Enquanto tentava não deixar meus medos, minha ansiedade e meu pânico dominarem algo que deveria ser lindo.

Vai se foder, Milo, falei para mim mesmo.

Meu cérebro complicado e sua incapacidade de aproveitar o momento em silêncio podiam ir à merda.

— Ei — sussurrou ela, tocando o meu rosto. — Olha para mim — pediu ela.

Hesitei em virar a cabeça na sua direção, porque eu sabia que, quando encontrasse seu olhar, não conseguiria mais conter as lágrimas. Sabia que isso mudaria tudo, porque eu estava prestes a estragar o que havíamos construído. Estava prestes a pegar um avião em pleno voo e derrubá-lo.

— Milo, por favor…

Suspirei, obcecado com a doçura da sua voz e a suavidade do seu toque na minha pele. As lágrimas escorreram sem aviso. Eu me virei para ela, com os olhos ardendo de emoções, algumas das quais eu nem conseguia decifrar.

Mas a expressão no rosto de Starlet não era confusa nem crítica. Era carinhosa. Ela puxou meu rosto até sua boca e me beijou.

— Eu te amo — jurou ela para mim. — Eu te amo tanto.

Ela também enxergava — o amor.

— Eu te amo — repetiu ela mais uma vez, e mais uma vez, e mais outra…

Eu a beijei intensamente conforme as lágrimas escorriam pelas suas bochechas. Suas lindas bochechas, com as covinhas profundas e aqueles olhos amorosos. Ela me beijou com amor, e eu retribuí da mesma forma. Para minha mente ignorante, seu amor parecia poesia. Parecia fácil e eterno. Fiquei me perguntando como ela sentia meu amor. Era suave? Carinhoso? Sincero e livre?

Era venenoso? Doía?

Nós fizemos amor naquela noite.

O único problema?

Ela fez amor comigo como se fôssemos ficar juntos para sempre.

Eu fiz amor com ela como se fôssemos nos separar na manhã seguinte, porque não ficaríamos mais juntos.

Quando o sol nascesse, eu me despediria.

Como o amor não podia durar para sempre, só teríamos aquela noite.

35

Starlet

Acordei na manhã seguinte na cama de Milo e me estiquei para tocar seu peito, como sempre fazia quando dormia com ele. Eu me sentei na cama quando me dei conta de que ele já tinha se levantado. Milo estava de calça de moletom cinza, sem camisa, olhando lá para fora pela janela com uma caneca de café nas mãos.

— Bom dia. — Bocejei, esfregando os olhos.

Ele se virou para mim com um leve sorriso.

— Bom dia.

— Tem muito tempo que você acordou?

— Não muito. Achei que seria uma boa ideia me afogar em café.

Olhei para o relógio e notei a hora.

— Ah, é mais tarde do que eu pensava. A gente devia sair logo se quiser ver o sol nascer. Vou me arrumar rapidinho e…

— Eu te amo, Starlet. — As palavras dele eram tão calmas e confiantes que fizeram meu coração dar cambalhotas. — Você sabe disso, né? Sabe que eu te amo?

— Claro que sei.

Ele se aproximou de mim e colocou a caneca sobre a mesa de cabeceira. Então levou a mão à minha nuca e me puxou para um beijo. Seu beijo foi demorado e intenso, bem intenso. Meu corpo inteiro vibrou com aquela sensação, me deixando aturdida. Havia algo diferente naquilo. Havia algo estranho na forma como ele me beijava. Eu não sabia que beijos podiam parecer uma despedida antes de seus lábios terem tocado os meus.

Eu me afastei um pouco e estreitei os olhos.

— O que foi?

— Nada. Eu só precisava beijar você. Só isso.

— Milo...

Ele se empertigou e me ofereceu a mão.

— Vamos ver o sol nascer.

Dei um tapinha na mão dele.

— Não. O que foi isso?

— Isso o quê?

Meu coração estava disparado, e levei as mãos ao peito como se isso pudesse acalmar as batidas erráticas.

— Me diz o que está acontecendo.

Ele baixou a cabeça, e meu coração apertou quando ele falou:

— Star, eu te acho incrível...

— Não. — Balancei a cabeça. — O que você está fazendo?

Ele esfregou a nuca.

— Só sinto que nós... com tudo o que está acontecendo na minha vida agora, acho que a gente não devia...

Ele não conseguia concluir o raciocínio, então o poupei do trabalho.

— Você está terminando comigo? — perguntei, minha voz trêmula com o nervosismo que subia do meu estômago até minha garganta.

Senti uma onda de enjoo me dominar, virando meu mundo inteiro de cabeça para baixo.

Milo olhava para o chão.

— Escuta...

— Não — eu o interrompi. — Não. Se você vai terminar comigo, não olhe para o chão, Milo. Se você vai terminar comigo, olha nos meus olhos e faça isso como um adulto.

Não levante o olhar. Por favor, não levante o olhar.

Ele levantou o olhar.

Seus olhos encontraram os meus.

Ele partiu meu coração.

— Não posso mais ficar com você, Starlet.

Ele falou Starlet em vez de Star.

Usou meu nome inteiro. Não fazia isso havia semanas.

Era uma traição que eu não estava pronta para encarar.

Eu ia vomitar. Tudo começou a girar. Parecia que eu ia desmaiar. Eu me levantei da cama, mas minha visão embaçou. O que ele estava fazendo? Por que estava falando aquelas coisas? Não era possível que estivesse terminando comigo. Não depois de tudo pelo que tínhamos passado. Não depois de tudo o que eu havia deixado para trás.

Balancei a cabeça.

— Desisti de tudo por causa desse relacionamento. Eu quero esse relacionamento. Escolhi sair do meu emprego por nós dois. Abri mão da minha carreira porque quero isso. Eu quero você. Quero a gente. Você não pode fazer uma coisa dessas com a gente, Mi. Essa é a nossa primeira chance de sermos nós de verdade. Você não pode jogar isso fora — choraminguei.

Eu estava confusa, magoada, me sentindo em pedacinhos. Meses antes, havia pegado meu ex-namorado me traindo, e tinha doído muito. Não pela traição dele, mas porque aquilo ia contra a imagem que eu tinha de como a minha vida deveria ser. Só que, olhando para trás, tudo havia acontecido como deveria. Caso contrário, eu não teria conhecido Milo. Nós estávamos destinados a ficar juntos. Eu sabia disso. Porque, se não estivéssemos, eu não estaria sentindo essa dor avassaladora. Se ele não fosse o homem da minha vida, não estaria doendo tanto.

Eu precisava que Milo me escutasse. Que ele escutasse minhas palavras, que escutasse minha dor.

— Por favor, Mi… por favor. Estamos tão bem...

Puxei suas mãos para que ele conseguisse me sentir. Ele precisava sentir meu calor, sentir minha alma tocando a sua.

Como ele podia estar fazendo aquilo? Como podia virar as costas para mim quando finalmente tínhamos a chance de sermos quem queríamos, como queríamos — juntos.

— Eu sei, eu sei — sussurrou ele, balançando a cabeça. — Eu só… acho que não te faço bem.

— Você acha que não me faz bem? Como assim? É claro que você me faz bem. Você é a melhor coisa que já aconteceu na minha vida.

— Você não está vendo o que está fazendo, Star. Mas eu estou, tá? Eu estou. Estou vendo você jogar tudo para o alto por minha causa. Você não está sendo você. Agora mal faz seus deveres de casa e não vai às aulas. Em boa parte do tempo, você se comporta como se nem quisesse mais ser professora.

— E se eu não quiser? Não tem problema. Posso fazer outra coisa.

— Viu do que estou falando? Você não está pensando direito. Está tão focada em garantir que eu fique bem que está se esquecendo da própria vida.

Abri a boca para responder, mas minha mente estava desnorteada demais para formar palavras. Parada diante dele, eu me sentia louca. Fiquei com vergonha por estar chorando tanto, porque, aparentemente, Milo não estava tão arrasado quanto eu. Ele não estava desmoronando como eu.

Sua idiota, pensei.

Como eu podia ter sido tão ingênua? Eu achava que nós tínhamos algo verdadeiro, mas pelo visto os sentimentos verdadeiros eram uma via de mão única, e eu era a motorista atrás do volante.

Milo não sentia por mim o mesmo que eu sentia por ele. Não tinha como ele sentir.

Se sentisse, não conseguiria abrir mão de mim com tanta facilidade.

— Você fez amor comigo ontem à noite, Milo — falei, chorando, batendo no peito dele. — Você fez amor comigo sabendo que ia partir meu coração hoje de manhã, não foi? — Ele ficou imóvel. Eu o empurrei de novo. — Não foi?

Sua voz falhou.

— Starlet...

— Não! — gritei, empurrando-o de novo. E mais uma vez. E outra.

Ele aceitou cada empurrão como se os merecesse. Minhas lágrimas escorriam sem parar, o sofrimento fazia meu corpo querer desistir.

— Desculpa — sussurrou ele, segurando meus pulsos a fim de parar meus golpes. Eu nem me importava. Não queria bater nele. Eu queria amá-lo. Queria que ele me amasse também. — Desculpa mesmo, Starlet — disse ele baixinho.

Ele tinha usado meu nome inteiro de novo.

Ele não ia voltar atrás.

Ele não ia mudar de ideia.

Ele não queria ficar comigo e estava me mandando embora.

Desvencilhei meus pulsos de suas mãos, percebendo que a história que eu imaginava que nós dois finalmente começaríamos não seria um romance inteiro. Nós seríamos apenas um conto; Milo havia escrito o final da história antes mesmo de explorarmos o primeiro capítulo.

— Por favor, não faz isso — implorei. — Por favor, não me jogue fora.

— Espero que um dia você entenda meus motivos — pediu ele, encarando o fundo da minha alma com aqueles olhos verde-acastanhados.

Eu também encarei seus olhos, torcendo para que ele visse o quanto tinha me magoado e entendesse as palavras que estavam prestes a sair da minha boca.

— Vai se foder, Milo Corti. Nunca mais quero ver você.

Entrei no meu dormitório sentindo que meu coração tinha sido arrancado do peito. Eu não sabia que o amor podia fazer isso... arrancar um pedaço da alma de uma pessoa e ainda permitir que ela seguisse pelo mundo como se não fosse uma morta-viva.

— Oi, colega de quarto — disse Whitney de sua cama, olhando por cima do ombro.

Ela estava enroscada em um cobertor, assistindo a um reality show, que desligou na mesma hora.

— Oi, colega de quarto — respondi, jogando minhas chaves na escrivaninha.

Whitney franziu a testa.

— Coração? — perguntou ela.

— Partido — respondi.

— Abraço?

— Sim.

Ela abriu bem os braços. Fui até minha amiga me arrastando e me joguei nela. Whitney não me perguntou mais nada. Ela não quis saber o que tinha acontecido com Milo. Não quis saber quais tinham sido as últimas palavras que trocamos. Até porque ela sabia que nada disso importava. O que havia acontecido entre nós não mudaria nada, porque dois fatos permaneceriam sendo verdade: Milo me abandonara, e eu o deixara ir.

Agora, nós dois precisávamos juntar nossos caquinhos.

Nós dois tínhamos que aprender a viver sem o outro.

Era uma sensação estranha — um dia, Milo era só um desconhecido, no outro, era tudo para mim.

Eu o amava, e ele me amava. Isso não estava em questão.

Mesmo assim, tínhamos nos separado.

Parecia que uma coisa que sempre ouvi era mesmo verdade. O amor não era suficiente para fazer algo durar para sempre. Às vezes, a vida interferia. Amanhã, eu estaria recuperada. Amanhã, eu tentaria existir em um mundo do qual ele não fazia mais parte.

Mas, hoje, eu ia chorar.

Apareci no estúdio de tatuagem sem avisar ao meu pai. No instante em que entrei, o pessoal deu um grito de alegria ao me ver. Meu pai estava no meio de uma sessão e só conseguiu ir falar comigo na recepção uma hora depois.

Mas, no instante em que me viu, perguntou:

— O que aconteceu?

Eu me levantei da cadeira e abri a boca para responder, mas nada saiu. Então me debulhei em lágrimas. Em um segundo, ele me envolveu em um abraço.

— Está tudo bem, filha — sussurrou enquanto me abraçava forte. — Está tudo bem.

Mas não estava tudo bem. Nada estava bem. Minha vida inteira tinha sido virada de cabeça para baixo, e eu não fazia a menor ideia de como voltar para o caminho certo. Estava atrasada nas minhas matérias na faculdade, tinha sido demitida do estágio e havia perdido Milo.

Eu não tinha nada.

Não sabia nem mais quem eu era.

Minha mãe teria vergonha da mulher que eu estava me tornando. Ela teria muita vergonha das decisões catastróficas que eu havia tomado naquele inverno.

Quando consegui me acalmar, meu pai me levou para seu escritório e fechou a porta. Eu me sentei e contei tudo a ele. Cada detalhe da história, sem esconder nada.

Enquanto falava, não tinha nem coragem de o encarar nos olhos. Meus olhos estavam vidrados no carpete enquanto um milhão de palavras que eu jamais havia imaginado dizer em voz alta para meu pai saíam da minha boca.

Quando terminei, me recostei na cadeira, me sentindo uma boba. Ergui a cabeça e vi meu pai me encarando.

Então ele soltou o ar e disse:

— Nossa, hein?

— Eu estraguei tudo, pai. Estraguei tudo. Minha vida está arruinada, e agora não sei o que vou fazer.

— Vamos dar um passo para trás, filha. — Ele passou a mão pela barba e estreitou os olhos. — Você está apaixonada?

O quê?

Era nisso que ele tinha resolvido se concentrar?

Era essa parte da minha história horrível que ele achava mais marcante?

— O que isso tem a ver com qualquer coisa?

— Isso tem a ver com tudo, Star. Você passou anos com aquele garoto e nunca falou de amor. Parecia que você estava com ele porque achava que deveria estar. Você sempre fez o que achava que deveria fazer, até agora.

— É, eu sei. E olha o que eu me tornei.

— Sim. Uma pessoa linda.

Estreitei os olhos para ele, irritada e confusa com sua reação.

— Por que você não está gritando comigo? Por que não está me xingando e dizendo que preciso agir com mais responsabilidade, que acabei com a minha vida, que tomei decisões horríveis? Me fala que eu fui ridícula, pai.

— Mas você não foi. Se muito, eu devia te dar uma bronca por não fazer besteiras nunca.

Ele riu.

— Pai.

— Estou falando sério. Você acabou de completar vinte e um anos, Star. Sabe para que servem os vinte anos?

— Para quê?

— Para fazer merda e cometer erros. As burradas são a melhor parte dessa idade. Depois, aos trinta anos, você começa a descobrir quem é de verdade, e aí se redescobre com trinta e poucos, porque o começo dos trinta é meio esquisito. Com quarenta, você já está pouco se fodendo para tudo, o que é meio maneiro. Então vem os cinquenta. E vou te contar, estou adorando essa fase, porque, bom, quero mais é que tudo se foda. Você está me entendendo?

Franzi a testa.

— Acho que sim?...

Ele sorriu e deu um tapinha no meu ombro.

— Querida, o que estou falando é que você ainda não fez nem um terço das merdas que vai fazer na vida. Aceite isso. Além do mais, você está apaixonada, e isso já é uma vitória.

— Como assim?

— É amor, Starlet. E, pelo que parece, você sente amor de verdade por esse cara. O que significa que não deveria fazer sentido. Amor de verdade é complicado e difícil, e são necessários muitos altos e baixos para dar certo.

— Não foi assim com você e com a mamãe — falei, meio desanimada. — Vocês eram perfeitos.

Ele bufou e deu uma gargalhada alta.

— O quê?

— Vocês eram. Vocês eram almas gêmeas.

— É, querida, nós éramos. Mas estávamos bem, bem longe de sermos perfeitos.

— Olhando de fora, vocês eram. Vocês nem brigavam.

— Na sua frente — corrigiu-me ele. — Nós éramos muito bons em gritar um com o outro no carro quando você estava em casa.

Fiquei boquiaberta, completamente chocada.

— Não acredito.

— Pode acreditar. E, além do mais, na noite em que nos conhecemos, a gente ficou junto, sem compromisso, e tcharam! Ela ficou grávida.

— O quê?! — arfei. — De quem?!

— De você, cabeçuda.

Pressionei a mão no peito.

— Eu fui resultado de uma transa casual?

— Você foi resultado de uma transa totalmente casual. Os seus avós ficaram meio putos. Sim, nós éramos muito novos quando nos casamos, mas nos sentimos pressionados pela sociedade e pelos nossos pais. Achei que fosse minha obrigação pedir a garota que eu tinha engravidado em casamento. Nos primeiros meses de casamento, eu e sua mãe nos odiávamos. Nós brigávamos o tempo todo. Aí, depois que você nasceu, as coisas foram ficando cada vez mais difíceis, até que melhoraram um pouco. A gente não foi oficialmente feliz até você ter uns dois anos, mais ou menos.

Fiquei sentada ali, completamente embasbacada com aquela história.

— Por que eu nunca soube disso?

— Não é legal contar para a sua filha que ela foi resultado de uma transa sem compromisso. Além do mais, você meio que acaba se esquecendo do começo difícil quando sua história tem um meio e um fim maravilhosos.

— Mas como o fim foi maravilhoso? Ela morreu, pai.

— Sim, ela morreu, Star, e isso foi difícil. Mas ela morreu com o nosso amor, e nós ficamos com o dela. Você não vai conseguir me convencer de que não é lindo um casal se amar até o fim. Se eu tivesse a chance de fazer tudo de novo, mesmo sabendo como terminaria, faria a mesma coisa outra vez num piscar de olhos. Porque sempre vou escolher reencontrar o amor se tiver essa oportunidade.

Ouvir aquilo me deixou com os olhos cheios de lágrimas.

Meu pai sorriu.

— Star, nós entramos na vida dos outros com apenas uma promessa: a de que, um dia, iremos embora. A morte é o último ato da história de todo mundo. Todo mundo sabe disso. O problema é que muita gente vive como se já tivesse morrido, fazendo as coisas no automático, como imagina que deveria fazer, em vez de assumir sua versão mais verdadeira. Eu não quero que você seja perfeita. Quero que você seja real. Quero que você viva. Se apaixone e viva. Erre e viva. Se encontre, Star, e viva.

Olhei para minhas unhas e comecei a cutucá-las.

— Eu amo o Milo, pai.

— Que bom que você se abriu para o amor.

— Mas ele não me quer. Ele terminou comigo.

— Por quê?

— Porque ele achou que estava destruindo a minha vida.

— E por que ele acharia que terminar com você seria a melhor opção?

— Porque ele... — Suspirei quando a ficha caiu. — Porque ele me ama.

— Exatamente. Entendo que a ferida ainda esteja aberta e que você ainda esteja assimilando tudo o que aconteceu. Você tem o direito de ficar magoada e irritada com ele por ter tomado essa atitude. Mas também agradeça por ter encontrado um cara que se importa tanto com o seu bem-estar que se mostrou disposto até a se afastar.

— Eu só queria que ele tivesse ficado comigo.

— Eu entendo. Mas sabe de uma coisa? Às vezes isso não é o final da história de um casal. Talvez vocês só estejam fazendo uma pausa.

Dê um tempo para ele. Deixe que vocês dois tenham um espaço para entenderem a si mesmos, e então veja se as peças do quebra-cabeça ainda se encaixam.

— Valeu, pai — falei, me sentindo um pouco melhor com a loucura que estava a minha vida.

— Conta comigo, filha. Agora vem. Vamos comer um cheesecake de Oreo.

Eu ri.

— Pai. Cheesecake de Oreo não vai resolver meus problemas.

— É verdade. Talvez não resolva nada, mas pelo menos você vai poder ficar triste comendo cheesecake de Oreo. É um pouco mais fácil enfrentar a tristeza assim.

Fazia sentido.

— Não se preocupa, minha pequena. — Meu pai sorriu para mim e estendeu a mão para me ajudar a ficar de pé. — Vai dar tudo certo.

Vai dar tudo certo.

— Como é mesmo o nome desse cara? — perguntou ele.

— Milo.

— De quê?

— Corti.

— Milo Corti. É um nome fodão.

— Por que você quer saber o nome dele?

— Porque vou encontrar esse cara e brigar com ele por ter feito a minha filha chorar — respondeu ele.

Eu ri, mas aí vi o olhar sério no rosto dele.

— Pai. Você não vai perseguir o meu ex-namorado.

— Perseguir, não. Só... seguir.

— Pai!

Ele resmungou.

— Tá bom, tá bom. Não vou fazer isso.

— Promete?

Ele ergueu a mão.

— Palavra de escoteiro, Star. Palavra de escoteiro.

36

Milo

— Então você é o cara que partiu o coração da minha filha?

Ainda era cedo, o sol ainda nem havia nascido. Eu estava na frente da minha casa quando vi um cara alto e forte, coberto de tatuagens, me encarando. Ele usava óculos escuros e, no instante em que os tirou, eu soube que era o pai de Starlet. Os dois tinham os mesmos olhos.

Meu estômago embrulhou quando percebi que ele vinha na minha direção. Só pelo tamanho do seu bíceps, eu não tinha dúvidas de que ele poderia me derrubar com apenas um soco. Seu olhar sério e sua cara fechada eram o suficiente para me fazer querer sair correndo. Mas não fiz isso. Aliás, eu merecia o que estaria por vir.

— Sim, senhor — respondi. — Se serve de consolo, também parti o meu no processo.

Eu duvidava muito que isso amenizasse o fato de que, mesmo assim, eu tinha partido o coração de Starlet.

— Eu me chamo Eric — disse ele. Então desabotoou as mangas compridas e as arregaçou. Eu nem sabia que era possível que antebraços fossem puro músculo. O que aquele cara comia? Galinhas inteiras? — E você é o Milo, né?

— Sou eu — respondi, me esforçando para não parecer intimidado.

— Aonde você está indo?

— Eu só ia fazer uma hora num lago onde pescava com os meus pais.

Eric estreitou os olhos.

— O seu pai ainda está na clínica de reabilitação?

Fiz que sim, ainda sentindo um nó no estômago.

— Aham. Por mais algumas semanas.

— Como ele está?

Dei de ombros.

— É difícil saber. Só estou feliz por ele estar recebendo a ajuda de que precisa.

— Que bom. Ainda bem. A vida é difícil. Pedir ajuda requer coragem. — Ele olhou ao redor e voltou a encontrar meu olhar. — Quer uma carona até o lago?

— Ah, não, é aqui perto e...

— Milo — interrompeu-me ele, chegando mais perto. — Quer uma carona até o lago?

Pelo visto, não era uma pergunta, e sim uma ordem. Minhas mãos suavam, e eu tinha quase certeza de que estava prestes a mijar nas calças.

— Tá bom, obrigado.

Eu me sentei no banco do carona, no carro dele, e fechei a porta com cuidado. A última coisa que queria fazer era bater a porta do carro de um homem que poderia me quebrar no meio com apenas um olhar.

Eric se sentou ao volante e me pediu que lhe explicasse o caminho. Fiz o que ele pediu e, em poucos minutos, tínhamos estacionado e seguíamos para um dos bancos. Ficamos um bom tempo sem trocar uma palavra. Eu não sabia se deveria me sentir calmo ou nervoso, porém, de algum jeito, fui preenchido por uma onda das duas coisas ao me sentar ao lado de Eric.

Quando reuni coragem suficiente, falei:

— Sinto muito pelo que aconteceu com a Starlet.

Eric continuou olhando para o lago congelado.

— Por qual parte você sente muito?

— O quê?

— Quero saber por qual parte você está se desculpando. Você se arrepende de ter se apaixonado pela minha filha?

— Não. Claro que não.

Ela foi a melhor coisa que já me aconteceu. Eu sinceramente não acreditava que teria conseguido sobreviver aos últimos meses se não fosse pela Starlet na minha vida. Eu jamais pediria desculpas pelo que sentia por ela.

— Você sente muito por ter terminado com ela?

Hesitei em responder a essa pergunta. Eu sentia muito pela maneira como a nossa história tinha acabado, claro, mas não estava arrependido da minha decisão. Para mim, isso era o que mais doía. Eu tinha terminado com ela porque sabia que não seria capaz de oferecer o amor que ela merecia. Eu sentia minha depressão se firmando mais ultimamente, principalmente agora, com todos os meus problemas de saúde e com meu pai internado na clínica de reabilitação. Eu não poderia ser quem eu queria para ela. Starlet tinha perdido o estágio na escola e já passava mais tempo comigo do que deveria. A vida dela não seria arruinada por minha causa.

— Não — sussurrei. — Também não me arrependo disso.

— Então pelo que você está se desculpando?

— Pelo estágio dela na escola. Ela foi demitida por minha causa. Me sinto péssimo por isso.

— Ah. — Ele concordou com a cabeça. — Isso. — Ele pegou uma pedrinha e a jogou no lago, acertando o gelo. Vi surgir uma pequena rachadura. — Você sabia que a mãe da Starlet era professora?

Assenti com a cabeça.

— Ela me contou.

Ele entrelaçou as mãos e as apoiou no colo.

— Pois é. Ela era professora de inglês. Uma das melhores, na minha opinião, apesar de eu ser um pouco tendencioso. Sabe o que a Starlet queria ser antes da mãe morrer?

— O quê?

— Qualquer coisa, menos professora. — Ele olhou para mim, então pegou outra pedra e a arremessou no lago. Vi outra rachadura surgir. — A Starlet passou a vida inteira fazendo a coisa certa. Ela nunca me deu respostas malcriadas. Sempre fazia suas tarefas e tirava notas boas na escola. Ela nem fala palavrão.

— É, eu meio que implico com ela por causa disso.

— Nós dois. — Ele riu, então ficou sério depois. — Quando a mãe dela morreu, ela resolveu que queria ser professora, só para seguir os mesmos passos. Por muito tempo, me perguntei se isso era realmente o que ela queria ou se era apenas uma forma de se manter próxima da mãe.

— Ela é uma ótima professora.

— Claro que é. Ela é ótima em tudo. Eu não podia ter sonhado com uma filha melhor. Ela passou vinte e um anos fazendo tudo certo. E aí você apareceu.

— Me sinto um bosta por causa disso.

— Não precisa — disse ele. — Sou grato por você.

Arqueei uma sobrancelha, confuso com o que estava ouvindo. Ele abriu um sorrisinho e jogou outra pedra no lago. Mais uma rachadura.

— Só porque uma pessoa sempre faz a coisa certa não significa que isso seja a coisa certa para ela. A última vez que eu tinha visto minha filha desmoronar foi quando nós perdemos a Rosa. Bom, até ela aparecer no meu estúdio arrasada por você ter terminado o namoro com ela.

Isso fez com que eu me sentisse um merda.

— Obrigado por isso — disse Eric. — Obrigado por fazer minha filha desabar.

— Por quê?

— Minha filha passou a vida toda sendo perfeccionista. Isso só piorou depois da morte da Rosa, e me assustava um pouco. Acredito que não precisamos de uma vida perfeita para sermos felizes. Temos apenas que viver. Nós não estamos aqui em busca da perfeição... nós buscamos a verdade. Você, Milo, fez com que a Starlet finalmente se desse conta da realidade dela. E, apesar de doer agora, sei que ela vai crescer com tudo isso que aconteceu. E é por isso que eu te agradeço.

Peguei uma pedra e a joguei na água.

Crack.

Peguei outra e a joguei também.

Crack, crack.

— Eu amo a Starlet — confessei.

— Pois é — reconheceu ele. — É meio difícil não amar.

— Mas posso perguntar por que você veio conversar comigo, agora que eu e a Starlet terminamos?

Ele sorriu, então pigarreou.

— Porque ela me contou que, desde que sua mãe morreu, você gosta de vir até aqui para pensar. Além disso, ela está nervosa por você ficar sozinho num período com tanta coisa acontecendo. Eu não queria que isso acontecesse. Não queria que você ficasse aqui sozinho.

Cacete.

Que pessoa boa.

— Já vi a quem a Star puxou — falei.

— Não. Ela puxou isso da mãe. Já a beleza? O crédito é todo meu.

Dei uma risada, então caí em silêncio. Mesmo arrasada, Starlet se preocupava comigo. Eu não sabia que o amor que a gente tinha por alguém podia continuar aumentando mesmo depois de se distanciar. Era injusto, porque eu sabia o que ia acontecer comigo. Eu passaria o resto da vida me apaixonando por Starlet Evans, mesmo que nunca mais a visse.

Eu não sabia se isso era uma bênção ou uma maldição.

— Sinto muito por tudo o que você está passando, Milo.

Encarei minhas mãos entrelaçadas.

— Como você conseguiu? — perguntei. Minha voz soava trêmula e tímida. — Como você superou a morte da sua esposa?

Eric franziu as sobrancelhas. Ele esfregou a nuca com a mão direita e refletiu sobre minha pergunta por um tempo.

— Não dá para superar uma coisa dessas — começou ele. — Você mergulha nela. — Ergui uma sobrancelha, confuso com a resposta, então ele continuou: — Você mergulha no luto, sente a pressão e começa a se afogar na tristeza. As pessoas dizem para você fazer coisas e voltar a interagir com o mundo, mas acho que isso tudo é conversa-fiada. Não dá para vencer o luto pelo cansaço. Às vezes, nós só melhoramos quando deixamos a escuridão entrar.

— Quando deixamos a escuridão entrar?

— Isso. Pensa no luto como uma fera. Um animal grande e forte que você acha que deveria derrotar. Então você luta contra ele, briga para tentar trazer de volta um pouco de normalidade para a sua vida. Porque essa é a parte bizarra, sabe? Todo mundo ao redor vai dar conta de seguir em frente bem mais rápido do que você. Todo mundo volta para as suas rotinas como se a pessoa que morreu nunca tivesse existido. E elas conseguem fazer isso sem nenhum problema, porque a pessoa que morreu não era a pessoa delas. A pessoa que morreu era sua. Ela era seu coração, e parece que ele foi arrancado do seu peito. Você fica com raiva e puto por todo mundo seguir com a vida enquanto você continua se afogando. E aí você tenta se comportar como os outros e começa a brigar com o luto. Você o enfrenta. Você luta, você grita, você soca, você chuta, até só sobrar a depressão.

Sim.

É isso mesmo...

Cada palavra que ele dizia fazia total sentido. Era como se ele tivesse entrado na minha mente e lido a lista dos meus maiores medos.

Baixei a cabeça.

Senti o olhar de Eric em mim. Mas não era um olhar crítico. Ele parecia familiar, como se olhasse para alguém que ele mesmo fora no passado.

— Você está deprimido, Milo?

Assenti com a cabeça.

— Estou.

— Tudo bem — disse ele. — Agora, conviva com isso. Pare de lutar.

Levantei o olhar.

— Como assim?

— Você me perguntou como superar a perda de alguém, e eu disse que não dá para superar. Dá para mergulhar nisso. O que eu quero dizer é que, em vez de lutar contra o monstro, precisamos conviver com ele. Convida ele para tomar um chá. Você lamenta, chora, grita, mas não luta contra ele. Não bate nele. Você se afoga nele por um tempo. Deixa suas emoções tomarem o controle. Você não desliga seus sentimentos. Você se aprofunda neles. E segue em frente, porque a pessoa que você ama não ia querer que você ficasse empacado. A única coisa mais apavorante do que sentir todas essas emoções é não sentir absolutamente nada. Confia em mim. Eu sei como é.

— E se ficar difícil demais? E se você não conseguir voltar à superfície?

— Não se preocupa — respondeu Eric com calma. — Você vai desenvolver guelras.

Não dá para superar. Dá para mergulhar.

— A sensação é que não estou sofrendo só com a perda da minha mãe, mas do meu pai também, apesar de ele ainda estar vivo — falei.

— O luto tem dessas coisas. Às vezes, é mais difícil lidar com aqueles que continuam respirando. Vocês vão ficar bem. Espero que vocês dois fiquem bem e acabem se tornando mais próximos ainda.

— Obrigado, Eric.

— Agora deixa eu ver se entendi. Você está tentando dar um jeito na sua vida, então quer se afastar da Starlet porque acha que essa é a coisa certa e nobre a ser feita.

— Não tenho como ser quem ela precisa, quem ela merece. Eu não mereço a Starlet. Não mereço que ela cuide de mim nem que me ame. Estou deprimido.

Dizer essas duas últimas palavras quase me fez engasgar. Era a primeira vez que eu expressava a verdade por trás daquilo que eu enfrentava. Era a primeira vez que eu dizia isso em voz alta. Por algum motivo, ouvir a mim mesmo admitindo a verdade me abalou.

— Sim — concordou ele. — Está. Mas vou te fazer uma pergunta. Quem disse que pessoas deprimidas não merecem amor?

Eu.

Minha mente.

Meus pensamentos.

Ele bateu com o indicador na lateral da cabeça.

— Nem todo pensamento que vem daqui, rapaz, é verdadeiro. Aprenda a filtrar as merdas, mesmo quando elas falam alto. Você merece ser amado. A verdade é que todos nós somos meio complicados. Todos nós temos nossos problemas. Mas esses problemas são o que nos fazem ser quem somos. E toda pessoa complicada ainda é merecedora de amor. Talvez até mais do que as outras.

— Obrigado.

— De nada. Agora, não me leve a mal. Acho muito nobre você ter se afastado da minha filha enquanto entende seus problemas e deixa ela entender os dela. Não adianta procurar água numa fonte seca, e, apesar da Starlet não entender isso agora, porque está magoada, essa é a melhor saída para vocês dois. Mas faça uma coisa por mim.

— Claro, qualquer coisa.

— Preserve o seu amor por ela e o amor dela por você, mesmo de longe. O amor da Starlet me ajudou a enfrentar a tristeza de perder a minha esposa. Foi o amor dela que me salvou, mesmo nos momentos em que eu me distanciava. Use esse amor, esse sentimento, para te ajudar a atravessar as correntezas do luto. Aí, quando você conseguir voltar a nadar, e pode acreditar que isso vai acontecer, Milo, nade de volta para ela.

— E se já for tarde demais?

— É uma possibilidade, mas e se você chegar na hora certa? Esta é a coisa mais assustadora sobre a vida: ela não nos promete nada. Mas sabe qual é a coisa mais empolgante sobre a vida?

— Qual?

— Ela não nos promete nada.

Eric sorriu, e era um sorriso que refletia o da filha. Fiquei me perguntando quanto da filha havia no rosto dele e quanto de Starlet havia no rosto da mãe dela.

Ele me levou de volta para casa. Ao estacionar o carro, disse:

— Acho que vou te visitar no lago nas manhãs de sexta, se você não se importar. Gostei da vista.

— Por mim, tudo bem.

— E leva a sua mochila. Posso não ser o melhor professor do mundo, mas consigo te ajudar com algumas equações para você conseguir se formar.

Abri um meio-sorriso para ele.

— Valeu, Eric.

— Sem problemas. Ah, Milo?

— Sim?

— Nade.

37

Starlet

Era um sábado à noite quando parei na varanda de Milo. Precisei reunir todas as minhas forças para tocar a campainha, mas, depois que fiz isso, quase saí correndo para me esconder nos arbustos. Meu nervosismo vinha com um nó na garganta, mas permaneci firme como uma rocha. Eu não podia deixar as coisas daquele jeito. Depois que falei com meu pai, senti que precisava conversar com Milo uma última vez, deixar as palavras virem do coração.

Eu não sabia o que diria quando estivesse frente a frente com ele, mas estava decidida a tentar encontrar as melhores palavras.

Quando ele abriu a porta, vi o choque estampado em seu rosto.

— Oi. O que você está fazendo aqui? Aconteceu alguma coisa? — perguntou ele, alerta. — Entra — continuou, abrindo caminho para mim.

Seu tom cuidadoso me dizia tudo que eu precisava saber. Ele me amava mais do que qualquer um já havia me amado.

— Eu achei esquisito — sussurrei quando entrei no vestíbulo.

Ele levantou uma sobrancelha.

— O que você achou esquisito?

— A última vez que transamos. Pensando agora, eu sabia que as coisas estavam diferentes. Dava para ver nos seus olhos. Na hora, não entendi o que era, mas agora eu sei.

— Escuta…

— Não — eu o interrompi. Cheguei mais perto dele e segurei suas mãos. Olhei para nossos dedos entrelaçados. Havia sentido tanta falta do seu toque que o calor dele quase me fez perder o equilíbrio. — Preciso que você me escute primeiro. Preciso que você saiba que eu entendo por que se afastou de mim. Entendo por que você acha que preciso recuperar meu foco. Você tem razão. Estou perdida e tenho que me encontrar antes de estar pronta para ficar com você. Mas eu vou ficar com você, Milo. Eu só estou incomodada com o jeito como você fez amor comigo naquela noite.

— Como assim?

— Você fez amor comigo como se estivesse se despedindo. Isso está me incomodando, porque aquele não foi o fim da nossa história. Nós não vamos dizer adeus um para o outro. Nós vamos fazer uma pausa para nos entendermos antes de ficarmos juntos de novo, tá?

Ele me puxou para perto e apoiou a testa contra a minha, fechando os olhos.

— Não posso pedir que você fique me esperando enquanto resolvo meus problemas. Além disso, a jornada com a minha visão só começou. Não quero que você abra mão da sua vida para cuidar da minha.

— Eu sei onde estou me metendo, Milo. Confia em mim, eu sei. Não estou pedindo para você deixar eu te esperar. — Rocei meus lábios contra os dele e sussurrei: — Estou pedindo para você esperar por mim.

Os olhos dele se suavizaram.

— Eu vou esperar você para sempre, Star. Você é tudo que eu sempre quis.

— Jura?

— Juro.

— Que bom. — Dei um passo para longe dele e sorri enquanto tirava meu casaco e o jogava no chão. — Vou passar a noite aqui. Quando amanhecer, vou embora para seguir meu caminho e me encontrar. Quando amanhecer, vou recomeçar. Mas, hoje, preciso que você faça amor comigo como se estivesse me prometendo um futuro feliz em vez de um adeus.

Os olhos dele brilharam com a mesma paixão que vi na primeira noite em que ele havia me possuído. Milo esticou o braço, segurou minha blusa branca e me puxou para ele. Minhas mãos se apoiaram em seu peito, e meu coração acelerou enquanto eu encarava aqueles olhos que tanto amava.

— Você quer que eu te mostre como prometo um futuro feliz? — sussurrou ele no meu ouvido.

Sua respiração quente fazia minhas costas formigarem.

— Quero — sussurrei ofegante, sentindo as emoções dominarem meu corpo.

Eu queria tudo dele naquela noite. Sem regras, sem restrições.

— Sem limites?

— Nenhum.

— E tenho até o nascer do sol?

— Sim.

A voz dele se tornou mais grave.

— Você cometeu um erro, Star — alertou ele.

Meu coração perdeu o compasso quando ouvi essas palavras.

— Como assim?

— Porque, quando eu terminar, você não vai conseguir sair andando dessa casa. — Ele fincou as mãos grandes no meu cabelo e me apertou ainda mais contra seu corpo. Sua boca foi para o meu pescoço, e sua língua deslizou pela minha pele, fazendo pequenos círculos enquanto ele falava. — Espero que você não esteja cansada, porque vai demorar um pouco.

Abri a boca para responder, mas ele me pegou no colo e me levou para a cozinha, onde me colocou sentada na bancada.

— Tira a blusa e deita — ordenou ele enquanto desabotoava minha calça jeans.

Meus dedos se enroscaram na minha blusa, e eu a puxei por cima da cabeça, expondo o sutiã preto. Eu me deitei, sentindo o frio da bancada de mármore enquanto Milo descia a calça até minhas coxas e eu levantava o quadril para tirá-la, observando o olhar de doce descoberta com que ele me fitou ao perceber minha calcinha fio dental preta.

Ele envolveu minhas nádegas com as mãos enquanto se abaixava entre as minhas pernas.

— Minha — sussurrou ele enquanto sua língua percorria o tecido fino da calcinha. — Toda minha.

Uma poça de calor se formou no meu ventre enquanto a língua dele subia e descia. As palmas de suas mãos seguravam minhas coxas grossas, e ele as afastou enquanto prendia o fio dental entre os dentes e o afastava para o lado. Sua respiração quente derreteu contra meu clitóris pouco antes de ele lambê-lo com tanta delicadeza, de um jeito tão provocante, que meu quadril se levantou automaticamente, exigindo mais atenção.

— Por favor — choraminguei, jogando os braços para as laterais da bancada e agarrando as bordas.

Minhas pernas tremiam enquanto ele voltava a me lamber, fazendo minhas coxas se aproximarem uma da outra, tentando prendê-lo ali para extrair o máximo de prazer da sua boca.

Com um dedo, ele afastou a calcinha ainda mais para o lado, depois começou a fazer movimentos circulares no meu clitóris com o polegar.

— Eu estava com saudade de você, Star, então me perdoa, mas não vou ter pressa. Vou saborear cada centímetro seu — disse ele antes de ir de encontro ao meu centro.

Eu me esfreguei todinha no rosto de Milo enquanto ele me chupava. Sua língua passando lentamente pelos meus lábios, para cima e para baixo, depois acelerando como se ele estivesse se fartando de sua refeição favorita. Conforme a língua dele entrava e saía de mim, eu gritava por mais, sentindo cada centímetro do meu corpo esquentando com o prazer que ele gerava. Ele chupou meu clitóris com delicadeza enquanto enfiava um dedo em mim.

Abri ainda mais as pernas, oferecendo mais espaço para ele me ver, e, com essa liberdade, Milo enfiou outro dedo. Olhei para baixo para observá-lo, meu coração acelerando enquanto o homem dos meus sonhos fazia amor com a minha boceta como se tivesse passado uma eternidade sonhando com isso. Ele colocou mais um dedo, e desabei mais uma vez sobre a bancada, me retorcendo conforme sua mão acelerava. Milo tocava meu corpo como se eu fosse uma deusa e ele tivesse ido ao meu templo me venerar.

Ele gemeu contra meu centro enquanto eu molhava sua barba. Enquanto seus dedos trabalhavam, sua língua se juntava ao movimento. Enquanto os dedos entravam deslizando, a boca se dedicava ao meu clitóris. Uma onda de adrenalina me atingiu quando um quarto dedo me preencheu.

— Olha para mim, Star — ordenou ele, se afastando do meio das minhas pernas, ainda movendo os dedos sem parar, me deixando mais molhada a cada segundo. — Você vai gozar para mim — ordenou ele. — E vai ficar me olhando.

Eu estava arfando, e os olhos dele permaneciam grudados nos meus. Eu me apoiei nos cotovelos e continuei olhando enquanto Milo fazia sua mágica dentro de mim. Minhas costas arquearam enquanto eu chegava cada vez mais perto de me perder completamente em torno dos seus dedos.

— Eu... isso... você...

Comecei a me atrapalhar com as palavras, incapaz de formar frases. Entrei em um estado eufórico enquanto ele me levava para cada vez mais perto do clímax.

— Isso, amor, olha para mim — disse ele, com a voz cheia de sex appeal e controle.

Eu gostava quando ele fazia isso. Gostava quando ele tomava o controle do meu corpo e da minha alma.

— Eu vou... Milo, eu vou...

— Goza agora. Goza para mim.

Ele acelerou, indo mais fundo e com mais força, me estimulando como se seu único objetivo fosse me fazer gozar sem parar. Meu corpo tremia contra seus dedos enquanto eu gritava o nome dele. Minhas coxas latejavam contra a bancada conforme ele usava a mão livre para fazer círculos no meu clitóris, me levando mais e mais perto do orgasmo mais incrível da minha vida até então.

— Porra, porra, porra — falei, tremendo incontrolavelmente contra a mão que permanecia dentro de mim, lhe entregando cada gota que ele exigia do meu corpo.

Arrepios percorreram meu corpo enquanto ele lentamente tirava os dedos de mim. Milo manteve o contato visual ao lamber os quatro dedos, um por um. Então segurou minha bunda com as duas mãos e me puxou para mais perto, me colocando na beirada da bancada. Seu rosto estava coberto da minha essência enquanto ele roçava a boca na minha.

— Adoro seu gosto na minha língua — murmurou ele, me beijando com vontade.

Ele puxou a camiseta pelo torso, separando nossas bocas por um segundo, e a arremessou para o lado. Seus dedos desceram pelas minhas costas, e ele abriu meu sutiã. Depois Milo me desceu da bancada e coloquei meus pés no chão. As alças do sutiã caíram pelos meus ombros e ele foi parar no chão. Milo me girou, me encostando na bancada e tirando sua calça de moletom.

Meu coração acelerou quando seu corpo pressionou o meu. Seu pau roçou nas minhas nádegas. Suas mãos agarraram minha cintura, depois subiram e chegaram aos meus seios. Murmurei o nome dele conforme arqueava minhas costas, e sua boca desceu para o meu pescoço. Ele massageou meus seios, e pude sentir o calor do seu corpo derretendo contra o meu.

— Para sempre — sussurrou ele baixinho no meu ouvido enquanto seu pau esfregava meu clitóris por trás.

Ele me levantou um pouco e encaixou minha boceta em seu pau, fazendo uma explosão repentina de prazer escapar dos meus lábios.

— Milo — arfei, batendo as mãos contra a bancada.

Meus olhos se fecharam, e a respiração dele acelerou conforme metia mais fundo em mim. Milo levou uma das mãos à base do meu pescoço e o apertou de leve antes de virar um pouco minha cabeça, me fazendo olhar por cima do ombro e fitar seus olhos verde-acastanhados.

O amor em seu olhar e o leve espaço entre seus lábios enquanto ele gemia com um prazer torturante fizeram com que eu me apaixonasse ainda mais por aquele homem. Aquilo não parecia uma despedida.

Ele fazia amor comigo com uma promessa silenciosa de que voltaria para repetir.

Meu.

Todo meu.

Ele se inclinou e lambeu meus lábios, então colocou a mão nas minhas costas e me empurrou ligeiramente para a frente, contra a bancada. Minhas mãos se abriram, agarrando as bordas do mármore, e ele começou a meter mais forte, mais fundo, mais rápido.

A sensação dele entrando em mim repetidamente fez com que minha respiração se tornasse maníaca e descontrolada. A selvageria da maneira como ele fazia amor deixou minhas pernas tremendo quando senti suas mãos em meu quadril.

Ele xingou baixinho, com seu comprimento me preenchendo.

— Star... porra, sentir você é bom demais — murmurou ele. — Adoro que você fica molhadinha por mim.

Abri a boca para responder, mas as palavras eram um mistério que eu não conseguia desvendar, pois ele me levava mais e mais para perto de outro orgasmo. Cada estocada parecia uma confirmação de um final feliz, e cada toque era marcado pela promessa de uma eternidade juntos.

Milo me virou para que eu voltasse a encará-lo, e agarrei seu pescoço. Ele me levantou, deixando que eu enroscasse as pernas em sua cintura enquanto ia na direção da geladeira. Minhas costas encostaram no aço frio, e ele meteu ainda mais fundo, fazendo o aparelho inteiro vibrar com a gente.

— Isso, isso, assim — implorei, sentindo minha ânsia por mais dele aumentar a cada estocada bruta.

Sua boca aterrissou na minha, e ele abriu meus lábios com a língua. Nossas línguas giravam juntas e nós nos beijávamos como animais famintos, sem querer desperdiçar uma gota do gosto um do outro.

— Cama — implorei, sentindo os tremores de outro orgasmo aumentando cada vez mais.

— Você quer que eu te coma na cama, Star? — sussurrou ele contra a minha boca.

— Quero — arfei, louca de tesão.

Senti o sorriso malicioso dele contra minha boca. Ele saiu de dentro de mim, sua cabeça provocando minha entrada, fazendo meu quadril arquear em sua direção, porque eu já sentia falta de seu pau grosso dentro de mim.

Ele me deu um beijo delicado e disse:

— Primeiro goza de novo na minha boca, e aí vamos fazer amor no quarto.

Sem dizer mais nada, ele colocou minhas pernas sobre seus ombros, me levantou e enterrou o rosto em minhas coxas. O movimento repentino atravessou meu corpo, e gritos de prazer instantâneos escaparam dos meus lábios. As palmas das minhas mãos pressionaram a geladeira enquanto ele chupava cada gota de mim e me equilibrava no ar como se eu fosse leve como uma pena.

Milo se deleitava com a minha boceta, sem se permitir interromper as estocadas insaciáveis da língua dentro de mim, e meu corpo pingava de suor. Minhas pernas o pressionaram enquanto tremiam com a sensação de prazer.

Quando cheguei ao orgasmo, fiquei mole, mas ele me segurou, sem me deixar cair enquanto eu gozava intensamente em sua boca, me perdendo e o encontrando bem naquele momento.

— Isso, amor — gemi enquanto o êxtase e a felicidade me dominavam. — Eu te amo tanto. Eu amo me perder na sua língua.

Ele me baixou de volta até eu ficar presa à sua cintura. Senti seu membro roçar minha coxa quando seus lábios encontraram os meus, me fazendo sentir meu próprio gosto.

— Cama? — perguntou ele.

— Cama — respondi, querendo levá-lo ao mesmo estado incrível ao qual ele me levara repetidas vezes.

Milo me carregou até seu quarto e me deitou na cama, deixando as luzes acesas para enxergar cada centímetro do meu corpo. Ele se posicionou em minhas curvas e entrelaçou as mãos no meu cabelo bagunçado. Devagar, ele me puxou para perto e apoiou a testa na minha.

— Eu te amo tanto, Star. Espero que você sinta isso também. Espero que sinta o meu amor — sussurrou ele, a cabeça do seu pau posicionada em minha entrada.

Ele não foi selvagem como tinha sido na cozinha. Não, seus movimentos eram mais tranquilos e calmos, e ele manteve contato visual comigo o tempo todo. Senti meu peito apertar, assolada pelas emoções.

Milo não estava se despedindo, de forma alguma. Ao me penetrar, cada estocada me dizia que ele esperaria. Cada instante mais fundo trancava meu coração com uma chave que pertencia a ele. Naquele quarto, ele fez amor comigo enquanto nossos corpos se entrelaçavam e nós nos tornávamos apenas um ser, um ritmo, uma história de amor.

Estávamos encharcados de paixão. Eu me curvei na direção dele, e ele acelerou o ritmo. Meus dedos se fincaram em suas costas e me pressionei contra seu corpo. Nós nos beijamos com vontade e fizemos amor de forma mais intensa ainda várias vezes durante a noite. Quando ele gozava dentro de mim, eu desmoronava junto, sentindo nossa conexão aumentar.

Em certo momento, nos entregamos à exaustão. Fechei os olhos enquanto ele beijava meu corpo inteiro, fazendo com que eu me sentisse amada, protegida e livre.

Quando Milo se deitou ao meu lado, cheguei mais perto, encaixando meu corpo ao dele como se ele fosse a peça que me faltava. Apoiei a cabeça em seu peito, e ouvi seu coração bater. Ele ficou abraçado a mim durante horas, fazendo amor comigo ao longo da noite. Preenchendo meu corpo com seu amor e selando esse sentimento com beijos por toda a minha pele. Naquela noite, ele me amou de todas as formas possíveis. Com força e intensidade. De forma devagar e romântica. Mostrou cada versão do seu amor por mim, fazendo com que fosse impossível duvidar do que ele sentia.

Quando o sol nasceu, não senti como se estivéssemos nos despedindo. Só me senti mais próxima dele. Nós estávamos marcados na alma um do outro, e a promessa de um final feliz havia sido renovada para nós dois.

Milo demorou para sair da cama. Ele pegou minhas roupas e me vestiu. Suas mãos acariciaram minha pele fria, sentindo cada centímetro meu.

Depois que ele vestiu sua calça de moletom, fomos para a varanda, e ele segurou meu pescoço, me puxando para perto. Seu beijo foi demorado e lento, e desejei que pudesse durar para sempre. Parte de mim estava com medo de me afastar, mas então me lembrei do que ele havia me mostrado na noite anterior e de tudo para o qual eu voltaria.

— Você pode me prometer uma coisa? — perguntei.

— Qualquer coisa.

— Não fica sozinho, não. Deixa seus amigos e sua família cuidarem de você quando precisar deles, tá? Quando as coisas ficarem difíceis, promete que vai pedir ajuda para encarar seus problemas?

— Prometo — disse ele. — E você pode me prometer uma coisa?

— Qualquer coisa.

— Quando conseguir se encontrar... — Ele levou os lábios à minha testa e me deu um beijo carinhoso. — Vem me encontrar.

38

Milo

Não dá para superar. Dá para mergulhar.

As palavras de Eric não saíram da minha cabeça no decorrer da semana. Eu sentia tanta saudade de Starlet que era difícil me concentrar em qualquer outra coisa. Mas eu também sabia que, se quisesse ser o homem que ela merecia, precisava me concentrar em mim, na minha vida, e me recuperar da melhor maneira possível. Primeiro, eu precisava ser minha melhor versão por mim mesmo, para só então ser o melhor para ela. Também precisava dar espaço a Starlet para que ela se tornasse a pessoa que deveria ser.

Ainda assim, a saudade não diminuía. Eu me permiti mergulhar um pouco nessa tristeza. Percebi a sorte que eu tinha de poder sentir saudade de uma pessoa como ela. Era uma honra sequer conhecer um amor como o dela.

— Posso te dar a carta agora — comentou Weston quando eu estava sentado à sua frente na diretoria em uma manhã de segunda.

Encarei meu tio, me sentindo um pouco confuso. Fazia um tempo que eu não dormia bem, e as horas de sono que conseguia ter não eram das melhores. Na maioria das noites, eu ficava me revirando de um lado para outro na cama. Ficar na casa onde meus pais tinham me criado sem nenhum dos dois era bizarro. Eu não podia imaginar como aquele lugar poderia se tornar tão silencioso. Sentia falta dos sons baixos do meu pai andando para lá e para cá. Dele abrindo e fechando portas, xingando a televisão. Agora, só restava o silêncio. Eu não sabia que o silêncio podia ser tão dolorosamente alto. Mal podia esperar para meu pai voltar.

— Como assim?

— A carta que a sua mãe escreveu para sua formatura. Posso te dar agora, se você quiser.

Estreitei os olhos. Ele estava mesmo me oferecendo isso? Estava com a carta naquele momento? Seria bom ler uma carta da minha mãe naquele instante. Eu me sentia bem distante dela ultimamente. Nem o nascer do sol e os cartões de receita pareciam suficientes para me ajudar.

Eu podia aceitar.

Podia rasgar o envelope e devorar as palavras que ela havia escrito para tentar ter um vislumbre de esperança.

Mas ela queria que eu a abrisse na minha formatura.

Como eu poderia ir contra os desejos dela?

— Não precisa — respondi, recusando a oferta. — Mas valeu.

Weston olhou sério para mim.

— Se você mudar de ideia, é só avisar. Sei que você tem a Starlet para ajudar com as coisas, mas…

— Nós terminamos — falei na mesma hora.

Ele fez uma pausa, chocado.

— O quê?

— Eu terminei com ela. Tem muita coisa acontecendo na minha vida agora, e já atrapalhei demais a dela. Então achei que seria melhor nós seguirmos rumos diferentes.

— Foi porque eu descobri? Porque eu falei para a Starlet…

— Não teve nada a ver com você, Weston. Foi uma decisão minha. As nossas vidas simplesmente não se encaixam agora. Preciso me concentrar na escola e focar em melhorar. Ela precisa se concentrar na vida dela. A gente não conseguiu encontrar um meio-termo.

— Por enquanto — falou ele. — Vocês não conseguiram encontrar um meio-termo por enquanto.

Eu ri.

— Não era você que era contra nós ficarmos juntos?

— Sim — concordou ele. — Aí eu entendi a história de vocês e vi como gostam um do outro. O que vocês tinham era especial. É o que os seus pais tinham.

Isso me deixou impactado, porque eu também sentia isso. Uma parte idiota de mim acreditava que minha mãe sabia que eu precisava de amor, então havia mandado Starlet para mim. Mas eu não podia atrapalhar a vida dela só porque queria sua companhia. Além do mais, ela era como uma barreira de proteção para mim — algo que me distraía da depressão. Se eu quisesse me curar de verdade, se quisesse ficar bem, ser uma pessoa melhor, precisava aprender a andar sozinho. Precisava encarar meus demônios e deixar que eles contassem o seu lado da história enquanto eu contava o meu.

Weston abriu um sorriso triste quando o sinal tocou.

Segurei os braços da cadeira e peguei impulso para me levantar.

— Acho que está na hora de eu ir para a aula.

— É, acho que sim. — Ele também se levantou e enfiou as mãos nos bolsos da calça. — Ei, Mi?

— Sim?

— Você está bem?

Minha boca abriu, e meu primeiro pensamento foi mentir, porém, em vez disso, a verdade escapuliu.

— Não. Não estou.

Eu estava nadando em um mar de merda, lutando para me lembrar de como respirar na maioria das noites.

— Devo me preocupar com você?

— Não. Faz tempo que não estou bem. Mas pode deixar que peço ajuda caso as coisas fiquem muito pesadas, mas, fora isso, estou empolgado para receber minha carta daqui a dois meses.

Ele assentiu para mim, e seu sorriso parecia menos preocupado.

— Mal posso esperar para te entregar.

— Ah, Weston?

— O quê?

— Posso ficar na sua casa por um tempo? Não quero ficar sozinho. E talvez eu precise de ajuda para ir a algumas das minhas consultas com o oftalmologista e tal.

— É sério? Claro que você pode. Vamos arrumar um quarto para você num instante. É só me avisar quando e onde são as consultas. Eu e sua tia vamos ajudar. Milo... você faz parte da família. Você não está sozinho.

— Você terminou com ela? — perguntou Bobby na sorveteria em uma tarde de domingo.

O clima dava sinais de que a primavera estava se aproximando. Todo mundo já tinha guardado os casacos de inverno e agora usava moletom e jaquetas leves.

— A gente não terminou de verdade. Nós só estamos dando um tempo.

— Tipo o Ross e a Rachel em *Friends*? — questionou ele. — Vocês dois sabem que estão dando um tempo? Porque, pelo que eu sei, isso não deu muito certo para eles.

— Como você sabe o que acontece em *Friends*? — chiou Henry com o neto. — Você não devia estar comentando sobre *As pistas de Blue* ou coisas mais apropriadas para a sua idade, não?

Bobby se inclinou na minha direção e sussurrou:

— Deixa ele para lá. Ele não tem a menor ideia de como ser maneiro. A única coisa que ele vê na televisão são reprises de *Matlock*.

— Que é uma série muito boa — comentou Henry. — Voltando ao assunto, vocês estão dando um tempo, é?

— É. Achamos que seria melhor para nós dois - respondi, comendo uma colherada do meu sorvete de chocolate.

— Ela é gata? — perguntou Bobby.

Arqueei a sobrancelha.

— O que isso tem a ver?

— Só estou perguntando. É? Aposto que ela é gata.

Dei uma risadinha.

— Ela é muito gata.

— Uau. Não acredito que um cara que nem você abriu mão de uma garota muito gata — comentou ele.

— O que você quis dizer com isso? — rebati.

Ele deu de ombros.

— Não me leve a mal...

— Ele está preparando o terreno para te ofender — explicou Henry.

Bobby continuou:

— Mas você é meio feio.

— O quê? — Eu ri. — Você nem consegue me ver!

— É, mas você tem uma voz feia. Tenho certeza de que a sua aparência combina com ela — brincou ele.

Bobby sabia acabar com a autoestima de uma pessoa.

— A sua mãe sabe que ela está criando um babaquinha? — perguntou Henry para o neto.

— O seu filho sabe que foi criado por um babacão? — rebateu o menino.

— Olha a boca — brigou Henry.

— Desculpa, vô — falou Bobby em um tom zombeteiro.

— Vô *postiço* — corrigiu-o Henry.

Sorri para os dois. Eu estava feliz por eles terem cruzado o meu caminho quando eu precisava que alguém me orientasse. Ficamos mais algumas horas conversando ali, então fui para a casa de Savannah encontrar meu outro grupo de amigos.

Apesar de sentir falta de Starlet, eu estava cumprindo a promessa que havia feito para ela. Eu não estava sozinho.

Nem um pouco.

39

Starlet

Eu sentia falta dele.

Sentia tanta falta de Milo e me preocupava tanto com ele que mal conseguia me concentrar em outra coisa. Às vezes, eu me pegava lendo nossas mensagens antigas. Era incrível como meia dúzia de mensagens era capaz de mostrar o momento em que duas pessoas começaram a se apaixonar uma pela outra.

Voltei a me concentrar nos meus estudos e em tirar notas boas pelo restante do semestre. O diretor Gallo havia deixado claro que não ia me denunciar pelo meu relacionamento com Milo, mas eu ainda não tinha certeza de que estava seguindo no caminho certo.

Todas as decisões que eu havia tomado a respeito da minha carreira tinham sido motivadas pelas escolhas da minha mãe. Eu queria seguir os passos dela e ver tudo pela perspectiva dela também. Talvez uma parte de mim ainda quisesse ser professora, mas eu também queria explorar outras coisas para me certificar de que estava tomando as decisões por mim, e não reproduzindo a vida da minha mãe.

— Então, colega de quarto, tive uma ideia — declarou Whitney certo dia, chegando com uma cesta cheia de coisas aleatórias.

Havia marcadores, purpurina e pilhas de revistas, além de cartolinas.

Ergui uma sobrancelha.

— Para que isso tudo?

— Nós vamos resolver a sua vida, ponto por ponto, e montar um quadro.

Eu ri.

— Não sei se é uma boa ideia. O último quadro dos sonhos que eu fiz acabou sendo destruído.

— Mas não estou falando de um quadro dos sonhos. Esse vai ser um quadro de experiências. Nós vamos experimentar um monte de coisas diferentes todo fim de semana e ver o que dá certo. Tipo escalar montanhas, pintar ou gravar um podcast. Nós vamos montar uma lista de coisas para fazer.

Sorri para minha amiga, maravilhada com o quanto ela havia sido incrível durante o semestre mais difícil da minha vida. Ela era a verdadeira definição de pau para toda obra. Independentemente dos erros que eu havia cometido, Whitney sempre estivera ao meu lado.

— Você é a melhor pessoa que eu já conheci, Whit. Não mereço você.

Ela sorriu e deu de ombros.

— É verdade. Você não me merece mesmo. Mas a maioria das pessoas não me merece. Eu sou incrível. Agora anda. Vamos fazer a porcaria da lista.

Conforme as semanas foram passando e a primavera despertava nos galhos das árvores que se enchiam de verde, eu seguia sentindo saudade de Milo todos os dias. E não era algo que ia ficando mais fácil com o tempo. Embora as coisas estivessem voltando ao normal, minha vida não parecia completa. Era como se estivesse faltando uma parte de mim, e não havia como recuperá-la em um futuro próximo.

Eu tentava me manter ocupada, e minha lista de experiências com Whitney facilitava bastante. Também tinha aprendido algumas coisas sobre mim mesma pelo caminho. Tentei fazer aula de spinning e me inscrevi em um curso de pintura. Eu não era artista, mas me esforçava. Provei tipos diferentes de café. Detestei *matcha* com todas as minhas forças. Chorei um pouco, mas também encontrei muitos motivos para rir.

A jornada do autoconhecimento era muito louca, mas também parecia a coisa certa a fazer. Era como se eu tivesse que me descobrir naquele exato momento.

Quando maio chegou, eu já estava um pouco melhor. Então veio o Dia das Mães, o mais difícil do ano para mim. Eu me mantive ocupada, tentando não pensar muito naquilo. Meu pai mandou uma mensagem dizendo que me amava, e foi legal recebê-la. Ele faria um jantar naquela noite em homenagem à minha mãe, o que seria ótimo. Eu só queria poder receber uma mensagem dela também.

Whitney: Você precisa voltar para o dormitório agora.

Starlet: Por quê?

Whitney: Vem para cá agora.

Starlet: Tenho aula daqui a meia hora.

Whitney: Agora, Starlet!

Resmunguei e atravessei o campus de volta para o dormitório. Eu não costumava voltar para o meu quarto durante o dia, porque sempre tinha uma aula atrás da outra, e o dormitório era fora de mão. Quando já estava no elevador, recebi outra mensagem de Whitney me pedindo que batesse à porta antes de entrar, o que era esquisito. Por outro lado, Whitney era esquisita, então fazia sentido.

Bati à porta, e ela abriu uma fresta grande o suficiente para conseguir passar se espremendo do quarto. Ela fechou a porta atrás de si e sorriu para mim.

— Oi — arfou ela.

— Hum, o que houve?

— Preciso te pedir desculpas.

— O quê?

Ela balançou a cabeça, e seus olhos ficaram marejados de lágrimas.

— Eu me enganei sobre ele. Estava tão preocupada com a possibilidade de você ser magoada por um cara que não vi a parte mais importante. Sei que eu costumo detestar homens, mas não acredito que estou prestes a dizer isso, é sério, mas talvez nem todos os homens sejam ruins. Talvez alguns sejam aceitáveis. Talvez alguns sejam até legais.

Estreitei os olhos.

— Whit. Do que raios você está falando?

Ela puxou o ar com força e exalou.

— Você ganhou um presente.

— O quê?

— Um presente. Você ganhou um presente. Está no quarto.

— Você comprou um presente para mim?

Ela balançou a cabeça em negativa.

— Não. Eu, não. Mas, droga, ele me fez chorar. Está pronta?

— Você está me deixando nervosa. Sai da frente.

Ela sorriu e deu um passo para o lado. Levei a mão à maçaneta e a girei, abrindo a porta. Meus olhos na mesma hora se encheram de lágrimas quando vi o que estava diante de mim — uma bicicleta cor-de-rosa com margaridas amarelas, guidom roxo e um cesto de vime branco. Também havia um capacete com a mesma estampa, e um buquê de peônias ocupava o cesto com um cartão.

Milo.

Fui depressa até lá e abri o cartão para ler as palavras.

Meu mundo,

Sei que hoje é um dia difícil para você, então quis te dar algo para amenizar as coisas. Eu montei com um novo amigo. Não ficou tão perfeita quanto a da sua mãe, mas espero que você goste.

Espero que você ande com ela hoje e sinta sua mãe no vento.

Feliz Dia das Mães para a sua mãe.
Ela criou a melhor das melhores.

Con amore,
Milo

— Então... — Whitney entrou no quarto e me abraçou, enquanto as lágrimas escorriam pelas minhas bochechas. Ela me deu um tapinha no ombro e suspirou. — Ele é a sua pessoa?

Assenti com a cabeça.

— Ele é a minha pessoa.

Mas eu não sabia o que isso significava. Não sabia o que sentir com tudo aquilo. Fazia semanas que não nos víamos, semanas que não trocávamos uma palavra, mas o presente fez com que eu me lembrasse exatamente por que eu amava tanto aquele homem.

Ele não só era a minha pessoa, e sim o meu coração. Ele era a minha alma. Ele era a minha luz.

— E aí? — perguntou Whitney. — O que você vai fazer?

Balancei a cabeça, confusa.

— Eu... eu... eu não sei.

— Você precisa ir falar com ele! — ordenou ela.

Meu estômago embrulhou só de pensar nisso. Eu não podia simplesmente ir falar com ele. Ou... podia?

Ai, nossa.

Eu ia vomitar.

— Preciso tomar um ar — falei para minha amiga, balançando a cabeça e olhando para a bicicleta na minha frente, sem acreditar. — Preciso tomar um ar — repeti.

Então peguei a bicicleta, coloquei meu capacete e fui dar uma volta para conversar com o vento.

Depois do passeio, ainda estava bem confusa, então levei a bicicleta de volta para o quarto. Então peguei meu carro e dirigi por duas horas até a casa do meu pai para jantarmos juntos. Assim que cheguei, contei para ele tudo sobre o presente que Milo tinha feito. Meu pai escutou todos os detalhes enquanto cortava cenouras para o ensopado que estava preparando.

— Nossa. Esse cara é dos bons mesmo — comentou ele.

— Esse cara é dos bons? Pai! Ele me deu uma bicicleta personalizada depois de passar semanas sem falar comigo.

— Você precisa admitir que foi um presente carinhoso pra cacete — insistiu ele.

Sim. Foi. Mas mesmo assim. Eu estava confusa.

— Não sei o que isso significa.

— Acho que significa que ele te ama.

— Por favor, me diz o que fazer. Me diz como eu deveria reagir.

— Não sei, meu amor. A vida é sua.

Eu resmunguei.

— Eu sei. Mas se fosse a sua vida... o que você faria?

Ele deu de ombros.

— Sei lá, mas, pessoalmente, eu gosto dele.

— Como assim?

— Do Milo. Eu gosto dele.

Eu ri.

— Você não conhece o Milo.

— Bom, eu ajudei a montar a bicicleta, então nós conversamos bastante nas últimas semanas.

— Do que você está falando?

— Nós passamos um tempo juntos nas últimas semanas, então acho que já conheço bem o cara.

Estreitei os olhos.

— Desculpa, como é que é?

— Lembra quando eu te dei minha palavra de escoteiro de que não ia procurar o seu ex-namorado?

— Lembro.

— Bom, eu nunca fui escoteiro, minha pequena. Então procurei seu ex-namorado. A gente se encontra uma vez por semana desde então.

Meus olhos se esbugalharam.

— Não!

— Foi mal, filha. Eu não conseguia suportar a ideia de saber que aquele cara ficaria sozinho depois de tudo pelo que ele passou. Ainda mais depois de priorizar a sua vida durante um momento tão difícil.

— Você dirige duas horas para ir e duas para voltar toda semana só para ver como ele está?

— Aham.

Lágrimas inundaram meus olhos conforme eu assimilava as palavras do meu pai.

— Você ficou com ele? Ele não ficou sozinho?

Meu pai baixou a faca, pegou um pano de prato e limpou as mãos. Ele se virou para mim e sorriu.

— Não, pequena. Ele não ficou sozinho.

Sem pensar, corri para o meu pai e lhe dei um abraço apertado. As emoções escaparam dos meus olhos e escorreram pelas minhas bochechas.

— Obrigada, pai.

Ele me deu um beijo na testa e o abraço mais apertado.

— Conta comigo sempre.

Quando o soltei, sequei minhas lágrimas.

— Ele está bem? Como ele está?

— É um rapaz forte. Está seguindo em frente. Ele vai fazer as últimas provas da escola agora, mas, até onde sei, vai passar em todas as matérias. Não consegui ajudar muito com matemática, mas meu espanhol está dando para o gasto.

Arregalei os olhos.

— Você está dando aula para ele?

— *Sí, mi hija* — respondeu meu pai, me fazendo sorrir. — Sua mãe era professora, mas eu também não era tão ruim assim nos estudos.

— Você é a melhor pessoa que eu conheço — falei.

Ele me deu um abraço meio de lado.

— Sejamos justos, você é bem antissocial, então isso não quer dizer grande coisa — brincou ele.

Eu ri.

— Você acha que eu devia falar com ele? Ou é melhor esperar um pouco?

— Bom, na verdade, tenho uma ideia. Só que talvez você não goste, porque vai precisar esperar um pouquinho mais.

40

Milo

— Você vai gostar de saber que passei em matemática — contei para Eric ao ouvir passos se aproximando. Era sexta de manhã e eu estava no banco do lago. Eu vinha aprendendo a usar meus outros sentidos para me conectar com meus arredores. Quando me virei para encará--lo, congelei ao ver quem estava ao seu lado. — Pai. O que você está fazendo aqui?

— Meu período na clínica de reabilitação chegou ao fim, e o Eric fez a bondade de me oferecer uma carona de Chicago.

Eu me virei para Eric com os olhos semicerrados.

— Você conhece o meu pai?

— Aham. Nós começamos a nos falar e ficamos muito amigos. Agora temos ótimos papos. — Ele se aproximou de mim e me deu um tapinha nas costas. — Ele é um cara legal que tem um filho ótimo. Achei que vocês pudessem querer assistir ao nascer do sol juntos. Preciso voltar para casa.

Eric olhou para mim e apertou meu ombro.

— Eric.

— Sim?

— Obrigado. Por tudo — falei.

Ele abriu um sorriso, que era idêntico ao da filha, o que só fez com que eu sentisse ainda mais saudade de Starlet.

— Faço qualquer coisa pela minha filha. O que significa que faço qualquer coisa por você.

Ele se despediu do meu pai e foi embora, nos deixando sozinhos com o som da floresta e da água corrente.

Meu pai esfregou a nuca.

— Ando me perguntando se o Eric existe de verdade ou se ele não é uma espécie de anjo daqueles de *A felicidade não se compra*. — Ele riu.

Abri um meio-sorriso.

— Esse era o filme de Natal favorito da mamãe.

Ele franziu a testa e depois assentiu com a cabeça.

— Sim, era. — Ele apontou para o banco. — Posso me sentar?

— Claro. O banco é seu, afinal.

Ele se sentou, e fiquei ali, ao seu lado. Observei seus dedos contornarem as iniciais que ele e minha mãe tinham entalhado na madeira. Ele fungou um pouco e depois pigarreou.

— Trinta e quatro dias. — Ergui uma sobrancelha. — Trinta e quatro dias sóbrio. Sei que não parece grande coisa, mas…

— É grande coisa, sim — eu o interrompi. — Estou orgulhoso de você.

Os olhos dele ficaram marejados de lágrimas com as minhas palavras. Ele balançou a cabeça e fitou o céu ainda escuro, mas que lentamente começava a clarear.

— Achei que nunca mais ouviria essas palavras vindo de você. Não depois da forma como me comportei nos últimos anos. Preciso te pedir desculpas, Milo.

— Não tem problema, pai.

— Tem, sim. — Ele esfregou o nariz com o polegar. — Eu pisei na bola quando você mais precisou de mim. Não fui o pai que você precisava nem que merecia e peço desculpas por isso. Você merecia mais, e sua mãe teria te dado mais.

— Talvez — respondi, dando de ombros. — Quer dizer, não me leve a mal. Por um tempo, também pensei dessa forma, porque estava muito irritado com você. Tinha certeza de que a mamãe teria feito melhor. Mas quem pode saber? Se tivesse sido ao contrário e você tivesse morrido, e não a mamãe, não sei como ela lidaria com a sua perda. A morte afeta as pessoas de formas diferentes. Não dá para saber como vamos reagir até que algo assim aconteça. Também preciso pedir desculpas. Eu devia ter percebido que as coisas estavam difíceis para você. Eu tive a mamãe por dezessete anos. Você ficou com ela por quarenta e dois. O luto é muito maior, e desculpa por não ter estado mais presente. Desculpa por eu ter me afastado.

Lágrimas começaram a escorrer pelas bochechas do meu pai enquanto ele fungava, encarando o céu. Tons escuros de azul e marrom começavam a surgir. As nuvens delicadas seguiam lentamente para a direita conforme os raios de sol começavam a surgir no horizonte. Meu pai tamborilou os dedos enquanto observava a cena.

— Sua mãe falou que era para você procurar por ela no céu da manhã — disse ele. — Ela me disse que eu poderia encontrá-la no pôr do sol. Acho que ela queria nos unir para passarmos as manhãs e as noites juntos.

— Isso parece a cara dela.

— Eu ferrei com tudo, Milo. Pisei na bola um milhão de vezes no último ano e peço desculpas por isso. Vou começar a terapia e procurar outras coisas para me ajudar com o luto. Não quero viver assim e não quero continuar me sentindo desse jeito para sempre. Quero descobrir como ser mais forte por você.

— Não preciso que você seja forte, pai. Eu entendo... isso tudo é uma bosta mesmo além de difícil, mas não preciso que você seja forte. Só preciso que você esteja aqui. A mamãe entenderia se a gente entregasse as pontas de vez em quando, mas acho que ela não gostaria que desabássemos sozinhos.

Ele passou o polegar sob o nariz enquanto encarava o lago.

— Vamos desabar juntos?

— Aham, vamos desabar juntos.

— Você é um ótimo filho, Milo. Sempre foi, e sinto muito por não te dizer isso tanto quanto deveria.

— Não tem problema, mas vou passar o resto da vida te obrigando a repetir isso — brinquei.

Ele sorriu e enxugou as lágrimas.

— Pois é, bom, eu mereço.

— Você também é ótimo, pai. Quero que saiba que não vou te julgar por um ano ruim quando tivemos quase dezoito muito bons. Já me disseram que não somos os nossos piores momentos, e gosto de acreditar que isso é verdade.

Ele entrelaçou as mãos e concordou com a cabeça.

— Eu te ouvia, sabia?

— Como assim?

— Quando você me visitava no hospital e me pedia todo dia que não desistisse. Eu te ouvi todas as vezes. Acho que foi por isso que consegui voltar. Acho que foi por sua causa, Milo. Foi você, e sempre vai ser você o que me trará de volta. Foi você quem salvou a minha vida.

Meu pai voltou para casa bem a tempo da formatura. Um dia ao qual eu provavelmente não teria chegado sozinho, e eu sabia muito bem que não estaria ali se não fosse por Starlet. Para ser sincero, eu não sabia nem se estaria vivo se não fosse por ela. E, por causa dela, eu havia sobrevivido ao inverno e descoberto a primavera, com o verão se aproximando cada vez mais rápido.

A beca e o capelo eram as coisas mais desconfortáveis que eu já tinha vestido, além de serem feios. Parecia a última tentativa da escola de provocar os alunos.

O tassel do capelo ficava balançando na frente do meu rosto. Eu estava sentado no campo de futebol americano, encarando o palco. As arquibancadas estavam cheias de gente, parentes e amigos, todos ali para comemorar com os formandos. O fato de o meu pai estar naquela arquibancada era tudo para mim.

O sol brilhava lá em cima, e eu derretia em uma poça de suor. Era muito louco pensar que tudo estava coberto de neve alguns meses antes e agora o sol me fazia querer nadar pelado.

Mas eu sempre ia preferir os dias quentes aos frios.

Weston chamava o nome dos alunos para que nós recebêssemos nossos diplomas. Para minha sorte, eu seria um dos primeiros a subir no palco, graças ao meu sobrenome. Eu me levantei da cadeira e segui até ele quando fui chamado. Para minha surpresa, houve uma explosão de gritos de alegria, não apenas dos meus amigos que estavam se formando, mas da plateia também. Olhei para a arquibancada, e meu peito apertou.

Star.

Minha Star.

Meu coração parou por um milésimo de segundo e fiquei paralisado, sem saber o que fazer.

Seus lábios se curvaram em um grande sorriso, e meu corpo inteiro esquentou. Merda. Mesmo de longe, ela continuava controlando todas as minhas reações.

— Milo — sussurrou Weston em um tom irritado, me tirando do transe.

Balancei a cabeça e me recompus o quanto pude. Olhei mais uma vez para Star e segui na direção do meu tio. Apertei a mão de Weston, que me deu um abraço apertado. Enquanto ele me segurava em seus braços, senti suas lágrimas escorrendo.

— Estou orgulhoso pra caralho de você, garoto.

Ele quase me fez chorar naquela porcaria de palco também. Eu retribuí o abraço, peguei o diploma e voltei para o meu lugar. Olhei de novo para a arquibancada, e ela havia sumido. Balancei a cabeça algumas vezes, me sentindo louco. Eu tinha imaginado que Starlet estava ali? Tinha sido tudo coisa da minha cabeça?

Olhei para o diploma e o abri para ver o certificado. Em vez disso, encontrei um envelope — uma carta com as palavras "Meu mundo" escritas na frente.

A carta da minha mãe.

Sem pensar, abri. Tudo ao redor se movia em câmera lenta. Todos os sons desapareceram conforme meus olhos percorriam as palavras escritas com nada menos do que amor.

Meu mundo,

Hoje é um dia especial.
O dia da sua formatura.

Acho que esta foi uma das cartas mais difíceis que já escrevi. Lágrimas escorrem pelo meu rosto enquanto escuto você e seu pai assistindo a algum esporte na sala. Tem uma chaleira no fogo, e estou esperando o som da água fervendo nos alertar. Você vai correr até a chaleira, me servir de uma xícara de chá e perguntar se eu quero açúcar ou mel.
Sempre quero os dois.
Você sabe disso, mas sempre pergunta.

Obrigada por cuidar de mim nestes últimos meses. Sei que não tem sido fácil, filho, mas você é uma pessoa muito corajosa. Obrigada por amar sua mãe quando ela estava fraca demais para amar a si mesma. Você é e sempre será a melhor parte da minha vida.

Se você estiver lendo esta carta, eu já terei partido do plano físico, mas quero que saiba que estou ao seu lado a cada passo do seu caminho.

Especialmente hoje. O dia em que você subirá no palco, aceitará seu diploma e começará o próximo capítulo da sua vida.
Quero que você entenda que sei que o último ano foi difícil para você. Quero que entenda que estou orgulhosa, aconteça o que acontecer. Você pode ter feito um milhão de besteiras. Pode ter fracassado vezes seguidas. Pode ter usado drogas, bebido e desmoronado inúmeras vezes, mas estou orgulhosa de você, Milo, porque conseguiu chegar aqui mesmo assim.

Não sei quais serão seus próximos passos. Mas sei que você vai ficar bem, porque eu te conheço, filho. Conheço seu coração e sei como ele bate. Vejo a bondade da sua alma e a generosidade do seu espírito. Você vai ficar bem e vai melhorar ainda mais. Você vai ficar ótimo.

Então, agora, quero oferecer alguns conselhos maternais para ajudar você ao longo dos anos. Ah, e espero muito que eles sejam os anos mais felizes da sua vida, cheios de conforto e alegria.

Dicas da mama:

Coma legumes. Sei que couve-de-bruxelas é horrível, mas faz bem. E lembre-se de usar o fio dental todas as noites. Tudo bem, em noites alternadas. Não quero forçar a barra.

Perdoe o seu pai. Sei que ele tem o coração mole, mas tenho medo de ele endurecer depois da minha partida. Cuidem um do outro quando puderem, e continue amando o seu pai mesmo que isso pareça não ser possível. Viver é difícil, e os problemas vão surgir, mas saiba que o amor dele por você é forte, mesmo nos dias de fraqueza. Por favor, lembre-se dos melhores dias dele quando ele te mostrar os piores.

Faça novos amigos e mantenha os antigos que foram pacientes com você em sua recuperação. Mantenha-os mais próximos do que quaisquer outros. E, quando eles precisarem de você, esteja lá. Dê força para eles como eles deram para você.

Apaixone-se. Faça isso, por favor, e permita-se perder o controle. Apaixone-se depressa e profundamente. Lute por esse amor e seja a âncora dele. Permita-se sentir as coisas com intensidade. Diga as palavras "eu te amo" sempre que puder. Nunca se sabe quando será a última vez, e eu preferiria que você sufocasse uma pessoa com amor a deixar os momentos passarem em branco.

Talvez esta seja a parte mais importante: ame a si mesmo, Milo. Por favor, por favor, por favor, ame a si mesmo. Ninguém é mais merecedor de sentir o seu amor do que a pessoa que encara você de volta no espelho.

Acrescentei aqui um último cartão de receita. Espero que eles tenham te consolado nos momentos mais difíceis. Só peço que prepare este em um domingo, para uma sala cheia de pessoas amadas. Quero que você coma, se delicie, ria, brinque e viva.

Viva, Milo. Aproveite a vida.

Quero que você crie suas próprias receitas de vida. Crie memórias únicas do seu jeito especial. Amplie seus horizontes. Experimente coisas novas. Fracasse. Tente de novo. Você é o filho mais incrível que tive a bênção de conhecer, e sei que qualquer coisa que fizer da sua vida será deliciosa, não importa o que for.

Con amore, figlio mio. Con amore,
Mama

Peguei o cartão de receita e vi que havia nele a receita do famoso molho de domingo da minha mãe — o molho que ela deixava horas cozinhando para alimentar todos que amávamos. Meu peito estava apertado quando murmurei:

— Obrigado, mãe.

A cerimônia parecia que havia começado fazia uma eternidade, e ainda estávamos na letra M. Mais quantas pessoas tinham um sobrenome que começava com M? Continuei me virando para olhar para a arquibancada em busca de Starlet, mas não consegui encontrá-la de novo. Deve ter sido minha imaginação pregando peças em mim, o que não me surpreendia, já que todos os meus pensamentos giravam em torno dela.

— Então você está me dizendo que se formou hoje, que acha que viu sua ex-namorada gata, o amor da sua vida, na plateia depois de montar uma bicicleta para ela com o pai dela e resolveu vir tomar sorvete com o rabugento do Henry e comigo em vez de ir falar com ela? — perguntou Bobby na sorveteria.

— É, foi basicamente isso.

— Que burrice — disse Bobby, prático. — Você toma péssimas decisões.

Dei uma risada.

— Achei que o Henry fosse o cara brutalmente sincero.

— Eu sou — concordou Henry. — Mas o garoto tem razão. Você é um jumento.

— Cruel — falei, enfiando o sorvete na boca.

— Somos só seus amigos sinceros. Todo mundo precisa de amigos sinceros — explicou Bobby.

— Beleza. Então vai lá. Quero ouvir a sua opinião.

Bobby pigarreou.

— Tá bom, mas foi você que pediu. Acho que é burrice você pensar que precisa se afastar de alguém para resolver seus problemas. Minha mãe sempre disse que o amor serve para as pessoas não precisarem passar por coisas felizes ou tristes sozinhas. E olha aí você, escolhendo passar por essas coisas sozinho. Isso é burrice.

Abri a boca para responder, mas não consegui pensar em nada, então continuei me empanturrando de sorvete.

— O garoto tem razão, seu cabeça-oca — concordou Henry. — Nem sei por que você está aqui.

— Meu pai teve que resolver umas coisas antes de vir me buscar para o meu jantar de formatura, então estou meio que preso aqui. Além do mais, se a presença dela foi apenas fruto da minha imaginação, então ela já deve ter ido para Chicago passar o verão com o pai.

— Uber, Milo. Pega a porcaria de um Uber — sugeriu Bobby como se isso fosse a coisa mais fácil do mundo.

Eu ri.

— Até Chicago?

— Aham. E dá uma boa gorjeta para o cara — ordenou Henry.

— É muito fácil. Tem certeza de que você se formou no ensino médio hoje? Você parece meio burro — comentou Bobby.

— Tipo, *muito* burro — concordou Henry.

— Além do mais — continuou Bobby, acrescentando mais confeitos ao seu sorvete. — Se eu ainda conseguisse enxergar e tivesse uma namorada gata, passaria todos os dias olhando para ela.

Ele estava certo. Eu já tinha desperdiçado tempo demais.

— Merda. Preciso ir para Chicago.

— Dã! — disseram Bobby e Henry juntos.

Assim que peguei meu celular, meu pai entrou na sorveteria, sorrindo para mim.

— Oi, Mi. Vamos? Já está tudo pronto para o jantar. Até seu presente de formatura está esperando lá fora.

Arqueei uma sobrancelha.

— Meu presente? Não precisava. Ah, a gente pode mudar os planos para o jantar? Eu ia pedir para você me levar para Chicago.

— Chicago? — perguntou ele, confuso.

— Tem uma garota gata lá — disse Bobby. — E o Milo está apaixonado por ela.

Meu pai arqueou uma sobrancelha.

— Uma garota, é?

— Uma garota gata — explicou Bobby. — Confia em mim. É a mulher da vida dele.

Meu pai coçou a testa.

— Bom, eu estava empolgado para o jantar, mas se é amor verdadeiro…

— Você me leva? — perguntei, um pouco surpreso.

— Hoje é o seu dia, filho. Faço tudo o que você quiser. Mas, primeiro, vamos ver seu presente. Está lá fora.

Eu me despedi dos dois e saí da sorveteria atrás do meu pai. Ele gesticulou para um motorhome imenso parado diante da porta.

— Tcharam! Feliz formatura, filho!

Estreitei os olhos.

— Desculpa, o quê...

— Comprei um motorhome para você. Quando você era pequeno, falava o tempo todo que queria conhecer os estados do país e viajar por aí, então achei que seria um bom momento para isso agora no verão.

Não me leve a mal, era um presente legal, mas havia um grande problema.

— Eu não posso dirigir, pai. Não tem como. A menos que você venha comigo.

— Putz... não, filho. Não posso. Acabei de começar naquele emprego novo, nem pensei nisso. Desculpa. Acho que foi um presente bem bosta.

Dei de ombros e bati nas costas dele.

— O que vale é a intenção.

— Se você precisar de motorista, estou livre no verão — disse uma voz, abrindo a porta do motorhome. Ergui o olhar e encontrei Starlet parada ali com o maior sorriso do mundo. — Quer dizer, se você não se incomodar com o meu jeito de dirigir.

Meu peito apertou e fiquei paralisado, encarando-a. Os cachos naturais dela balançavam ao vento.

Fiquei alternando o olhar entre ela e meu pai, tentando entender o que estava acontecendo. Eu não sabia se aquilo era um sonho ou não.

— Ela está aqui mesmo? — perguntei para o meu pai.

Ele fez que sim com a cabeça.

— Ela está aqui mesmo. Então é melhor você ir falar com ela.

Fui correndo até Starlet e segurei as mãos dela. As minhas estavam tremendo. Apoiei minha testa na dela e fechei os olhos.

— Oi — arfei.

— Oi — respondeu ela. — Parabéns pela formatura.

Abri os olhos e toquei seu rosto, acariciando sua pele com o dorso da mão. Analisei cada centímetro dela. Seus olhos. Suas covinhas. Seu sorriso. Suas bochechas. Bobby tinha razão. Eu era um idiota.

— Senti sua falta, de todas as formas que você pode imaginar — falei para Starlet. — E desculpa por ter me afastado.

— Não tem problema. Foi bom para mim. Ainda estou aprendendo muito sobre mim mesma, mas a coisa mais legal que aprendi é que quero descobrir isso tudo com você.

— Eu achava que não daríamos certo se não nos conhecêssemos por completo antes de ficarmos juntos. Mas percebi que a mudança é a única coisa constante na vida. Não sei quanto tempo vou demorar para resolver os meus problemas. Nem sei o que é melhor para mim nem como vai ser o meu novo normal, Star. Mas sei que quero você. Quero passar todos os dias que me restam olhando para você.

— Milo — sussurrou ela, num tom levemente trêmulo. — Eu passei a vida inteira tentando ser quem eu achava que a minha mãe ia querer que eu fosse. Tentei ser perfeita de todas as formas para deixá-la orgulhosa. Mas aí conheci você e entendi que não queria mais forçar nenhuma perfeição. Quero ser real. Quero perder o controle da vida. E quero perder o controle com você.

Eu a puxei para mim, beijando-a apaixonadamente, envolvendo-a em meus braços.

A partir daquele dia, eu nunca mais a deixaria ir embora.

41

Milo

— Não acredito que você está cozinhando esse molho há dezoito horas — disse Starlet, parada atrás de mim na cozinha.

Seus braços envolveram minha cintura enquanto eu mexia a panela.

— O molho da minha mãe é uma receita do tipo "devagar e sempre" — expliquei.

Fazia uma semana que tínhamos nos reconectado, e não havíamos passado um segundo longe um do outro. Tinha sido a melhor semana da minha vida, acordando com ela em meus braços e caindo no sono assim, grudadinhos. Nós partiríamos para nossa viagem no dia seguinte, mas, primeiro, meu pai e eu havíamos organizado um jantar de despedida para mim e Starlet.

— Quer provar? — perguntei, erguendo a colher de pau da minha mãe até os lábios de Starlet.

Eu não cozinhava com aquela colher desde a morte da minha mãe, mas parecia certo usá-la no jantar de família de domingo.

Starlet provou o molho. Eu soube que estava perfeito quando ela gemeu mais do que nos momentos em que eu estava entre suas pernas.

— Ai, nossa, isso é tudo de bom que existe no mundo.

Sorri e beijei sua boca.

— Até que ficou bom para a primeira vez, né?

— Você vai ter que cozinhar isso para mim todo domingo. Espero que saiba disso, viu?

— Se você continuar gemendo assim, posso cozinhar isso pelo resto da vida — brinquei. — Ah, você está linda. Adoro seus cachos naturais.

Ela passou a mão pelo cabelo e sorriu.

— Também estou me apaixonando por eles. Um dia de cada vez.

Era assim que enfrentávamos a vida — um dia de cada vez.

Eu ainda estava aprendendo a lidar com os meus problemas de visão e reconstruindo minha relação com meu pai. Nada disso tinha sido solucionado com a volta de Starlet para a minha vida, mas agora tudo estava mais fácil, mais leve. Eu ainda precisava aprender a mergulhar no meu luto, nos meus problemas e nas minhas dificuldades, mas, de algum jeito, começava a encontrar minhas guelras com meus amigos, minha família e com Star nadando ao meu lado.

— Você pode fatiar o pão? — perguntei. — O pessoal já deve estar chegando. O macarrão está praticamente pronto, já podemos arrumar a mesa.

— Claro — respondeu ela, me dando um beijo na bochecha.

Meu pai tinha colocado uma paleta de porco na churrasqueira algumas horas antes e agora a estava fatiando.

Logo depois, as pessoas começaram a chegar. O pai de Starlet veio com seus funcionários da Inked. Whitney trouxe uma espécie de bolo de gelatina. A família de Weston apareceu com uma salada, e meus amigos trouxeram seus apetites. Alguns vieram com parentes também.

Minha mãe teria adorado ver a casa cheia de novo. Com risadas, com amor, repleta de amizade.

Meu pai ficou conversando com Eric por alguns minutos, e depois foi comigo para o quintal. Soprava uma brisa quente naquela noite.

— Como você está? — perguntei ao meu pai.

Ele cruzou os braços e sorriu para mim. Ele sorriu. Nos últimos anos, eu tinha colecionado lembranças de seus sorrisos. Por um tempo, pareceu que eu nunca mais o veria sorrir outra vez. Agora eu só queria que meu pai encontrasse um motivo para sorrir todos os dias.

— Estou bem. Resolvi entrar na academia — contou ele. — Ouvi dizer que seria bom meditar, mas acho que não é a minha praia. Então o Eric me falou que a forma favorita dele de meditar é levantar coisas bem pesadas, e achei isso uma boa ideia.

— Que bom, pai. Estou orgulhoso de você.

Ele sorriu e tocou meu ombro.

— Eu estou orgulhoso de você, filho. Da pessoa que você é... da pessoa que está se tornando. — Ele fungou e virou a cabeça um pouco para o lado. — Ela ficaria orgulhosa pra cacete do homem que você é hoje. E estou tentando me inspirar em você e deixá-la orgulhosa também.

Estreitei os olhos.

— Você tem certeza de que vai ficar bem sem mim aqui durante o verão? Não quero que fique sozinho.

— Não se preocupa comigo. Vou ficar bem. Além do mais, o Weston e o Eric já me informaram que vão ficar de olho em mim o tempo todo — brincou ele. — Você sabia que fiquei de ir para Chicago fazer uma tatuagem com o Eric?

Arqueei uma sobrancelha.

— Ah, é? Tatuagem?

Ele riu.

— Talvez eu esteja na crise dos cinquenta.

— Talvez isso seja bom para você melhorar — completei. — Então continue assim, pai. Continue melhorando.

Ficamos mais um tempinho na varanda dos fundos enquanto o sol se punha. O céu foi tomado por manchas alaranjadas e marrons, com faixas de roxo se misturando aos tons de azul, então nós dois respiramos fundo.

— Nada mau, Ana — murmurou meu pai.

Nada mau mesmo.

A refeição foi um sucesso. Todo mundo levou um pouco do que sobrou para casa, exatamente como na época da minha mãe. Starlet até preparou cookies com gotas de chocolate para cada um levar na quentinha. Era uma coisa que ela havia descoberto que adorava fazer — confeitaria.

Ela ainda estava tentando descobrir quem era e o que faria da vida. Eu estava orgulhoso de sua paciência durante todo o processo.

Quando todo mundo foi embora, nós vestimos roupas confortáveis e limpamos tudo. Arrumamos o motorhome para o dia seguinte. Aí fomos rever nosso roteiro mais uma vez.

— Vai ser a melhor viagem da nossa vida — declarou Starlet ao se deitar comigo na cama.

— Não acredito que vamos mesmo.

Caímos no sono ali, nos braços um do outro. Quando acordamos, assistimos ao nascer do sol no lago mais uma vez antes de partirmos para nossa aventura em busca de mais auroras. Nós nos sentamos no banco que meu pai fez para minha mãe e encaramos o céu enquanto as cores do sol pintavam a paisagem diante de nossos olhos.

Starlet apoiou a cabeça no meu ombro, e eu abracei sua cintura.

— Eu te amo — jurei.

— Eu te amo — jurou ela.

Enquanto o sol subia no céu, tive a sensação de que nossa aventura estava apenas começando.

Um mês depois

— Este lugar é real mesmo? — perguntei para Starlet quando chegamos ao topo do Grand Canyon.

Fazia trinta e dois dias que estávamos viajando e tínhamos visto o sol nascer trinta e duas vezes, assim como se pôr em algumas. Era uma viagem de belas paisagens e também de coisas esquisitas. Starlet não tinha curtido muito a trilha Doll's Head na Georgia, onde cabeças e partes do corpo de bonecas sujas de lama e assustadoras ficavam espalhadas pela floresta escura. Era ela quem me ajudava a caminhar pelas trilhas, mas, nesse dia, segurou meu braço com mais força do que de costume. O parque dos dinossauros no Kentucky tinha sido outro ponto alto.

Em determinado momento, tive certeza de que ela estava irritada comigo por obrigá-la a parar em cada estátua de dinossauro na beira da estrada, mas conseguimos tirar um milhão de fotos com o tiranossauro rex e seus amigos.

Vê-la dançar nas ruas do French Quarter em Nova Orleans tinha sido um dos melhores momentos da viagem para mim. Ver Starlet se sentindo livre daquele jeito ao se juntar a uma banda aleatória que descia pela Bourbon Street foi incrível. Talvez ela não soubesse exatamente o que queria fazer da vida, mas estava aproveitando sua liberdade naquele verão.

— Você viu que dancei com o percussionista? — perguntou ela com os olhos arregalados de alegria.

Sorri e a puxei para o meu lado, dando um beijo em sua testa.

— Vi.

E eu tinha visto mesmo. Eu a via. Via cada parte dela com meus olhos abertos e fechados. A aura de Starlet era tão brilhante que eu não conseguiria ignorá-la nem se tentasse. Eu a sentia com todo o meu ser. Algo nela simplesmente tornava meus dias sombrios bem mais claros.

Ela nunca reclamou por precisar me ajudar em alguns dos passeios, ou por ter que dirigir durante a viagem toda. Ela demonstrava uma compaixão que eu não acreditava merecer e me oferecia um amor ilimitado.

Ficamos sentados no topo do Grand Canyon, encarando a paisagem mais incrível que eu já tinha visto na vida. O vento batia em nós, e eu tinha quase certeza de que era a mãe de Starlet nos dizendo "oi". Entendi muito rápido que ela gostava de se comunicar assim com a filha — pelo vento.

Eu queria tê-la conhecido. Queria ter conhecido a mulher que me dera o melhor presente do mundo. Não sabia como agradecer ao universo por alguém como Starlet. Só sabia que minha gratidão transbordava.

— Ei, levanta e deixa eu tirar uma foto sua olhando para os cânions — falei, acenando com a câmera para ela.

Starlet se levantou com um pulo, virou-se de costas para mim e esticou os braços.

— Está perfeito! Continua assim. Faz umas poses — orientei. Ela fez o que eu pedi então tirei mais algumas fotos antes de baixar a câmera. — Beleza, agora vira para mim para eu tirar umas mostrando o seu rosto.

Ela se virou e soltou um som de surpresa ao encontrar meu olhar.

— Ai, nossa, Milo — sussurrou ela, sua mão voando para a boca.

Lá estava eu, ajoelhado, com um anel de noivado. Meu corpo tremia sem parar enquanto eu encarava Starlet. Todos os meus nervos estavam à flor da pele, e ela permanecia imóvel. Abri a boca para falar, e minha voz falhou no instante em que a primeira palavra saiu.

— Eu te amo, Star. Eu te amo de um jeito que eu nem sabia que seria possível. Você entrou no meu mundo e virou a minha vida de cabeça para baixo em pouquíssimos meses. Você me tirou do desespero, me ensinou o que é amor incondicional, além de ser a melhor pessoa que já conheci, e quero passar o restante da eternidade te amando. Quero ser seu pelo resto da minha vida e quero que você seja minha. Então… — Ri de nervoso, balançando a cabeça para tentar frear as lágrimas que escapavam dos meus olhos. — Casa comigo? Casa comigo, Star, e vamos passar o resto da nossa vida perseguindo o sol.

Ela chegou mais perto e me alcançou, tocando meus braços.

— Sim — respondeu chorando, as lágrimas escorrendo por suas bochechas. — É claro que me caso com você.

Ela nem olhou para o anel enquanto me puxava para cima. Seus lábios encontraram os meus. Enxerguei tudo ao fechar os olhos e beijar a mulher dos meus sonhos. Enxerguei meu futuro, enxerguei meu passado e enxerguei meu destino. Eu estava destinado a amar Starlet Evans, e ela estava destinada a me amar também. O nosso amor estava escrito nas estrelas — ou melhor, no nascer do sol.

A vida nem sempre seria perfeita, mas eu sabia que seria segura se nós dois estivéssemos juntos. Entendi que era só disso que eu precisava. Eu não precisava de perfeição, e sim de segurança, e Starlet era isso para mim. Ela era meu lugar mais seguro para aterrissar, e meu único objetivo era ser o dela também. Nos dias bons, encontraríamos alegria. Nos dias ruins, nos reconfortaríamos um no outro. Eu era grato por isso e por tudo que Starlet havia me ensinado no nosso tempo juntos. Não importava o que acontecesse, ia dar tudo certo.

Epílogo

Starlet

Dois anos depois

— Nem acredito que você vai se casar — disse Whitney enquanto terminava de servir nossas *mimosas*.

Eu estava sentada no quarto do hotel, sentindo um frio na barriga, sabendo que, dentro de poucos minutos, diria "sim" para o amor da minha vida. Whitney, é claro, me garantiu que o prosecco ajudaria com o nervosismo.

Parada ali, já com meu vestido de casamento, bocejei, e Whitney apontou um dedo para mim.

— Não! Nada de bocejar. Eu avisei que você tinha que tirar uma sonequinha, que nem eu.

— Eu sei, mas eu estava nervosa demais. Não ia conseguir dormir.

— Justo, já que hoje é o dia mais importante da sua vida. — Ela abriu um sorriso de orelha a orelha. — Hoje é o dia mais importante da sua vida!

O céu ainda estava escuro lá fora. Eram apenas quatro da manhã, e dali a pouco eu entraria na trilha escondida que dava no lago para encontrar Milo.

Cerimônias assim tão cedo talvez não fossem uma escolha comum para o casamento perfeito, mas como poderíamos nos casar sem o nascer do sol nos olhando? Ou sem o vento soprando em nosso rosto? Nós precisávamos das nossas mães ali no melhor dia de nossa vida.

Alguém bateu à porta, e Whitney foi atender. Para minha surpresa, Jacob estava parado do outro lado, de terno e com um sorriso largo no rosto.

— Oi, desculpa interromper. Será que posso ter uns minutinhos com a noiva? — pediu ele.

— Claro. Sem problema nenhum. Vou ver se todo mundo já está pronto — disse Whitney, saindo do quarto e fechando a porta.

Jacob sorriu para mim e balançou a cabeça.

— Uau, Starlet. Você está incrível.

Olhei para meu vestido e sorri enquanto alisava o pano rendado e o busto de crochê.

— Obrigada. Foi da minha mãe. É minha coisa antiga — brinquei, então mostrei os sapatos, que eram azul-marinho. — E eles são a minha coisa azul. A Whitney me deu o colar de coração dela como a coisa emprestada.

Jacob enfiou a mão no bolso traseiro e tirou dele um envelope.

— E talvez esta possa ser sua coisa nova. — Ele veio até mim enquanto eu o fitava, meio confusa. Ele balançou o envelope no ar. — A Ana deixou outra carta com o Weston para ser entregue neste dia especial, e pedi que ele me deixasse trazê-la.

Meu coração começou a bater rápido com a compreensão de que aquilo que ele segurava era uma carta da mãe de Milo — uma carta escrita para mim.

— Não começa a chorar agora, Star — avisou Jacob. — Você vai estragar sua maquiagem. — Ele me entregou o envelope, me deu um beijo na bochecha e me abraçou. Ele também estava com olhos marejados de lágrimas. — Ela teria te adorado, querida, e teria rezado para que o nosso garoto encontrasse uma mulher como você.

Dei uma risadinha, sentindo uma onda de emoção acertar meu peito.

— Você não pode falar que não posso chorar e depois me dizer uma coisa dessas, Jacob.

— Desculpa. É que hoje é um dia incrível. Passei um bom tempo achando que seríamos só eu e o Milo enfrentando tudo sozinhos. Por sorte, o mundo me deu uma filha. Aproveita a carta, e até logo.

Ele se virou para sair, e o chamei:

— Jacob?

— O quê?

— Promete dançar uma música comigo hoje?

Ele abriu um sorriso para mim, o mesmo sorriso receptivo que seu filho exibia.

— Prometo.

Quando ele foi embora, respirei fundo. Fui até o sofá e me sentei. Minhas mãos estavam trêmulas. Abri a carta, e minha maquiagem foi para o espaço, porque as lágrimas começaram a rolar assim que li o que Ana havia escrito.

Mundo do meu mundo,

Olá, é um prazer conhecer você. Hoje é um dia excepcional, e fico triste por não poder estar aí fisicamente para ver meu filho dizer seus votos para o amor da vida dele, mas estou muito grata por poder estar presente no plano espiritual, olhando vocês dois.

Quero te agradecer demais. Obrigada, minha filha. Obrigada por amar meu filho. Obrigada por estar ao lado dele nos momentos fáceis e nos difíceis. Obrigada por ser a melhor amiga dele e sua cara-metade. Meu filho tem muito amor no coração, e sei que ele escolheria a melhor das melhores para compartilhar esse amor.

Meu amor por vocês dois é infinito, e espero que vocês o sintam muito depois de dizerem "sim".

Seja bem-vinda à família, mia figlia. *Coma um pedaço de bolo por mim. Desejo que sua vida com Milo seja tão doce quanto ele.*

Con amore,
Sua sogra

Li a carta várias vezes, analisando como Ana colocava os pingos nos Is e os traços nos Ts. Analisei as curvas da sua caligrafia e o amor que ela havia colocado em cada palavra. Era incrível sentir tanto amor sem que ele existisse fisicamente.

Whitney entrou no quarto de novo, sorrindo de orelha a orelha.

— Muito bem, Star. Hora do show. Todo mundo já está lá no lago esperando a noiva. Está pronta para ir?

Eu nunca me senti tão pronta na vida.

Chegamos ao lago, e imediatamente encontrei o olhar do meu pai. Quando me viu, ele ficou à beira das lágrimas.

— Minha menina está tão crescida — choramingou ele, vindo até mim e me puxando para um abraço. — Você está maravilhosa, Star.

Sorri e sequei as lágrimas do meu pai.

— Você vê a mamãe em mim? — perguntei para ele.

Meu pai soltou uma risada carregada de emoção e fez que sim com a cabeça.

— Eu vejo a sua mãe em cada pedacinho seu. Você é o nosso maior sonho tornado realidade, e é uma honra ser seu pai e entregar sua mão hoje ao amor da sua vida. — Ele me apertou em seu abraço. — Você sente a presença dela? — sussurrou ele. — Você sente a sua mãe no vento?

Eu sentia.

Eu a sentia todos os dias, principalmente ao amanhecer.

— Pronta? — perguntou ele.

— Pronta.

Meu pai entrelaçou o braço ao meu, Whitney me entregou meu buquê de peônias, então seguimos para o lago.

A música começou a tocar enquanto eu e meu pai íamos até Milo, até meu final feliz. Ele estava tão bonito com seu terno azul-marinho e seus sapatos de camurça marrom. Havia uma peônia no bolso do seu paletó, e ele não parava de sorrir conforme nos aproximávamos.

Quando chegamos, meu pai apertou a mão dele e o puxou para um abraço. Sussurrou alguma coisa que fez Milo abrir um sorriso largo e apertá-lo ainda mais. Assim que os dois se soltaram, peguei a mão de Milo e dei um passo para a frente.

— Oi — sussurrei.

— Você é a coisa mais linda deste mundo — falou ele baixinho, me causando o mesmo frio na barriga que eu sentia desde o primeiro dia da nossa história.

Nossa vida nos últimos anos tinha sido uma jornada e tanto. Ainda não estávamos prontos para encerrar nossa aventura depois de nossa viagem épica. Eu terminei a faculdade, mas não comecei a dar aula. Milo e eu resolvemos dar uma chance aos nossos sonhos e começamos a gravar nossas viagens para a internet. Nós nos mostramos para o mundo, compartilhando os pontos altos e baixos da vida. Milo dividia sua versão mais autêntica com as pessoas, falando sobre cegueira e mostrando que seu diagnóstico não era uma sentença de morte, e sim um novo capítulo da sua história. A história dele era completamente dele e ia ficando cada vez mais linda.

Eu não achava ruim o rumo que a minha vida tinha tomado. No fim das contas, ainda adorava ensinar. A única coisa que havia mudado era a forma como ministrava minhas aulas em nossos vlogs. Durante nossas aventuras, passávamos por monumentos históricos, então eu gravava episódios sobre o passado desses lugares. Tínhamos dedicado dois anos a conhecer o mundo, passeando, e, de alguma forma, conseguíamos ganhar a vida assim — uma vida construída com base nos nossos sonhos e nas nossas paixões. Talvez eu não fosse professora no sentido tradicional, mas compartilhava meu conhecimento com centenas de milhares de pessoas pelo mundo. Meu pai dizia que eu e Milo éramos seus educadores favoritos.

Eu sabia que, para os outros, talvez parecesse loucura nós dois viajando em um motorhome e ganhando a vida fazendo vídeos para a internet, mas nunca fomos tão verdadeiros quanto naquele momento.

E agora, prestes a dizer "sim", eu não conseguia parar de sorrir só de pensar nas aventuras que ainda estavam por vir.

Milo segurou minhas mãos e fez seus votos enquanto o sol nascia.

— Minha querida Star... Houve uma época da minha vida em que eu achava que este dia nunca chegaria. Os dias pareciam noites frias, difíceis. Eu estava congelado de desespero, não conseguia encontrar um caminho para escapar da escuridão. Não entendia como o amor seria capaz de alcançar um coração sofrido como o meu, mas então você chegou e sussurrou seu amor para minha alma. Você me ensinou a respirar de novo. Você me ensinou que até corações partidos como o meu poderiam se recuperar e voltar a bater ainda mais forte.

"Apesar dos meus olhos estarem piorando, minha visão está longe de diminuir. Porque eu vejo tudo. Eu vejo você, eu me vejo e vejo os muitos anos de amor e alegria que estão por vir. Escuto a sua risada na escuridão e as batidas do seu coração no silêncio. Amar você é o maior presente que eu já ganhei, e vou fazer isso até meu último dia de vida. Vou te amar para sempre, Star, porque te amar é fácil. Serei eternamente grato por você e pelo seu amor. Então, hoje, no melhor dia da minha vida, eu digo sim. Digo sim a proteger você. Digo sim a prover nossa casa para você. Digo sim para sempre. Você é o meu final feliz, e hoje prometo que vou ser seu por toda a eternidade. Eu te amo com a força do vento soprando e com a tranquilidade do sol nascendo. Obrigado pelo seu amor. Obrigado por ser tão paciente comigo. E obrigado, acima de tudo, por existir no mesmo mundo que eu."

E, simples assim, me apaixonei ainda mais pelo meu melhor amigo.

Milo Corti era o homem que havia despertado meu mundo após anos de sonambulismo. Ele tinha me conectado comigo mesma ao permitir que eu às vezes desmoronasse. Ele me reconfortava nos momentos difíceis e ria comigo nos momentos fáceis. Ele era a minha pessoa. Minha cara-metade.

Daquele momento em diante, eu só queria um pouquinho mais dele todos os dias, pelo resto da minha vida. Queria suas primaveras chuvosas e seus outonos frescos. Eu ansiava pelos seus dias de verão e pelas suas noites de inverno. Queria mais dele e mais de nós.

Era isso, e era apenas disso que eu precisava até o fim dos tempos.

Mais, mais, mais.

Agradecimentos

Olá!

Obrigada por ter lido *Depois daquele inverno*. Espero que você tenha gostado desta leitura cheia de emoções. Este livro foi um trabalho de amor que não teria sido possível sem a ajuda e o talento de muitas pessoas.

Primeiro, e mais importante, quero agradecer a Nicole, da Emerald Edits, por seu incrível talento na edição do desenvolvimento da história. Ela fez de tudo para me ajudar a transformar este livro no que ele se tornou.

Depois vem minha equipe de revisoras leais e confiáveis. Ellie, Jenny, Virginia e Emily: obrigada por suas inúmeras contribuições para o texto, este romance ficou mais fluido graças a vocês. Desculpem pelas vírgulas. E desculpem pelo deitar, deitado, deitando, argh. Eu devia ter pedido a vocês que lessem essa parte também. Fica para a próxima!

Muito obrigada às minhas leitoras beta Sarah, Christy, Maria e Talon por me oferecerem feedbacks valorosos que foram essenciais para moldar esta história. Serei eternamente grata a vocês todas.

À minha incrível assistente pessoal, Tina, por cuidar de tudo enquanto piso em todas as bolas possíveis e imagináveis. Obrigada por sempre estar um milhão de passos na minha frente. Sou a garota mais sortuda do mundo por ter você na minha equipe.

Sou grata à Valentine PR e à Good Girls PR por me ajudarem a desenvolver minha marca, me ensinar como as coisas funcionam e debater ideias comigo.

Muitíssimo obrigada a Nasha, minha gerente de redes sociais, que todo dia torna minha vida mais fácil para que eu possa me concentrar em escrever.

À minhas lindas agentes Flavia e Meire, obrigada por tudo que vocês fazem a cada etapa do caminho. Vocês são mulheres extremamente talentosas, com um dom tão necessário a este mundo — eu sei que para mim ele foi fundamental.

Quero agradecer à minha família e aos meus amigos por sempre estarem do meu lado e entenderem quando preciso me isolar por meses para escrever. Eu não seria capaz de criar personagens tão amorosos se não estivesse cercada de tanto amor. Vocês são tudo para mim, e amo vocês mais do que consigo expressar.

Aos leitores do mundo inteiro: obrigada por darem uma chance a Starlet e Milo. Obrigada por mergulharem no universo de *Depois daquele inverno.* Quero que saibam o quanto significam para mim, mesmo que eu nem sempre consiga responder a todas as mensagens. Espero que saibam o quanto suas palavras tocam o meu coração. Sem vocês, eu seria só uma garota rabiscando palavras em um papel. Obrigada por darem vida a estas palavras.

Estou muito empolgada com tudo o que está por vir, com tudo o que ainda exploraremos juntos neste mundo louco e maravilhoso dos livros.

Somos eu e vocês, leitores, seguindo por esta jornada pelo nascer do sol, nos apaixonando sem parar. É isso que desejo para nós. Mais histórias. Mais amor. Mais senso de comunidade.

Mais, mais, mais.

— BCherry

Para saber mais sobre retinose pigmentar e outras doenças da retina, acesse o site: retinabrasil.org.br.

Este livro foi composto na tipografia ITC Berkeley
Oldstyle Std, em corpo 11,5/16, e impresso em
papel off-white no Sistema Cameron da
Divisão Gráfica da Distribuidora Record.